코마키·나가쿠테小牧長久手 전투(1584) 병풍도 앞부분.

오다 노부오·도쿠가와 이에야스 연합군과
도요토미 히데요시 군의 전투 장면.

도쿠가와 이에야스

德川家康

2부 승자와 패자

16 동쪽으로 난 길

德川家康

도쿠가와 이에야스

2부 승자와 패자

16 동쪽으로 난 길

야마오카 소하치 대하소설

이길진 옮김

솔

『도쿠가와 이에야스』를 바로 읽기 위해

1. 본문 중°표시가 된 용어는 용어 사전에서 풀이하였다.
2. 본문 중•표시가 된 용어는 용어 사전 외에 부록 및 지도 등에서 설명하였다(다른 권 포함).
3. 인명과 지명은 원음 표기를 원칙으로 하며, 된소리를 피하고 거센소리로 표기하였다. 단 도쿠가와와 도요토미만은 원음과 차이가 있지만 일반인에게 익숙한 이름이기에 외래어 표기법에 따랐다. 장음은 생략하였다.
4. 인명, 지명 및 고유명사는 처음 나올 때 원어를 병기함을 원칙으로 하였으며, 강과 산, 고개, 골짜기 등과 같은 지명 역시 현지 음대로 강=카와(가와), 산=야마(잔, 산), 고개=사카(자카), 골짜기=타니(다니) 등으로 표기하였다.
5. 성과 이름 중간에 나오는 것은 대부분 관직명과 서열을 나타내는 것인데, 그 당시의 관습에 따라 이름과 혼용하여 쓰이는 경우도 있다. 각 관청 및 관직에 대해서는 부록에서 설명하였다.

   ex) 히라테 나카츠카사노타유 마사히데 → 히라테 마사히데(이름) + 나카츠카사노타유(나카츠카사의 장관), 아마노 아키노카미 카게츠라 → 아마노 카게츠라(이름) + 아키노카미(아키 지방의 장관)
6. 시간과 도량형은 아즈치 · 모모야마 시대에 쓰던 것을 그대로 따랐으며, 역시 부록에서 설명하였다.

차례

정상頂上 9
인생의 가시 38
키타노의 바람 64
입정야화立正野話 93
오다와라의 계산 111
개전 전야開戰前夜 136
오다와라 진격 154

아사히 마님 185

인간으로서의 탑塔 215

그늘 속의 햇살 248

인간은 모두 추한 것 267

호죠의 붕괴 292

동쪽으로 가는 별 310

부록 337

《 히데요시 군의 오다와라 전투 침공도 》

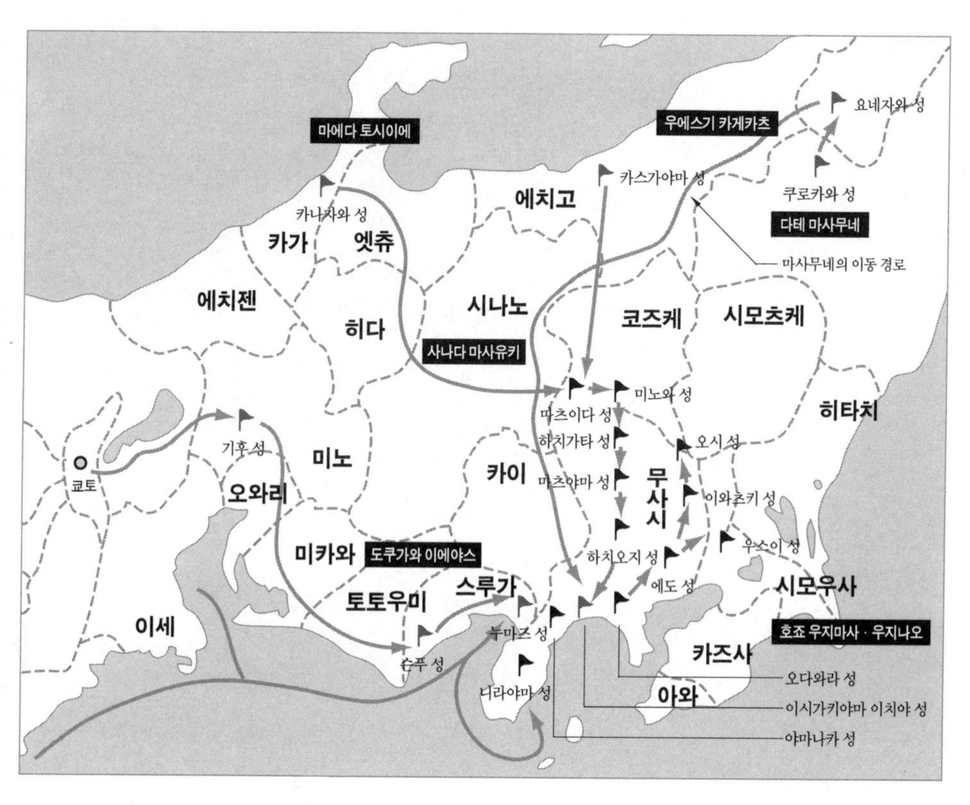

◈ **토카이도 세력**

가모 우지사토, 하시바 히데츠구, 오다 노부오, 호소카와 타다오키, 츠츠이 사다츠구, 아사노 나가마사, 이시다 미츠나리, 우키타 히데이에

◈ **홋코쿠 · 시나노 세력**

마에다 토시이에, 우에스기 카게카츠, 사나다 마사유키

◈ **수군 세력**

쿠키 요시타카, 카토 요시아키, 와키사카 야스지, 쵸소카베 모토치카

정상頂上

1

네네寧寧는 자기 거실만은 직접 치우려고 아까부터 계속 문갑을 정리하고 있었다.

그 문갑 안에는 큐슈九州 출정 중인 히데요시秀吉•가 보낸 서신이 많았다. 그것을 다시 읽어보니 새삼스럽게 오사카 성大坂城과의 작별이 아쉬웠다.

인간의 생애는 산과 마찬가지로 정점이 있을 것이라는 생각이었다. 만일 그렇다면 네네 인생의 정점은 호화찬란한 이 오사카 성의 내전 생활에 있었던 것이 아닐까……?

쿄토京都 우치노內野에 신축한 쥬라쿠聚樂 저택도 여기보다 훌륭하면 훌륭했지 못하지 않다고 5대 부교奉行°를 비롯하여 히데요시도 종종 말했다. 그렇지만 왠지 내리막길인 듯한 생각이 들었다.

'그래도 좋다. 꽃은 언제나 만발해 있는 것이 아니니……'

네네는 입구에서부터 옆방에 대령하고 있는 시녀들을 잊어버리기라도 한 듯 다시 서신 한 통을 집어들었다.

지금은 늦더위가 맹위를 떨칠 계절이 아니었다. 9월에 접어든 뒤로 싸리, 참억새, 마타리, 향등골나무, 패랭이꽃, 칡, 나팔꽃 등 정원의 일곱 가지 화초들도 시들고 있었다. 그런데도 남으로 향한 마루 끝에 따스한 햇볕이 비쳐들어 실내는 땀이 날 정도로 더웠다.

네네는 두루마리 서신을 펴들고 미소를 떠올렸다. 카나假名°를 많이 섞은, 그러나 시원스런 남편의 필적에서 젊은 토키치로藤吉郎 시절의 히데요시가 풍기는 체취를 느낄 수 있었다.

두루마리 서신은 5월 28일 히고肥後 사시키佐敷에서 쓰기 시작해, 29일 야츠시로八代에 도착한 후 계속 이어서 쓴 것이었다.

그 서신에 보면—

시마즈 요시히사島津義久에 대한 조치가 끝나, 그의 외동딸 키쿠와카菊若를 인질로 잡았다는 것. 사츠마薩摩와 오스미大隅의 두 영지는 그대로 요시히사에게 줄 생각이라는 것.

6월 5일에는 하카타博多로 돌아올 생각인데, 거기까지 가면 반은 오사카로 돌아온 것이 된다……는 등의 이야기를 서툰 문장으로 적어놓고 있었다.

하카타에서는 이키壹岐와 츠시마對馬의 태수 소 요시토모宗義智에게 인질을 보내게 하고, 조선朝鮮까지도 일본日本 황실에 복종하도록 사자를 보내겠다. 만일 이를 받아들이지 않는다면 내년에는 침공을 명하겠다. 자기 생애 중에 명明나라까지도 반드시 손에 넣어 영지를 분할할 것이니 더욱 애를 써야 할 것이다…… 자못 히데요시다운 허풍을 늘어놓은 뒤, 이번에는 엉뚱하게도 유치하기까지 한 기쁨을 표현하는 것으로 글을 끝맺고 있다.

"이번 전투를 하는 동안 점점 나이를 먹고 흰머리도 많이 생겼으나 굳이 뽑으려고 하지 않았다. 이 모습을 그대로 보여줄 생각을 하니 부끄러운 마음이 들기도 하지만, 다른 사람과는 달리 그대에게는 괜찮을 것이라 여기면서도 역시 괴로운 일이다……"

네네는 쓴웃음과 함께 서신을 둘둘 말았다.

백발이 늘어났다는 말로 슬쩍 얼버무려 방심케 하고, 자신은 몰래 아사이淺井의 딸에게 손을 내밀고 있었으니……

지금까지는 챠챠히메茶茶姬와 전하의 소문이 성안에서 험담의 초점이 되어 있었다. 네네가 오면 얼른 입을 다물어버리는 내전의 화젯거리는 대부분이 그 이야기라 해도 과언이 아니었다.

'남자란 정말 못 말린다니까……'

이때 아사노 나가마사淺野長政가 나타났다.

2

아사노 나가마사는 네네가 히데요시의 편지를 읽고 있었다는 것을 알고는 조용히 미소를 떠올렸다. 여자 칸파쿠關白°란 말을 듣는 그녀의 일면을 엿본 것 같아 마음이 느긋해진 모양이다.

사실 요즘 네네는 점점 여자다운 면이 없어져서 옛날이야기에 나오는 호죠 마사코北條政子°를 연상시키는 데가 있었다. 히데요시가 그녀의 성격대로 아무런 간섭도 않고 정치 문제에 관여하게 한 탓도 있었다. 큐슈의 인사 문제까지 개입하여, 히고에는 삿사 나리마사佐佐成政를 천거하여 지금 그곳에서는 반란이 일어나려 하고 있었다.

히데요시의 선교사 추방에도 간섭하여, 이 조처를 완화시키기 위해 열심히 움직이고 있는 코니시 유키나가小西行長나 그의 아버지 쥬토쿠壽德 등도 종종 접견하고 있었다. 따라서 다이묘大名°들 중에는 네네를 두려워하는 자와 그녀를 못마땅하게 여기는 자, 또는 중간에 끼여들어 이용하려는 자가 크게 늘어나고 있었다.

나가마사는 그러한 네네를 경계하고 있었지만 간언할 필요는 없다고 생각했다.

네네만큼 진정으로 히데요시를 걱정하고 그 공적을 완수하기 위해 세심한 주의를 기울이는 사람도 없었다. 그런 의미에서 네네는 문자 그대로 히데요시의 훌륭한 반려자이다.

“이전移轉 준비가 거의 다 되신 것 같군요.”

나가마사는 스스럼없는 태도로 실내를 둘러보았다.

“오사카를 출발하실 때의 행렬에 대해 만도코로政所(네네) 님의 의견을 충분히 참작하라는 전하의 하명이 있었습니다.”

“원, 이런.”

네네는 장난꾸러기 아이처럼 눈을 가늘게 떴다.

“행렬 중에는 역시 그 사람도 포함시킬 생각일까요?”

“그 사람이라니요?”

“호호호. 그대도 점점 전하를 닮아가는군요. 챠챠히메 말이에요.”

“만도코로 님이 안 된다고 하시면 제가 전하께 다시 말씀 드리겠습니다.”

“안 된다고 하면 내가 질투한다는 소문이 나돌게 될 거예요.”

“글쎄요……”

“난처하게 여길 것 없어요. 포함시킬 생각이라면 그대로 데려가도록 하세요.”

네네는 아무렇지도 않다는 듯이 말하고, 그러나 다음 순간 무섭게 눈을 치떴다.

“연도沿道에서는 행렬이 남자들에게 보이지 않도록…… 이것이 내 부탁이니 그 뜻을 전하도록 하세요.”

“예?”

나가마사는 자기 귀를 의심했다.

히데요시는 네네가 쿄토에 도착하면 곧 조정朝廷에 아뢰어 종1품의 위계位階를 내리도록 주청할 생각이었다. 그런 만큼, 이번 행렬은 일생일대의 호화판으로 꾸며 후세까지 화제에 오르도록…… 한다는 꿈이 있었다. 이 꿈을 너무도 잘 알고 있을 네네가 연도에 남자들은 나오지 못하게 하라니…… 대관절 무슨 생각으로 이런 말을 하는 것일까……?

"그럼, 행렬이 지나가는 길에는 남자를 나오지 못하게…… 하라는 말씀입니까?"

"그래요."

네네는 선뜻 고개를 끄덕였다.

"비록 칸파쿠의 내실이라도, 또 어머니라도 삼갈 것은 삼가야겠지요. 여봐란듯이 지나가는 것은 신불神佛을 두려워할 줄 모르는 행동. 그뿐 아니라 남자들은 가업에 충실해야 해요. 전송은 필요치 않아요. 여자가 떠나는 길이니 여자들의 전송만 받겠어요."

아무렇지도 않다는 듯이 말하고 문갑 정리를 계속했다.

3

나가마사는 네네가 한 말을 이해하는 데 한참이나 걸렸다.

이번 달 13일 이전하기로 이미 결정되었고, 모든 준비도 갖추어져 있었다. 이런 마당에 남자들의 전송은 받지 않겠다니, 이것은 히데요시에 대한 네네의 도전이었다.

"만도코로 님."

잠시 후 생각에 잠겨 있던 나가마사가 말했다.

"전하께 무슨 불만이라도 있으십니까?"

"아니, 불만 같은 것이 있을 리 없지요."

네네는 다시는 그런 소리 하지 말라는 듯한 어조였다.

"그리고, 남자들뿐 아니에요. 승려들 모두에게도 전송하지 말라고 전하세요."

"승려도……? 그건 또 어째서입니까?"

"승려들에게는 여자를 범해서는 안 된다는 계율이 있어요. 이러한 그들에게 칸파쿠 부인의 화려함을 과시한다는 것은 옳지 못한 일이에요. 칸파쿠는 천주교 신부까지 추방했어요. 칸파쿠 님께 자중하는 마음이 없으시다면 아내인 내가 깨우쳐드려야 해요. 그렇지 않은가요?"

나가마사는 대답할 말이 궁했다.

'예사로운 간언이 아니다……'

네네 정도나 되는 여성이 오사카 출발을 앞두고 이런 말을 한다면 상당한 결심이 섰기 때문일 것이다.

"만도코로 님."

"또 할 이야기가 있나요?"

"만도코로 님은 이번 이전을 계기로 전하께 간언을 하시려는 것이군요."

"아니, 평소부터 가졌던 아내로서의 마음…… 그 밖에는 아무것도 없어요."

"이제 와서 남자와 승려들에게 전송을 못하게 하시면……"

"부녀자의 도道에 어긋난다는 말인가요? 나는 그렇게 생각하지 않아요. 오사카 성으로 세상사람들을 놀라게 하고 대불전大佛殿을 지어 놀라게 했어요. 거기다 쥬라쿠 저택으로 놀라게 하고, 다시 행렬에서 놀라게 하고, 더 나아가 다회茶會에서까지 놀라게 한다…… 전하께는 백성을 놀라게 하는 재주밖에 없다는 말인가요? 다음에는 무엇으로 놀라게 만들 속셈인지 모르겠군요. 이러다가는 놀라게 할 것도 다 없어지겠어요. 나에 대한 일만이라도 좀 삼갔으면 해요."

아사노 나가마사는 새삼스럽게 한숨을 쉬었다.

분명히 네네는 보통 여자가 아니었다. 네네의 말은 히데요시에 대한 간언일 뿐 아니라, 측근에 대한 통렬한 야유이기도 했다.

'히데요시가 이런 일만 하도록 내버려두어도 된단 말인가? 좀더 뿌리깊은 문화정책을 세우도록 해야 할 것이 아닌가……?'

언제나 나가마사가 마음속에서 되풀이하고 있는 자문자답이었다. 지금 네네는 이 점에 대해 정면으로 지적하고 있었다.

나가마사는 얼마 동안 묵묵히 앉아 있다가 정중히 고개를 숙였다.

"지금 하신 말씀을 그대로 전하께 전하겠습니다."

"그렇게 해주세요."

"그러나 전하께서 새삼 말씀이 계셨을 때는 제발 양보해주십시오."

"호호호…… 걱정하지 마세요. 전하는 아직 그토록 분별을 잃지는 않으셨을 거예요."

나가마사는 잠자코 자리를 떴다.

쿄토로 이전하는 문제가 이처럼 칸파쿠 부부 사이에 험악한 분위기를 초래할 줄이야……

4

'역시 챠챠히메 사건에 그 뿌리가 있는 게 아닐까……?'

나가마사는 이렇게 생각해보기도 했다. 그러나 그 이유만으로 네네가 이런 말을 할 사람으로는 생각되지 않았다. 승려는 여자를 범해서는 안 된다는 계율……이 있다는 한마디에 나가마사는 특히 더 신경이 쓰였다. 네네는 결코 천주교 신자가 아니었다. 그러나 천주교 신자가 가진 신앙의 순수성은 충분히 인정하고 있는 모양이었다.

언젠가 신앙 문제에 대해 칸파쿠 내전에서 토론의 꽃을 피웠던 적이 있었다. 히데요시와 그의 말벗을 상대로 하여.

그날 토론의 논제 —

"신과 부처, 그리고 천주교의 천주天主 중에서 누가 위에 있고 누가 밑에 있을까?"

"그야 두말할 나위도 없습니다."

그 자리에 참석해 있던 코니시 유키나가의 아버지 쥬토쿠가 천주를 내세웠다. 그러면서 천주만이 절대존재이고 그 밖에는 인간의 덧없는 희망이 만들어낸 우상 내지는 사악한 신神에 불과하다고 했다.

쥬토쿠의 이 말은 곧 불교 신자인 여자들의 심한 반격을 받았다.

"그러면, 천주만이 인간의 덧없는 희망이 만들어낸 사악한 신이 아니라는 증거가 있나요?"

그런 의미에서는 모두 관념의 소산인 점에서 다를 바 없다. 그러므로 각자가 어느 신을 믿는가는 자유, 다른 사람이 간섭할 일은 아니다…… 그 자리의 결론은 거의 이렇게 내려졌다.

히데요시는 계속 싱글벙글 웃으며 듣고 있다가 이때, 역시 입을 다물고 있던 네네에게 말했다.

"만도코로, 그대의 의견은?"

네네는 환한 미소를 띤 채 대답했다.

"뻔한 일을 물으시는군요."

"뻔한 일?"

"예. 그 모두는 아마테라스오미카미天照大神°를 섬기는 일본의 신들임이 틀림없지 않겠습니까?"

"허어, 재미있군. 네네, 모두 납득할 수 있도록 설명할 수 있겠소?"

"물론입니다. 해의 신이 이 세상을 만드셨어요. 만물을 만드시고 기르셨어요. 인간도 부처도 천주도 모두 해의 신이 만드신 것. 신들 중에도 만드시는 신과 만들어지는 신의 차이가 있어요."

"허어, 그것 참 재미있군!"

히데요시는 거듭 물었다.

"그러면 어째서 그대는 아미타불을 외우고 관세음보살에게 절을 하는 거요?"

"호호호…… 사람들이 인간을 낳아준 먼 조상신보다 어머니를 더 그리워하는 것과 같은 기분에서지요. 아시겠지요. 부처에게 절하는 것이나 천주에게 기도하는 것 다 따지고 보면 그보다 더 깊은 곳에 계신, 천지를 만드신 일본의 신들에게 참배하는 것과 같아요. 그러므로 어떤 신을 숭배하건 그건 인간들의 자유라 할 수 있어요."

그날 토론의 결론은 신앙의 자유에 도달하는 것이었다. 그런데 효성까지도 신앙과 결부된다는 이 탁월한 의견에는 쥬토쿠도 그만 대꾸를 하지 못했다……

이러한 네네가 뜻하지 않은 반발을 해 아사노 나가마사는 마음이 무거웠다. 밖으로 나온 그는 히데요시 앞에 갈 때까지 그의 기분이 좋은 상태이기를 은근히 기원했다.

'만일 불쾌한 기분으로 있다면 어떤 날벼락이 떨어질까……?'

5

본성 2층 거실에서는 방금 이에야스家康•를 전송하고 돌아온 히데요시가 험악한 표정으로 이시다 지부 미츠나리石田治部三成에게 무언가를 지시하고 있었다.

나가마사는 가슴이 섬뜩했다.

"지부, 정치란 백성을 기쁘게 만드는 것…… 이 하나만으로 족한 거야. 차를 권하는 것이 왜 나쁘다는 말인가? 비용도 들지 않아. 차 한잔을 마신다…… 차 마시는 것을 풍류로 알고 우주의 깊은 뜻과 인생을 생각케 한다…… 추호도 나쁠 것 없어. 보아하니 지부는 리큐利休•와 뜻이 맞지 않는 모양이군."

미츠나리는 나가마사가 들어오자 더 이상 말하지 않았다.

"이에야스도 마음을 열고 대하지 않더냐. 어찌 다회에서 그 사람을 경시할 수 있다는 말이냐. 그보다 천주교 녀석들의 난동에 대해서나 잘 조사하도록 하라. 믿지 말라는 것이 아니야. 무지한 백성들을 선동하여 자기 야심을 채우려는 무엄한 자는 진정한 신자로 인정할 수 없으니 처단하라고 하는 거야. 그것과 다회를 혼동하면 안 돼."

나가마사는 히데요시의 말을 통해 그들이 무슨 이야기를 나누고 있었는지 짐작해보면서 미츠나리의 윗자리에 앉았다.

"나가마사. 키타노만도코로北の政所•의 기분은 어떻던가?"

"예, 그런데……"

이시다가 있는 자리에서 이야기해도 될 것인가 하고 주저하는 기색을 보였다.

"못마땅한 점이라도 있다고 하던가? 어서 말해보게."

히데요시는 그런 눈치를 채고 묵살하듯 더욱 눈썹을 치켜 올렸다.

"솔직히 말씀 드리면, 지나치게 거창한 행렬은 도리어 괴로울 뿐이다, 세상 이목을 생각하고 검소하게 했으면 하는 희망이십니다."

"뭐, 세상의 이목! 나가마사, 내가 누구의 이목을 꺼려야 한다는 말인가?"

"저는 다만, 키타노만도코로 님의 말씀을 전하께 그대로 전하는 것뿐입니다."

"흥, 그럴 수도 있겠지. 세상의 이목을 두려워한다는 것은 좋은 일이야. 그럼, 짐 실은 가마 수를 이삼십 대 줄이도록 하라."

"다음에……"

"또 무어라고 하던가?"

"여자들이 많은 행렬이므로 남자들의 전송은 거절하시겠다는 말씀이었습니다."

"남자들에게 보이고 싶지 않다고?"

히데요시는 의아하다는 듯 고개를 갸웃했다.

"으음, 칸파쿠의 정실이나 되는 네네, 여염집 여자들처럼 얼굴을 구경거리로 삼고 싶지 않다는 뜻인지도 몰라. 누군가에게 옛날 고사故事라도 들은 모양이지."

"그리고 승려도 남자이므로 구경하게 해서는……"

여기까지 말한 나가마사는 자신의 겨드랑이에서 줄줄 흐르는 식은 땀을 깨달았다.

결과는 같다고 해도 뜻하는 바는 전혀 달랐다.

'나는 사실을 왜곡해서 말하고 있다……'

히데요시가 갑자기 배를 안고 웃기 시작했다.

"와하하…… 이제 알겠어! 네네는 중들에게도 얼굴을 보이기 싫다는 말이로군."

"황송합니다마는…… 전하께서는 그 말씀이 뜻하는 바를 어떻게 해석하셨습니까?"

"그것은 말일세, 부부 사이의 은밀한 이야기이기는 하나, 앞으로 나는 조선에서 명나라, 남만국南蠻國까지 손에 넣겠다고 말한 일이 있어. 네네도 여자일세. 그 정도로 거물의 아내가 비록 고승에게라도 얼굴을 함부로 드러내서는 안 된다는, 과연 그 사람다운 식견이야. 하하하…… 역시 남편을 알아주는 사람은 아내밖에 없어. 드디어 네네도 나의 큰 뜻에 부응하는 큰 마음을 갖추게 됐어. 으음, 네네가 그런 말을 했다는 말이지……"

6

나가마사는 씁쓸한 표정을 지을 뿐 더 할말을 찾지 못하고 있었다. 자기도 말을 전달하면서 그 뜻을 왜곡시키고 말았다. 그러나 히데요시도 이 얼마나 엉뚱하게 착각하고 있단 말인가.

네네는 요즘의 히데요시에게 따끔한 일침을 가할 생각이었던 듯. 그런데 히데요시는 오히려 이와 정반대로 더욱 자신감을 높이고 있는 게 아닌가.

'과연 거리가 너무 벌어져 있다……'

비와琵琶 법사°가 늘 말하곤 하는, 오만한 헤이케平家는 오래 가지 않아…… 하는 한마디가 나가마사의 가슴을 스치고 지나갔다.

"좋아, 네네의 뜻대로 하라."

히데요시는 무척 기분이 좋은 듯 선선하게 말했다.

"그럼, 짐 싣는 가마 수는 줄이지 말고, 남자들은 승려에 이르기까지 그 누구도 구경을 나와서는 안 된다고 포고를 내리게."

히데요시가 선뜻 네네의 말을 받아들이는 순간 나가마사는 당황했다. 어려운 문제는 해결되었다! 어쨌든 풍파는 일어나지 않을 터…… 이렇게 생각하면서도 그의 가슴속에는 왠일인지 큰 응어리가 풀리지 않은 채 남아 있었다.

"이제 지부는 물러가도 좋다. 나가마사는 다른 용무도 있을 테니 남아 있게."

히데요시는 다시 일상적인 어조로 말했다. 그리고는 미츠나리가 나가자 목소리를 떨구었다.

"나가마사, 네네는 무엇이 못마땅하다고 하던가?"

갑자기 묻는 바람에 나가마사는 깜짝 놀랐다.

'일은 끝났다……'

이렇게 생각한 것은 나가마사의 성급한 결론이었다. 아마도 히데요시는 미츠나리에게 들려주고 싶지 않아 일부러 아무 문제도 없는 듯 가장했던 모양이다.

"자네 얼굴에 마음에 걸리는 것이 있다고 씌어 있어. 이 히데요시의 눈은 옹이 구멍이 아니야. 무슨 말을 듣고 왔나?"

"예, 그것이 좀……"

"말하기 거북한 이야기를 하던가? 요컨대 질투였나?"

나가마사는 천천히 고개를 저었다.

"그럼, 내가 하는 일이 너무 거창하다고?"

"아니, 그뿐 아니라……"

"으음, 그렇다면 다이묘 중에 심상치 않은 움직임을 보이는 자가 있다고 하던가?"

"전하에 대한 불만만이 아니었습니다. 저희들 측근의 무능에 대한 질책까지도."

"뭐, 그대들의 무능에 대한……"

"예. 전하가 하시는 일은 하나에서 열까지 모두 사람들을 놀라게 하는 것뿐. 놀라게 만드는 것밖에 재능이 없느냐, 그러고도 측근들은 역할을 다했다고 생각하느냐 하고 말씀하셨습니다."

히데요시는 흥 하고 코끝으로 웃었다.

"그런 이야기였군."

"예, 그렇습니다마는."

"그래, 확실히 이 히데요시는 남을 놀라게 하고, 남을 분발시키기 위해 태어났어."

"과연 그러합니다."

"농부의 아들로 태어나 천하를 손에 넣었어. 그리고 지금은 일본에서 전쟁을 몰아내기 위한 근본 대책을 생각하는 중이야."

"……"

"만일 앞으로도 전쟁이 일어난다고 보면, 세 가지 경우를 생각할 수 있어. 첫째는 누군가가 히데요시의 명을 따르지 않을 때…… 그러나 이 경우는 더 이상 문제가 되지 않아. 아무도 나의 토벌군 위세에 대적할 자가 없어. 그렇다면 원인은 두 가지로 좁혀지게 돼."

나가마사는 고개를 갸웃한 채 히데요시를 쳐다보고 있었다. 네네에게도 그가 상상할 수 없을 만큼 날카로운 면이 있었다. 그러나 그에 못지않게 히데요시 또한 무슨 말을 하려는지 전혀 파악할 수 없을 정도로 말을 비약시키고 있었다……

7

"이것 보게, 나가마사."

히데요시는 더욱 목소리를 떨구고 타이르는 듯한 어조가 되었다.

"두 가지 원인 중 하나는 시마즈島津나 오토모大友 같은 다이묘들의 영지 다툼. 그건 언제든지 전쟁으로 확대될 가능성이 있어. 나머지 하나는 터무니없이 선동하는 이들의 속임수로 백성들이 반란을 일으키는 경우…… 이것뿐일세."

"허어……"

"그래서 이 히데요시는 그 두 가지를 없앨 묘책을 세워놓고 있네."

"전쟁의 뿌리를 뽑을 묘책 말씀입니까?"

히데요시는 가볍게 고개를 끄덕였다.

"일본 전국의 토지를 새로 조사하여 숨기거나 속일 수 없도록 각 영지의 곡물 산출량을 파악하자는 것이야."

"그것이 어떻게 전쟁의 뿌리를 뽑는 방법일 수가……?"

"다이묘들 영지의 수확량을 정확하게 밝혀야 해. 지금까지 많은 분쟁의 원인은 표면적으로는 수확이 적으나 실제로는 수익이 많은 토지를 쟁탈하려는 데 있었어. 그러므로 토지의 생산량을 조사하여 확실하게 밝혀놓으면, 앞으로의 영지 다툼은 그대로 히데요시에 대한 반역을 뜻하게 될 것일세."

"과연 그렇겠군요."

"히데요시에 대한 반역, 그건 엄청난 일이기 때문에 아무도 섣불리 전쟁은 할 수 없다…… 그뿐 아니라 공식적인 수확이 그대로 실제 수확이 될 테니 백성들로부터 공납을 받아들이는 일도 과다하게는 할 수 없게 돼. 훌륭한 영주와 어리석은 영주의 차이는 한눈에 확실하게 드러날 것일세."

나가마사는 그만 저도 모르게 무릎을 탁 칠 뻔하다가 숨을 죽였다.

'키타노만도코로도 키타노만도코로이지만, 히데요시 역시 여간 깊은 생각을 하고 있지 않다!'

"그러니까 일본 국토의 토지 조사가 일본에서 전쟁의 씨를 제거하는 묘책일세. 그렇지 않겠나? 가혹한 공납을 강요하지 않으면 백성들도 교묘한 천주교 신자들의 선동 따위에는 놀아나지 않게 될 거야. 나가마사, 일단 토지조사가 끝나면 폭동을 막기 위해 칼을 회수하려고 해."

"칼의 회수……라고 하시면?"

"생활은 칸파쿠가 보장하겠다, 무뢰한들이나 수상한 자들도 칸파쿠가 단속하겠다, 그리고 백성들에게는 일체 칼의 소유를 허락지 않겠다고 말일세. 무기란 때로는 흉기가 될 수 있는 거야. 무기가 없으면 사사로운 싸움이 근절될 것은 자명한 일일세."

히데요시는 비로소 싱긋이 웃었다.

"알겠나, 이런 시책의 예고일세. 쥬라쿠 저택으로의 이전도, 대불大佛 조성도, 키타노北野•의 대대적인 다회도…… 이렇게 해서 민심을 가라앉힌 뒤가 아니면 무기까지 회수할 수는 없을 것일세. 네네는 현명한 여자야. 그러나 역시 여자의 시야는 좁아. 그래서 내가 사람들을 놀라게 하는 재능밖에 없다느니 하면서, 모든 것을 잊고 정신없이 놀이에만 빠지려는 줄로 생각하고 걱정하는 것일세."

"……"

"하지만 그렇지 않아. 이 히데요시에게는 마지막 목적이 하나 있어. 전쟁이 없어질 리 없다고 생각하는 자들에게 정말 전쟁이 없는 세상을 만들어 놀라게 하겠다…… 이것이 바로 놀라게 만드는 내 재능일세. 알겠나?"

나가마사는 어느 틈에 두 손을 무릎에서 내려 다다미疊°를 짚고 있었다. 그러나 자신은 이를 조금도 깨닫지 못했다. 히데요시의 생각이 그대로 그의 뇌리에 선명하게 재현되고 있었다.

8

나가마사는 히데요시의 포부가 무엇을 기초로 하여 이루어진 것인지 알 수 없었다. 그런 만큼 놀라움이 컸다.

사사로운 싸움을 없애기 위한 토지 조사. 이것이 그대로 선정善政과 악정惡政의 평가가 되고, 백성의 불평을 누르고 폭동을 없애는 기초가 되기도 한다…… 칼의 회수는 별개 문제로 치더라도, 이 정도만으로도 일석이조一石二鳥가 아니라 삼조三鳥나 사조四鳥의 효과를 거둘 묘책. 이러한 묘책을 생각해낸 히데요시의 두뇌는 실로 경탄할 만했다.

"놀라울 따름입니다……"

나가마사가 말했다.

"그 말씀을 듣고…… 키타노만도코로 님보다도 제 가슴이 후련해졌습니다."

히데요시는 천천히 고개를 끄덕였다.

"인간이란 말일세, 태어나면서부터 그 그릇의 크고 작음이 정해지게 마련이야. 나는 결코 네네의 그릇이 작다고 말하는 것은 아니야. 네네 역시 여자로서는 놀라운 재능을 가지고 태어났어. 그런 네네가 모두 퍼내어 물이 마를 정도로 이 히데요시의 우물은 얕지 않아. 기회가 닿거든 이 말을 잘 들려주어 쓸데없는 걱정은 하지 말라고 하게."

"예. 잘 알겠습니다."

"그럼 네네의 말대로 남자들의 전송은 금지시키게. 걱정해주는 그 진심을 무시하면 안 되니까."

나가마사는 비로소 안도의 숨을 쉬고 미소를 떠올렸다. 새삼스럽게 주군을 평가하고 신뢰하는 빛이 그대로 얼굴에 나타나 있었다.

"좋아, 그만 물러가게."

"이제는 안심했습니다. 그럼……"

나가마사가 물러가자 이번에는 옆방에서 대기하고 있던 리큐가 거실로 들어왔다.

하루 종일 계속해서 맞이하는 접견 상대 중에서도 리큐는 마음을 터놓을 수 있는 몇 안 되는 오토기슈お伽衆°였다. 그러나 오늘 히데요시는 왠지 무뚝뚝한 표정으로 리큐를 거부했다.

"다회에 대해 상의할 작정일 테지. 오늘은 그만두세."

"예…… 키타노의 토지구획이 끝나 보여드리려고……"

"나중에 보겠어. 문서를 두고 가게."

리큐는 히데요시의 불쾌한 기분을 알아채고 문갑 위에 작은 두루마리를 엎어놓고 묵묵히 물러갔다.

다음에는 코니시 유키나가가 그 아버지 쥬토쿠와 같이 들어왔다. 천주교 선교사들의 국외 추방 날짜 연기를 탄원하러 온 모양이었다.

"오늘은 아무 말도 듣고 싶지 않아. 신부들이 반성하면 그것으로 끝나는 일. 성급하게 서두를 생각은 없으니, 나중에 말하기로 하세."

그 역시 내쫓듯이 내보내고 나서 히데요시는 생각에 잠겼다.

왠지 네네가 한 말이 마음에 걸렸다.

'남을 놀라게 하는 것밖에 모르는 분……'

입으로는 그릇이 다르다거나 토지 조사를 하겠다고 나가마사에게 말했다. 그러나 그것만으로 불세출의 영웅으로 추앙받을 수 있을지에 대해서는 불안하기만 했다.

토지 조사를 생각하게 된 것은 나야 쇼안納屋蕉庵의 말을 듣고 나서부터였다. 쇼안은 이것으로 전쟁이 없어진다거나 선정의 기초가 닦인다고는 말하지 않았다.

"일본은 모두 육십여 주州, 이 모두를 손에 넣고 한 사람에게 한 주씩 주어도 영지를 갖는 다이묘는 고작 육십여 명……"

쇼안은 일본 땅이 좁다는 것과 가난하다는 것을 지적했다.

히데요시는 사방침을 끌어당겨 팔을 올려놓고 턱을 괴었다.

'토지 조사만으로 공신들 모두에게 땅을 나누어줄 수 있을지……'

9

이미 일본 전체는 히데요시의 손안에 들어온 것과 다름없었다.

오다와라小田原에 대해서도 완전히 복안이 서 있었다. 호조北條 부자에게 상경上京을 권하여 순순히 말을 듣고 올라오면 영지를 교체하고, 그렇지 않으면 큐슈 정벌 때처럼 꽃구경하는 기분으로 일전一戰을 벌이면 되었다.

그 점에 대해서는 상경했던 이에야스와 회견하여 그의 속셈도 충분히 확인해놓았다. 이에야스는 호죠의 편을 들어 히데요시의 위업을 방해할 정도로 어리석지는 않았다. 도리어 그 역시 호죠의 멸망을 바라고 있는 것처럼 보였다. 그 이유는 말할 나위도 없이 일본의 국토가 협소하다는 데 있었다.

호죠 혼자 완강히 저항한다고 해도 그 정도는 문제시할 필요가 없었다. 유유히 그를 쓰러뜨리고 전진하면 칸토關東 8개 주를 새로운 영지로 삼을 수 있었다.

'이 새 영지에 이에야스를 보낸다……'

그렇게 하면 이에야스가 차지하고 있는 미카와三河, 토토우미遠江, 스루가駿河 등지는 주인이 없어진다.

이 이에야스의 옛 영지에 오다 노부오織田信雄를 보내고, 오와리尾張 서쪽의 땅을 심복들로만 채워놓는다. 노부오가 조상 대대로 다스려온 땅이라 하여 오와리에서 떠나는 데 불만을 품는다면 도리어 다행이다.

'그때는 더 꼼짝 못하도록 작은 영지로 옮겨 명맥만 유지하도록 할 것이다……'

이렇게 계산해보아도 히데요시에게는 아직 자신의 공신들을 만족시킬 수 있는 영지가 충분하지 못했다……

이러한 사정을 너무나 잘 알고 있었기 때문에 히데요시는 필요 이상으로 키타노만도코로가 말하는 '남을 놀라게 하는 일' 을 시도하고 있는지도 모른다.

필요한 사람 수에 비해 워낙 일본 국토가 비좁았다. 상으로 분배할 토지가 부족한 만큼 히데요시는 자신의 위력을 필요 이상으로 과시할 수밖에 없는지도 몰랐다.

'불평하지 마라. 불평하더라도 이 히데요시에게는 통하지 않는다!'

이런 의식이 잠재적으로 작용하고 있다고나 할까.

'이제는 나도 정상에 와 있는 것이 아닐까?'

히데요시는 성격상 이런 생각을 참을 수 없었다. 이 정상에 오른 느낌은 그 자신이 지금까지 품어온 '태양의 아들'이라는 자신감과 크게 충돌했다.

태양을 보라. 날마다 떠올라 만물을 자라게 하면서 언제나 높은 곳에서 빛나고 있지 않은가.

"으음."

히데요시는 사방침에 얹은 팔에 턱을 괴고는 크게 신음했다.

"전투가 있으면 지루하지는 않은데……"

눈앞에 있는 적을 어떻게 우롱하고 어떻게 굴복시킬 것인가. 전쟁터에 서면 이런 생각에 뒤이어 갖가지 지혜가 샘물처럼 솟아올라 순식간에 온몸에 활기가 넘치고는 했다.

그런 의미에서 히데요시는 고금에 그 유례를 찾아볼 수 없는 '승부사勝負師'였다. 전란이 종식된 요즈음 히데요시는 일상의 어디에서도 전쟁터에 있을 때와 같은 마음의 긴장이나 자극을 경험할 수 없었다.

'정상은 아니다. 히데요시에게 어찌 정상이 있을 수 있겠는가!'

이때 다시 코쇼小姓°가 히데요시에게 다가와 접견하기를 희망하는 내방자의 이름을 고해왔다.

"아뢰옵니다. 오다 우라쿠사이織田有樂齋 님이 뵙기를 청하고 있습니다."

"뭐, 우라쿠가……?"

히데요시는 잘됐다 싶었다.

"들라고 해라."

가만히 고개를 끄덕였다.

10

우라쿠가 왔다면 챠챠히메 때문인지도 모른다……

히데요시는 저도 모르게 자세를 고치고, 그답지 않게 얼굴을 붉히며 기다리는 심경이 되었다.

때가 때인 만큼 젊은 챠챠히메와의 정사는 히데요시에게 —

'아직도 내게는 청춘이 있다!'

이런 마음의 탄력을 느끼게 해주었다.

"우라쿠로군, 좀더 가까이 오게."

"예. 전하는 언제나 여전하시군요."

"그렇지도 않아. 이젠 나도 많이 변했어."

"당치도 않으신 말씀입니다. 더욱 혈색이 좋아지시고 눈도 더욱 빛나시는 것 같습니다."

"입에 발린 소리는 하지 말게. 챠챠는 별일 없겠지? 그리고 상경 준비도 끝났겠지?"

"실은 그 일 때문에……"

"그 일? 챠챠의 일 말인가, 아니면 상경 준비에 대해서인가?"

"양쪽 모두입니다."

우라쿠는 가슴을 젖히듯이 하면서 부드러운 미소를 떠올렸다.

히데요시는 왠지 모르게 섬뜩했다.

키타노만도코로에게 가슴 아픈 일침을 당하고 난 마당에 다시 챠챠에게 무슨 소리를 듣는 것은 견딜 수 없는 일이었다.

키타노만도코로는 어디까지나 '아내의 역할' 이라는 입장에서 설교조로 밀어붙여왔다. 그러나 챠챠히메 쪽은 그 반대일 터.

챠챠히메는 남의 마음을 얄미울 정도로 잘 꿰뚫어보고, 감정의 틈을 노려 어린아이처럼 버릇없이 화살을 쏘아대고는 했다. 이쪽에 마음의 여유가 있을 때는 더할 나위 없이 재미있는 응석이지만, 그녀를 상대하고 있을 수 없을 때는 힘겨운 장난감이었다. 상대를 자기 쪽으로 돌아서게 하지 않고는 견디지 못하는 강한 자아自我로 대항해오기 때문이었다.

"챠챠가 무슨 소리라도 했는가?"

"예. 쥬라쿠 저택으로 이전하는 행렬에는 가담하고 싶지 않다, 사양하겠다고 했습니다."

히데요시는 양미간을 모으고 혀를 찼다.

"안 된다고 하게!"

"이미 결정된 일이므로 변경할 수 없다고 했습니다만, 막무가내였습니다."

"말도 안 되는 소리! 명령을 따르라고 하게. 자네가 곁에 있으면서 그것 하나도 설득하지 못한다는 말인가."

"그렇지만, 전하도 아시다시피 워낙 기질이 강해 일단 말을 꺼내면 제 힘으로는 감당할 수 없습니다."

"그래서, 나더러 어떻게 하라는 말인가?"

"황송합니다마는, 전하께서 직접 설득해주십시오."

"나더러 설득하라고?"

"예. 제 힘으로는 불가능합니다."

우라쿠는 챠챠히메의 기질을 잘 알지 않느냐……는 듯 시선을 옮겨 무릎 위의 흰 부채를 만지작거렸다.

히데요시가 가장 싫어하는, 시치미를 떼는 우라쿠의 자세였다. 리큐도 종종 그런 일면을 보였는데, 이러한 그들의 태도는 내심 히데요시를 깔보고 있다는 은근한 표현이었다.

"우라쿠."

"예."

"지금에 와서 그런 방자한 태도를 보이다니 용서할 수 없어. 이렇게 말하게. 그러면 돼."

"챠챠히메에게도 이유가 있을 것입니다."

우라쿠는 천천히 말을 이어나갔다.

"혹시 임신했을지도…… 그렇다면 가마로 여행하는 것은 몸에 해로울지도……"

11

"뭣이, 챠챠가 임신을?"

히데요시는 깜짝 놀라 당황하며 사방침에 매달렸다.

"그, 그게 정말인가, 우라쿠?"

우라쿠는 시선을 정원으로 보낸 채 시침을 떼며 말했다.

"물론 아직 확실하지는…… 아무튼 전하의 비밀스런 일이므로 저보다는 전하께서 더 심증이 가실 것이라 생각합니다만."

"초조하게 만들지 말게, 우라쿠."

"진실을 말씀 드린 것뿐입니다."

"챠챠가 자네에게 그런 말을 하던가?"

"예."

"무어라고 했는지 정확히 말하게."

"만일 임신했다면 뱃속의 아기에게 해로울 것이니 행렬에는 가담할 수 없다……고 했습니다."

"로죠老女°들은? 이런 일은 로죠가 먼저 알아차리게 마련이야."

"황송하오나, 저는 로죠들에게까지 그런 말을 물을 수는 없었습니다. 아직 드러내놓고 말할 단계가 아니기 때문에."

히데요시는 또다시 지겹다는 듯 혀를 찼다.

"그러면…… 그러면, 태아에게 해가 미칠 것이므로 행렬에서 제외시켜달라고 했다는 말이지?"

"태아에게 해가 미친다…… 그 밖에도 챠챠히메의 말에는 큰 의미가 있는 것 같습니다."

"그게 무슨 뜻인가? 나는 지금 머릿속이 불처럼 뜨거워졌어! 나에게 자식이 생긴다…… 오십이 넘어서 자식이…… 갑자기 그런 말을 듣고 당장 어떤 결정을 내려야 좋을지 알 수가 없어. 대관절 챠챠는 무엇을 생각하고 있단 말인가?"

"자기는 아직 정확하게 알 수 없다, 그러나 만일 임신했다면, 아직 소실도 아니고 오만도코로大政所나 키타노만도코로의 시녀도 아닌 애매한 신분으로 행렬에 가담한다면 앞으로 태어날 아기에게 죄송스러운 일이라고 했습니다."

"그건 당연한 일이야! 히데요시의 자식을 낳을 어미로서는……"

"그런데, 어머니가 될 몸……이란 것이 아직은 확실하지 않기 때문에 행렬에는 가담하지 않았으면 좋겠다, 만일 굳이 가담해야 한다면 거기에 걸맞는 격식을 갖추어달라고……"

그러나 히데요시는 이미 우라쿠의 말은 귀담아듣고 있지 않았다. 정신차려 들었다면 우라쿠의 말에 애매한 점이 있다는 사실을 알아챘을지도 몰랐다. 상경 행렬을 구실로 챠챠히메의 신분을 확실하게 하려는 우라쿠 자신의 지혜일 가능성이 있었다. 우라쿠는 임신……이라는 강경수를 쓰면서도, 확실하냐고 물으면 안개 같은 대답으로 사실을 흐려버렸다.

지금 히데요시는 당황하고 있었다.

인간은 누구에게나 약점이 있게 마련이다. 지난날 키타노만도코로도 나가하마長浜에서 임신한 일이 있었다. 그때 히데요시는 몹시 당황했다. 첫아이는 텐쇼天正 4년(1576) 10월 14일 태어난 지 얼마 되지 않아 죽었다. 그 이름은 그 후 양자로 삼은 노부나가의 넷째아들 히데카츠秀勝와 같았다. 히데요시는 첫아이 히데카츠를 나가하마의 묘호 사妙法寺에 묻고 혼코인 쵸카쿠本光院朝覺 거사居士라는 법명을 지어주었다.

그 이후 히데요시는 두 번 다시 자식을 갖지 못하고, 지금은 자기 몸에 자식을 낳을 씨가 없다고 단념하고 있었다.

히데요시의 이 허점을 우라쿠가 찌른 것이라면 그의 사악함은 상상 이상이었다. 만일에 챠챠히메가 말한 것이라면 그녀의 예리한 발견이라 할 수 있었다.

히데요시는 이마에 잔뜩 땀을 흘리면서 당황해하고 있었다……

12

히데요시는 땀을 흘리면서 완전히 몽상의 세계를 들여다보고 있는 얼굴이었다.

"내 생애가 새로 시작되는 것이라 할 수 있어. 그렇지, 우라쿠?"

우라쿠는 얄미울 정도로 시치미를 뗀 표정이었다.

"예? 뭐라고 하셨습니까?"

"자네는 모르는 일이야. 아니, 아무도 모를지 몰라. 나는 나가하마에서 아들 하나를 얻었을 때 지금보다 훨씬 젊었어. 자식이란 것이 인생에 어떤 의미를 갖는지 그때는 깊이 생각해보지 않았어. 아무튼 내 머릿속에는 일로 가득 차 있었으니까. 그런데도 갑자기 내 주위가 환하게 밝아진 듯한 느낌이 든 것을 지금도 기억하고 있어. 녀석이 어리석은 아이라면 하고 걱정하거나, 어떻게 키울 것인가 하고 전쟁터에서조차 문득문득 생각하고는 했지…… 그러나 녀석은 살지 못했어. 네네는 몹시 울었지. 두 번 다시 자기가 임신하지 못할 것을 알고 있었는지도 몰라. 여자란 그 정도로 민감한 거야. 그래서 나는 네네가 가엾어, 우다이진右大臣° 님께 부탁하여 히데카츠를 양자로 삼았어. 그대로 있으면 네네가 앓아 누울 것 같아서…… 그러한 내가 오십이 넘어 자식을 갖게 되다니…… 우라쿠, 이것은…… 그러나 사실이 아닐 거야. 믿을 수가 없어!"

우라쿠는 그러한 히데요시로부터 눈길을 피하고 조용히 부채를 폈다 접었다 하고 있었다.

'내가 대답할 일이 아니다……'

이렇게 생각하고 애써 히데요시의 말에 개입하지 않으려 하는 것 같았다.

"우라쿠!"

"예."

"자네는 어떻게 생각하나?"

"무엇…… 말씀입니까?"

"챠챠 말일세. 챠챠의 말을 들어줄 도리밖에 없을 것 같아."

"전하가 좋으실 대로…… 그렇게 대답할 수밖에 없습니다. 아무리 제가 말린다고 해도 챠챠히메가 납득하지 않을 테니까요."

"임신을 했다면……"

히데요시는 허공을 쳐다보았다.

"가마 여행은 좋지 않을 것이야. 유산될 우려가 있어. 가령 챠챠가 그것을 알고 거짓말을 한다……고 해도 이번 경우에는 잠자코 들어줄 수밖에 없겠어."

"……"

"어떤가, 우라쿠? 자네도 이 히데요시의 기분은 알지 못할 거야."

"……"

"이 말을 네네에게 함부로 하면 안 돼. 네네는 질투가 많은 여자는 아니야. 소실에 대해서까지 나에게 이런저런 조언을 할 정도로 아량이 넓어. 하지만 아이가 생겼다……고 하면 문제는 달라."

"물론 섣불리 말씀 드리지 않는 편이 좋을 것입니다."

"그래. 섣불리 말하면 안 되지. 나의 놀라움이 큰 것처럼 네네의 놀라움도 클 거야."

이렇게 말하면서 히데요시는 완전히 '정상'에 도달했다는, 기묘한 쓸쓸함에서 해방되어 날개가 돋은 것 같기도 하고 하늘에 오른 것 같기도 한 황홀감에 빠져 있었다.

13

조화의 신은 때때로 자기가 창조한 인간에게 짓궂은 장난을 걸어온다. 아니 장난이 아니라, 어쩌면 깊은 의미를 지닌 위로인지도 모른다. 히데요시는 문득 자기 인생에서 '절정'을 느낀 순간 상상도 하지 못한 밝은 별천지에 내던져졌다.

지금까지는 어떻게 하면 챠챠히메를 쿄토로 옮길까 하는 데만 부심해왔다. 그런데 우라쿠가 그녀의 임신을 암시하는 순간 그것은 전혀 다른 기대로 바뀌었다.

'나에게 자식이……'

생길지도 모른다는 약간의 가능성만으로도 어떤 일이든지 하지 않으면 안 되겠다는 결심으로 바뀌었다.

"여보게, 우라쿠."

"예."

"챠챠는, 키타노만도코로나 오만도코로와는 동행하지 않는다…… 그건 그렇다 치고, 쿄토에서는 어디에 살 생각일까?"

"글쎄요, 그것에 대해서는……"

"자네는 알 거야. 이렇게 되면 더 이상 비밀로 할 수 없는 문제, 정식으로 소실임을 발표해야겠지만 그것은 나중의 일. 쥬라쿠 저택에서 같이 살려고 할 것인지 아니면……"

"황송합니다마는……"

"틀림없이 무슨 말을 들었군. 무어라고 하던가?"

"쥬라쿠 저택의 안주인이 되거나, 아니면 십만 석 정도의 성을 하나 달라고 농담처럼 말했습니다마는."

"뭐, 십만 석짜리 성 하나…… 하하하…… 글쎄, 쥬라쿠와 멀리 떨어진 곳의 성을 준다면, 마음대로 만나기도 어려운 일. 쥬라쿠의 안주인이라…… 그 역시 곤란한 일."

"물론 진심으로 그런 말을 했는지는 알 수 없으니까……"

"쥬라쿠에는 네네가 있어. 네네를 두고 챠챠를…… 그렇게 할 수는 없어."

"챠챠히메도 그런 데까지는 생각하지 않았을 것이라고."

"그렇다면 응석이나 농담으로 한 말일까?"

"하지만 전적으로 농담이라고 하기에는 좀……"

"으음."

히데요시는 다시 한 번 즐거운 듯이 고개를 갸웃했다.

"좋아, 생각해보겠네. 내가 직접 네네에게 부탁하겠어. 네네도 챠챠가 노부나가 공의 조카라는 것은 잘 알고 있으니까 절대로 소홀하게는 다루지 않을 거야."

우라쿠는 대답하지 않았다.

오늘은 이 정도로도 충분한 수확이었다. 키타노만도코로의 시녀도 아니고 종도 아닌 애매한 신분으로는 쿄토로 가는 행렬에 가담할 수 없다는 것이 챠챠히메의 주장이었다.

그 주장은 이제 완전히 관철되었다. 히데요시는 네네와 챠챠히메의 위치를 어떻게 정할 것인가, 그 생각에 마음을 쓰고 있음을 잘 알 수 있었다.

"나중에 은밀히 배로 옮겨야겠어. 잠시 동안은 그대로 자네가 맡아 주게. 그 사이에 내가 챠챠의 마음에 들도록 조치를 취할 것일세. 그렇게 전하게. 만일 임신이 확실하다면 특히 몸조심하라고."

히데요시는 시선을 허공으로 보내고 웃었다.

"후후후."

두뇌 회전이 빠른 평소의 히데요시였다면 이처럼 쉽게 우라쿠에게 말려들 리 없었다. 그런 의미에서 '자식'은 그에게 큰 약점이었다.

히데요시는 아직도 웃음을 거두지 못하고 있었다.

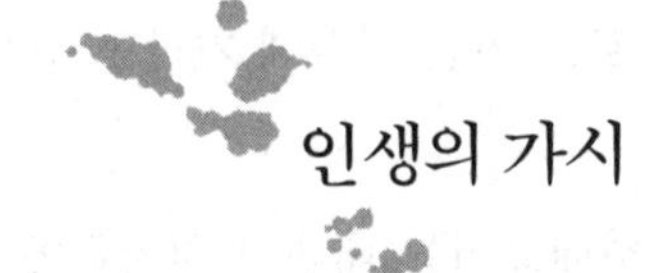

인생의 가시

1

이에야스와 히데요시의 재회는 히데요시의 일방적인 의사대로 되어 가고 있었다.

이에야스는 자신이 히데요시의 적이 될 의사는 추호도 없다는 것을 거듭 확인했고, 동석시킨 이시카와 카즈마사石川數正에게도 터놓고 말을 건넸다. 벼슬의 경우도 히데요시가 주청한 종2품 곤노다이나곤權大納言°을 기꺼이 받아들여 조정에 하례하고 돌아갔다.

'이 정도라면 서쪽에 대한 야심이 없다고 믿어도 틀림없다……'

그러므로 아사히朝日• 부인의 상경 문제도 그다지 서두를 필요가 없었다. 만약 위험하다고 판단될 경우에는 고령인 오만도코로의 급환을 핑계 삼아 두말없이 돌아오게 할 수단도 있었다.

"뭐, 아사히가 슨푸駿府에서 떠나기 싫어한다고? 하하하…… 그 정도로 아들이 마음에 든다는 말이지. 역시 여자는 달라. 이에야스가 히데타다秀忠란 이름을 받아갔으니 더욱 기분이 좋겠군. 이제는 아사히의 양자도 종오품하 도쿠가와 쿠란도노카미 히데타다德川藏人頭秀忠

가 되었으니까."

환하게 웃어넘기고 쥬라쿠 저택으로의 이전에 착수했다.

히데요시가 쿄토로 옮기는 날은 9월 18일. 금은과 가구들은 수백 척의 배에 실어 요도淀까지 운반하고, 요도에서는 수레와 가마 500대에 일꾼 5,000을 딸려 운반하게 할 예정이었다.

키타노만도코로는 이보다 5일 전인 13일 오만도코로와 같이 오사카를 떠나 쿄토로 향했다. 행렬의 선두에는 오만도코로의 가마 15채, 탈것 6채, 기마무사 네 명이 앞장섰다. 그리고 그 뒤에는 모두 붉은 옷을 입고 500명에 이르는 다이묘들이 마치 신을 모신 가마를 호위하듯 따르고 있었다. 이어서 혼간 사本願寺 아낙네들의 행렬이 중앙에 서고, 그 뒤를 키타노만도코로 네네의 행렬이 이어졌다. 그 행렬에는 가마 100채에 탈것 200채, 수없이 많은 궤짝이 꼬리를 물고 있었다. 그 뒤를 기마무사와 오만도코로의 경우처럼 붉은 옷을 입은 사람들이 따르고 있었다.

공식적으로는 남자와 승려에게 전송이, 곧 구경이 금지되어 있었다. 그러나 통행인 중에는 그런 것은 알지 못했다는 듯 여자와 같은 수의, 또는 그 이상의 남자들이 길 양쪽을 메우고 이들 행렬을 전송하고 있었다.

별로 이를 막는 자도 없었다. 그런 의미에서 '금지'는 유명무실했다. 네네도 물론 그것이 엄격히 실행되리라고는 생각지 않아 행렬이 쿄토에 도착할 때까지 아무 말도 하지 않았다.

네네는 처음 보는 쥬라쿠 저택의 위용…… 히데요시가 한 일이라 더할 나위 없이 호화로울 것이라고는 생각했다. 그러나 실제로 대하고 보니 상상을 초월하는 구조였다.

사방 3,000평에 달하는 돌축대.

누각 입구의 쇠기둥에 구리로 된 문이 들어서는 자들에게 위압감을 느끼게 하려는 듯 빛을 발하며 좌우로 열려 있었다.

이런 문은 일본 어디에서도 찾아볼 수 없으리라…… 이런 생각을 하며 안으로 들어갔는데, 이번에는 정면 현관과 가마를 두는 곳의 지붕에 얹은 기와의 화려함이 넋을 빼앗았다.

"아득한 누각은 별을 뚫고 높이 솟아 하늘에 우뚝 서고, 기와의 장식과 그 이음새에는 옥호玉虎가 바람을 받아 으르렁거리고 금룡金龍이 구름에 화답한다. 임시로 마련된 천황의 처소는 노송나무 껍질이 깔려 어가御駕의 방과 이어져 있다. 정원에는 무대가 있고, 그 좌우에는 배우의 분장실이 마련되어 있다. 소실의 거실에 이르기까지 장인匠人들이 정성을 다해 단청丹靑을 입혔다. 그 화려함을 어찌 다 표현할 수 있을 것인가."

훗날 쥬라쿠 저택에 갔던 천황의 행차 기록에 이렇게 묘사되어 있는 화려한 저택을 네네는 씁쓸한 표정으로 쳐다보았다.

2

쥬라쿠 저택에 도착한 지 사흘째 되는 날, 네네는 시녀의 입을 통해 비로소 챠챠히메 이야기를 들었다.

그것은 물론 네네에게 고하기 위한 이야기가 아니었다. 저희들끼리 나누는 말에 지나지 않았으나, 그냥 들어넘길 수 없는 의미가 포함되어 있었다.

"챠챠히메 님이 행렬에 가담하지 않은 이유를 알고 있니?"

한 시녀가 네네의 소지품을 정리하면서 다른 시녀에게 말했다.

"그럼. 챠챠히메 님은 아직 정식으로 지위가 정해지지 않았는데 행렬에 가담하면 우리와 같은 시녀 취급을 당하게 될 것 아니겠어? 그것이 싫어서 가담하지 않았다고 해."

"호호호, 그건 표면적인 이유고, 사실은 다른 내막이 있어."

"내막이 있다니…… 그게 뭔데?"

"챠챠히메 님이 임신하셨다는 거야."

"어머! 그럼, 전하의 아기를?"

"거기에도 역시 내막이 있는 것 같아."

"무슨 소리를 하는 거야, 사람 깜짝 놀라게."

"이면에 또 이면이 있는 세상이라 들은 대로 말한 것뿐이야. 임신했다……고 하지 않으면 전하가 허락하시지 않을 것이기 때문에, 그런 말로 전하를 속여 행렬에 가담하지 않았다는 소문이 있어."

"챠챠히메 님이 전하를 속였다는 말이지?"

"아니, 챠챠히메 님의 지혜가 아니라 모두 우라쿠 님이 꾸민 일이라는 거야. 우라쿠 님은 전하께 챠챠히메 님을 빼앗기고 몹시 억울해하신다는군. 그래서 별도로 모든 형식을 갖추어 이리 들여보낼 생각을 하고 계신다는 거야."

시녀들이 주고받는 말을 듣고 있던 네네는 말없이 자기 거실을 지나쳐 오만도코로의 거실로 갔다. 마음이 편치 않았다.

챠챠히메를 쿄토로 데려온다…… 이것만으로도 매우 불쾌했다. 그런데 이번에는 행렬에 가담하지 않고 나중에 따로 온다고 한다.

잠시 오만도코로와 이야기를 나누고 자기 거실로 돌아온 네네는 로쵸에게 명했다. 사람을 보내 우라쿠가 쿄토에 도착하는 즉시 자기한테 오도록 조처하라고.

우라쿠가 찾아온 것은 그로부터 1각 반(3시간)쯤 지난, 새로 지은 저택의 지붕에 저녁 해가 찬란하게 비추기 시작했을 때였다.

"부르심 받고 급히 달려왔습니다."

우라쿠는 정중하게 절하고는 눈을 가늘게 뜨고 오른쪽 벽에 그려진 카노 에이토쿠狩野永德의 공작 그림을 바라보았다.

“허어, 훌륭한 그림입니다. 마치 키타노만도코로 님과 아름다움을 다투고 있는 것 같습니다.”

“우라쿠 님.”

“예.”

“아름다움을 다툴 살아 있는 공작에 대해서인데……”

“살아 있는 공작…… 그게 어디 있습니까?”

“호호호…… 그대 곁에 있을 텐데요. 그 공작을 기를 장소는 마련했나요?”

“무슨 말씀이신지.”

“임신을 했다느니, 그게 거짓말이라느니 하는 그 공작 말이에요.”

“아아, 그 말씀이시로군요.”

“그래요. 그대의 뱃속에는 어떻게 해줄지 이미 결론이 나 있을 거예요. 사실 그대로를 말해보세요. ……이 네네에게도 상전뻘 되는 공작, 그대가 생각하는 대로 해주고 싶어요.”

네네의 말에 우라쿠는 경계하는 표정으로 짓궂게 눈을 껌벅거렸다.

3

네네가 기승스럽고 예민하다는 것은 우라쿠도 잘 알고 있었다. 그런 만큼 언젠가는 이런 일이 생길 줄 알고 여러모로 해명할 말을 생각해두었다. 그런데 왠지 솔직하게 입을 열 수 없었다. 갑작스럽게 공작에 빗대어 무섭게 공격당한 탓인지도 몰랐다.

“왜 대답이 없나요? 현명한 우라쿠 님이니 이런 경우에는 이렇게, 저런 경우에는 저렇게, 복안이 있을 텐데요.”

“이번에는 전혀 복안이 없습니다.”

“어째서죠? 우라쿠 님답지 않게.”

“예. 전하께서 너무도 뜻하지 않은 일을 하셔서겠지요.”

“흥.”

네네는 코끝으로 웃었다.

“전하가 하시는 일은 그대도 잘 알고 있잖아요?”

“그런데, 제가 소홀했던 탓인지 바로 얼마 전까지도 전혀 모르고 있었습니다.”

“바로 얼마 전……이란 언제를 말하는 것이죠?”

“예…… 저어…… 그것이……”

“이월이나 삼월의 일은 아닐 거예요. 전하가 큐슈에 가시기 전……그렇죠?”

“예…… 예. 하지만 그 무렵에는 설마 이렇게까지는……”

“변명은 필요치 않아요. 이왕 벌어진 일, 뒤처리가 중요해요. 그대에게 즉시 나와 상의할 마음이 있었다면 벌써 해결되었을 거예요.”

“예…… 예. 그만 반신반의하고 있었던 터라 미처 말씀 드릴 기회를 놓쳤습니다.”

“우라쿠 님.”

“예…… 예.”

“그대는 이 네네보다 전하가 더 다루기 쉽다고 본 모양이군요?”

“그것이…… 대관절 무슨 말씀입니까?”

“그대는 챠챠히메가 임신했다……고 전하께 말씀 드렸지요?”

“아니, 그것은……”

우라쿠의 이마에 드디어 땀방울이 맺히기 시작했다.

‘이럴 리가 없는데……’

고작해야 여자 하나, 히데요시 쪽에서 밀어붙이게 만들면 꼼짝없이 굴복할 줄 알았다. 그런데 약간의 착오로 형세가 역전되었다.

히데요시가 아직 네네에게 아무 말도 하기 전에 자기가 먼저 불려와 버렸다……

"아니……라면, 우라쿠 님, 그런 일 없다, 임신 따위는 하지 않았다는 말인가요?"

"그……그것이."

"그것이 어쨌다는 말이에요? 그대답지 않군요. 왜 말꼬리를 흐리는 거예요? 설마 그대는 임신하지도 않았는데 했을지도 모른다고 전하를 속이지는 않았나요?"

"키타노만도코로 님……"

"어서 말해보세요. 전하께 무어라 말씀 드렸기에, 행렬에 끼어야 할 챠챠히메가 제외되었지요?"

"만도코로 님."

우라쿠는 다시 한 번 다급하게 네네의 예봉銳鋒을 막았다.

"새삼스럽습니다만, 지금이라도 상의 드리겠습니다. 대관절 챠챠히메를 어떻게 처리하면 좋겠습니까? 저도 이 문제로 여간 애를 먹지 않았습니다."

이 말은 우라쿠의 진심인 동시에 교묘한 역습이기도 했다.

4

네네는 입가에 비웃음을 떠올린 채 이리저리 말꼬리를 피해가는 우라쿠를 바라보았다. 이제 와서 애를 먹었다는 말이 우습기도 하고 가증스럽기도 했다.

'어쩌면 소문이 사실인지도 모른다……'

남몰래 사랑하던 챠챠히메를 히데요시에게 빼앗겨서 우라쿠 같은 사나이도 평정을 잃고 있다…… 그러나저러나 히데요시에게 임신했을지도 모른다고 말하다니 이 얼마나 상대의 약점을 이용하는 간사한 지혜인가.

네네가 생각하기에도 그렇게 하는 것이 히데요시를 가장 쉽게 조종할 수 있는 방법일 것 같았다.

"우라쿠 님, 이야기란 순서에 맞춰 해야 하는 거예요."

"그러나, 너무 애를 먹은 일이라서……"

"임신했다는 것은 사실인가요, 거짓인가요? 챠챠가 말하던가요, 아니면 우라쿠 님이 꾸며낸 것인가요?"

"솔직히 고백하겠습니다. 제가 궁지에 몰린 나머지 어떻게도 할 수 없어 꾸며낸 말입니다."

"어째서 그토록 궁지에 몰렸지요?"

"전하께서는 키타노만도코로 님의 행렬과 같이 쿄토로 보내라는 분부이시고, 챠챠는 절대로 그렇게는 할 수 없다고."

"우라쿠 님은 챠챠히메는 설득시킬 수 없다고 보고 전하께 거짓말을 했군요."

"만도코로 님! 자비를 베풀어주십시오. 제발, 이 일만은 전하께 비밀로 해주십시오."

"전하의 귀에 들어가고 안 들어가고는 문제가 아니에요. 나는 그대의 재치가 조카보다 전하를 경시하는 불손함을 내포하고 있다는 점을 지적하고 있어요."

"만도코로 님!"

마침내 우라쿠는 외치듯이 네네를 부르면서 다다미 위에 두 손을 짚었다.

"이 일을 전하께 말씀 드리면 이 우라쿠는 전하를 측근에서 모실 수 없게 됩니다. 자비를 베풀어주십시오. 우라쿠의 잘못된 생각, 사려가

부족했던 경박스러움을 널리 헤아려주십시오."

네네는 숨쉬는 것까지도 잊은 듯 꼼짝 않고 우라쿠를 똑바로 바라보았다.

우라쿠가 말한 대로 어쩔 수 없는 사정에서 나온 거짓인지도 모른다. 그렇다 하더라도 자식을 낳지 못하는 네네에게는 더할 나위 없이 잔인한 거짓말이고 공격이었다.

"이렇게 깊이 사죄 드립니다. 챠챠히메를 설득하려 하지 않고 전하를 속인 것은 일생일대의 잘못입니다."

네네는 자기도 불쌍했으나 우라쿠도 여간 딱하지 않다는 생각이 들기 시작했다.

노부나가의 동생으로 태어났으면서도 이처럼 히데요시를 섬기고 있다. 더구나 자신이 생각하는 바를 그대로 행동에 옮기지 못하고 비참하게 비위나 맞추는 오토기슈의 신분으로 전락하다니……

"알겠어요."

네네가 말했다.

"모두 지나간 이야기예요. 우라쿠 님, 우리 앞으로의 일이나 생각하기로 해요."

"이해해주시겠습니까?"

"자비를 베풀어달라고 하는데 더 책망할 수는 없지요. 그러나 우라쿠 님, 임신했다고 말한 죄가 얼마나 큰지 아시나요? 내가 얼마나 괴로워했는데."

"말씀을 듣고 비로소 깊이 후회하고 있습니다."

"됐어요. 그러면, 챠챠히메를 어디에 살게 할 것인지 그대의 생각을 말해보세요."

네네는 북받치는 감정을 억누르고 남의 일인 것처럼 말했다.

"쿄토에 온다고 해도, 공작에게는 공작에게 어울리는 둥지가 있어야 할 거예요."

5

"황송합니다마는 그것은 전적으로 전하의 뜻에 달려 있는 일…… 이 우라쿠에게는 아무런 의견도 없습니다."

우라쿠는 이제 완전히 네네에게 굴복한 상태였다.

"다만 전하로부터 당분간 그대에게 맡겨두겠다, 나중에 다시 지시하겠다는 말씀만 들었습니다."

"우선은 그대에게 맡긴다는 말인가요?"

"예. 전하도 아직 결정을 내리지 못하신 것 같습니다마는……"

네네는 질문을 중단했다.

이만큼 엄하게 꾸짖었으니 우라쿠도 다시는 잔재주를 부리지 못할 터였다. 우라쿠의 입을 통해 분명히 임신 운운은 그의 농간이었다는 사실을 안 것만으로도 충분했다.

"수고가 많았어요. 이전하는 일로 무척 바쁠 거예요. 오늘 일은 나도 잊겠어요. 그대도 마음에 담아두지 말고 다음 일이나 잘 처리하도록 하세요."

"감사합니다. 절대로 키타노만도코로 님께 심려를 끼치지 않도록 하겠습니다."

우라쿠가 물러간 뒤 네네는 그대로 생각에 잠겼다.

'우라쿠를 더 괴롭힌들 무슨 소용이 있을까……'

문제는 우라쿠가 일으킨 것이 아니라 히데요시가 한 일이었다.

'남자란……'

평소 같으면 웃고 넘길 일이었으나 이번만은 묘하게 마음에 걸렸다.

단순한 게 아니었다. 역시 질투인지도 몰랐다.

'어째서 그 따위 어린 여자에게……?'

그러나 생각해보니, 이 여자는 지금까지의 소실에게는 없던 것 하나를 가지고 있었다. 챠챠히메는 네네에 못지않은 억센 기질로, 때로는 자신의 파멸도 개의치 않을 듯한 강력한 자아가 있었고, 고집이 있었다. 지금까지 다른 소실들은 네네를 경외하여 대접하고 있었다. 그러나 챠챠히메에게는 네네도 제압할 수 없는 어떤 종류의 요기妖氣가 감돌고 있었다. 오랫동안 행복을 등지고 살아온 챠챠히메의 온몸에 스며 있는 허무감인지도 몰랐다.

'어떤 일이 있어도 놀라지 않는다!'

이렇듯 자포자기적인 챠챠히메. 바로 그런 점 때문에 네네에게만이 아니라 히데요시에게도 태연히 반항할 것만 같아 여간 마음에 걸리는 게 아니었다.

챠챠히메에 비해 네네에게는 출생에 대한 신분상의 열등감이 있었다. 노부나가의 조카이자 아사이 나가마사淺井長政의 딸이며 시바타 카츠이에柴田勝家의 양녀…… 이러한 챠챠히메의 신분은 네네의 성장 과정에 비해 너무나 격차가 있었다.

네네는 문득 쥬라쿠 저택에도 두려움을 느꼈다.

'여기서 챠챠히메와 같이 산다……'

이러한 두려움은 지금까지 행복을 누려온 생활에 서서히 어두운 그림자가 찾아들기 시작하는 징조가 아닌가…… 하는 네네의 우려이기도 했다.

네네가 이 일을 히데요시에게 이야기한 것은, 모든 쿄토 사람들의 눈이 놀라움으로 휘둥그레진 엄청난 재화財貨가 요도에서 완전히 쥬라쿠 저택으로 옮겨진 18일 밤이었다.

히데요시는 만면에 희색을 띠고 네네의 거실로 들어왔다.

"어떻소, 이 저택이?"

눈을 가늘게 뜨고 네네 앞에 책상다리를 하고 앉았다.

6

네네는 아무렇지도 않은 표정으로 웃었다.

"여쭙고 싶은 것이 있어요."

그리고는 직접 촛대를 두 사람 사이에 갖다놓았다.

오늘 저녁만은 어떤 일이 있어도 미소를 지우지 말아야지…… 이렇게 생각하면서도 자꾸 얼굴이 굳어지는 것 같아 마음에 걸렸다.

"묻고 싶은 것이라니…… 이 방의 그림을 그린 사람 말이오? 이 모두는 이번에 내가 일본에서 제일이라는 칭호를 내린 카노 에이토쿠가 그린 그림이오."

히데요시는 민감하게 네네의 의도를 깨닫고 능청스러운 눈으로 처음부터 연막을 치고 있었다.

"일본 제일 중에도 여러 가지가 있겠지요."

"암, 물론이지. 차에는 리큐, 찻잔에는 쵸지로長次郎에게 그 칭호를 내리게 했소. 칼 감정에는 혼아미 코지本阿彌光二, 그 밖에 노래와 춤에도 일본에서 첫째가는 자를 지정할 생각이오. 이렇게 되면 장인들과 예능인들의 재능이 한꺼번에 꽃피게 될 테지. 서로 재능을 다투려고 노력할 테니까."

"여자로는, 아니 여자를 일본에서 제일 많이 가진 사람은?"

"뭐, 뭐라구?"

"소실의 수로 일본에서 제일인 사람은 누구죠?"

"아아, 그것은 이에야스일지도 몰라."

"유감이로군요. 어째서 전하는 일본에서 첫째가는 사람이 되지 못하나요?"

부드럽게 말하는데 히데요시는 눈을 번쩍 떴다. 예사로운 분위기가 아니라는 것은 처음부터 깨닫고 있었으나, 웃으면서 이처럼 예리하게 대들 줄은 미처 생각지 못한 모양이었다.

"하하하…… 무슨 말을 들었군, 그대는."

"무엇을…… 말입니까? 나는 전혀 모르는데요."

"하하하…… 공연한 소문이 나돌고 있소. 내가 리큐의 딸 오긴お吟이란 여자를 소실로 들이려 했다느니 하는……"

"호호호…… 거사의 딸 말이군요."

"그래. 거기에는 그럴 만한 까닭이 있소. 요즘 리큐가 때때로 나에게 반항을 하고 있거든. 나더러 소박한 멋은 알아도 고풍스런 아취를 모른다고. 처음 이야기는 별것이 아니었소. 쵸지로가 만든 찻잔 때문이었지. 그대도 알다시피, 이 쥬라쿠 저택으로 폐하를 초대할 때 쵸지로의 찻잔도 보여드릴 예정이오. 그런데 리큐는 그 자리에 검은 찻잔을 내놓아야 한다는 것이오. 나는 검은 것은 좋아하지 않아요, 아취가 없어서. 그보다는 붉은 것이 좋다고 했더니 많은 사람들 앞에서 내게 핀잔을 주는 것이었소. 붉은 것은 잡스러움을 나타내는 색이므로 전통과 기품을 나타내는 검은 찻잔이어야 한다고, 차와 찻잔에 대해서는 리큐에게 맡기라고."

"호호호……"

"웃지 마시오. 리큐는 나를 경멸하고 있다, 마음속에 모반할 징조가 있다……고 말하는 자가 있었지. 그래서 농담을 했지. 그런 마음이 있는지 없는지는 그의 딸 오긴을 소실로 달라고 해보면 알 수 있을 것 같아서 말이야. 그런데 그 말이 마치 진짜로 내놓으라고 한 것처럼 벌써 소문이 돌고 있소. 아마 그런 소문을 퍼뜨리고 다니는 자는 소안宗安

아니면 소로리曾呂利일 거요."

"전하."

"왜 그러시오? 심각한 표정이군."

"거사의 딸 이야기는 알겠어요. 그럼, 챠챠히메의 경우는 어떤가요? 물론 이 경우 역시 입이 가벼운 자들의 터무니없는 소문일 것이라고는 알고 있지만……"

7

히데요시는 버럭 화가 치밀어 그만 입을 다물었다.

이 정도로 자신은 신경을 쓰고 있다. 그런 줄 안다면 화제를 바꾸어 줄 만한 아량이 있어야 할 것 아닌가. 아니, 지금까지의 네네에게는 그런 아량이 있었다……

그래서 은근히 기대하며 별로 의미도 없는 말을 계속했는데, 네네는 전혀 화제를 바꾸려 하지 않고 아량도 보이지 않는다. 아직 히데요시의 생각도 확실히 정해지지 않은 챠챠히메 문제에 이성을 잃었다고 할 만큼 노골적으로 대들고 있다.

히데요시는 이번에 새로 만들게 한 담뱃대를 집어들어 한 모금 빨고는 요란하게 재떨이를 두드리더니 내동댕이쳤다.

네네는 시치미를 떼고 냉정하게 히데요시를 바라보고 있었다.

"네네."

히데요시는 억누른 목소리로 불렀다.

"그대는 사람이 변했어."

"호호호……"

"뭐가 우스운가. 전에는 아무리 화가 나는 일이 있어도 어딘가 사과

하기 쉬운 부드러움과 틈이 있었소. 그런데 요즘에는 그것이 없어. 싸늘하게 이치만을 따지는 게 애정은 아닐 거요."

"호호호……"

네네는 계속 웃었다.

"그렇게까지 말씀하신다면 더 묻지 않겠어요. 그러나 변한 사람은 네네가 아니라 다죠다이진太政大臣°인가 하는 것이 되신 전하가 아닐까요?"

"내가 변하다니…… 그렇지 않아."

"그렇다면 묻지 않겠어요. 그래야만 마음이 편하시다면 더는 말할 것이 없어요."

"네네, 나는 어떤 일이 있어도 키타노만도코로인 그대에 대한 정의와 예의는 잊지 않겠소. 그대도 알고 있을 텐데."

히데요시는 씹어 내뱉듯이 말했다.

이번에는 네네가 입을 다물었다.

외로웠다.

'분명 다른 소실의 경우와는 다르다……'

지금까지는 약간 떼를 쓰는 어린아이 같은 표정으로, 그러나 별로 구애받지 않고 네네에게 이야기해왔다. 그러므로 네네도 웃으면서 동의해주었으나 이번만은 전혀 반응이 달랐다.

'혹시 마음속으로 우라쿠가 꾸며댄 임신 운운하는 말에 기대를 걸고 있는 것은 아닐까……?'

그렇더라도 결코 무리가 아니라고 네네는 생각했다. 자식이 없는 외로움은 네네 자신이 히데요시 이상이었다. 그래서 그 심정을 잘 알 수 있었다.

그런데 우라쿠는 '자신의 농간'이라고 고백하고 있다. 거짓말이다. 거짓말인 것을 알았을 때 히데요시가 얼마나 낙담하고 분노할 것인지 그 모습을 보기가 두려웠다.

"챠챠히메에 대해서는……"

역시 네네는 이대로 잠자코 방관자가 될 수는 없었다. 언제부터인지 네네는 나이를 초월하여 어머니 같은 연민의 정을 히데요시에게 느끼고 있다.

"챠챠에 대해서는?"

히데요시가 반문했다. 그 역시 네네가 꺾이고 들어오기를 버릇없는 악동 같은 심정으로 기다리는 그런 눈치였다.

"세상에 웃음거리가 되지 않도록 신분에 합당한 대우를……"

네네는 크게 마음먹고 말했다. 그렇게 말하는 것이 칸파쿠 다죠다이진의 정실인 자신의 아량이고 이성理性이어야 한다고 마음속 어딘가에서 비장하게 명하고 있었다.

"신분에 어울리는 대우란 말이지."

히데요시는 생기가 도는 목소리로 말하고 몸을 앞으로 내밀었다.

8

네네는 또다시 웃을 수밖에 없었다.

장난을 할 수 있게 허락받은 어린아이와도 같은 히데요시가 얄밉기도 하고 애처롭기도 했다.

"신분에 어울리도록 하려면 어떻게 하는 것이 좋을까?"

"전하가 생각하십시오."

"으음. 챠챠는 억센 성격이지만 나름대로 현명한 여자요. 아마 그대 다음으로 내 마음에 들게 되리라 보는데."

"호호호……"

"또 웃는군. 웃지 말아요. 나는 언제나 솔직히 말하고 있소."
"호호호…… 너무 솔직하시기에 웃는 거예요."
"그럼, 네네 그대의 눈에는 챠챠가 현명하지 못한 여자로 보인다는 말이오?"
"지나치게 현명하다고 생각해요."
"아니, 지나치게 현명한 사람은 없소. 남자이건 여자이건 현명한 것보다 더 좋은 것은 없지. 하지만 그대에 비하면 챠챠는 훨씬 뒤떨어져. 도리가 없는 일이지. 그대가 훨씬 뛰어나."
천진스런 추종의 말을 남편의 입에서 들었을 때.
'나는 오사카로 돌아가겠다.'
네네는 냉정하고 단호하게 마음을 정했다.
히데요시로서도 오사카 성이 인생의 정상을 누렸던 성, 자기 역시 그 성에 있어야만 히데요시의 정실일 수 있다는 반성을 네네는 그 순간에 하게 되었다.
"그럼, 어쨌든 이곳 내전의 방 하나를 챠챠에게 주고, 우라쿠더러 오사카에서 데려오라고 지시하겠소. 챠챠는 절대로 그대에게 반항할 여자는 아니오."
히데요시는 네네의 마음이 변하기 전에 그 강인한 성격을 발휘하여 단숨에 밀어붙이려고 서둘렀다.
"알겠지만 나는 그대의 일에 대해서도 깊이 생각하고 있소. 우선 이 쥬라쿠 저택으로 폐하의 행차를 주청하고, 다음에는 그 답례로 그대의 이름으로 궁전에 오카구라御神樂°를 봉납하려 해. 그 뒤에 조정에서는 그대에게 종일품의 위계를 내리게 될 거요. 그때 부르게 될 그대의 이름 말인데……"
네네는 여전히 미소를 띤 채 잘도 움직이는 히데요시의 입술을 바라보고만 있었다.

"네네란 사랑스럽고 여자답다는 의미의 속칭이어서, 종일품 키타노만도코로의 이름으로는 좀 미흡한 면이 있소. 귀족풍으로 요시코吉子라 바꾸면 어떨까 싶어. 종일품 도요토미 요시코…… 물론 요시코의 요시는 히데요시의 요시란 글자요……"

"……"

"그대만 이의가 없다면 쿠란도藏人°의 우두머리 격인 사콘에노츄죠左近衛中將까지 주청하려 생각하고 있소."

"……"

"좌우간 이제부터가 우리 부부에게는 인생의 봄이오. 돌이켜보면 길고도 쓰라린 인생이었소."

"……"

"아니, 왜 그러는 거요? 눈에 가득 눈물이 고였군. 아, 한 방울 떨어졌어…… 대관절 왜 그러는 거요, 네네?"

네네는 더 이상 참지 못하고 고개를 떨구었다.

이처럼 자기를 위해 마음을 쓰는 남편이 애처로워 견딜 수 없었다. 칸파쿠 다죠다이진 도요토미 히데요시…… 이 불세출의 위인이라 일컬어지는 남편에게 그토록 마음을 쓰게 하는 자기는 얼마나 행복한 여자란 말인가……?

9

지금 일본에서는 네네만큼 히데요시 앞에서 자기 생각을 자유롭게 말할 수 있는 사람은 없었다. 네네는 기뻤다. 감사하고 싶었다. 그럼에도 불구하고 왜 그런지 쓸쓸한 생각이 가슴 가득히 퍼져 눈시울이 젖는 것을 억제할 수 없었다.

"왜 그래요, 갑자기 기분이 언짢아지기라도 했소?"

다그쳐 묻는 히데요시 앞에 네네는 그만 머리를 조아렸다.

"용서해주십시오."

"뭐, 용서를? 무엇을 용서하란 말이오, 싱거운 소리를 하는군."

"저는 버릇없는 여자예요."

"그렇지 않아. 이미 이 히데요시가 용납하고 있는 일이오. 여자라고 해서 자기 생각을 입 밖에 내지도 못하고 소나 말처럼 순종만 하는 것은 무의미한 일. 가지고 있는 재능은 살려야 하는 것…… 노부나가信長 공이나 노히메濃姬 마님이 생전에 나한테 한 말이오. 그대는 이 말을 따르고 있을 뿐이오."

"용서해주십시오."

네네는 다시 한 번 말하고 히데요시를 쳐다보았다.

"버릇없는 저를 용서하시고, 제게 한 가지만 더……"

"할 이야기가 있다는 말이오?"

"예, 부탁이 있습니다."

"어디 말해보시오."

히데요시는 다시 경계하는 표정이 되었다.

"그대가 하는 말이니 설마 무의미한 것은 아니겠지. 충분히 생각했을 것이니 어서 말해보시오."

"말씀 드리겠습니다. 오사카에서 살 수 있도록 허락해주십시오."

"네네!"

"예."

"그건 여느 일과는 달라. 일부러 이 새로운 저택에 옮겨온 지 며칠이나 됐다고 그런 말을 하는 거요. 무엇이 못마땅해서 오사카로 돌아가겠다는 것이오?"

"못마땅하다니…… 당치도 않습니다. 그런 의미가 아닙니다."

"그럼, 무엇 때문이오? 어디 들어봅시다."

"전하의 시중은 이제 제가 들지 않아도 됩니다. 오만도코로 님도 쿄토에 오시고 시누이인 미요시三好 부인도 계시니까요."

"누님과 다투기라도 했소?"

"아니, 그런 것은……"

"설마 어머니와 다투었을 리는 없고, 그럼 어째서 그런 억지를 부리는 거요?"

"황송합니다마는 전하의 본성은 오사카에 있습니다."

"그게 어쨌다는 거요?"

"네네는 키타노만도코로로서 본성을 지키며 긴장했던 옛날의 마음을 그대로 간직하고 싶어요."

"뭣이, 본성을 지키던 마음으로 살겠다고?"

"예. 젊은 시절에 전하가 출전하시면 이 네네는 가슴이 찢어지는 것 같았습니다. 남편에게 안 좋은 일이라도 생기지 않을까, 안 계시는 동안 마음이 해이해지지는 않을까 하고…… 네네는 앞으로도 그런 마음으로 살려고 합니다. 그러기 위해서는 역시 본성에 있어야만 합니다. 이곳은 말하자면 전하가 출전 중이신 성채 가운데 하나…… 성채의 일에 정신이 팔려 본성을 소홀히 해서는 안 됩니다."

네네의 눈에는 또다시 촉촉이 이슬이 맺혔다.

10

네네는 자기 말이 진실과 멀어지는 게 슬펐다.

만일 자신이 생각하고 있는 바를 그대로 입 밖에 낼 수 있었다면 그 말은 전혀 달라졌을 것이다.

네네는 히데요시의 인생이 마지막에 이르러 크게 공허함을 드러내는 것에 말할 수 없는 불안감을 느꼈다. 천하통일이라는 예전의 그 열화와 같던 히데요시의 목표는 언제나 굽힐 수 없는 최후의 버팀목이었다.

그런데 지금 그 목표는 달성되었다. 일개 병졸에서 출발한 히데요시가 지금 칸파쿠 다죠다이진이란 전인미답의 정점에 도달하여 허둥지둥 다음 목표를 찾고 있었다.

히데요시는 이미 절정에 올라 있었다. 아무도 그를 거역하는 사람이 없었고, 정면에서 그를 적대시하는 사람도 없었다. 바로 그런 점에서 그의 절정 다음의 첫걸음은 어디로 내디딜지 모르는 위험성을 내포하고 있었다.

절정 다음에 있는 것은 하늘. 하늘에 오르려고 발버둥칠 것인가, 아니면 세상의 그 흔한 영예 쪽으로 옮길 것인가?

몇 십 명의 애첩을 거느리건, 어떤 향연에 빠져들건 아무도 말리는 자가 없다는 것은, 생각하기에 따라서는 전율을 동반하는 인간의 위기이기도 했다.

네네는 그런 말을 히데요시에게 하고 싶었다.

지금이야말로 히데요시가 경험한, 과거의 그 어느 전투보다도 위험한 인생의 결전장에 처해 있는 것이라고……

네네는 오사카 성에 있으면서 손에 땀을 쥐고 눈을 부릅뜨고 이를 지켜보겠다고……

"으음, 과연."

그러나 히데요시는 그렇게는 받아들이지 않았다.

'역시 여자야, 네네도……'

이런 의미의 미소가 히데요시의 눈 가장자리에 희미하게 떠올라 있었다. 혹은 챠챠히메에 대한 질투를 억누르고 자못 네네다운 구실을 붙여 자기에게 무리한 말을 하고 있다…… 이렇게 받아들이고 있는지도 몰랐다.

"과연 듣고 보니 일리는 있지만……"

"일리가 있다고 생각하시거든 허락해주십시오."

"그러나, 네네."

"……"

"세상에서는 그렇게 생각하지 않을 거요. 칸파쿠와 키타노만도코로가 부부싸움을 했다. 그렇지 않다면 그 화려한 행렬이 쿄토에 도착한지 열흘도 되지 않아 오사카로 다시 돌아간다는 것은 있을 수 없는 일이라는 소문이 날 거요."

"전하, 소문 따위에 구애받지 마십시오. 그보다도 이곳은 전쟁터. 후방에 있는 본성의 수비를 공고히 하는 것이 분명 후일을 위해 도움이 되는 일입니다."

"네네, 그대는 또다시 이곳을 전쟁터라고 부르는군."

"예, 전하의 생애를 장식할 것인가 아닌가를 가늠하는 마지막 전쟁터입니다."

"하하하…… 네네, 계속 전투만 해온 무장의 아내로서는 그런 말도 할 수 있겠지. 그러나 이제는 그런 말을 할 필요가 없는 시절이 되었소. 여기는 황실이 있는 곳인 우치노. 전쟁터가 아니라 정사를 돌보는 곳이오."

"어쨌든 오사카 성은 전하를 뒷받침하는 기둥입니다."

"좋소, 말을 꺼낸 이상 취소는 하지 않을 테지. 그렇다면 이렇게 하시오. 원래 그대는 오사카에서 살 생각이었다. 그러나 내가 쥬라쿠 저택을 보여주겠다고 해서 마지못해 구경하러 왔다. 이제 구경도 끝났으니 오사카에 돌아가 성을 지키겠다고 말이오."

그 말투가 네네로서는 몹시 불만이었다. 이 역시 목표를 상실한 인간이 미봉책으로 하는 말처럼 들렸다.

11

9월 13일 세상의 이목을 온통 집중시키며 상경했던 키타노만도코로가 24일 다시 오사카로 돌아간다는 소문이 전해졌다. 그 소문을 듣고 사람들은 깜짝 놀랐다.

쥬라쿠 저택에서는 도리어 겁을 먹고 아무도 이 소문을 입 밖에 내는 사람이 없었다. 그러나 백성들 사이에서는 입에서 귀로, 귀에서 입으로 수많은 유언비어가 흘러나왔다.

"칸파쿠 님 부부가 다투었다는 말을 들었겠지?"

"암, 전하가 아사이 나가마사의 딸을 소실로 삼겠다고 하자 키타노만도코로 님이 진노하셨다고 하더군."

"그렇지 않아. 원래 가난한 아시가루足輕° 출신이기 때문에, 키타노만도코로 님은 쥬라쿠 저택을 보시고 깜짝 놀라, 이런 사치는 안 될 말이라고 하셨다더군. 그러나 칸파쿠 전하는 몹시 화를 내시고……"

"아니, 그것도 잘못된 소문이야. 내가 들은 바로는 키타노만도코로 님의 입김으로 히고의 영주가 된 삿사 나리마사 님의 영지에서 계속 천주교 신자들의 폭동이 일어나고 있다는 거야. 그러자 여자가 정치에 간여하려 했기 때문에 이런 일이 생겼다면서 칸파쿠 님이 심하게 꾸짖으셨다고 하더군. 키타노만도코로 님도 그 성격상 참지 못하고 마침내 크게 다투게 됐다는 거야."

"아닐세, 내가 들은 소식으로는, 전하의 지나친 여자 사냥이 원인이었다고 하더군."

"여자 사냥?"

"그래, 전쟁이 없어지면 무장으로서 할 일이 없을 것 아닌가. 그리고 칸파쿠 님은 젊었을 때 여자와 즐길 겨를이 없던 분이었어. 그래서 이제 슬슬……"

"자네 자신을 말하는 것이겠지."

"아니, 그렇지 않아. 확실한 소식통한테 들었어. 돌아가신 노부나가 공의 딸, 마에다前田 님의 딸……은 그렇다 하더라도 아사이 님의 딸에서 리큐 거사의 딸인 모즈야万代屋의 미망인, 그리고 미츠히데光秀의 딸로 호소카와細川 님의 부인이 된 오타마お珠 님까지 불러들이려고 하셨다는 거야. 그게 말일세, 처음에는 신분이 높은 처녀들이었는데 점점 범위가 넓어져서, 그래서 참다못해 키타노만도코로 님이 간언을 드렸다고 하더군."

말은 서로 달랐으나, 네네의 오사카 성 귀환이 칸파쿠 부부의 다툼에 원인이 있다는 점에서는 모든 소문이 일치했다.

그런 소문이 나도는 가운데 네네는 쥬라쿠 저택을 나와 요도에서 배를 타고 오사카로 향했다. 행렬도 그녀의 청으로 올 때 비해 5분의 1도 되지 않았고, 시녀는 불과 10여 명에 지나지 않았다.

요도에서 배에 오른 네네는 가을 하늘 저편에 솟아오른 쿄토의 산들에 조용히 시선을 보낸 채 움직이지 않았다.

자기 주장을 관철시킨 뒤에 오는 쓸쓸함보다도, 왠지 모르게 몸이 죄어드는 기분이었다.

'남편을 전쟁터에 남기고 떠난다……'

이런 절박한 감정이 아니라, 네네 자신이 처음으로 전쟁터에 나가는 듯한 흥분이 온몸에 흐르고 있었다.

'아내란 역시 외로운 것일까?'

아니, 그렇지는 않았다. 네네는 남편에게 종속된 아내가 아니라 남편과 대등하게 살아가는 여성의 본보기가 되고 싶었다.

'그이가 어떤 목표를 포착해 이뤄나갈 것인지, 오사카 성에서 조용히 지켜보겠다……'

이러한 마음과는 달리 네네의 인생을 찌르는 가시의 아픔은 혹독할 만큼 컸다. 네네는 그 고통에 맞서려는 듯 눈도 깜박이지 않고 멀어져가는 쿄토를 바라보고 있었다……

키타노의 바람

1

쿄토 사람들이 고대하던 10월 1일이 되었다. 칸파쿠 히데요시가 일본 전체에 통보한 대대적인 다회가 키타노에서 열리는 날이었다.

모즈야의 미망인 오긴은 아침 일찍 일어나 창을 열고 하늘을 살펴보았다. 이 다회는 히데요시 일생일대의 거창한 행사일 뿐만 아니라, 지금은 다이소쇼大宗匠라 불리는 양아버지 리큐 거사의 업적을 결정짓는 중요한 날이기도 했다.

모든 지휘를 책임진 것은 말할 나위도 없이 리큐이고, 참가하는 사람의 대부분은 그를 스승으로 받드는 제자들이었다. 그런 만큼 쥬라쿠 저택의 후신안不審庵에 살다시피 하며 여러 가지 지시를 하고 있던 양아버지 리큐의 입을 통해 그녀도 이 행사에 관한 대체적인 이야기는 듣고 있었다.

아버지 리큐 거사의 가슴속에는 새로 평화의 길로 접어드는 시대의 이정표로 '다도茶道•'를 확실하게 뿌리내리게 할 결심이 자리하고 있었을 터였다.

다회는 초하루부터 초열흘까지 열릴 예정이었다. 키타노의 솔밭을 그대로 큰방으로 삼아 가볍고 큰 갈대 울타리를 세 군데 만들고, 1,500명에서 1,600명쯤이 참가할 다석茶席을 마련했다.

히데요시가 다회에 마음을 쏟는 방식 역시 보기 드문 것이었다. 전국에 표찰을 세워 대대적으로 선전하는 모습은 그대로 '차에 미친 사람'을 연상케 했다.

"다도에 관심 있는 사람이라면 상인이나 농부를 가리지 않는다. 차솥 하나, 두레박 하나, 물병 하나라도 좋다. 차가 없는 자는 미숫가루라도 상관없다. 이처럼 분부하시는 것은 검소한 취향을 가진 자를 가상히 여기신 것이니, 이번에 참석하지 않는 자는 앞으로 미숫가루로 차를 대신할 기회가 없을 것이다……"

과연 히데요시다운 치기稚氣와 해학이 담긴 선전이었다.

전국의 다이묘들도 이 성대한 의식에 참석하려고 속속 모여들었다. 얼마 전 8월에 슨푸로 돌아간 도쿠가와 이에야스德川家康까지 이번에는 아사히 마님을 대동하고 참석했다. 그런 만큼 히데요시는 흡족해하고 있었다.

히데요시 자신도 다석을 넷이나 만들었다. 키타노의 텐만구天萬宮 신전 가까이에 갈대 울타리를 두르고, 동쪽과 서쪽으로 통로를 낸 그 동쪽에 둘, 서쪽에 둘.

좌석 하나는 히데요시가 주인이 되어 차를 내놓을 자리였고, 또 하나의 좌석은 리큐 거사, 세번째 좌석은 츠다 소큐津田宗及, 네번째 좌석은 이마이 소큐今井宗久의 자리였다.

히데요시 자신의 좌석은 한꺼번에 손님을 다 청할 수 없어 세 번으로 나누어 주인 노릇을 하기로 했다.

그 첫번째로 초대받을 사람은, 도쿠가와 이에야스, 오다 노부오, 오다 노부카네織田信兼, 코노에 노부타다近衛信尹, 히노 테루스케日野輝

資 등 다섯 명. 오다 노부카네는 노부나가의 동생 노부유키信行의 아들이었다.

두번째로 초대받을 사람은, 도요토미 히데나가豊臣秀長, 미요시 히데츠구三好秀次, 마에다 토시이에前田利家, 가모 우지사토蒲生氏鄕, 이나바 사다미치稻葉貞通, 센 리큐千利休 등 여섯 명.

세번째로 초대받을 사람은, 오다 우라쿠, 하시바 히데카츠羽柴秀勝, 하치야 요리타카蜂屋賴隆, 호소카와 타다오키細川忠興, 우키타 히데이에宇喜多秀家 등 다섯 명.

거국적인 다회인 만큼 오긴은 활짝 갠 날씨에 안도하고 곧 아이들의 몸단장을 시작했다.

"자, 키타노에 가야 할 테니 얌전히 머리를 빗어야 해."

2

오긴의 거처는 아버지와 죽은 남편의 형인 모즈야 소안万代屋宗安이 마련해준 산본기三本木 강기슭에 있었다. 키타노까지는 상당히 먼 거리였다. 길이 붐비기 전에 하녀 두 사람과 두 아이를 데리고 아침나절에 가마를 타고 갈 예정이었다.

"자, 너도 카메마츠龜松의 머리를 빗겨주어라."

큰아이의 유모 오사토阿里에게 들뜬 목소리로 명하고 자기 몸단장을 시작했다. 둘째 츠루마츠鶴松는 아직 돌도 될까말까 하여 이 행사를 보여준다 해도 이해할 수 없었다. 그러나 어머니로서는 꼭 보여주고 싶어 함께 데려가기로 했다.

"세상에서는……"

카메마츠의 유모가 말했다.

"축제를 즐기시는 칸파쿠 님을 이용해서 다이소쇼 님이 자기가 일본에서 제일이라는 것을 과시할 생각……이라고 수군거리는 사람들이 있어요."

"호호호…… 무어라 하건 상관없어. 사실이 그럴지도 모르니까."

"설마…… 그렇지는 않겠지요. 그런 말을 들으시면 다이소쇼 님도 어머님도 화를 내실 거예요."

"호호호……"

오긴은 재미있다는 듯이 웃었을 뿐 더 이상 말하지 않았다.

세상에 나도는 소문은 진실에 가까울지 모른다……고 오긴은 생각하고 있었다.

'다도'의 유행을, 후세 사람들은 히데요시라는 권력자가 만들어낸 것이 아니라, 역시 아버지가 창조한 것이라고 해석할지도 모르는 일이었다. 바로 이러한 데에 예藝와 도道의 강점이 있다. 이에 비해 권력의 자리란 물거품처럼 덧없는 것. 오만한 헤이케는 오래가지 못한다……고 한 비와 법사의 말을 빌릴 것도 없이, 권력의 자리는 언제나 하루아침의 꿈이었다.

지난번 키타노만도코로가 오사카로 돌아간 후 이번 다회에 이르는 동안 히데요시의 심경은 몇 번이나 바뀌었다는 말을 아버지로부터 듣고 오긴은 크게 흥미를 느꼈다.

히데요시는 네네가 오사카로 돌아간 뒤 곧 챠챠히메를 쥬라쿠 저택으로 불렀다. 그러나 그대로 쥬라쿠 저택에 머물게 한다는 것은 꺼림칙한 일이라고 반성한 듯, 오사카와 쿄토의 중간에 해당하는 요도에 성을 쌓고 그곳에 있게 했다.

그뿐만이 아니었다.

네네 쪽에는 히데요시가 키운 코쇼 출신의 다이묘들이 많기 때문에, 히데요시는 그들의 불만을 잠재우기 위해 소실들의 서열을 확실하게 정해놓았다.

키타노만도코로인 네네는 물론 특별했다. 그녀는 머지않아 오만도코로와 같은 종일품. 다음에 가모 가문 출신인 산죠三條 부인을 고렌츄ご簾中라 부르게 하고, 그 다음이 챠챠히메. 챠챠히메는 당분간 '오소바네お傍寢 님'이라는 호칭으로 부르게 했다. 네번째가 쿄고쿠京極 가문의 마츠마루松丸 부인으로, 그녀는 '고요타시ご用達 님', 그 다음은 마에다 가문의 카가加賀 부인으로, 그녀는 '오소바카타お傍方 님'……

이 말을 들었을 때 오긴은 웃음을 참지 못했다. 유곽遊廓 여자들의 서열을 떠올리게 했기 때문이다.

"키타노만도코로 님 밑에 고렌츄, 오소바네, 고요타시……"

"예? 무어라 하셨습니까?"

유모의 반문에 오긴은 당황하며 고개를 흔들었다.

"자, 준비가 끝났으면 어서 출발하자."

유모 두 사람은 고개를 끄덕이고 아이를 안아 올렸다.

3

오긴이 보기에도 요즘 히데요시는 왠지 모르게 동요하고 있는 것 같았다. 아무리 눈앞에 전쟁이 없어졌다고는 해도, 소실의 서열을 정하다니 너무 풍류에 지나친 감이 없지 않았다. 이러다가는 벌이나 새에게도 '일본 제일'의 칭호를 주어 울음소리를 경쟁시키려 할지도 모른다는 생각이 들었다.

히데요시가 무슨 일을 하거나 지금은 평온했다. 아무도 거역하는 자가 없었다. 그러나 이런 상태가 지속되는 가운데 무언가 일이 벌어질 것 같기도 하여 불안했다. 민중은 우매한 것처럼 보이지만 사실은 더없이 예민한 촉각을 지니고 있었다.

'칸파쿠가 우왕좌왕하고 있다……'

이런 사실을 깨달으면 무슨 일을 저지를지 모른다. 그 하나의 예가 천주교 문제……

집을 나온 오긴은 준비시켰던 세 채의 가마 중 하나에 올라 황홀한 듯 양쪽 길을 바라보았다.

인파의 흐름도 여느 날과는 달랐다. 모두가 키타노를 향해 떼지어 몰려가는 것은 아니겠으나, 그곳에 운집한 사람들을 구경할 생각으로 군중들의 발걸음은 속속 회장으로 향하고 있었다.

'세상이란 묘한 곳이야……'

오긴이 어렸을 적에도 역시 이 길에는 많은 사람들이 왕래하고 있었다. 기억으로 미루어 아마도 그것은 노부나가가 쿄토에 입성했을 무렵의 일인 듯. 당시 어머니는 리큐의 아내 소온宗恩이라는 다인 냄새 풍기는 여장인女匠人이 아니라, 예능을 좋아하는 마츠나가 히사히데松永久秀의 소실이었다.

친아버지 히사히데도 노부나가도 이미 죽었다. 그런데 리큐 거사의 양녀가 된 자신은 현재 생각지도 못했던 모즈야 소젠万代屋宗全의 자식을 기르는 어머니가 되어, 키타노로 향하고 있다.

그때 사람들은 대부분이 이미 죽었을 테지만, 지금도 이 쿄토 거리에는 그때와 다름없이 늙은이와 젊은이들이 넘치고 있다…… 이 인파는 히데요시가 죽어도 리큐가 죽어도, 또 오긴과 그 아이들이 죽어도 언제나 변함없이 흐르고 있을 것이다……

"아, 참."

오긴이 문득 말했다.

"칸파쿠는 이번에 조카를 후계자로 정하신다지?"

이 또한 웃음을 유발하는 하나의 연상이었다.

항간에는 챠챠히메가 임신해서 키타노만도코로가 진노했다는 소문이 떠돌고 있었다. 히데요시는 그런 소문에 대한 대비책으로 그렇게 결정한 것인지도 모른다.

어쨌든 그런 일 때문에 챠챠히메를 '오소바네 님'으로 삼은 것은 아니라고 내세우고 싶어서인지도 모를 일. 자형 미요시 무사시노카미 카즈미치三好武藏守一路의 아들 히데츠구를 공식적인 후계자로 삼아 도요토미란 성을 쓰게 하고, 키타노만도코로에게는 그녀의 남동생 키노시타 이에타다木下家定의 다섯째아들(훗날의 킨고 츄나곤 히데아키金吾中納言秀秋)을 양자로 삼도록 정식으로 명했다고 한다.

이런 것들을 종합해볼 때, 일본에 관한 한 무엇 하나 마음대로 하지 못할 일이 없는 대권자인 히데요시가 사실은 여러 가지 문제에 신경을 써야 하는 가장 가련한 인간인 듯도 했다……

"정말 묘한 거야, 세상이란……"

다시 한 번 중얼거렸을 때, 가마가 심하게 흔들리며 멈추었다.

"가마로는 더 갈 수 없어. 내려서 걸어가도록 해."

큰 소리로 외치는 사나이의 굵은 목소리를 듣고 오긴은 가마 곁에 신발을 놓도록 했다.

"누구냐, 누구의 아내인가, 그대는?"

가마 옆으로 목소리의 임자가 다가왔다. 오늘의 경비를 명령받은 대장 격의 무사인 듯했다

4

오긴은 가마에서 내려 상대방 앞으로 가까이 가서 목례했다. 아이들과 유모도 가마에서 내려 나란히 섰다.

"저는 모즈야의 미망인으로, 리큐의 딸 오긴입니다."

"허어."

상대는 검은 턱수염을 쓰다듬으며 오긴을 바라보았다. 그 눈이 아주 부드럽고 맑았다. 우락부락한 목소리와는 대조적이었다.

"그대가 거사의 딸이란 말이오?"

오긴의 미모에 놀랐는지 고개를 끄덕였다.

"어서 지나가시오. 혼잡하니 조심하시오."

유모인 오사토가 가만히 오긴의 귀에 속삭였다.

"카토 카즈에노카미加藤主計頭 님입니다."

"아니, 저 사람이 키요마사清正 님이라고?"

그때 이미 키요마사는 연한 황색 겹옷을 입은 어깨를 으쓱거리며 다른 통행인에게 다가가고 있었다.

"카토 님이 경계를 하다니, 혹시 무슨 일이 생긴 것은 아닐까요?"

"그런지도 몰라. 조심해서 가야겠어."

신전 앞 갈대 울타리 안으로 들어갈 무렵에는 사람의 수가 훨씬 줄어, 나란히 놓인 다석을 볼 수 있을 정도로 한적했다.

오긴은 우선 아버지가 맡아놓은 두번째 다석을 들여다보았다. 동생 쇼안少庵이 오긴을 보고 깜짝 놀라 다가와 작은 소리로 물었다.

"도중에 제지받지 않았나요?"

"잠시 저지당했지만 허락받았어. 제지한 사람은 카토 님이었고."

"바로 그 일로 은밀히 할 이야기가 있는데."

"은밀히? 무슨 일이 있었다는 말이지?"

"오늘 다회에, 큐슈로부터 전하를 원망하는 천주교 신자들이 반란 주모자의 밀령을 받고 구경꾼 속에 섞여들었다는 소문이 있어요."

"전하의 목숨을 노리고?"

"그뿐 아니라, 천주교 신자 추방령으로 코니시 유키나가 님의 감시를 받고 있던 타카야마 우콘다유高山右近大夫 님도 여기 왔다고……"

"타카야마 우콘다유 님이……?"

오긴은 저도 모르게 목을 움츠리고 주위를 둘러보았다. 타카야마 우콘다유는 천주교 신자로, 아버지 밑에서 함께 다도를 배운 오긴이나 쇼안에게는 옛 친구라고 할 수 있는 인물이었다.

세상에서는 우콘다유가 다도에 열중하는 것은, 마시는 차 자체만이 아니라 거사가 비장秘藏한 살아 있는 명기名器가 탐나서……라는 소문이 나돌고 있었다. 리큐가 비장한 살아 있는 명기란 말할 나위도 없이 오긴 자신을 가리키는 말이었다. 그런데 오긴은 모즈야에게 출가하여 이처럼 두 아이를 둔 미망인이 되었다.

우콘은 더욱더 독실한 천주교 신자가 되어, 이시다 미츠나리와도 사이가 벌어졌고 큐슈에서 큰 공을 세웠음에도 불구하고 추방당했다. 그 타카야마 우콘이 근신하기를 명령받은 곳에서 이 쿄토로 빠져나오기라도 했다는 말일까?

"조심해야 해요."

쇼안이 다시 목소리를 낮추어 말했다.

"우콘 님은 틀림없이 누나가 이 다회에 올 것이라 믿고 꼭 한 번 만났으면 하는 마음에 코니시 님의 영지에서 탈출했을 것이라고 해요."

오긴은 그 말을 듣고 웃었다.

5

셋츠攝津의 타카츠키高槻 성주였던 타카야마 우콘은 다도와 예능에도 조예가 깊었으나, 원래는 지나칠 정도로 강직한 무장이었다. 처음에는 노부나가를 섬겨 12대 아성牙城 중 하나를 담당하면서, 황금 지휘채와 은으로 된 깃발의 사용을 허락받은 촉망받는 젊은 무사였다. 그 뒤 히데요시에게는 야마자키山崎 전투 이후 계속 충성을 바쳐왔다. 그러다가 6월 19일의 천주교 금제령禁制令에 연루되어 큐슈 정벌 중 추방당했다.

오긴은 히데요시 자신은 우콘을 추방할 의사가 전혀 없었다는 말을 아버지 리큐로부터 듣고 있었다.

히데요시가 무슨 생각으로 타카야마 우콘에게 갑자기 금제령을 내렸는지, 오긴으로서도 짐작할 수 있을 뿐 확실하게는 알 수 없었다. 히데요시는 우콘이 자기 명에 따라 깨끗이 신앙을 버릴 거라 생각하고 있었는지도 모른다.

그런데 타카야마 우콘은 히데요시의 사자에게 —

"나는 무사로서 천주님을 평생토록 섬기기로 맹세했다. 그러므로 비록 주군의 명이라 해도 뜻을 바꿀 수 없다. 그리고 일단 맹세했던 것을 깨뜨리고 변심하는 가신을 두었다면 칸파쿠 전하의 권위가 상실될 뿐이다. 우콘은 이 신앙을 절대로 버릴 수 없다는 말을 하더라고 가서 전하라."

이렇게 단호하게 말하고 그 즉시 하카타에서 떠났다.

그와 같은 기백을 가진 타카야마 우콘이 무엇 때문에 오긴을 만나기 위해 이런 곳까지 숨어들어왔다는 말인가.

"누님, 왜 그렇게 웃고만 있나요?"

"어쨌든 알았어. 세상에 소문이 그렇다면 조심하도록 하자."

우콘이 오긴을 연모하고 있다는 것도 소문이고, 칸파쿠의 목숨을 노리기 위해 천주교 무리가 쿄토에 잠입했다는 것도 소문…… 그다지 심각하게 생각할 필요는 없을 것 같아, 오긴은 유모와 아이들을 사카이堺 사람들이 모여 있는 마장 옆에 남겨두고 혼자 솔밭 사이를 한 바퀴 돌아보기 시작했다.

어디서나 물 끓는 소리가 나고, 이름난 다구茶具•들이 아취를 뽐내고 있었다. 고작 다다미 두 장 정도의 넓이인 다석이 가장 많았고, 소박한 다옥茶屋을 짓고 솔방울과 솔잎을 지피고 있는 지방의 풍류객도 눈에 띄었다.

아마도 자세히 살펴보려 했다면 다이묘들을 위시하여 공경公卿, 대상인 등에 이르기까지 열흘이 걸려도 다 보지는 못했을 터였다. 오긴이 대강 둘러보았을 무렵, 이미 칸파쿠의 네 군데 다석에서는 다도가 시작되고 있었다.

칸파쿠의 다도가 끝난 것은 아홉 점 반(오후 1시).

이때부터 전대미문의 다회 주최자인 칸파쿠 히데요시의 순시가 시작되었다. 히데요시는 직접 차를 따라준 이에야스를 비롯하여 공경과 다이묘들을 거느리고 처음부터 웃는 낯으로 이곳저곳의 다석들을 돌아보기 시작했다.

사카이 사람들이 모여 있는 모퉁이에 이른 히데요시는 오긴이 앉아 있는 모즈야 소안의 다석 앞에서 걸음을 멈추었다.

오긴은 머리를 조아린 채, 그러나 히데요시의 차림새를 자세히 살피고 있었다.

별로 키가 크지 않은 히데요시는 자줏빛 두건에 연한 황색 코소데小袖°, 금실로 오동잎을 수놓은 붉은 카타기누肩衣°를 입고, 능직 비단 하카마袴°에 와키자시脇差°만을 찬 가벼운 옷차림이었다.

오긴은 문득 장난감 인형을 대하는 듯한 느낌이 들었다. 그러한 생각을 하고 있는 오긴 앞에는 죽은 남편의 형인 모즈야 소안이 공손히 대령하고 있었다.

"흥."

히데요시는 코웃음 치듯 코를 실룩거렸다.

그리고 그대로 지나가는가 했더니 곧 다시 돌아와 몇 걸음 다석 안으로 들어왔다.

오긴은 히데요시의 시선을 온몸으로 느꼈다.

6

히데요시는 오긴에게 시선을 보낸 채 뜻밖의 말을 했다.

"소안, 슈코珠光가 벗어던진 두건이로군."

다다미 석 장 정도의 넓이인 다석의 벽에 장식해놓은, 슈코가 살아생전에 애용하던 중국산 차 주머니로, 그가 그 앞에서 두건을 벗었다는 일을 가리키는 말이었다.

"기억하고 계시다니 여간 기쁘지 않습니다."

"흥, 슈코 정도나 되는 다인이 너무도 훌륭한 데에 놀라 그만 쓰고 있던 두건을 벗어던졌다…… 그래서 이 차 주머니에 '벗어던진 두건'이라는 이름이 붙었단 말이지?"

"예. 슈코는 저희들로서는 다도의 원조입니다. 그 슈코가 임종 때 동생인 난토南都 코후쿠 사興福寺의 손쿄인 소슈尊教院宗珠 님에게, 나의 기일忌日에는 엔고圓悟의 붓글씨를 걸어놓고 이 '벗어던진 두건'을 사용하여 추도의 차로 삼으라는 유언을 남긴 물건입니다."

소안은 지나치게 정중한 어조로 설명했다. 어쩌면 히데요시의 눈에 띈 이 주머니를 나중에 상납함으로써 자기도 리큐에 못지않은 인기를 얻으려는 속셈인지도 몰랐다.

"흥."

히데요시는 다시 한 번 코웃음을 쳤다.

"나 같으면 그 차 주머니에 두건을 벗어던지지는 않겠어."

"예……?"

"그런데, 자네 뒤에 있는 여자는?"

"아…… 아, 제 동생 소젠의 미망인…… 아니 리큐 거사의 딸이라고 하는 편이 이해하시기 쉬울 것입니다. 이름은 오긴입니다."

"흥, 이 여자가 오긴이란 말이지?"

히데요시는 다시 한 걸음 다가왔다.

"오긴, 얼굴을 들라."

"예."

오긴은 당당하게 고개를 들고 히데요시를 바라보았다. 두 사람의 시선이 마주치는 순간 히데요시의 눈이 수줍어하는 소년처럼 퍼뜩 움직였다.

'부끄러워하고 있다!'

그런 느낌이 오긴에게는 우습기도 하고 무섭기도 했다.

'히데요시란 사나이는 의외로 여자에게는 고지식한, 그런 만큼 집념을 가지면 무서운 사나이가 되지 않을까……?'

"으음, 그대가 오긴이란 말이지…… 오긴, 내가 만약 여기서 두건을 던진다면 그대는 어떻게 하겠나?"

오긴은 미소를 띤 채 나직한 소리로 대답했다.

"저는 두 아이를 두었고, 이미 인생이 끝난 미망인입니다."

"이 칸파쿠가 그 미망인에게 두건을 던지면…… 어떻게 하겠느냐고 묻고 있는 거야."

"호호호…… 농담을 하시는군요. 미망인에게 두건을 던지시면 그 다석은 풍취가 없어집니다."

"으음, 듣던 것 이상의 재녀才女로군. 그런데, 오늘은 아이들도 데려왔나?"

"성대한 행사라 꼭 보여주고 싶어 사카이 사람들이 있는 곳까지 데려왔습니다."

"그래? 아이들은 소중히 돌보아야 해."

"감사합니다."

히데요시는 이 말을 남기고 훌쩍 밖으로 나가 다시 그 다음 다석을 들여다보는 것 같았다.

오긴은 안도의 숨을 내쉬고 얼굴을 들었다. 담담하게 대응하리라 생각했는데 깨닫고 보니 온몸이 땀에 흠뻑 젖어 있었다.

시아주버니인 소안은 이미 그 자리에 없었다. 허둥지둥 히데요시의 뒤를 따라 나간 모양이다.

이때 그녀 앞에 불쑥 그림자 하나가 나타났다.

"아!"

그 순간만은 오긴도 숨이 끊어지는 것 같았다. 오늘 아침 화제에 올랐던 소문의 주인공, 틀림없는 타카야마 우콘다유…… 그 사람이었다.

7

타카야마 우콘은 묘한 옷차림을 하고 있었다.

물색 두건에 짓토쿠十德° 차림, 촌티 나는 씨름꾼 같은 모습으로 서서 오긴에게 빙긋이 웃어 보였으나 그 눈은 웃고 있지 않았다. 물론 그를 따르는 시종도 없었고 동행자도 없었다.

그러나저러나 소문이 사실이라면, 그의 실종 사실이 벌써 도성 전체에 알려져 모두들 혈안이 되어 찾고 있을 것이었다. 이러한 그가 히데요시가 나가자 곧바로 웃는 얼굴로 들어와서 그런지 오긴은 자기 눈을 의심하지 않을 수 없었다.

"오긴 님."

"어머……"

"내가 여기서 두건을 던지면 오긴 님은 어떻게 하시겠소?"

오긴은 가만히 주위를 둘러보았다.

"걱정하지 마시오. 칸파쿠가 가시려는 곳은 경계가 심하나 지나가신 뒤에는 이처럼 허술합니다. 그러니 내가 경계를 펴고 있다고 해도 될 정도입니다."

"우콘 님!"

"쉿. 그런 이름으로는 부르지 마십시오. 나는 시골 다이묘에게 다도를 가르치는 미나미노보 토하쿠南ノ坊等伯, 이렇게만 기억하십시오."

"그러면…… 미나미노보 님이 여기 오신 이유는?"

"부탁이 있어섭니다. 사반 각(30분) 정도만 나를 위해 틈을 내주십시오."

"사반 각 정도……"

"이 다회의 갈대 울타리를 나와 동쪽으로 이삼 정쯤 가면 북쪽으로 난 작은 길이 있습니다. 그 길 오른쪽에 초라한 찻집이 있는데 거기로 오십시오."

"글쎄요, 그것은……"

"어릴 적 친구가 목숨을 걸고 드리는 부탁이니 승낙한 것으로 알고 기다리겠습니다."

우콘은 이렇게 말하고 들어왔을 때와 마찬가지로 유유히 밖으로 나갔다.

오긴이 아이들을 한발 먼저 임시거처로 돌려보내고, 혼자 우콘이 말한 곳으로 간 것은 이미 석양이 소나무 그림자를 길게 떨군 저녁나절이었다.

아직도 군중들이 떠나지 않아 신사 앞은 인파로 가득했다. 그들을 헤치듯 동쪽으로 나가 북쪽으로 향하자 부근에는 군중들을 상대로 한 찻집이 즐비했다.

한 찻집의 평상에 물색 두건의 사나이가 앉아 열심히 와카和歌°라도 짓고 있는 듯한 모습으로 주위를 바라보고 있었다.

"아, 미나미노보 님."

이렇게 부르고 나서 오긴은 깜짝 놀랐다.

미나미노보라고 자신을 소개한 우콘과 등을 맞대고 있는, 부유한 사카이 사람임을 알 수 있는 노인이 다도의 스승들이 쓰는 두건을 쓰고 앉아 차를 마시고 있었다.

한눈에 알 수 있었다. 그 노인은 나야 쇼안이었다. 쇼안은 오긴과 시선을 마주치고도 전혀 당황하지 않았으며, 아무런 관심도 보이지 않은 채 앉아 있었다.

"그럼, 오늘의 내 역할은 끝났으니 이만 돌아가야겠군. 찻값은 여기 놓고 가겠네."

오긴은 안도했다.

쇼안이 뒤에 있으면서 우콘을 지켜준 것이 분명했다.

두 사람이 만난 것을 보고 역할이 끝났다고 한 쇼안의 혼잣말은 무엇을 의미할까……? 그리고 우콘의 용건은……?

오긴은 두 손으로 가슴을 안듯이 하고 우콘 곁에 앉았다.

8

쇼안은 오긴도 우콘도 무시한 채 가버렸다.

갑자기 주위에 바람이 일어 늦가을의 차가운 기운이 살갗에 스며드는 느낌이었다.

"오긴 님, 잘 오셨습니다."

"용건이 뭐죠? 무슨 말씀인지 몰라 가슴이 떨리네요……"

“나는 오긴 님을 흠모하고 있었습니다…… 그래서 이렇게 쿄토까지 왔다……고 하면 웃으실 겁니다.”

“농담하고 있을 때가 아니에요. 오늘도 카토 카즈에노카미 님이 무서운 얼굴로 경비에 임하고 계셨어요.”

“경비는 카토만이 아닙니다. 이시다石田도 마스다增田도 모두 혈안이 되어 나를 찾고 있지요.”

“그런데 어떻게 이렇게……”

“오긴 님, 나는 천주님께는 의리를 다했어요.”

“천주님께 의리라니요?”

“칸파쿠의 명이라 해도 신앙은 버릴 수 없다고 해 보시다시피……”

“그것이 아마 진정한 신앙이겠지요.”

“아직 의리를 지켜야 할 상대가 둘이나 있습니다.”

“그 둘이란?”

“칸파쿠 히데요시, 또 하나는 다도입니다.”

오긴은 새삼스럽게 우콘을 바라보았다.

석양이 차차 엷어져, 화살이 스치고 지나간 자리가 한 줄 흉터로 남은 단아한 옆얼굴이 사나이의 무서운 기백을 담고 있었다.

‘대관절 호소카와 님과 우콘 님은 어느 쪽이 더 의지가 굳은 무사일까?’

나이는 우콘이 두서너 살 더 젊었으나 양쪽 모두 한창 활동할 장년이었다. 자신이 만일 우콘의 아내가 되었다면…… 그런 가정 속에 오긴은 묘하게도 처량한 생각이 들었다. 아마 자기는 우콘이 떠돌이무사가 되지 않도록 필사적으로 개종할 것을 권하지는 않았을까. 틀림없이 그랬을 것만 같았다.

“여기 온 것은 남은 두 가지 의리를 다하기 위해서요. 표면적으로는 미망인이 된 오긴 님을 연모해 쿄토에 왔다는 것으로 알아주시오.”

"사정이 그러시면, 잊지 못할 어렸을 적의 친구 정도로."

"실은 우선 칸파쿠에 대한 의리인데……"

"칸파쿠에게 어떤……?"

"더 이상 다회를 계속하지 못하도록, 오늘로 끝내도록 오긴 님이 거사님을 설득하여 칸파쿠에게 건의하도록 해주시오."

"이 다회를 오늘로 마감하라고요?"

"그렇소!"

우콘은 크게 고개를 끄덕였다.

"많은 자객이 들어와 있다, 열흘 동안이나 다회를 계속하면 큐슈 일대의 반란을 수습할 수 없게 될 것이라고 말해줄 수 없겠소?"

"그것이…… 그것이…… 칸파쿠에게 의리를 다하는 일인가요?"

"물론이오. 히고의 영주가 된 삿사 나리마사의 학정虐政이 너무 심했던 모양이오. 신도들은 이 다회를 틈타 다시 그곳을 수습할 수 없는 환난에 몰아넣으려고…… 이것은 첫째로 칸파쿠에 대한 의리, 둘째는 무고한 신도들의 개죽음을 막자는 천주님에 대한 선물이오."

이렇게 말하고 우콘은 나직한 소리로 웃었다.

"이 의리를 다할 수 있게 도와준다면, 이 우콘도 그 후에는 평생을 다도나 즐기면서 보내자, 이런 생각으로 오긴 님을 연모한다고 나 자신이 소문을 퍼뜨린 것입니다. 하하하……"

9

오긴은 우콘의 웃음 속에서 일말의 고독과 함께 소나무에 부는 바람 소리를 들은 듯한 서늘한 오성悟性을 느꼈다.

'이분은 여간 부럽지 않은 새 경지를 개척하고 계시다……'

신앙을 버리지 않고, 그렇다고 히데요시도 원망하지 않으면서 투명한 마음으로 다도에 몰입한다—상상은 할 수 있으나 도저히 바라기 어려운 경지였다.

'이러한 경지까지 도달하는 데는 반드시 고통스러운 과정이 있었을 것이다……'

"알겠어요."

오긴은 미소를 띠고 우콘을 바라보았다.

"저도 연모를 받을 만한 여자가 되었다…… 이렇게 생각하고 받아들이겠어요."

"고맙소. 역시 오긴 님이 거사님에게 말하고, 거사님의 입을 통해 위급함을 고한다…… 이렇게 하는 것이 칸파쿠를 가장 잘 납득시킬 수 있는 방법일 것 같습니다."

"미나미노보 님."

"예, 말씀하시오."

"그럼, 앞으로 어디에 몸을 의탁하시렵니까?"

"그것 참 어려운 질문을 하시는군요……"

"하지만 이 모즈야의 미망인은 미나미노보 님이 연모하는 여자이니 알아도 나쁠 것은 없지 않겠습니까?"

"하하하…… 이거 한 방 맞았군요. 그러나 걱정할 것 없습니다. 나에게는 다도를 사랑하는 친구가 많습니다."

"다시 코니시 님께 돌아가실 건가요?"

"아뇨."

우콘은 가볍게 고개를 흔들었다.

"신앙이 같은 사람이 쫓기는 사람을 숨겨주었다면 큰 폐가 될 것입니다. 그러므로 잠시 사카이에서……"

"그럼, 사카이의 쇼안 님께?"

"글쎄요…… 어쩌면 류타츠隆達의 제자가 되어 한동안 샤미센三味線°이나 뜯고 있을지도 모르고…… 또 멀리 카가加賀에 가서 다도를 가르치게 될지도 모르지요……"

"그러고 보니 미나미노보 님은 마에다 토시이에 님과 특히 친분이 두터우시지 않습니까?"

"……거사님 덕택이지요. 무예의 벗보다 다도의 벗이란 아주 좋은 것입니다."

"정말이지……"

말하다 말고 오긴은 문득 호소카와 부인 가라시아를 떠올렸다.

우콘과 호소카와 타다오키의 사이도 나쁘지 않다. 만일 위험이 닥친다면 호소카와의 저택으로 피신하는 것이 좋을지도 모른다. 부인은 같은 신자로서 틀림없이 우콘을 도울 것이다……

"미나미노보 님, 벌써 주위가 완전히 어두워졌군요."

"예, 돌아다니는 사람들도 드물어졌습니다. 그럼, 조금 전에 부탁한 말을 부디……"

"만일 이 부근에서 어려운 일이 생기시면 호소카와 저택으로……"

우콘은 고개를 끄덕이고 일어섰다.

해가 저물어 찻집의 손님은 이들 두 사람뿐이었다. 오긴은 이렇게 헤어지는 것이 아쉬웠으나 그를 따라 일어났다.

"조심하십시오."

그리고는 당부하듯 인사말을 했다.

"오긴 님도 어서 아이들한테 가보십시오."

우콘이 오긴으로부터 두세 걸음 떨어졌을 때였다.

"수상한 놈들이다. 꼼짝 마라!"

아무도 없는 줄 알았던 갈대 울타리에서 그림자 넷이 우르르 몰려나와 두 사람을 에워쌌다.

오긴은 깜짝 놀라 몸에 지녔던 단검에 손을 가져가면서 우콘을 바라보았다. 우콘은 선 채로 웃고 있었다.

10

네 그림자는 모두 완전히 무장을 갖춘 경비 무사였다. 누구의 부하인지 알 수 없었으나, 우콘이 무술에 능한 상대임을 알고 사방에서 빈틈없이 포위하는 자세였다.

"지금, 수상한 놈들이라고 했나?"

"그렇다. 두 사람의 이야기를 모두 들었다."

"허어, 그렇다면 새삼스럽게 이름을 밝힐 것도 없겠군."

우콘이 말했을 때 오긴이 당황하며 손을 내저었다.

"참, 제 소개가 늦었습니다. 저는 칸파쿠 전하 밑에 있는 다인 센 리큐의 딸 오긴, 여기 있는 사람은 아버지의 제자로 다도에 뜻을 두고 있는 카가의 미나미노보…… 오늘의 행사를 보려고 오랜만에 이곳에 왔다가 우연히 길에서 만나 그만 옛날이야기에 몰두해 있었습니다. 경비하시느라 수고가 많으십니다."

경비 무사들은 오긴의 인사에 반응이 없었다.

"두 사람 모두 앞장서서 걸어라. 그러면 포승을 묶지는 않겠다."

"그럼, 아직 의혹이 풀리지 않았습니까?"

"걸으라고 했지 않아! 걷지 않으면 끌고 가겠다."

"당치도 않습니다. 이렇게 창을 들이대시면 안 됩니다. 나는 리큐의 딸로 모즈야의 미망인입니다."

"알고 있어!"

상대 중에서 유난히 키가 큰 사나이가 큰 소리로 외쳤다.

"그대의 신분은 그렇다 해도, 이 사나이가 미나미노보라는 것은 새빨간 거짓말……"

네 사나이가 다가서며 포위망을 좁혔다.

"허허."

우콘은 웃었다.

"너희들은 이시다 지부의 부하로구나?"

"누구의 부하건 무슨 상관이냐. 수상한 자가 배회하거든 체포하라는 부교 님의 명령이시다."

"부교란 말이지. 알겠다."

우콘이 말했다.

"오긴 님, 들으신 대로입니다. 수상한 자는 바로 나고 오긴 님의 신분은 알고 있다는군요. 오긴 님은 어서 돌아가십시오."

"하지만……"

"내가 부교를 만나면 증명이 될 거요. 걱정 말고 더 어두워지기 전에 어서 돌아가시오."

오긴은 침착하기만 한 우콘의 눈에 아직 미소가 남아 있는 것을 보고 가슴이 죄어들었다. 과연 맹장이라 일컬어진 만큼 전혀 흐트러짐이 없었다. 오긴은 우선 이 자리를 벗어나 아버지 리큐에게 우콘의 말을 전해야 했다……

"그럼 미나미노보 님, 먼저 실례하겠습니다."

"오, 부디 몸조심하시오."

"미나미노보 님도……"

"다시 쿄토에 올 날이 있을 것이오. 그리고 스승님께 잘 말씀 드려주시오."

오긴이 걷기 시작하자 네 사람은 서로 얼굴을 바라보며 고개를 끄덕이고 한 사람이 길을 비켜주었다.

우콘이 예상했던 대로였다. 그는 오긴의 모습이 보이지 않게 되었는데도 잠시 그 자리에 서 있었다.

"어서 걸어!"

주위가 갑자기 어두워졌다. 그리고 어느 틈에 찻집들은 거의 문을 닫고 있었다.

바람소리가 소나무 가지에서 싸늘하게 울렸다.

"걸어!"

우콘은 무언가에 가만히 귀를 기울인 채 여전히 움직일 기색을 보이지 않았다.

11

"걸어!"

다시 키 큰 남자가 말했다.

타카야마 우콘은 역시 못 들은 체했다.

"너희들은 내가 누군지 알고 있나?"

잠시 사이를 두었다가 상대가 당황할 정도로 부드러운 목소리로 물었다.

"알고 있으면 어떻게 하겠느냐?"

우콘이 웃고 있다는 것을 알고 상대는 화를 내며 소리쳤다.

"허허허, 내가 바로 타카야마 우콘이다."

"걷지 않으면 포승으로 묶어 끌고 가겠다."

"알겠다…… 내가 순순히 묶인다면 말이겠지."

"뭣이, 저항하겠다는 거냐?"

"너희들은 이시다 지부의 부하일 것이다. 카토 카즈에노카미 님이나 호소카와 타다오키 님의 부하라면 끌려가도 좋아. 모두 이야기가 통할 사람들이니까. 그러나 지부는 그렇지 못해. 지부는 나와 사이가 좋지 않고, 칸파쿠에게 계속 천주교가 위험하다고 부추기고 있어. 지부라면 나를 죽이지 않고는 못 배길 사람이야."

"문답은 필요 없다. 걷겠느냐, 걷지 못하겠느냐?"

"지금 그 대답을 하고 있는 중이다. 끌려가면 죽고 여기 있으면 살아남는다…… 이럴 경우 너희들이라면 어떻게 하겠느냐?"

침착하게 반문하는데 키 큰 무사가 펄쩍 뛰었다.

"여기 있어도 우리 명령을 듣지 않으면 목숨은 없다. 죽여도 좋다는 명령이 내렸어."

"허어……"

우콘은 네 사람을 노려보고 다시 나직이 웃었다.

"너희들은 거짓말을 하고 있어."

"뭐…… 뭐…… 뭐가 거짓말이라는 거냐?"

"나는 지금까지 수십 번 전쟁터를 누빈 경험을 통해 내가 이길 상대와 질 상대를 분간할 수 있다. 너희들도 아마 그럴 것이다. 너희들은 넷이 함께 덤벼도 이 우콘을 이기지 못하리라는 것을 알고 있다. 나 역시 너희들을 이긴다는 것을 알고 있다."

"이……이놈이!"

"아무리 그래도 나를 찌르지는 못한다. 네놈들 목이 먼저 달아난다는 걸 알고 있으니…… 이쯤에서 그만두자. 나도 무익한 살생은 하고 싶지 않다."

이렇게 말하고는 북쪽으로 홱 방향을 돌려 네댓 걸음 걸어갔다.

"끼얏!"

기묘한 소리를 지르면서 키 큰 사나이가 창을 꼬나들고 덤벼들었다.

"얏!"

짧은 기합 소리가 이에 답했다. 덤벼드는 자를 피하면서 그 창을 잡아 끌어당기는 바람에 공격하던 자는 저절로 우콘의 주먹에 옆구리를 얻어맞은 꼴이 되었다.

"으윽."

덤벼들던 자가 비틀거리며 쓰러지는 것과 다른 두 사람이 동료를 부르러 인가가 있는 쪽으로 달려가는 것은 동시의 일이었다.

나머지 한 사람은 무릎을 떨면서, 그래도 우콘에게 창을 들이댔다.

우콘은 가만히 서서 그 사내를 조용히 바라보았다.

"죽이지는 않았다. 곧 다시 숨을 쉬게 될 것이다. 너는 쓰러진 동료를 메고 가거라. 알겠나, 타카야마 우콘은 연모하는 여자를 만나기 위해 쿄토에 왔었다. 사람은 죽이지 않는다. 돌아가서 지부에게 이렇게 말하여라. 너희들 손에 잡힐 우콘이 아니었다고. 지부도 잘 알고 있을 터. 그러니 꾸짖지는 않을 것이다."

12

우콘은 떨리는 몸으로 창을 들이대고 있는 무사에게 타이르듯 말하고 다시 홱 상대로부터 등을 돌렸다.

상대도 이번에는 뒤쫓지 않았다. 쫓는 대신 그 역시 우콘과는 반대 방향으로 묘한 소리를 지르며 달려갔다.

우콘과 오긴이 이야기를 나눈 찻집의 갈대 울타리는 그대로 남아 있었다. 하지만 그곳에는 사람의 그림자는 보이지 않았다.

전대미문의 대대적인 다회는 첫날이 저물 무렵부터 심상치 않은 풍운이 감돌기 시작했다. 히데요시조차 이런 일은 예기치 못했을 터.

그날 밤—

토리데通リ出 미즈사가루水下ル에 있는 챠야 시로지로茶屋四郎次郎의 집. 다회를 끝내고 돌아가는 길에 들른 이에야스를 맞이하여, 시로지로와 나야 쇼안 및 이에야스를 수행하고 온 나가이 나오카츠永井直勝 등이 등불을 둘러싸고 한담을 나누고 있었다.

"다회는 오늘로 끝날 모양입니다."

이렇게 말하는 나야 쇼안에게 이에야스와 챠야는 아무 대꾸도 하지 않았다. 분명 다회가 열흘 동안 열린다는 말을 들었던 나가이 나오카츠만이 깜짝 놀란 듯 고개를 들고 일동을 둘러보았다. 나가이의 의아해하는 태도에도 역시 응하는 사람이 없었다.

"오늘의 압권은 야마시나山科의 헤치칸ノ貫이었던 것 같습니다."

챠야가 말했다.

"그래, 그런데 대관절 그 사람은 누구인가?"

이에야스의 질문에 챠야는 싱긋 웃었다.

"단지 기인奇人일 뿐……이라고 하면 본인은 화를 내겠지요. 그 사람은 이로써 충분히 칸파쿠를 풍자한 거라 생각할 것입니다."

"한 간 반이나 되는 크고 붉은 양산에 팔 척 가까운 긴 대를 꽂고 그 밑에 다석을 마련했었지."

"그래요. 갈대 울타리는 고작 양산에서 두 자도 떨어져 있지 않은데 양산 밑에 불타는 듯한 붉은 양탄자를 깔아놓고는, 풍로에 솥을 걸고 그 옆에서 남만인의 토바코(담배)인지 뭔지 하는 것을 뻐끔뻐끔 빨면서 코로 푹푹 연기를 뿜어내고 있었어요."

쇼안은 우습다는 듯이 말하고는 조롱하듯 덧붙였다.

"차 따위는 코에서 나오는 토바코 연기……라는 풍자를 과연 전하는 알고 계시는지."

이에야스는 이 말에 대해서도 대답하지 않았다.

"그 학자 말인데……"

챠야를 향해 화제를 돌렸다.

"새로운 학설을 말한 후지와라 세이카藤原惺窩 선생 말씀입니까?"

"그래. 슨푸로 돌아가기 전에 한번 만나고 싶네. 자네가 주선해줄 수 없을까?"

쇼안이 옆에서 입을 열었다.

"그 역시 까다로운 사람입니다마는……"

"어쨌든 만나고 싶어. 거절당해도 도리가 없는 일이고. 앞으로는 학문을 닦아야 한다고 생각하네. 사람들이 저마다 다른 생각을 가지고 있으면 질서가 잡히지 않아. 불교도 너무 종파가 많아 전후戰後의 세상을 바로잡는 데는 도움이 되지 않아."

이에야스만이 진지한 것도 왠지 이 자리에는 어울리지 않았다. 챠야 시로지로는 그만 웃음이 터져나오려는 것을 억지로 참았다. 이번에 상경하여 노가쿠能樂°의 춤 상대가 되라는 히데요시의 명을 받고, 뚱뚱한 그 몸으로 춤을 추던 모습이 떠올랐기 때문이다.

13

이에야스의 행보는 이제 확실히 정해진 것이라고 챠야 시로지로는 생각했다.

세상에서 무어라고 할지 상상하기란 어렵지 않았다. 도쿠가와 님도 드디어 히데요시에게 무릎을 꿇었다……고 생각하는 사람이 많을 터. 그러나 이에야스의 마음을 시로지로는 잘 알 수 있었다. 히데요시를 도와 평화로운 시대를 건설한다—이것이 노부나가 공 이래의 비원悲願과 이어지는 유일한 길이라고 절감한 듯했으며, 히데요시에게 굴복하지 않았다는 증거로, 히데요시 체제의 정치적인 미비점을 이에야스는 진지하게 찾아내기 시작했다.

이에야스가 보기에, 5대 종파로 갈라진 불교나 다도로는 전후의 민심을 수습할 수 없었다.

"학문을."

그래서 새로움에 대해 눈을 빛내고 있었다.

이에야스가 최근에 열심히 읽기도 하고 질문도 하는 것은 『정관정요貞觀政要』°와 『아즈마카가미吾妻鏡』°였다.

센고쿠戰國 시대에는 '무력'이 모든 것을 결정했다. 그러나 카마쿠라鎌倉 시대° 이후 무신의 의리는 아무리 애써서 널리 보급한다 해도 나라를 다스리는 기둥이 될 수는 없었다. 성현의 가르침을 국정에 반영하는 학문을 인간이 의거할 큰 기준으로 삼는 길밖에는 새로운 질서를 세울 수 없다—이에야스는 이런 생각으로 후지와라 세이카의 이름을 거론한 것이 분명하다.

"알겠습니다. 곧 연락해보겠습니다."

챠야가 이에야스에게 말했다.

쇼안이 다시 입을 열었다.

"도쿠가와 님, 학문도 중요하지만 그전에 생각하셔야 할 일이 한 가지 있습니다."

"학문 외에?"

"예. 그것은 오다와라의 호죠 님이 열심히 총포를 사들이고 있다……는 따위보다 더 중대한 일입니다."

"그것이 무엇일까, 나는 전혀 알지 못하고 있는데."

"바로 어제 이 쇼안에게 정보가 들어왔습니다. 칸파쿠는 하카타의 시마이 소시츠島井宗室에게 조선을 정찰하라는 명령을 은밀히 내렸다고 합니다."

"뭣이, 조선을……?"

이에야스는 고개를 갸웃하고 물었다.

챠야는 금세 얼굴이 굳어졌다.

"그, 그것이 정말입니까?"

"어찌 도쿠가와 님 앞에서 거짓말을 하겠소. 칸파쿠 전하는 조선 출병을 진지하게 생각하는 모양입니다. 물론 소시츠 님은 우리와 뜻을 같이하는 사람, 정찰했다고 해서 결코 전쟁을 권할 리는 없습니다만, 그래도 이번처럼 대대적인 다회가 큐슈 소란으로 하루 만에 끝난다…… 이렇게 되면 칸파쿠 전하의 고집이 어떻게 변할지 알 수 없습니다. 도쿠가와 님도 쿄토에 오셔서 정치적인 의논 상대가 되시는 것이 일을 그르치지 않는 길이 되리라 봅니다."

이때도 이에야스는 대답하지는 않았다. 그러나 그 가슴속에는 이미 결심이 서 있는 듯했다. 중신들은 여전히 히데요시 밑에 들어가는 것을 불쾌하게 여겼으나, 이에야스의 안목은 이미 두 사람의 대립으로부터 탈피해 있었다.

"과연 그 점은 깊이 생각하셔야 할 문제입니다."

챠야 시로지로는 진지하게 말하고 나서 밥상을 가져오게 했다.

입정야화立正野話

1

식사가 끝난 뒤 쇼안이 돌아갔다. 그 뒤를 이어 도쿠가와 가문의 연락관 오구리 다이로쿠小栗大六와 칼을 감정하는 혼아미 코지의 아들 코에츠光悅•가 찾아왔다.

쥬라쿠 저택에서 하기 거북한 정보 교환은 언제나 이처럼 챠야의 집에서 이루어졌다. 모두 모이면 나가이 나오카츠는 마루에 나와 밖을 감시하는 역할을 맡았다.

쿄토 시가는 지금도 술렁거리고 있었다. 거창한 다회로 흥분했던 여운이 아직 쿄토 사람들 사이에서 사라지지 않은 듯했다.

서쪽에서 북쪽으로 방향을 바꾸기 시작한 바람이 때때로 꼭 닫아놓은 장지문을 흔들고 있었다.

"혼아미 코에츠 님이 최근에 오다와라에서 돌아오셔서……"

오구리 다이로쿠가 이렇게 말했다.

"직접 묻고 싶은 일도 있을 듯해 오시라고 했소."

그 뒤를 이어 챠야가 젊은 코에츠에게 변명하듯 말했다.

코에츠는 평민치고는 지나칠 만큼 빛나는 눈을 똑바로 뜨고 온몸을 긴장시킨 채 이에야스를 관찰하고 있었다. 첫 대면은 아니었으나 이처럼 가까이 마주앉아 이야기를 나누기는 처음이었다.

"어떤가?"

이에야스가 말했다.

"호죠 가문에는 명검名劍이 많겠지?"

젊은 코에츠는 입 가장자리를 약간 일그러뜨렸다. 아무렇지도 않은 듯이 말하는 상대의 첫 질문에서 깊은 의미를 읽어내려고 의식이 과잉된 탓인지 긴장해 있는 모습이었다.

"내단한 명검은 찾아보지 못했으나, 실전에 이용할 만한 것은 무수히 많았습니다."

"허어, 실전에 이용할 만한 것이라니?"

"소슈相州의 것들입니다."

토해내듯이 대답하고 코에츠는 화제를 바꾸었다.

"도쿠가와 님의 따님께서 우지나오氏直• 님의 부인이시라고요?"

"그래, 우지나오가 내 사위라네……"

"호죠 가문에서는, 도쿠가와 님이 전하의 매제라는 인연만 중시하여 설마 자기 딸을 버리기까지는 하지 않을 것이다…… 이런 말이 나돌고 있습니다."

"하하하……"

이에야스는 웃었다.

"나는 그런 것을 묻는 게 아니야. 단지 칼 이야기를 했을 뿐일세."

"칼……"

"그래. 실전에 사용할 수 있는 칼이 있느냐 없느냐 물은 것일세."

"예, 알겠습니다. 소슈의 것……이라고 말씀 드린 것은 소슈 일대, 즉 카마쿠라에서 미우라三浦와 미사키三崎 일대까지 백성들에게 총동원령을 내렸다는 뜻이었습니다."

"그것이 칼 이야기인가?"

"병력 이야기입니다!"

코에츠는 다시 한 번 토해내듯 대답하고 자못 생기가 넘치는 눈을 빛냈다.

"아버님과 저는 대대로 니치렌 종日蓮宗°을 믿고 있습니다."

"그래서……"

"입정안국立正安國°을 설파하신 조사祖師의 도道는 한시도 저희 곁에서 떠나지 않는 염원…… 칼을 감정하는 것도 여행을 하는 것도 칼을 가는 것도 칼에 장식을 하는 것도 모두 이 일념과 연결되어 있습니다. 그런 마음으로 볼 때, 황송합니다마는 도쿠가와 님의 염원도 안국安國에 있는 것 같습니다. 따라서 이것은 실로 얻기 어려운 부처님이 내리신 인연이라 생각하고 자세히 살펴보고 왔습니다."

이렇게 말하고 코에츠는 별처럼 빛나는 눈으로 이에야스의 시선을 빨아들였다.

2

이에야스는 깜짝 놀랐다.

'이 얼마나 무서운 기백이 담긴 눈동자인가.'

나이는 아직 서른도 되지 않은 것 같았다. 더구나 평민 신분으로, 천군만마를 호령하고 전쟁터를 누비며 단련에 단련을 거듭해온 이에야스를 한치의 양보도 없는 기백으로 대하고 있었다.

'혼아미 코지는 훌륭한 자식을 두었구나……'

코지와는 이에야스가 이마가와今川 가문의 인질이었을 때부터 아는 사이였다. 이마가와 가문의 칼을 갈기 위해 왔다가 타케치요竹千代 시절의 이에야스와 마음이 맞아, 그를 위해 일부러 만들어준 칼 한 벌을 이에야스는 아직도 소중히 간직하고 있었다.

"허어, 이 이에야스도 자네가 믿는 신앙에 합당하다는 말인가?"

"그렇습니다. 노부나가 공이 생존하셨을 때부터 오로지 외길로 안국의 길을 걸으신 무장은, 황송하오나 일본에서는 도쿠가와 님이 유일한 분입니다. 그래서 외람되이 이런저런 말씀을 드렸습니다. 용서해주십시오."

이에야스는 진지한 얼굴로 깊이 고개를 끄덕였다.

"외람된 말이 아니라 고마운 말일세. 근본 뜻은 다르지만 나도 역시 입정안국밖에는 다른 생각을 갖고 있지 않아. 다른 마음이 있다면 부처님의 벌을 받을 거야."

"황송하신 말씀입니다."

"그런데, 아까 자네는 호죠 가문이 백성들에게까지 총동원령을 내렸다고 했지?"

"예. 칸파쿠와 결전을 벌이기 위해서는 칸토 여덟 주州 무사들만으로는 부족하다. 만일의 경우를 위해 영내 백성 모두를 군사로 동원해야 한다…… 이것이 우지마사氏政• 큰 성주님의 의견이어서, 우선 소슈 백성들이 마을 단위로 무장하여 맹훈련을 하고 있습니다."

"코에츠!"

"예."

"어려워할 것 없이 생각한 그대로 대답하게."

"알겠습니다."

"자네 눈은 부처님의 눈이야. 부정이 있으면 파헤쳐 없애려는 매의 눈일세. 그 눈으로 어떻게 보았나. 호죠 부자는 내가 중간에 나서도 칸파쿠와 화해할 뜻이 없을까?"

"황송합니다마는, 없습니다!"

"싸우면 진다고 생각지 않는 모양이군."

"용기는 있어도 정의가 없습니다. 싸우는 것도 화평하는 것도 정의를 위해서라는 근본적인 사려가 부족합니다."

"으음."

"방비가 튼튼하면 칸파쿠가 공격하지 못한다고, 그리고 공격받고 나서 화의를 맺어도 늦지 않다고 생각하는지도 모릅니다. 이것은 호죠 일가의 입장만 생각한 이기심일 뿐 일본을 위해, 만민을 위해 생각하는 불심佛心과는 거리가 멉니다."

"그렇다면 전쟁이 벌어질 수밖에 없겠군……"

"십중팔구는 불가피합니다."

"그래……?"

이에야스는 안타까운 듯 챠야와 오구리를 돌아보고 씁쓸히 웃었다.

"뜻대로 안 되는 세상이야. 이 이에야스도 딸과 사위를 구할 수가 없으니 말일세."

"그렇습니다…… 인간 세상은 아집과 미망의 심연深淵…… 그러므로 저희들만이라도 정의를 관철시켜야 합니다."

대답하고야 비로소 코에츠는 깊이 숨을 쉬면서 이마의 땀을 닦았다.

3

'과감하게 소신을 피력하는 사나이……'

이에야스는 점점 더 코에츠의 기품에 이끌렸다. 직업이 칼과 인연이 있는지라, 어쩌면 자연스럽게 명검의 기백이 그에게로 옮겨갔는지도 모른다. 정의와 불의를 예리하게 분별하여 전혀 주저함이 없는 기백이 그의 얼굴에서 느껴졌다.

이에야스는 문득 목소리를 떨구었다.

"코에츠."

"예."

"오다와라에 관한 일은 알았네. 자네 눈은 살아 있어."

"황송합니다."

"어떤가, 살아 있는 자네 눈에 이번 키타노 다회는 어떻게 비쳤나?"

코에츠는 순간 흠칫 놀란 눈치였다. 비판이 허락되지 않는 일을 비판하라고 요구받은 당혹감이 흘끗 미간을 스치고 지나갔다.

"그 풍류, 참으로 훌륭하였습니다."

"훌륭하기만 하다는 말이지. 고마운 세상이라고는 생각지 않나?"

"죄송합니다마는, 고마운 세상이라는 말은 좀더 생각한 후에 쓰려고 합니다."

"허어, 아직은 고마운 세상이란 생각을 하지 않는다는 말이지?"

"예. 이 세상에는 아직도 다도 같은 것을 즐길 수 없는 사람이 많습니다. 풍류로 즐기는 것은 즐기는 당사자는 고마운 일, 그럴 수 없는 사람들의 존재를 잊는다면 무의미한 일일 것입니다."

"칸파쿠 전하의 뜻은? 그 뜻이 무엇이라 생각하나?"

"영웅의 뜻을 어찌 저 같은 사람이…… 용서해주시기 바랍니다."

"허어, 그럼 자네는 니치렌 조사의 뜻은 알고 있지만 칸파쿠의 뜻은 모른다는 말인가?"

"황송합니다마는, 태양은 누구의 눈에도 뚜렷이 보이지만 제 운명의 별은 보이지 않습니다. 모르는 것이 아는 것보다 위대하다는 해석은 좀 납득하기 어렵습니다."

이에야스는 오만하게까지 보이는 젊은 코에츠의 예리한 눈을 바라보았다.

'무사에게서도 찾아보기 힘든 놀라운 기백을 지닌 사나이……'

이에야스는 더욱 흥미를 느끼며 물어보고 싶은 생각이 들었다.

"으음, 그렇다면 이것은 하나의 가정인데, 만일 자네가 칸파쿠 전하라면 이런 다회는 열지 않았다는 말인가?"

"제가 칸파쿠라면…… 말씀입니까?"

"만약에 말일세. 그냥 지나가는 말로 대답하게."

코에츠는 비로소 싱긋 웃었다. 그 웃는 얼굴은 마치 사람이 달라지기라도 한 듯 맑고 순진했다.

"제 이야기를 드려 죄송합니다. 실은 제게는 노모가 계십니다."

"으음, 이야기가 상당히 빗나가는군."

"제가 남한테 선물로 받은 비단으로 노모께 옷을 지어드리려 했습니다만, 노모는 기쁨은 나누어야만 한다고 그 비단으로 보자기를 여러 개 만들어 기술자들의 아내에게 주고 한 번도 당신의 옷을 만들어 입지 않으셨습니다. 이 말씀으로 제 대답을 대신하려 합니다."

이에야스는 저도 모르게 무릎을 탁 쳤다.

"어떤가, 챠야?"

자기 일처럼 여기며 시로지로를 돌아보았다.

4

"으음, 자네 모친이 비단옷을 입지 않고 여러 사람에게 나누어주었다는 말이지."

이에야스의 말에 코에츠는 다시 한 번 웃었다.

"노모 말씀은 그것이 진정한 다도의 길이라고 합니다."

"과연 그럴 것이야. 그럼 한 가지 더 묻겠는데, 결코 자네를 시험하기 위해서는 아닐세. 훌륭한 스승을 만난 생각으로 묻는 것일세."

"원, 당치도 않으십니다."

"코에츠 자네라면 그 다회 대신 무엇을 하겠나? 세상이 태평해진 기쁨으로……"

"다회 대신……"

코에츠는 잠시 생각하다가 불쑥 말했다.

"죽을 쑤어 잔치를 벌이겠습니다."

"죽을 쑤어 잔치를?"

"쿄토 안팎에 있는 사원의 뜰에 큰 가마를 걸고, 그날은 남녀노소 불문하고 모든 사람들과 함께 죽을 먹으며 지내겠습니다."

"허어!"

"칸파쿠도 없고 거지도 없다, 평민도 없고 무사도 없다, 모두 똑같은 것을 먹고 새로운 세상을 위해 출발하자……"

"자네는 무척 꿈이 크군."

"예. 그리고 이렇게 말하겠습니다. 이처럼 가마솥도 준비되고, 비상시 기근에 대비하기 위해 쌀도 쌓아놓았다. 천황의 명에 따라 이 칸파쿠가 가마솥과 쌀을 보관하고 있을 테니 모두 안심하고 가업에 정진하라. 또한 그대들이 모두 따뜻한 밥을 먹을 수 있을 때까지는 칸파쿠 자신도 오늘처럼 계속 죽을 먹을 것이라고."

이에야스가 당황하며 다시 물었다.

"코에츠, 그렇다면 칸파쿠는 매일 죽만 먹어야 할 것 아닌가?"

코에츠는 다시 순진하게 웃었다.

"그것이 정법正法을 확립하는 입정立正의 근본입니다."

"으음."

"백성보다 사치하게 살면서 백성에게 명령하는 것은 무리한 일을 강요하는 짓, 무리가 통하면 세상이 어지러워집니다. 시정잡배라면 몰라도 선택받아 칸파쿠가 된 인물이라면 그런 정도의 인내는 할 수 있어야 합니다. 만민이 부유해질 때까지는 검약이 제일…… 백성들의 굶주림이 사라질 때 비로소 절을 짓는 것도 좋고, 한 걸음 더 나아가 다회도 열고 꽃으로 장식하고 춤을 추어도 좋다고……"

"알겠네, 알겠어, 코에츠."

이에야스는 이마를 누르고 손을 흔들었다.

"자네 의견은 무척이나 매서워. 무사는 논밭을 갈지 않는다, 농사도 짓지 않는 자가 사치에 빠진다면 그것은 백성들의 부담…… 가신들에게 이렇게 가르치면서 보리밥을 먹는 이 이에야스도, 자네 말에 의하면 사치를 하고 있는 것일세."

"황송합니다. 그 점에 대해서는 이 코에츠에게 감회가 있습니다."

"뭐, 감회가?"

"예. 제가 성주님을 존경하는 첫째 이유는 처음 찾아뵈었을 때의 보리밥에 있습니다."

"아니, 그럼 내가 먹는 보리밥이 마음에 들었다는 말인가?"

"황송합니다마는 된장국도 바닥이 들여다보일 정도로 묽었습니다."

"아픈 데를 찌르는군."

"저는 그것을 먹었을 때, 여기에는 깊은 뜻이 있구나 하고 가슴이 뜨거워졌습니다."

이렇게 말하는 코에츠의 눈에는 진실 어린 눈물이 고였다.

5

이에야스는 진심으로 기뻤다.

코에츠는 절대로 아첨하는 성격의 사나이가 아니었다. 그렇기는커녕 그는 분명히 오늘의 다회를 비웃고 있었다. 그의 말을 빌린다면, 이 대규모의 다회 역시 근본적으로 '입정'에 대한 염원이 결여되어 있기 때문에 쓸데없는 짓이었다.

그러나저러나 세상에서 인색하다는 평을 듣고 있는 이에야스의 마음을 이처럼 정확히 이해해주는 사람이 있다니……

이에야스의 강점은 그 자신의 검소함에 있었다. 이에야스는 가신들 중 누구와 비교해도 결코 사치스럽지 않았다.

사치하는 자들의 통솔력은 뻔한 것—보다 더 잘 통솔하기 위해 가신들을 더욱 사치하게 만들고, 그러기 위해 더욱 많은 녹봉을 주어야 한다. 가신들에게 내리는 영지가 무한한 것이 아닌 한 이 통솔력은 마침내 한계점에 달하여 산산이 무너지고 말 터.

이에야스가 미나모토노 요리토모源頼朝° 이후의 카마쿠라 역사에서 배우는 점은 바로 여기에 있었다. 자신의 검소함을 보여주어 가신들이 부족한 것을 한탄하지 않을 때 비로소 단결과 희망은 생성될 터. 불평은 어떤 경우에도 정체의 원인이 되고 분열의 근원이 되었다.

젊은 코에츠가 이런 과정을 '입정'이란 말로 분명하게 설명한 것은 흐뭇한 일이었다.

"으음, 내가 먹는 된장국은 바닥이 들여다보였다는 말이지."

"그만 말이 지나쳤습니다. 용서해주십시오."

"아니, 이에야스는 이렇게 칭찬을 받아본 일이 없어. 오늘 자네가 한 이 칭찬의 말을 깊이 마음에 새기겠네."

"황송합니다."

"과연 사치는 모든 무리無理의 근본이 될 것이야."

이에야스는 오구리 다이로쿠와 챠야를 돌아보고 유쾌한 듯 웃었다.

"어떤가, 자네들도 내일부터 죽을 먹겠나?"

챠야 시로지로 역시 믿음직스럽다는 듯이 코에츠를 바라보았다.

“혼아미 님은 정치란 언제나 백성들을 납득시키는 일을 우선해야 한다고 합니다.”

“옳은 말일세.”

“납득의 근본이 되는 것이 입정…… 자신이 먼저 실천하고 나서 백성들에게 권한다. 그런 의미에서 칸파쿠 전하는 민심을 잃었다고 할 수 있습니다.”

“으음.”

“황금의 차솥은 아무나 가질 수 없습니다. 누구나 가질 수 없는 것을 가지고 거창하게 다회를 연다는 것은 가난한 사람들에게 열등감과 불운함을 더욱 깊게 느끼게 할 뿐입니다. 그건 단지 호사가의 놀이일 뿐 분열을 두려워하는 정치는 아닙니다.”

이에야스도 이 말에는 대답하지 않았다.

히데요시의 정치에는 확실히 그런 잘못이 있었다.

사사건건 위압함으로써 제후들을 납득시키려 한다. 군사적인 면에서는 그것으로도 족하다. 상대의 무력을 위축시키면 싸우지 않고도 이길 수 있다. 그러나 그것은 위압이지 납득이 아니다. 억압된 평화일 뿐 진정한 평화라고는 할 수 없다.

‘세상에 과연 그와 같은 진정한 납득, 진정한 평화가 있을까……?’

이에야스의 생각은 코에츠에게서 떠나 자신의 처신으로 돌아왔다.

6

일동 앞에 다과가 준비되었다.

오구리 다이로쿠가 차를 마시면서 말했다. 쿄토와 사카이의 대상인들 중에서는 챠야 시로지로 역시 검소의 미덕을 가장 잘 아는 사람이라고.

챠야 시로지로는 머리를 긁적거렸다.

"술 정도는 대접할 수 있습니다만, 그렇게 하다가는 성주님께 꾸중을 들을 것 같아서……"

"아니, 그런 의미로 말한 것은 아닙니다. 시정에 몸담고는 있으나 성주님 마음을 자기 마음으로 삼고 살아가신다……는 말을 하려고 했던 것입니다."

"하하하…… 나는 또 이 하찮은 차 한 잔과 만두 하나로는 너무 대접이 소홀하지 않은가…… 그런 의미로 받아들였는데."

이에야스는 이미 챠야와 다이로쿠의 대화에는 마음을 두지 않고, 혼자의 생각에 빠져 있었다.

'어떤 일이든 그 근본에 입정의 정신이 있어야 한다……'

젊은 코에츠가 내뱉은 이 한마디가 이에야스의 마음을 무섭게 사로잡고 있었다.

'확실히 그렇다.'

이에야스는 마음속으로 고개를 끄덕였다.

근본에 그런 정신이 없다면 모든 행위는 책략이 되고 모의가 될 뿐이었다. 그런 행위로는 남은 속일 수 있으나 자신은 속일 수 없다. 그것이 인간의 숙명이다.

'참으로 강한 힘은 입정의 바탕 위에 생긴다……'

"성주님."

코에츠가 다시 자세를 가다듬고 이에야스 쪽을 보았다.

이에야스는 깜짝 놀라 눈과 마음을 코에츠에게 돌렸다.

"지금까지는 칸파쿠 님, 그러나 앞으로는 성주님의 시대가 오지 않을까요?"

"뭐…… 앞으로는 나의 시대?"

"예. 용케도 칸파쿠 님은 지금까지 거의 승리만을 일궈오셨습니다.

하지만 그 뒤를 잘 다스릴 분이 안 계시면 칸파쿠 전하의 위업도, 돌아가신 노부나가 공의 고심도 백성들의 삶과는 무관한 것이 되고 맙니다."

"으음."

"이제부터 칸파쿠 님 곁에 계시면서 마지막 마무리를 위해 노력하신다면 신불이 기뻐하실 것입니다."

"코에츠!"

"예."

"자네 말에서 나는 한 가지 암시를 받았네."

"어떤 암시인지요?"

"자네가 틀림없이 전쟁이 벌어질 것이라고 한 오다와라의 호죠와 칸파쿠와의 관계 말인데."

"예."

"어떻게 해서든지 내 힘으로 원만히 제휴하도록 힘써야겠어. 싸우지 않고 해결을 볼 수 있다면 그보다 더 좋은 일도 없어. 이것도 입정의 하나……라고 깨달았네."

코에츠는 약간 고개를 갸웃한 채 이에야스의 말에 당장에는 대답하지 않았다. 아마도 '그것은 불가능한 일……'이라고 말하고 싶어서였는지 모른다.

"싸우면 호죠가 패할 것은 분명한 일. 이것만 깨닫게 한다면 싸우지 않아도 될 일…… 그렇게 되면 호죠도 무사하고 막대한 전쟁 비용도 절약할 수 있을 것일세."

"성주님, 제가 말씀 드린 전쟁이란 오다와라에 국한된 것이 아닙니다. 그 뒤에 일어날지도 모르는 좀더 큰 전쟁. 저는 무사와 상인 모두와 친분 관계가 있습니다. 그래서 그럴 우려가 있다고 쉽게 짐작할 수 있었습니다."

코에츠는 확신에 찬 태도로 말했다.

7

"칸파쿠가 지금 입버릇처럼 말하고 있는 조선과 명나라에 대한 출병을 말하나?"

이에야스가 웃으며 반문했다. 코에츠는 똑바로 눈을 뜬 채 고개를 저었다.

"그럼, 그 밖에도 큰 전쟁이 일어날 우려가 있다……는 것인가?"

코에츠는 흘끗 시로지로를 돌아보았다.

"챠야 님, 제가 한 가지만 더 성주님께 실례되는 말씀을 드려도 될까요?"

시로지로는 기다렸다는 듯이 고개를 끄덕였다.

"아, 물론입니다."

"알겠습니다. 이것은 어디까지나 제 개인의 의견, 제가 불안하기 때문에 드리는 말씀입니다. 성주님께 남만 여러 나라의 사정을 말씀 드리는 천주교 신부나 그 밖의 사람이 있는지요?"

"아니, 그런 사람은 없네……"

이에야스는 코에츠가 무슨 말을 하려는가 싶어 저도 모르게 사방침 너머로 몸을 내밀었다.

"남만 나라들이라고 흔히 말하는, 유럽이라 부르는 천주교 신앙을 믿는 나라들 말입니다."

"으음."

"그 나라들에는 포르투갈, 에스파냐 등 일본에 선교사를 보낸 나라 말고도 이기리스(영국), 오란다(네덜란드), 프랑스, 오로시아(러시아) 등

많은 나라가 있다고 합니다."

"허어……"

"그들이 서로 유럽의 칸파쿠가 되려고 혈안이 되어 다투고 있다고 합니다. 그리고 천축에서 우리 일본에 이르기까지, 여러 나라들을 서로 차지하려고 경쟁을 벌이고 있다고 합니다. 성주님은 이런 이야기를 들어보셨습니까?"

"듣지는 못했으나 있을 법한 일이지."

"바로 그 점입니다. 칸파쿠 전하도 어렴풋이 깨달으시고 신부들을 추방하기로 하셨습니다. 그런데 그들 중 하나가 분하게 여기면서 이런 말을 했다고 합니다……"

"무어라고 했는가?"

"두고 봐라, 칸파쿠를 지치게 해 이기고야 말겠다고."

"허어…… 어떻게 지치게 하겠다는 것인지 그 수단도 말했는가?"

"그렇습니다. 칸파쿠를 선동하여 조선과 명나라를 침공토록 하겠다…… 그렇게 되면 칸파쿠는 이기기는커녕 넓은 대륙에서 이리저리 끌려다니다가 녹초가 된다, 아니, 일본만이 아니라 조선과 명나라도 모두 지쳐 유럽의 좋은 먹이가 된다고……"

이에야스는 자신도 모르게 숨을 죽이고 몸을 앞으로 내밀었다. 그러나 곧 스스로의 당황하는 태도를 억제했다. 같은 일본 안에 사는 코에츠의 말. 어찌 경솔하게 온전히 믿을 수 있단 말인가.

'그러나 가능성이 없는 말은 아니다……'

이렇게 생각하는 순간 이에야스는 등줄기가 오싹했다.

"하하하…… 재미있는 말을 하는군."

"그런 이야기도 있기에…… 말씀 드리면 도움이 될까 싶어 공연히 장광설을 늘어놓았습니다."

"재미있었네. 유럽에서 그런 나라들이 서로 다투고 있다면 전혀 있을 수 없는 일이라고는 할 수 없지. 아무튼 서로 시야를 넓혀 충분히 대처해야 할 것이야."

말하면서 이에야스는 다시 한 번 마음속으로 오다와라 부자의 모습을 떠올려보았다.

'어떻게 해서든지 정세를 잘 설명해서 납득시켜야 할 텐데……'

8

사카이 또는 큐슈 곳곳에 남만의 배가 들어온다는 사실은, 단지 배가 왔다는 현상만을 보아서는 안 될 일이었다. 배를 보낼 만한 힘을 가진 자가 그 뒤에 버티고 있을 테니……

적어도 세계로 진출하려는 그 배후 세력은 상상 이상으로 강대할 것이 분명했다.

'이런 마당에 아직 오다와라에서는……'

그때 다시 챠야 시로지로가 입을 열었다.

"혼아미 님은 그들 남만인의 목적이 교역이나 포교에 있는 것이 아니라고 말씀 드리고 있습니다."

"으음."

"전국이 하나로 뭉쳐 있으면 두려워할 일이 아니다, 칸파쿠 전하와 어깨를 겨룰 만한 인물로서 마무리 역할을 할 분이 필요하다, 이것이 앞으로 일본의 운명을 결정하게 된다고……"

"아니, 잠깐만 챠야 님."

코에츠는 거북스런 얼굴로 챠야의 말을 가로막았다.

"노부나가 공 이래의 노고가 모처럼 결실을 맺어, 어쨌거나 전란은 진정되고 있습니다. 이런 다행한 일이 외부의 힘으로 무너진다면 의미가 없습니다. 그러므로 내부로부터 입정의 열매를 거두지 않으면……하고 말씀 드렸습니다."

"단순한 마무리 역할을 말하는 것이 아니라, 입정할 수 있는 마음을 가진 사람……이라는 말이로군."

"그 입정이 바로 마무리가 된다……고, 그것이 아니고는 무엇으로도 마무리되지 않는다……고 생각합니다."

이에야스는 고개를 끄덕였으나 더 묻지는 않았다.

그 자신의 눈은 이미 코에츠와 같은 것을 바라보고 있었다. 굳이 말할 필요도 없이, 이에야스 자신이 살아온 과거가 그대로 '평화'가 소중하다는 것을 나타내는 거울이기도 했다.

할아버지 키요야스清康는 스물다섯 살의 나이로 전쟁터에서 목숨을 잃었다. 아버지 히로타다廣忠 역시 스물네 살 때 가신에게 찔린 상처가 원인이 되어 세상을 등졌다. 정실인 츠키야마築山의 비참한 최후도, 적자인 노부야스信康의 가련한 생애도 모두 난세의 제물이었다.

그보다 더 애처로운 것은 할머니 케요인華陽院의 생애……

'도대체 할머니 일생에 한 번이라도 양지가 있었던 것일까……?'

이 불행의 실은 아직 완전히 끊어지지 않아, 이에야스의 둘째딸 스케히메督姬는 현재 오다와라의 우지나오에게 출가하여 전란의 바람 앞에 떨고 있다.

스케히메만이 아니다. 지금 쥬라쿠 저택에 이에야스와 함께 와 있는 아사히히메는 칸파쿠의 여동생으로 태어났으면서도 이미 산송장이나 다름없지 않은가.

'이제는 난세의 실을 끊을 때……'

그것을 끊으라고 할아버지도 할머니도, 아버지와 처자도 모두 한결같이 이에야스에게 요구해오고 있다……

"코에츠."

"예."

"오늘 저녁엔 훌륭한 마음의 양식을 얻었네."

"부끄럽습니다."

"나도 자네가 말하는 입정을 마음에 새기겠네. 자네도 그 뜻을 백성들에게 널리 전하도록 하게."

"고마우신 말씀입니다. 깊이 명심하고 노력하겠습니다."

"챠야, 폐가 많았어. 그럼, 학자에 대한 일을 부탁하네."

이에야스가 일어서는 순간 오구리 다이로쿠는 얼른 일어나 호위를 명하러 나갔다.

코에츠는 꿇어 엎드린 채 쏘는 듯한 눈으로 이에야스의 뒷모습을 바라보고 있었다.

오다와라의 계산

1

호죠 우지마사北條氏政는 아까부터 바깥 성의 망루에 올라 서쪽 성채의 토목공사에 동원된 개미떼와도 같은 사람들의 움직임을 지켜보고 있었다.

텐쇼 17년(1589) 여름.

하야카와早川 어귀에서 유모토湯本, 소코쿠라底倉 등지에 쌓아올리는 성채 근처에서 무사 한 사람이 일꾼 한 사람에게 무섭게 채찍질을 가하고 있었다.

더위에 지쳐 게으름을 피우다가 얻어맞는 것일까, 아니면 일꾼들 속에 섞여들어온 첩자라도 발견한 것일까?

매질하는 자의 격렬한 기세에 비해 매를 맞는 쪽은 지나치게 침착하고 공손해 보였다.

"겐자부로, 저것 좀 보아라."

우지마사는 뒤따라온 근시近侍 쿠노 겐자부로久野源三郎에게 부채 끝으로 가리키며 말했다.

"때리는 쪽은 흥분해 있는데 맞는 쪽은 냉정하기만 하군."

"어째서 그럴까요? 정말 가증스러울 정도로 침착하군요."

"하하하……"

우지마사는 반쯤 펼친 부채를 이마에 대고 웃었다.

"무슨 일이든 마음이 초조한 자가 먼저 저처럼 격렬해지는 법."

"마음이 초조한 자……라고 하시면?"

"공사장의 무사는 어제까지 일을 끝내라는 내 지시를 받았어. 그런데 오늘도 끝내지 못했어. 그래서 초조해진 거야."

"과연 그래서 저토록 거칠게……"

"그래, 저것을 보고 있으니 하시바羽柴가 펄쩍펄쩍 뛰는 모습이 눈에 선하게 떠오르는구나."

우지마사는 아직도 히데요시를 결코 칸파쿠라거나 전하라고 부르지 않았다. 그냥 하시바였다. 물론 그쪽에서 온 사자나 도쿠가와 쪽 사람에게는 하시바라 부르지 않았다. 대개 히데요시 님이라 했는데, 그때의 어조에는 불쾌한 기색이 역력히 드러나 있고는 했다.

"하시바도 지금쯤 어떻게 할 것인가, 무척 초조해하고 있을 것이다. 나는 이처럼 냉정한데도 말이야……"

"다시 도쿠가와 쪽에서 사자가 올 것이라는 말을 들었습니다만."

"음, 그래. 도쿠가와가 무어라 하건 우리 부자는 쿄토에 가서 하시바의 비위를 맞추진 않겠어. 문제는 오직 상대방 출병을 지연시키는 일이지…… 그러니 결코 상경하지 않겠다는 말은 하지 않을 작정이야."

"그러다 보면 결국 애가 타서 출병하게 될 것입니다."

"흐흐흐……"

우지마사는 다시 조롱 섞인 웃음을 띠고 방향을 돌려 계단을 내려가기 시작했다.

"아아, 덥군! 내려가서 주판이라도 놓아보세. 겐자부로, 따라오게."

"예."

"어떤가, 그대는 하시바가 화가 나 펄펄 뛰다 못해 출병할 때가 언제라고 생각하나?"

"글쎄요…… 올가을쯤이 아닐까 생각합니다마는."

"아니, 그렇지 않아."

우지마사는 고개를 가로저었다.

"도쿠가와 쪽에서 재촉이 오면 이번에는 상경하겠다고 말하겠어. 그러면 정월까지는 무사할 터, 출병은 일러야 내년 봄이 될 거야."

"그때까지는 우리도 충분히 군비를 갖출 수 있습니다."

"암, 벌써 농민군을 훈련시킨 지도 삼 년이나 됐어. 오다와라 군이 총동원되면 얼마나 무서운지 내 반드시 보여주겠어."

우지마사는 약간 위태로워 보이는 걸음걸이로 계단을 내려가면서도, 그 어조에는 여전히 호기가 넘치고 있었다.

2

"겐자부로, 주판을 가져오게."

우지마사는 거실로 돌아와 땀을 닦은 뒤 시녀를 내보내고 영지에 관한 장부를 펼쳤다.

"주판을 준비했습니다."

"내가 부를 테니 주판을 놓게. 무사시武藏•가 삼백삼십팔 개 마을."

"예, 삼백삼십팔."

"사가미相模가 삼백오십구 개 마을."

"예, 놓았습니다."

"이즈伊豆가 백십육 개 마을."

"백십육……"

"시모우사下總•가 삼십팔 개 마을."

"삼십팔 개 마을."

"카즈사上總•, 코즈케上野•, 시모츠케下野•가 여덟 개 마을. 그래, 모두 얼마인가?"

"예, 팔백오십구 개 마을입니다."

"팔백오십구 개 마을에서 각각 삼십 명씩 차출하면 얼마가 되지?"

"팔백오십구 개 마을에서 삼십 명씩이면…… 이만 오천칠백칠십 명이 됩니다."

"그럼, 오십 명씩 차출하면?"

"예, 사만 이천구백오십 명입니다."

"약간 무리를 하면 백 명씩도 동원할 수 있어. 그러나 이것은 절대 비밀을 지켜야 해. 그럼, 이번에는 이들 영지에서 거둘 수 있는 곡식을 계산해보게."

우지마사는 각각의 영지에 붉은 글씨로 적어놓은 쌀의 산출량을 읽기 시작했다.

과연 계산대로 할 수 있을지…… 요즘 우지마사는 때때로 자기가 직접 영지를 순시하면서 한 평당 쌀의 산출량을 점검하기도 하고 벼이삭을 잘라 낟알을 조사하기도 하면서, 각각의 양을 붉은 글씨로 써넣고 공식적인 수확고와 실제 수확고를 비교하고 있었다.

"어떤가, 어느 정도인가?"

"예, 이백오십육만 일천칠백육십팔 석 정도입니다."

"음, 이백오십육만 석이란 말이지."

"실제 수확이 과연 이 정도나 될까요?"

"안 되는 걸 된다고 나를 속인들 무엇하겠는가. 된다면 되는 거야."

우지마사는 눈을 가늘게 뜨고 붓을 들어 붉은 글씨로 합산해낸 총수확량을 적어넣었다.

"이백오십육만 석에 만 석당 무사를 삼백 명으로 보면?"

"삼백 명 말씀입니까?"

"만약의 경우에는 그 이상의 병력도 모아야 하네. 영내에는 떠돌이 무사와 도둑들도 많아. 모으려 들면 모을 수 있어."

"삼백 명의 이백오십육 배…… 칠만 육천팔백 명입니다."

"음, 무리를 하면 구만 명은 어렵지 않게 모을 수 있겠군. 여기에 농민군과 직속 부대를 합하면 실제로 싸울 수 있는 자는 십오만이군."

"그렇게 많은 대군을……?"

"하하하…… 이런 대군과 맞서려면 적은 삼십만 군사와 십만의 보급대가 필요할 거야. 그래도 공격해오려 할지, 그것이 흥미로워."

"만일 그런 대군으로 공격해왔을 때는……?"

겐자부로의 겁먹은 반문에 우지마사는 무서운 눈으로 꾸짖었다.

"젊은 녀석이 무슨 소리를 하고 있는 게냐! 소운早雲 공 이후 내 아들 우지나오까지 오 대에 걸쳐 한 번도 패한 일이 없는 우리 가문. 비록 초토가 된다 해도 하시바 따위에게는 굴복하지 않는다. 유사시에는 도쿠가와도 오슈奥州의 다테伊達도 모두 우리편이야."

3

우지마사는 다시 붓을 들어, 이번에는 잠시 동안 마음속으로 혼자 계산하고 있었다.

현재의 영주 우지나오는 모르지만, 그 아버지 우지마사에게는 처음부터 히데요시와 타협할 뜻이 전혀 없었다.

우지마사는 기회 있을 때마다 사카이에 사람을 보내 총포를 구입하고, 지금 시가지 전체를 높은 성곽으로 둘러싸고 있었다. 그리고 세 군데에서 나카즈츠中筒°까지 주조하게 하였다. 나카즈츠란 대포와 총포의 중간쯤 되는 강력한 무기로, 건장한 사나이 넷이 메고 한 사람이 점화하는 놀라운 화기였다.

"나카즈츠에 사용할 청동은 각 사원의 종을 얻어다 녹여 사용하도록 하라."

우지마사는 이렇게 명했다.

"아버님, 그런 일이 오사카에 알려지면 그 반응이 어떻게 될지 염려스럽습니다."

이때 성주인 아들 우지나오가 반대했다.

"하하하…… 그대가 잘못 생각하고 있는 것이야. 어느 경우나 방비가 튼튼하다는 것을 알면 상대는 굽히고 들어오게 마련이지. 그리고 이번에 전쟁이 벌어지면 절이라고 해서 안전할 수는 없어. 그런 사실을 확실히 승려와 신도들에게 주지시키기 위해서라도 그럴 필요가 있어. 하나의 사기 고무책이 되기도 할 것이야. 승리했을 때는 더 큰 종을 만들어주겠다고 미리 약속해두면 되는 게야. 이런 조처가 바로 정치라는 것이야."

그리고는 필요 이상으로 여기저기서 커다란 종을 오다와라를 둘러싼 성곽 안으로 운반해왔다.

운반된 것은 종만이 아니었다. 지난 봄부터 거의 매일같이 소와 말에 실린 쌀이 해변에 즐비한 창고로 옮겨졌다. 이것도 필요 이상……이란 것을 모두가 알 수 있는 막대한 양이었다.

"이처럼 많은 쌀이 소요될 정도라면…… 농성이라도 하시려는 것일까?"

근시들이 서로 속삭이는 말을 듣고 이번에도 우지마사는 반백의 머리를 흔들면서 웃었다.

"하하하…… 우리가 먹기 위해 모은 쌀이 아니다. 적의 대군이 밀려왔을 때 그들이 먹지 못하도록 하기 위해 쌓아두는 것이야."

그리고는 마을마다 당장 먹을 쌀 이외의 양을 숨겨두는 자는 엄벌에 처한다는 포고를 내렸다.

포고령이 내려진 뒤 백성들은 불안한 나머지 약간 남겨둔 쌀을 절에 맡겨 감추기 시작했다.

"염려하지 마라. 만일 식량이 떨어졌을 때는 그 사실을 신고하기만 하면 즉시 배급해주겠다. 그대들의 논밭과 집이 소중하다고 생각하면 부역에 힘쓸 뿐만 아니라, 여가를 이용하여 충분히 무예를 닦아 적에 대비하도록 하라."

백성들에게 이런 포고가 내렸을 때는 이미 모든 사원에도 사원의 곳간을 검사하여 당장 먹을 것을 제외하고는 모두 공출하라는 포고령이 시달되어 있었다.

이와 같이 철저한 총동원체제가 시행되고 있었기 때문에 그 무렵에는 백성들 사이에서도—

"전쟁은 언제 시작될까?"

"이제 곧 싸울 때가 올 테지."

모두 그날을 기다리며 죽창을 만들고 화살촉을 다듬으며 긴장을 늦추지 않고 있었다.

우지마사는 만족스러웠다.

그와 함께 때때로 오사카 쪽의 첩자인 듯한 자를 체포하더라도 일부러 성곽의 방비를 보여주고는 석방시켰다.

"아뢰옵니다. 사쿄노다이부左京大夫 님이 오셨습니다."

코쇼가 보고했다.

"뭐, 우지나오가 왔어? 어서 안내하여라."

우지마사는 붓을 놓고 몸을 돌렸다.

4

우지나오는 방에 들어와 탁자 위의 장부를 흘끗 바라보고는 아버지 앞에 앉았다. 우지나오의 어머니는 타케다 신겐武田信玄의 딸로, 그의 풍모는 어딘가 젊은 날의 신겐을 방불케 하는 면이 있었다.

우지마사는 그러한 우지나오를 믿음직스러운 듯이 바라보았다.

"올해도 풍년이 들었어, 사쿄노다이부. 이걸 보면 하늘도 우리편을 드는 것 같다."

우지나오는 그 말에는 대답하지 않고 입을 열었다.

"조금 전에 하야카와 어귀에서 수상한 자를 발견했다고 해서 끌고 오라고 했습니다."

"아, 조금 전에 채찍을 맞던 남자인 모양이군. 굳이 벌할 것까지는 없어. 우리 방비태세를 보여주고 쫓아보내도록 해라."

"조사한 자의 말로는, 머리를 기른 승려라는데 은밀히 우리 부자와 대면하고 싶다……고 한다는 것입니다."

"그럼, 적의 첩자가 아니란 말이냐?"

"그것까지는 아직 모르겠습니다만, 비밀리에 할말이 있다고……"

"으음. 좋아, 만나보도록 하자. 정원으로 데려오라고 일러라."

우지마사는 겐자부로에게 눈짓으로 명했다.

"머리를 기른 승려라는 말이지?"

"예. 즈이후隨風•라는 자인데, 전에도 이 성에 종종 나타나서 예언 비슷한 말을 하던 괴승怪僧이라고 합니다."

"으음, 심심풀이가 될지도 모르겠군. 물론 무기는 안 가졌겠지?"

"철저히 조사했습니다."

"알겠다. 어쩌면 묘한 소리를 하고 상이라도 타려는 거지 중인지도 몰라……"

이런 말을 하고 있을 때 아래쪽 문을 통해 한 남자가 두 손이 묶인 채 무사 두 사람에게 끌려왔다.

과연 승려였는지도 모른다. 그러나 머리는 이미 서너 치나 자라 밤송이처럼 뻗쳐 있었다. 키도 결코 작은 편이 아니었고 떡 벌어진 어깨는 무사라고 해도 좋을 정도였다. 나이는 쉽게 짐작이 가지 않았다. 다만 눈빛만은 이상할 정도로 깊고 맑았다.

"그대인가, 우리 부자를 만나겠다고 한 자가? 직접 대답해도 좋다. 우선 이름부터 말하라."

상대는 부드러운 자세로 꼿꼿이 서서 말했다.

"이름은 즈이후, 때때로 방랑벽이 있는 승려입니다."

"으음. 은밀히 할 이야기가 있다고?"

"예. 굳이 사람을 물릴 필요가 없다고 생각하신다면 누구든 동석해도 상관없습니다."

"어떤가, 해칠 마음이 없는 것 같으니 포승을 풀어줄까?"

"그럴 것까지는 없습니다. 팔은 묶여 있지만 혀는 자유롭습니다. 불안한 마음을 가지시게 하는 것은 소승의 본의가 아닙니다."

"괴이한 자로군……"

우지마사는 우지나오를 돌아보았다.

"그럼, 이대로 이야기를 들을까, 사쿄노다이부?"

"뜻대로 하십시오."

"좋아. 그럼 즈이후, 무슨 말이 하고 싶은가? 꺼릴 것 없이 그대로 말해보라."

"예, 말씀 드리지요."

즈이후는 털썩 정원석에 걸터앉았다.

"두 분께서는 이처럼 허술한 방비로 칸파쿠와 싸우실 생각인지 우선 그것부터 여쭙고 싶습니다……"

5

"뭣이, 이처럼 허술한 방비라고?"

즈이후라는 괴한의 첫마디에 우지마사는 버럭 화를 냈다.

너무도 당연한 일이었다. 내심으로 자만하며 일부러 방비태세를 보여준 뒤 첩자를 놓아줄 정도인 오다와라의 굳건한 방비를 상대는 가볍게 일소에 부쳤다.

"즈이후라고 했지?"

"예. 바람 부는 대로 정처 없이 방랑하고 있으므로 이름도 그렇게 지었습니다."

"그대는 아무래도 하시바의 첩자일 것이야. 그렇지?"

"아니, 굳이 첩자……라고 하신다면 천하의 첩자이지 히데요시나 이에야스의 첩자는 아닙니다."

"으음, 꽤나 호언장담하는 자로군. 그런데 불도는 어디서 닦았는가, 어떤 종파에 속하는가……?"

"가장 오래 머문 곳은 에이잔叡山°입니다마는, 지관止觀°도 제 발을 묶어놓지 못했고, 굳이 말씀 드린다면 여덟 개 종파를 두루 섭렵했다고 할 수 있습니다."

즈이후는 그때까지는 부드러운 어조로 대답했다. 갑자기 말을 끊더니 목소리를 낮추었다.

"그런데 성주님은 아직 제 물음에 답하지 않으셨습니다."

"그대의 물음?"

"예, 이처럼 허술한 방비로 칸파쿠와 싸우실 생각이냐…… 이것이 저의 첫번째 물음이었습니다."

"싸울 생각이다."

우지마사는 태연한 표정으로 대답했다.

여느 때 같으면 이렇게 터놓고 말할 우지마사가 아니었다. 그런데 이 괴한 앞에서는 이상하게도 화가 나지 않았다. 왠지 모르게 이 사나이에게서는 한줄기 시원한 바람이 불어오는 것 같았다.

"그대가 여덟 개 종파를 두루 섭렵했다면, 나는 『육도삼략六韜三略』이 그 자체라고 해도 좋을 무장이다. 여보게, 나는 말일세, 이기지 못할 전쟁은 하지 않아."

"참으로 잘 생각하셨습니다. 당연히 그렇게 하셔야지요. 전쟁을 하신다면 불안합니다."

"즈이후! 그대는 내 말을 잘못 알아들은 것 같아. 나는 이기지 못할 전쟁은 하지 않는다고 했지 싸우지 않겠다고는 하지 않았어."

"그러시면…… 이긴다고 생각하십니까?"

"그렇다. 그대가 보기에는 그렇지 않다는 말이냐?"

"예. 싸우면 반드시 패한다…… 이렇게 보았기 때문에 공사장에서 그 말을 했다가 그만 여기까지 끌려왔습니다."

"그거 재미있군! 싸우면 반드시 패한다니…… 어디 그 이유를 말해 보도록 하라."

"말씀 드리지요. 영내 총동원령과 식량 비축이 벌써 오사카까지 알려졌습니다."

"그럴 테지. 그러나 그 사실이 알려졌다고 해서 우리에게 불리할 것은 하나도 없어."

"히데요시라는 사람은 인해전술에 아주 뛰어난 명인입니다."

"인해전술……?"

"그렇습니다. 아마 히데요시가 공격해올 때의 그 어마어마한 군사와, 바다와 육지를 통해 수송하는 보급품을 보시면 성주님은 사기를 잃게 되시리라 생각합니다."

"그들이 온다고 해도 두렵지 않다. 그에 대해 우리의 정예 부대는 이미 준비되어 있다."

그 말에 즈이후는 크게 고개를 내저으며 웃었다.

"안 됩니다. 인간의 차원도 방비의 차원도 다릅니다. 세상에 차원이 다른 것처럼 무서운 것도 없습니다……"

6

"차원이 다르다니 무슨 뜻이냐, 즈이후?"

우지마사는 약간 비위에 거슬린다는 듯 말을 가로막았다.

"하시바와 내가 어떻게 다르다는 말이냐?"

"성주님……"

즈이후는 주름진 얼굴에 웃음을 띠고 말했다.

"세상에는 현격한 차이……라는 말이 있습니다. 이 현격한 차이 정도로는 경우에 따라 져야 할 자가 이기고, 이겨야 할 자가 지기도 하는 뜻밖의 일이 생기기도 합니다."

"으음, 점점 더 재미있는 소리를 하는군."

"그런데 차원이 다르다면 어떻게도 할 수 없습니다. 절대적으로 이기는 쪽이 이기고 지는 쪽이 지게 됩니다. 한쪽에는 역사의 뜻이라 해도 좋고 신불의 가호라 해도 좋으며, 세상에서 흔히 말하는 뜻밖에 운이 따랐다고 해도 좋습니다. 그러나 다른 한쪽에는 반대로 가난 귀신과 불운의 별이 붙어 떨어지지 않습니다. 이렇게 되면 이겨도 지고 공격해도 죽임을 당합니다. 모든 일이 불리하게 전개됩니다. 멀리는 헤이케의 멸망에서, 가까이는 타케다, 아케치明智, 시바타 등이 직접 남긴 교훈에서 그 예를 찾아볼 수 있습니다."

"즈이후!"

"노하셨습니까? 그러나 잠시 참으십시오…… 이 즈이후는 아부를 하지 않는 대신 절대로 거짓말도 하지 않습니다. 모처럼 이렇게 군비를 강화하시지 않았습니까. 이 군비를 배경으로 삼아 화의를 맺으십시오. 그러면 호죠 가문은 일본에 없어서는 안 될 큰 다이묘로서의 지위를 누리는 행운이 계속될 것입니다."

이때 우지나오가 아버지의 분노를 알아차리고 얼른 즈이후의 말을 받았다.

"아버님! 이자는 보통 녀석이 아닙니다. 제가 심문할 것이니 잠시 그냥 계십시오."

"으음, 네가 말이지……"

"즈이후라고 했느냐?"

"예. 부탁도 받지 않은 말을 떠벌리고 다니는 중입니다."

"네가 한 말을 우리 가문에 대한 충고로 알고 다시 묻겠다."

"예. 무슨 일이든 제가 알고 있는 한 대답하겠습니다."

"너는 이 성에 올 때까지 어디 있었느냐?"

"죄송합니다. 슨푸에 있으면서 이것저것 천하의 대세를 살펴보고 왔습니다."

"너는 이에야스 공을 알고 있겠지?"

"직접 알지는 못합니다. 하지만 그분의 생각……을 어느 정도는 짐작하고 있습니다."

"그렇다면 묻겠다. 우리와 칸파쿠 사이에 전쟁이 벌어지면 이에야스 공은 어느 편이 될 것이라 생각하느냐?"

"바로 그것이 문제입니다."

즈이후는 잠시 주위를 돌아보았다.

"사람을 물리칠 필요는 없겠군요. 모두 측근일 테니……"

"상관없으니 어서 말하라."

"예. 이에야스 공은 작은 성주님의 장인 아니십니까?"

"그게 어쨌다는 말이냐?"

"분명 사이고西鄕 마님에게서 태어나신 스케히메, 텐쇼 3년(1575)에 출생하셨다고 들었으니 올해로 열다섯 살…… 이에야스 공에게도 아주 사랑스런 따님일 것입니다……"

"그래서…… 그래서 우리편을 들게 될 것이란 말이지?"

"아닙니다. 편을 들 수 없는 전쟁이기에 어떻게든 만류하려고 고심하고 계신다……는 것을 슨푸에 있으면서 크게 느꼈습니다."

즈이후는 잠시 입을 다물고 우지나오를 똑바로 쳐다보았다.

7

우지나오는 당황하여 아버지를 바라보았다. 그리고 다시 즈이후를 보았다.

'무엇 때문에 이 떠돌이 중은 이런 독설을 거침없이 내뱉는 것일까?'

아버지와 나를 분노케 하면 자기 목숨이 위험하다는 사실도 깨닫지 못하는 것일까.

'죽을 각오를 하고 말한다……면 대관절 그 목적은 무엇일까?'

우지나오는 아직 즈이후의 정체를 파악할 수 없었다. 더구나 즈이후의 태도에서는 전혀 아무런 공포도 주저도 느껴지지 않았다.

"나그네 승려, 그대는 혹시 도쿠가와 님의 부탁을 받고 여기 온 것은 아닌가……?"

즈이후는 천천히 고개를 저었다.

"그럼, 그대는 우리 가문과 칸파쿠와의 사정을 알고 있느냐?"

"표면적인 이유는 죠슈上州의 사나다 마사유키眞田昌幸와의 불화.

히데요시가 사나다 마사유키에게 준 나구루미 성奈胡桃城을 호죠 가문에서 빼앗았느니 어쨌느니 하는 것…… 그러나 이것은 문제가 되지 않습니다. 요는 호죠 가문이 히데요시의 요구를 받아들여 상경하느냐 않느냐에 달려 있습니다. 말하자면 하찮은 고집……"

"어째서 그대는 하찮은 고집이라 말하느냐? 우리 가문이 이 땅에서 칸토를 제압해온 지 이미 오 대…… 그러한 우리가 이유도 없이 히데요시에게 굴복할 수는 없지 않느냐?"

"그렇지 않습니다…… 히데요시에게 굴복하는 것이 아닙니다. 히데요시 역시 천황의 가신으로, 일본을 통일하려는 천황의 명을 받은 것일 뿐……이라 해석하면 진노가 풀리실 것입니다. 그런 의미로 볼 때 호죠 가문에는 인물이 없습니다."

"뭐, 인물이 없다고?"

"그렇습니다. 이 가문에는 이즈의 니라야마韮山에 계신 우지노리氏規 님, 무사시 이와츠키岩槻의 우지후사氏房 님 같은 분이 계신데도 어째서 지난해 사월 천황께서 쥬라쿠 저택에 납실 때 성주님께 상경을 권하지 않았는지, 이 가문을 우려하는 사람들이 한결같이 입에 올리는 말…… 상경하시지 않고 군비에 몰두한다는 소문이 나면 도리어 나라의 질서를 문란케 하는 자라 하여 역적으로 몰립니다. 역적이란 이름을 들으며 싸운다는 것은 어리석기 짝이 없는 일. 군사력의 강약만을 문제 삼고 민심의 귀추를 간과하시면 안 됩니다."

"우지나오!"

드디어 우지마사는 참지 못하고 아들을 제지했다.

"이 사나이와의 문답은 더 필요치 않다. 이자는 우리 마음에 공포감을 불어넣으려는 적의 첩자야."

"허어, 큰 성주님의 눈에는 그렇게 보이십니까?"

즈이후는 다시 부드럽게 웃었다.

"그렇게 보셨다면 도리가 없습니다. 제가 입을 다물겠습니다."
"끌어내라!"
우지마사는 어깨를 떨면서 소리쳤다.
"끌어내 매를 치고 자기가 가겠다는 곳으로 쫓아 보내라."
"잠깐."
우지나오는 아버지 말을 가로막고 다시 즈이후 쪽으로 향했다.
'과연 이자는 아버지 말대로 적의 첩자일까?'
그렇다고 생각하면 그렇게 보이기도 했으나, 아니라고 생각하면 아닌 것 같기도 했다.
"이자를 때려서 내쫓는 것은 아니 될 말…… 반드시 후환이 있을 것입니다. 이 자리에서 처단하는 것이 좋겠습니다."
싸늘하게 말하고 즈이후의 표정을 응시했다.

8

즈이후는 때려서 쫓아내라고 했을 때도, 이 자리에서 죽이겠다고 했을 때도 전혀 표정을 바꾸지 않았다. 여전히 부드러운 눈에 웃는 얼굴이었다.
만일 첩자라면 이 얼마나 대담무쌍한, 무쇠와도 같은 의지를 가진 사나이인가……
우지나오는 저도 모르게 등에 소름이 돋는 느낌이었다.
"으음, 이 자리에서 처단하자는 말이지."
우지마사가 말했다.
"아닌 게 아니라 우리 부자 앞에서 그런 잡소리를 하다니 예사로운 놈이 아니야. 죽여 없애는 것이 후환을 막는 길이 될지도 몰라."

우지나오가 성급하게 외쳤다.

"겐자부로, 목을 쳐라!"

"예."

쿠노 겐자부로가 칼을 들고 정원으로 내려갔다.

즈이후는 일어서지도 않고 여전히 미소를 띤 채 우지마사 부자를 쳐다보고 있었다.

겐자부로가 다가가서 칼을 뽑아들었다. 약간 서쪽으로 기운 해가 수직으로 세운 칼날에 눈부시게 반사되어 즈이후의 얼굴에 번져나갔다.

"하하하……"

즈이후가 웃었다.

"무엇이 우스우냐? 남길 말이라도 있느냐?"

우지나오는 자기 몸이 경직되고 있다는 것을 의식하면서 굳어진 혀로 이 말만을 내뱉었다.

즈이후는 천천히 고개를 저었다.

"할말은 아무것도 없소. 미친 사람들에게 무슨 말을 한단 말이오. 어서 죽이시오."

겐자부로가 칼을 높이 쳐들었다.

"잠깐! 잠깐 기다려, 겐자부로."

다급히 소리지른 것은 즈이후가 아니라 우지나오였다.

"내가 처치하겠다…… 이곳을 피로 물들이면 불길해. 마장으로 끌고 가라. 마장에 끌어다 내가 처치하겠어."

즈이후는 이렇게 될 줄 알고 있었던 것처럼, 아니면 기다리기라도 한 듯 천천히 일어났다.

"끌고 가라, 마장으로."

우지나오는 다시 한 번 소리지르듯이 말하고 자신도 정원으로 내려갔다.

"겐자부로, 그대는 아버님 곁에 있거라."

우지마사는 고개를 갸웃했다. 그러나 우지나오의 말에 반대하지는 않았다.

우지나오는 즈이후가 끌려왔던 그 문으로 나가면서, 등뒤에서 겐자부로에게 말하는 아버지의 목소리를 들었다.

"사쿄노다이부도 이젠 제법 일을 잘 처리한다니까."

'정말 죽일 거라 생각하시는 모양이다……'

우지나오는 조금씩 붉게 물들기 시작하는 산옻나무 잎을 아름답다고 느끼면서 본성의 문을 나왔다. 그리고는 서쪽으로 한 단 낮게 펼쳐진 벚나무가 서 있는 마장으로 내려갔다.

"이 부근이 좋겠다."

"예."

즈이후를 끌고 온 아시가루가 걸음을 멈추었다.

"포승을 풀어라."

우지나오가 말했다.

"묶어놓은 채로는 볼품이 없다."

"하하하……"

즈이후가 다시 웃었다.

"어떻습니까, 차원이 다르다는 것을 아셨습니까? 역시 작은 성주님은 이 즈이후를 죽일 수 없을 것이오."

9

"원 이런, 놀라시는군……"

즈이후는 다시 웃었다.

"나는 수도하는 승려요. 한없이 독설을 퍼붓고는 있으나, 상대에게 살기가 없다는 것은 금방 알 수 있지요."

포승이 풀렸다. 즈이후는 소중한 것을 만지듯 자기 손목을 쓰다듬으면서 우지나오를 쳐다보았다.

"그럼, 내가 그대를 구해줄 줄 알았다는 말인가?"

즈이후는 고개를 끄덕였다.

"만약 작은 성주님께 정말 나를 죽이려는 생각이 들도록 만들었다면 이 수도승은 크게 패한 것이 됩니다. 이쪽에 해칠 마음이 없다면 상대도 살기를 느끼지 않는 법. 상대에게 살기를 느끼게 한다면 소승의 수도는 헛된 것이 됩니다."

"……?"

"옛날에는 말입니다, 우지나오 님. 나도 싸움꾼 즈이후라는 별명을 달고 다녔지요. 즈이후가 가는 곳에는 반드시 싸움 아니면 피비린내가 따라다녔으니까요."

우지나오는 잔뜩 굳어진 채 돌처럼 움직이지 않았다. 그 눈은 깜박거리는 것조차 잊은 듯했다.

"살기는 살기를 부르게 마련. 그 무렵의 즈이후에게는 길거리의 건달들까지도 일부러 싸움을 걸어왔지요. 내가 찾아가는 절이나 다이묘의 저택에서도 마찬가지였습니다. 성질 고약한 승병僧兵이나 무사들이 모두 나에게 시비를 걸어와요…… 그래서 깨달았지요. 그 뒤 즈이후는 새로 수도를 시작했습니다. 아시겠습니까?"

"……"

"이쪽에 투쟁심이 있으면 상대의 투쟁심도 불이 붙게 마련입니다. 이쪽이 성을 내고 있으면 상대가 냉정해지려고 해도 불가능한 일입니다. 상대를 끌어안지 않으면 안 된다, 끌어안고 뺨을 비비면서 진실을 이야기하면 상대도 해칠 마음을 버리게 된다…… 이렇게 깨달은 지가 벌써 십오 년, 겨우 화는 내지 않고 독설만 퍼부을 수 있게 되었지요. 일부러 성주님이 나를 여기까지 배웅해주셨으니 한 가지만 더 말하렵니다. 이것이 답례입니다."

즈이후는 녹아들 듯한 표정으로 눈을 가늘게 떴다.

"작은 성주님, 머지않아 오사카에서 다시 사자가 올 것입니다. 그 사자는 이 사람도 잘 알고 있는 묘온인妙音院이라는 히데요시와 절친한 승려입니다."

"뭐, 오사카에서 승려가 사자로 온다고?"

"예. 앞으로 반달쯤 후의 일이 될 것입니다."

"그대는 어떻게…… 어떻게 그걸 알고 있다는 말인가?"

"이 사람도 잘 알고 있는 사람이라고 말했습니다. 아마도 그가 마지막 사자일 것입니다. 오다와라 정벌로 이어질 것인가, 아니면 화의의 길을 열 것인가 하는."

문득 즈이후가 목소리를 낮추었다.

"제가 일부러 이 성에 온 것은 도쿠가와 님의 지시가 있었기 때문은 아닙니다. 그러나 도쿠가와 님과 아무 관련이 없느냐 하면 그렇지도 않습니다. 도쿠가와 님을 존경하는 혼아미 코에츠라는 젊은이가 도쿠가와 님을 위해서도 이 가문을 위해서도 여러모로 마음을 쓰며 화평을 바라고 있기 때문에, 부탁도 하지 않은 독설을 퍼부으러 왔습니다. 잘 기억해두십시오. 해치려는 마음은 해치려는 마음을 유발합니다. 살기는 살기를, 투쟁심은 투쟁심을 불러일으킵니다. 싸움꾼인 즈이후가 깊이 생각하고 하는 말, 거짓은 없습니다. 묘온인이라는 중이 사자로 오면 그것이 마지막 기회입니다."

우지나오는 온몸이 굳어져 고개를 끄덕일 수조차 없었다.

10

우지나오는 묵묵히 떠나려는 즈이후를 손을 들어 불러 세웠다.

분명히 즈이후에게는 해칠 마음이 없어 보였다. 아마 그가 입 밖에 낸 여러 말은 모두 진실인 듯싶었다. 누구에게 부탁받은 것도, 누구의 첩자도 아닌 것 같았다. 부처를 섬기는 수도승으로서 더 이상 세상에 풍파가 일어나지 않게 하려는 그 마음이 호죠 가문에 대한 호의가 되고, 호의가 다시 독설을 섞은 충고가 되었다고 판단해도 잘못은 아닐 것 같았다.

하지만…… 그렇다는 것을 알면 알수록 우지나오는 이 떠돌이 승려에게 묻고 싶은 것이 많았다.

지금 호죠 가문이 가장 믿고 있는 것은 이에야스였다. 그의 딸은 자신의 어린 아내, 아내의 아버지에 대해서는 자신도 점점 마음으로부터 존경하고 있었다.

아버지 우지마사는 요즘에 와서 이에야스와 자기를 동등, 또는 자신에게 충성하는 중신 정도로 여기는 오만한 생각을 버리지 못하고 있었으나 우지나오는 그렇지 않았다.

도쿠가와 가문과 호죠 가문이 스케히메의 혼인을 통해 손을 잡았을 때와 지금과는 정세가 달라져 있었다. 이미 히데요시는 큐슈를 정벌하고 천황을 쥬라쿠 저택에 초대했으며, 매제 이에야스와도 교제를 거듭하고 있었다.

벼슬에서도 크게 차이가 났다.

이에야스는 종2품 곤노다이나곤으로 사콘에노다이쇼左近衛大將°를 겸하고 또한 사마료 고겐左馬寮御監에 보직되어 있었다. 호죠 가문의 주인인 자기는 종4품에 해당하는 사쿄노다이부에 지나지 않으며, 아버지 역시 그러했다.

"아직 용무가 남았습니까?"

즈이후가 두세 걸음 되돌아왔다.

우지나오도 즈이후에게 다가갔다.

"걸상을 가져오너라."

"예."

아시가루가 대답했다.

"내 것만이 아니다. 이 스님의 것도."

"알겠습니다."

"우선 앉으시오, 즈이후 님."

"이거 황송합니다. 독설을 퍼부었는데도 진노하지 않고 관용을 베푸시다니 감사합니다."

"스님은 아까 이곳에 오신 것을 도쿠가와 님과 전혀 무관하지는 않다……고 하셨지요?"

즈이후는 크게 고개를 끄덕였다.

"그런 의미에서는 칸파쿠와도 전혀 무관하지 않습니다."

"뭐, 칸파쿠와도……?"

"예. 작은 성주님도 아버님도 칸파쿠가 호죠 가문을 적대시하는 줄 착각하고 계십니다. 그러나 도쿠가와 님은 물론 칸파쿠도 호죠 가문을 전혀 증오하지 않아요."

"으음……"

"세상에는 피해망상이라는 벌레가 살고 있지요. 이 벌레에 물리면 남이 모두 적으로 보입니다. 개인도 마찬가지입니다. 소중한 충신을 의심하거나 훌륭한 아내를 쫓아버리거나 합니다. 이것이 한 나라와 한 가문으로 파고들면 멸망의 벌레로 변합니다. 모두를 가상의 적으로 여기고 행동하므로 어느 틈에 주위가 전부 정말 적으로 변하게 됩니다. 현재 호죠 가문에 그런 현상이 없지 않은 듯합니다. 마음을 진정시키고 지난날의 역사에 비추어 생각해보십시오. 망하는 자는 거의 모두 이 망상이란 벌레 때문에 스스로 움직이다 멸망하게 되지요. 조용히 수세守勢를 취하다 망한 사람은 하나도 없습니다……"

우지나오는 가만히 앉아, 붉게 물들기 시작한 벚나무 잎 사이로 맑은 가을 하늘을 쳐다보았다. 주위는 거짓말인 양 고요하기만 했다.

11

우지나오가 다시 즈이후에게 시선을 돌렸을 때, 즈이후는 걸상에 앉아 꾸벅꾸벅 졸고 있었다.

'예사 승려가 아니다……'

자신에게 위해를 가할 자가 없다고 믿고 나뭇가지 사이로 흘러드는 빛 속에 '안심' 그 자체인 듯 졸고 있었다.

즈이후의 말대로 신중하게 수세를 취하고 있다가 멸망한 자는 역사에 없었다. 정세를 판단하지 못하고 스스로 적을 만들어 움직인 자가 망했다.

타케다 카츠요리武田勝頼는 잃은 땅의 회복을 목표로 나가시노長篠에 출병하지만 않았더라면 멸망하지는 않았을 터였다. 이마가와 요시모토今川義元가 상경을 서두르다가 덴가쿠하자마田樂狹間에서 죽은 것도 역시 마찬가지였다.

가만히 생각해보니 —

'우리가 무엇 때문에 칸파쿠와 싸워야 한다는 말인가……?'

이런 의문이 우지나오의 마음에 일기 시작했다.

히데요시의 요청에 따라 아버지나 자신이 상경해 천하통일에 협조하겠다고 했다면, 코즈케의 나구루미 성 같은 것은 문제도 되지 않을 터.

'우리는 이 승려가 말하는 피해망상의 벌레에 홀려 무의미한 멸망의 움직임을 보이고 있는지도 모른다.'

"즈이후 님."

작은 소리로 부르자 즈이후는 가늘게 눈을 떴다.

"아버님이 우려하시는 것은, 만일 상경한다면 히데요시가 그대로 우리를 죽이거나 영지를 바꾸겠다고 하지 않을까 하는 점인데, 이것도 망상이란 말이오?"

즈이후는 대답하지 않았다. 듣고 있는 것 같기도 하고 계속 졸고 있는 것 같기도 했다.

"대답할 필요가 없다는 말이오?"

"……"

"그럼, 스님. 전쟁이 일어나면 도쿠가와 님도 우리를 돕지 않을 것이다…… 이런 말이오?"

"……"

"스님은 차원이 다르다고도 했소. 그렇다면 길은 하나밖에 없을 것이오. 도쿠가와 님의 주선으로 속히 상경하거나, 아니면 칸파쿠의 사자가 도착하면 싸울 뜻을 버리고 그 요구를 받아들이거나……"

"성주님."

"듣고 있었소?"

"실례가 많았습니다. 피곤해…… 그만 졸고 있었습니다."

"나는 스님이 부럽소. 스님의 경지는 그야말로 극락정토요."

"그럼, 저는 이만 물러가겠습니다. 이 길로 하야카와 어귀의 유모토에 가서 하루 묵고 내일은 하코네箱根 신사에 참배한 뒤 곧바로 슨푸로 향할 생각입니다."

우지나오는 상대가 말하지 않겠다는 태도를 보이자 그를 끌고 왔던 아시가루에게 눈짓했다.

"좋도록 하시오."

"감사합니다. 이것으로 소승의 염원 한 가지가 풀렸습니다. 남은 일은 성주님 부자 두 분의 재량에 달려 있습니다."

즈이후는 가슴을 펴고 기지개를 켜면서 녹아들듯이 웃었다.

"싸움꾼인 즈이후에게 적이 없어지다니. 어디까지나 마음이 위주이고 행위는 그 다음이란 말씀입니다."

"부디 조심하시오."

"예. 그 말씀을 그대로 성주님의 내일에 바치렵니다."

즈이후가 걷기 시작했다. 조금 전 포승으로 그를 묶어왔던 두 아시가루가 마치 전부터 모시던 하인처럼 순순히 그 뒤를 따랐다.

우지나오는 눈도 깜박이지 않고 그 뒷모습을 바라보고 있었다.

개전 전야開戰前夜

1

슨푸에 있는 이에야스에게, 오다와라의 우지나오와 히데요시 두 사람으로부터 거의 같은 시기에 사자가 왔다. 텐쇼 17년(1589) 11월 초의 일이었다.

우지나오가 보낸 사자는 오다와라의 노신 마츠다 오와리노카미 노리히데松田尾張守憲秀였다. 그는 이에야스 앞에 와 탐색하는 듯한 어조로 말했다.

"주군이신 우지나오 님은, 도쿠가와 님이 주선을 약속하신다면 상경하실 뜻이 있으신 듯합니다마는……"

이에야스는 묵묵히 정원에 내린 서릿발을 바라보면서 잠시 대답을 보류했다.

'이런 일이 두 달 전에만 있었더라도……'

그러나 이미 기회는 지나갔다.

히데요시는 9월 초부터 호조 토벌을 준비했다. 그러면서 한 달 동안은 그래도 상대의 태도를 지켜보는 눈치였으나 지금은 완전히 생각을 바꾸었다. 이번 여름에 우에스기 카게카츠上杉景勝와 사타케 요시시게佐竹義重에게 다테 마사무네伊達政宗를 공격하게 했을 때부터 그럴 위험성은 충분히 있었다.

히데요시에게는 일본이 너무 좁았다. 아끼는 가신들에게 나누어줄 영지는 이미 바닥이 났다. 그러므로 신중을 기하지 않는 한 자칫—

'이자를 제거하면 얼마나 새로운 영지가 생길 것인가……'

그런 계산을 하게 만들 우려가 있었다.

그런데다 9월 초 히타치常陸 시모츠마下妻의 성주 타가 시게츠네多賀重經, 시모다테下館의 성주 미즈타니 카츠토시水谷勝俊 등이—

"부디 동쪽을 정벌하십시오."

이러한 내용의 서신을 보내왔다.

"어떻습니까, 솔직한 말씀을 듣고 돌아가 주군께 아뢰고 싶습니다마는……"

마츠다 노리히데가 다시 재촉했다.

이에야스는 길게 한숨을 쉬었다.

"칸파쿠 전하가 동정東征을 결정한 것은 구월 초였소."

"그것은 저희들도 알고 있습니다마는……"

"표면적으로는, 더 이상 호조를 용서할 수 없다고, 다이묘의 처자를 모두 오사카에 불러들였소. 나도 아내를 쥬라쿠 저택에 보냈다는 것은 알고 있을 게 아니오?"

"예. 하지만 그 무렵에는 아직 화해를 교섭할 여지가 있었다고 생각합니다마는……"

"그렇소. 그 무렵에는 아직 일말의 희망이 없지 않았소. 그러나 호조 쪽에서는 마지막 사자에게도 죄송하다, 다른 뜻은 없다고 하면서 곧 상경……하겠다는 대답은 하지 않았소."

"큰 성주님과의 의견 절충이 되지 않아……"

"알고 있소. 그때 칸파쿠는 결심을 굳힌 모양이오. 이미 식량 조달관이 오와리, 미카와는 물론 이 슨푸까지 쌀을 구입하러 와 있소."

"그렇다고 반드시 전쟁을 벌인다고는……"

"물론 그것은 알 수 없소. 칸파쿠의 흉중은 아무도 읽지 못하니까. 그러나 나는 중재를 할 수 없게 되고 말았소."

"그러시면 출병의 결의는 이미 확고부동하다는 말씀입니까?"

이에야스는 다시 입을 다물고 대답하지 않았다.

히데요시가 이미 칸토 여덟 주의 분배와, 다이묘들의 영지를 새로 배정할 구상을 세워놓고 있다는 말은 차마 하지 못했다.

"나로서는 달리 방법이 없소. 그렇다고 호죠 가문이 속수무책으로 있을 필요는 없을 것이오. 중신들이 잘 상의하도록 하시오."

이렇게 말하여 노리히데를 돌려보낸 그 이튿날 히데요시의 사자로 오타니 요시츠구大谷吉繼가 쿄토에서 왔다.

2

오타니 요시츠구는 소름 끼칠 정도로 투명한 여자 같은 피부에 금빛으로 보이는 눈을 굴리면서 이에야스에게 말했다.

"다이나곤 님, 전하께서는 드디어 결심하셨습니다."

"허어, 결심이라니요?"

"물론 호죠 토벌입니다. 예상하고 계셨을 텐데요……"

이에야스는 상대의 시선을 애매하게 피해버렸다.

"불가피한 일이겠지요."

요시츠구는 희미하게 웃었다. 그는 이에야스가 이 일을 예상하고 있을 뿐만 아니라, 내심으로 환영하고 있다고 믿고 있었다.

"어쨌든 이 일은 빠를수록 좋습니다. 그렇지 않으면 다테의 책동, 사타케의 움직임 등으로 동쪽이 점점 더 시끄러워질 뿐입니다."

"그럴지도 모르지요."

"이미 전하는 교토의 산죠三條에 큰 돌다리를 놓을 준비를 시작하셨습니다. 그래서 말씀 드립니다마는……"

요시츠구는 잠시 말을 끊고 이에야스의 표정을 살폈다.

"앞으로는 호죠와의 연락을 끊으시고, 또한 시급히 상경하시라는 분부가 계셨습니다."

"당연한 일이오, 잘 알고 있소."

"시급히……라고 말씀하셨는데, 이에야스 님께서는 언제쯤이면 상경하실 수 있겠습니까?"

"상경은…… 지금은 이쪽에 정리할 일도 좀 있으니 십이월 초쯤에……"

"참고로 여쭙습니다마는, 그때 나가마츠마루長松丸 님…… 아니, 히데타다 님도 동반하시겠습니까?"

"허어……"

이에야스는 놀랐다는 듯이 숨을 내쉬었다.

"그것이 전하의 분부라면."

"아니, 전하의 분부……는 아닙니다."

"그럼……"

"쥬라쿠 저택에 계시는 마님께서, 마침 좋은 기회니 꼭 같이 오셨으면 하는 말씀이 계셨습니다."

상대는 '인질' 이란 말 대신 아사히를 거론하며, 자못 묘안이라는 듯 미소를 떠올렸다.

이에야스는 천천히 고개를 저었다.

"승낙하실 수 없다……는 말씀입니까?"

"그렇소."

"이유를 물어도 되겠습니까?"

"때가 때이니 만큼 부자가 모두 성을 비울 수는 없는 일이오. 내가 상경해서 군사회의를 마치고 돌아오는 길로 곧 히데타다를 상경시키겠소. 전쟁을 앞두고 하는 행동은 어디까지나 신중을 기해야 한다고 아내에게 전해주시오."

"으음."

오타니 요시츠구는 나직이 신음하며 눈을 부릅떴다.

그 역시 히데요시가 자랑하는 측근, 이에야스의 말이 무섭게 가슴을 찔러왔다.

"드릴 말씀이 없습니다. 지금 그 뜻을 전하께…… 아니, 마님께 그대로 전하겠습니다."

"그런데 오타니 님, 스테마루捨丸 님은 건강하게 자라십니까?"

"예, 물론……"

요시츠구는 사람이 달라진 듯이 웃으며 몸을 앞으로 내밀었다.

"그렇게 귀여워하실 수가 없습니다. 틈이 날 때마나 요도 성淀城으로 가시곤 합니다."

3

이에야스는 쿄토와 오사카에서의 히데요시와 챠챠히메, 또 챠챠히메가 낳은 아이 소식을 요시츠구에게 물어보고 싶은 생각이 들었다.

챠챠히메는 쿄토로 불려간 지 얼마 되지 않아 임신했고, 히데요시는 곧 두 사람을 위해 요도 성을 쌓았다. 히데요시에게 '요도의 여자'라거나 '요도의 아내'라 불리던 챠챠히메가 요즘에는 사람들로부터 '요도 마님' 이란 존칭으로 불리고 있었다.

요도 마님이 낳은 아이는 사내아이. 태어난 것은 올해 5월 27일로 츠루마츠마루鶴松丸라는 이름을 붙였으나, 태어난 해의 미신 때문에 '스테마루' 라고도 부르고 있었다. 일단 버린 것으로 치고 건강하게 자라라는 의미였다. 히데요시는 쉰넷에 뜻하지 않게 아버지가 되었다.

"드디어 나도 아기 아버지가 됐어. 더욱 젊어진 기분으로 일본을 위해 큰일을 남겨야겠어."

히데요시는 이렇게 입버릇처럼 말했다.

"이 아이는 당연히 오사카 성의 키타노만도코로의 손으로 키워야 하는데…… 그러나 아직 젖먹이니까."

애써 정실을 변호하면서 틈만 나면 요도 성에 가서 츠루마츠마루를 만나곤 했다.

쉰네 살에 아버지가 된 히데요시—그 기묘한 사실이 이 영웅에게 어떤 인간적인 변화를 가져다줄 것인가……?

어떤 사람은 히데요시가 아주 따뜻해졌다고 하고, 또 어떤 사람은 그렇지 않다고도 했다. 도리어 젊은이 같은 패기로 근시들을 호되게 꾸짖고는 했다. 이런 식이라면 정말 명나라에까지 도전할지도 몰랐다. 아무튼 정신적으로는 훨씬 젊어졌으니 과연 그 예봉을 꺾을 수 있는 자가 있을까 하는 소문도 있었다.

이 점에 대해서는 이에야스도—

'어떤 변화가 일어날지도 모른다.'

이렇게 궁금하게 생각하고 있었다. 그래서 히데요시가 총애하는 막료이자 수재라는 말을 듣는 오타니 요시츠구가 어떻게 생각하는지 알고 싶어 화제를 돌렸다.

요시츠구 역시 흥미를 느끼는 듯 몸을 앞으로 내밀었다.

"어쨌거나 요도 성에서는 시녀와 유모까지 물리치고 오직 세 분만이 아기자기하게 말씀을 나누십니다…… 아니, 그보다도 침소도 같이 쓰시면서 미천한 가정의 부부처럼 내 천川 자가 되어 주무십니다. 이렇게 되면 젊어진 기분으로 무슨 일을 하실지 모른다고 젊은 무사들은 여간 걱정하고 있지 않습니다."

"허어, 원 이런."

이에야스는 눈을 가늘게 뜨고 웃었다. 그러나 그가 묻고 싶었던 것은 그들의 다정한 모습에 대해서가 아니었다. 그것이 일상생활에 미치는 영향에 대해서였다.

"그러면, 당분간은 스테마루 님이 오사카로 가기 어렵겠군요."

"아마 내년 여름쯤……으로 생각하고 계신 것 같습니다."

"여름쯤이라면…… 돌이 지나서 말이오?"

"하하하……"

요시츠구는 밝게 웃었다.

"전하는 지혜로운 분입니다. 그 무렵이면 오다와라에서 전투가 한창일 것이고. 그 기회에 도련님을 오사카 정실에게, 요도 님은 진중으로…… 이렇게 되면 헤어지는 쪽도 받아들이는 쪽도 모두 납득할 수 있을 것입니다…… 역시 전하는 보기 드문 대군사大軍師이십니다."

이에야스는 웃고 있던 자기 얼굴이 굳어지는 것을 깨달았다.

4

호죠에게 이번 전쟁은 가문의 흥망을 결정하는 중대사다…… 그러나 히데요시에게는 츠루마츠마루를 거센 생모의 손에서 그 이상으로 거센 키타노만도코로의 손에 옮김으로써 내전의 갈등을 해소시키는 일정도에 불과한 모양이었다.

'어쩌면 그 생각이 전쟁을 시작하는 시기를 결정하는 중대한 요인이 되었는지도 모른다.'

"그러면, 스테마루 님이 오사카로 옮기면 전하는 곧 출전하게 되신다는 말이오?"

"아니, 그 이전일 것입니다."

"어째서 그렇다는 말이오?"

"전하의 책략은 아주 기발하십니다."

"허어."

"양쪽의 얼굴이 보이는 장소에 계시면 지시하기가 곤란하다. 그러므로 우선 당당하게 출전하고 난 다음에 진중에서 내전으로 명령을 전달한다…… 이렇게 되면 키타노만도코로 님도 뜻을 어길 수 없고, 떨어져 있으면 말다툼도 할 수 없습니다."

"하하하…… 과연 그렇군요."

"그런 일에는 빈틈이 없습니다. 아마도 진중에서 요도 마님에게는 그대가 곁에 없어서 쓸쓸하다, 츠루마츠마루를 오사카에 보내고 즉시 진중으로 오라고……"

"허어!"

"키타노만도코로 님에게는, 내가 없는 동안 아기에 대한 것을 모두 그대에게 맡기겠다, 이번 전쟁은 시일이 오래 걸릴 것이므로 내 신변의 일은 챠챠를 불러 시중들게 하겠으니 이해하기 바란다…… 이렇게 하면 일단 양쪽 모두 납득할 것입니다."

요시츠구는 날카로운 시선으로 이에야스를 지그시 쳐다보다가 다시 말을 계속했다.

"이처럼 자세한 일에까지 일일이 배려하시는 전하이신데 섣불리 거절했다간 두고두고 후회하시게 될 것입니다."

요시츠구의 말에 이에야스는 가볍게 고개를 끄덕였다. 그러면서 슬며시 터지려는 웃음을 참았다.

요시츠구가 뜻밖의 장광설을 늘어놓는다……고 했더니 역시 그에게는 나름대로의 생각이 있었다. 그토록 세심한 히데요시이므로 이에야스도 그의 지시를 따라야 한다는 말을 하고 싶었던 것이다.

"그러면 전하의 출진은 봄이 되겠군요?"

"아마도 산죠 강변에 돌다리가 놓일 무렵…… 지난번 큐슈 정벌의 선례도 있으니, 삼월 일일에 천황으로부터 칼을 하사받고 당당히 새로 놓은 다리를 건너실 것이다…… 이런 짐작이 제 생각에는 틀림없을 것 같습니다마는……"

이에야스는 다시 무겁게 고개를 끄덕였다.

"으음, 삼월 일일 출진하신다…… 전에도 아마 천황께서 전송을 나오셨지요."

"벚꽃이 만발할 무렵이라…… 이번 출전에는 훌륭한 꽃구경을 하게 될 것입니다."

"오타니 님."

"예."

"호죠 부자는 큰 손해를 보았군요."

"정말 그렇습니다. 호죠 부자는 자신의 분수를 너무 몰랐던 것 같습니다."

"꽃구경을 하는 기분으로 출전하신 일은 큐슈의 경우에도 그랬지만…… 이번에는 스테마루와 키타노만도코로 님의 관계를 해결하는 책략까지 겸하고 있다니……"

"다이나곤 님, 이것이 인간의 행운과 불운의 차이. 태양이 떠오르는 기세로 칸파쿠 다죠다이진까지 출세하시고, 체념하고 계시던 도련님까지 얻게 되셨습니다…… 이처럼 운이 강한 분께는 정말 귀신도 대적하지 못합니다. 하하하……"

5

이에야스는 마츠다 노리히데에게 희망을 갖게 하는 대답을 하지 않아 다행이라고 생각했다. 이미 늦어도 너무 늦었다…… 벌써 히데요시의 흉중에는 개전開戰에 대해서는 물론 전쟁 도중에 해결하려는 집안의 사소한 문제까지 수단을 강구해놓고 있었다.

요도 마님을 진중으로 부를 작정이라고 한 오타니 요시츠구의 말로 미루어볼 때, 히데요시는 지난번 큐슈 원정 때보다도 더 느긋하게 머물면서 동쪽 방면에 대해 구석구석까지 완전히 마무리짓고 돌아갈 속셈임이 틀림없었다.

'다음에는 어떤 수단으로 나올 것인가……?'

이에야스는 자신이 히데요시의 화살 앞에 설 때가 점점 더 가까워지고 있다는 생각을 떨쳐버릴 수 없었다.

이에야스는 이미 히데요시와 싸울 마음은 없었다.

일본의 통일을 지상명령으로 알고 히데요시에게 협력한다—이 점에 대해서는 전혀 다른 마음이 없었다. 그러나 히데요시가 이에야스를 어떻게 생각하느냐 하는 것은 전혀 별개의 문제였다. 그리고 츠루마츠마루의 출생도 인간으로서의 히데요시에게 분명 하나의 문제를 제기하고 있었다.

현재 일본에는 히데요시만큼 자신의 행운을 확신하고 있는 자도 없을 터. 오와리의 나카무라中村에서 한 농부의 아들로 태어난 그가 일본에서 가장 큰 권력을 손에 쥐고 칸파쿠 다죠다이진이라는 역사상 유례가 없는 출세를 했다…… 더구나 이런 권력의 정상에 올라, 사람의 힘으로는 어쩔 수 없다고 믿어왔던 자식까지 낳게 되었다. 이렇게 되면 히데요시가 아니라 누구라도 그러한 착각에 빠지지 않을 수 없을 터.

'그렇다면 나는 어디까지 운이 뻗어갈 것인가……'

이런 생각을 하면서 새삼스럽게 자신을 바라보았을 때, 만일 자신에게 조금이라도 빈틈이 생긴다면 어떻게 될 것인가……?

원래 이에야스는 히데요시에게 더없이 거북스럽고 귀찮은 존재였다. 공격하려 해도 공격할 수 없고, 굴복시키려 해도 여의치 못해 할 수 없이 등용하고 있는 눈엣가시였다.

그러한 이에야스에게 빈틈이 있다고 보이는 순간—

'지금이야말로 제거할 때!'

자신의 행운과 결부시킨 히데요시의 생각이 이렇게 급변한다고 해도 나무랄 수 없는 노릇이었다. 이에야스는 히데요시에게 협력하는 동시에 한치의 틈도 보이지 않고 아슬아슬한 선에서 이에 대처하지 않으면 안 될 입장에 있었다.

"여러 가지 이야기를 나누다보니 식사가 늦어졌군요. 여봐라, 촛대를 준비하고 어서 상을 차리도록 해라."

이에야스는 잠시 동안 오타니 요시츠구와 세상 이야기를 나누었다. 그러다가 그제야 생각난 듯 손뼉을 쳐서 물러가 있던 코쇼들을 불러 지시를 했다.

"모처럼 귀한 사자가 오셨으니, 접대를 맡은 혼다 마사노부本多正信• 외에 다른 중신들도 모두 동석하여 같이 환담하자고 일러라."

"알겠습니다."

코쇼들이 물러갔다.

이에야스는 다시 요시츠구를 향해 눈을 가늘게 뜨고 말을 이었다.

"오타니 님, 자식이란 이상한 것이더군요. 먼저 태어난 자식이 밉다는 말은 아니지만, 늙어서 얻은 아이일수록 귀여워요. 오늘 소개할까 합니다. 이 이에야스에게는 히데타다 외에 밑으로 아들이 셋, 그리고 호죠 가문으로 출가한 딸말고도 여자아이가 셋이나 있지만……"

요시츠구는 대뜸 수재다운 재치를 발휘하여 대답했다.

"당연한 일입니다. 자식에 대한 사랑…… 호죠 가문으로 출가하신 따님을 구출하는 일도 전하께서는 깊이 생각하고 계십니다."

6

"허어, 칸파쿠 님이 내 걱정까지 하고 계시다니……"

이에야스가 깜짝 놀랐다는 듯이 눈을 크게 떴다.

요시츠구는 쾌활하게 말을 계속했다.

"칸파쿠 전하는 그 이상의 선물도 다이나곤 님을 위해 생각하고 계십니다."

"그 이상의 선물……?"

"아직 깨닫지 못하셨을 것입니다. 이거, 제 입이 너무 가벼운 건 아닌지 모르겠군요."

"그 말을 들으니 마음에 걸리는군요. 어떤 선물을 주시려는지요?"

"하하하……"

요시츠구는 장난스럽게 눈을 가늘게 뜨고 말했다.

"호죠 토벌 후에는 칸토의 여덟 주를 다이나곤에게 진상하겠다…… 이렇게 말씀하신다면 다이나곤 님은 받아들이시겠습니까?"

이에야스는 태연히 요시츠구를 바라보았으나 속으로는 깜짝 놀라 숨이 막히는 것 같았다.

'역시 이 말이 나오는구나……'

우려했던 히데요시 속셈의 현실화, 그러면서도 그런 말을 하는 요시츠구의 저의를 확실하게 알 수 없는 안타까움.

"코슈甲州와 신슈信州는 이미 손에 넣었고, 사가미, 무사시, 코즈케, 시모츠케, 카즈사, 시모우사 등을 합하면 그 크기는 저 같은 사람은 계산도 할 수 없을 정도의 넓이. 저의 경솔한 억측입니다마는, 이번에 상경하시면 그런 말씀을 하시지 않을까 하여 그만 입 밖에 내고 말았습니다. 그러니 잊어주시기 바랍니다."

이에야스는 애써 얼굴의 웃음을 지우지 않고 참았다. 사이고 부인이 죽기 직전에 예견한 일이 드디어 눈앞에 닥쳐온 듯했다.

요시츠구는 이에야스의 마음을 떠보라는 히데요시의 밀명을 받았을 것이고, 그래서 그런 말을 했을 터.

'그렇지 않다면 무엇 때문에 이런 말을 함부로 하겠는가……'

"허어, 놀라운 일이군요."

이에야스는 상대의 눈이 더욱 쏘아보는 듯한 탐색의 빛을 띠어가고 있음을 의식하면서 짐짓 능치듯 말했다.

"그것은 좀 믿기 어려운 말이오."

진지하게 말했다.

"믿기지 않으십니까?"

"그렇소. 나는 이미 코슈와 신슈 외에 미카와, 토토우미, 스루가를 가지고 있소. 여기에 칸토의 여덟 주를 더하면 일본의 절반을 갖게 되는 셈이니까."

요시츠구는 가만히 혀를 찼다.

이처럼 교묘하게 받아넘길 줄은 그도 생각지 못하고 있었다. 미카와, 토토우미, 스루가 등의 옛 영지에 어찌 칸토의 여덟 주를 더 붙여주겠는가. 칸토의 여덟 주를 주는 것은 물론 앞의 것을 회수한 후의 일…… 그러나 경솔하게 그렇게 말한 이상, 이에야스에게 잘못 들었다고 할 수도 없게 되었다.

"오타니 님."

"예."

"돌아가거든 전하께 이렇게 전해주시오. 이에야스는 그와 같은 막대한 은상은 사양할 생각인 듯하다고 말이오. 우리 가문은 모두 절약을 제일로 알고 살아가는 사람들이므로 현재의 영지만으로도 충분하니 그 이상의 것은 바라지 않는다고 말이오."

역시 연극은 이에야스가 한 수 위였다.

오타니 요시츠구는 비로소 낭패한 기색으로 눈을 껌벅거렸다.

7

히데요시는 칸토로 영지를 옮기도록 이에야스에게 암시를 주어, 상경했을 때 즉시 대답할 수 있도록 마음의 준비를 시키라고 요시츠구에게 지시했을 것이다.

그런데 이에야스는 상대가 잘못 말을 꺼낸 허점을 노려 '막대한 가봉加封'은 필요치 않다고 보기 좋게 그의 말을 받아넘겼다. 더구나 더 말을 꺼내지 못하게 하려는 듯 촛대를 가져오는 자, 상을 가져오는 자에 이어 중신들이 들어오고 말았다.

요시츠구는 개운치 않은 표정으로 이번에는 혼다 마사노부의 질문에 대답해야 했다.

"칸파쿠 전하는 도련님이 태어나신 것을 축하하기 위해 명나라 정벌을 단행하실 것이라는 소문이 돌고 있는데 사실입니까?"

슨푸에서 첫째가는 수재라고 자부하는 마사노부가 이런 엉뚱한 질문을 해와 요시츠구는 이맛살을 찌푸렸다.

"글쎄, 나는 오다와라 정벌에 관한 것밖에는 알지 못해서."

"그러실 테지요. 오다와라라면 몰라도 명나라는 너무 멀다는 생각이 드는군요."

"만일 그러한 소문이 사실이라면 어떻게 하시겠습니까, 귀하의 가문에서는?"

"그야 명령이시라면 어디든지 가겠습니다마는, 명나라에도 총포가 있을까요?"

"모르겠습니다. 나는 아직 명나라에 가본 적이 없으니까."

"그렇겠군요. 자, 한 잔 더 드십시오."

더구나 그의 옆에는 오카자키岡崎에서 요시츠구를 안내해온 혼다 사쿠자에몬本多作左衛門이 쓴 약초를 먹은 두꺼비 같은 자세로 도사리고 앉아 있었다.

"흐흥."

사쿠자에몬은 때때로 무언가 생각난 듯이 비웃으며 내뱉듯이 혀를 차고는 했다.

이에야스는 히데요시조차도 높이 평가하고 있을 정도여서 요시츠구의 흥미를 끌기에 충분한 존재였으나, 중신들은 멀리 떨어진 고도孤島에서 오기라도 한 듯하여 다루기가 힘들었다.

"자, 마음껏 드십시오. 우리도 들겠습니다. 아무튼 이런 귀한 손님이라도 오시지 않으면 좀처럼 좋은 음식을 접할 기회가 없으니까요."

"이미 충분합니다."

"섭섭한 말씀을 하시는군요. 무사들이란 처지가 비슷하지 않습니까? 좀더 앉아 계십시오."

이렇게 노골적인 말을 하는 사람도 있었다.

"쿄토의 여자들은 발톱에도 연지를 찍는다면서요?"

그런가 하면, 일부러 술잔을 들고 와 이렇게 묻는 사람도 있었다.

"글쎄요, 나는 여자에 대해서는 전혀 모릅니다."

"설마 그럴 리 있겠습니까. 오타니 님은 미남이신데…… 그런데 발톱에 연지를 찍고 일부러 발을 들고 남자들에게 보여주는 것일까요?"

이에야스는 그런 가신들의 언동에는 무감각한 표정으로 살찐 몸을 구부려 급하게 밥을 먹고 있었다.

요시츠구는 차차 좌중의 분위기에 질려 초조해졌다.

'이게 일부러 이러는 것일까, 아니면 미카와 무사의 적나라한 모습일까……'

"이것으로 충분합니다!"

마침내 그는 소리내어 잔을 엎어놓았다.

8

혼다 마사노부는 그때 이미 종5품하 사도노카미佐渡守에 올라 있었다. 잇코一向 신도들의 반란° 때 이에야스 곁을 떠나 잠시 킨키近畿, 호쿠리쿠北陸 등을 유랑하고 있었으나 혼노 사本能寺 사건 이후 다시 복귀를 허락받고 지금까지 계속 이에야스를 측근에서 받들고 있었다.

"혼다 마사노부는 방심해선 안 될 녀석이야."

쿄토를 떠날 때 히데요시는 요시츠구에게 귀띔했다.

"그자를 자세히 관찰하면 이에야스의 속셈을 알 수 있을 거야."

그런데 그런 마사노부까지도 영락없는 시골뜨기 같은 언동을 하고 있었다.

당대의 효웅梟雄 마츠나가 히사히데조차—

"도쿠가와 가문에는 용맹스런 자가 많으나 머리가 잘 돌아간다는 점에서는 혼다 마사노부가 첫째, 그처럼 다루기 힘든 자는 세상에 보기 어렵다."

이렇게 평했을 정도의 마사노부였다. 그래서 요시츠구도 예사로운 자가 아닌 줄은 알고 있었는데, 명나라에 총포가 있느냐고 묻다니 이건 너무 엉뚱했다.

요시츠구가 노기를 띠고 잔을 엎어놓자, 이번에는 왼쪽에 있던 혼다 사쿠자에몬이 웃었다.

"흐흥."

"노인장, 무어라 하셨습니까?"

"아니, 나도 잔을 엎어놓았다는 말이오. 자, 그럼 어서 식사를 올리고 침소로 안내하지요."

"노인장!"

"왜 그러시오?"

"나는 이 가문의 분위기에는 익숙지 못합니다. 혹시 요시츠구가 여러분의 기분을 상하게 했습니까?"

"아니, 오타니 님에 대해서가 아니오. 기분이 상하는 것은 칸파쿠 님에 대해서요."

너무도 대담한 말에 요시츠구는 당장에는 대답하지 못했다. 태연하게 히데요시를 비난하는 사람이 도쿠가와의 중신 중에 있다니……

"그렇습니까. 그럼, 칸파쿠 전하의 어떤 점에 기분이 상하신다는 말입니까?"

"그건 말이오."

노인은 남은 술을 비우고 요시츠구보다 더 큰 소리를 내며 잔을 엎어놓았다.

"어느 한 가지가 아니라 모두가 그렇소."

"모두가 비위에 거슬린다는 말씀입니까?"

"그렇소. 오타니 님이 보시기에는 우리 주군이 비위에 거슬릴 것입니다. 결국 서로 마찬가지가 아니겠소?"

요시츠구는 이 노인과 말을 더 계속할 수 없었다.

말을 계속하면 더욱더 우롱을 당하게 될 것 같았다. 표면적으로는 어디까지나 친밀하게 악수하는 것처럼 보이면서도, 서로의 내부에는 수

많은 폭탄을 품고 있었다.

'히데요시도, 또 이에야스도……'

더구나 두 사람은 이런 사실을 잘 알고 있으면서도 서로 접근하려 하고 있었다. 아니, 어쩌면 두 사람 모두 서로 상대를 쓰러뜨리지 않는 데에 얄궂은 '평화'가 존재하는지도 몰랐다.

어느 틈에 오타니 요시츠구는 오늘의 이 분위기를 히데요시에게 어떻게 보고할 것인지 마음속으로 열심히 생각하기 시작했다.

'이에야스는 히데요시의 명령대로 움직인다 해도 방심할 수 없는 공기가 이 가문에는 흐르고 있다……'

이 방심할 수 없는 공기를 히데요시가 출전하기 전에 씻어버릴 수 있을 것인가. 씻어버릴 수 없다면 히데요시는 스스로 적 한가운데로 뛰어들게 되는 것인데……

오다와라 진격

1

이에야스는 히데요시의 사자 오타니 요시츠구를 보내고 나서 곧 상경 준비를 시작했다.

이미 히데요시의 마음은 정해졌다. 상대가 전력을 과시하려고 일부러 방비태세를 노출시키고 있는지는 모르나, 호죠 쪽의 전략과 작전은 이에야스와 히데요시에게 속속들이 알려져 있었다.

이즈에서는 니라야마 성의 호죠 우지노리北條氏規를 총대장으로 삼고, 시시하마 성獅子浜城에는 오이시 나오히사大石直久, 아라리 성安良里城에는 카지와라 카게무네梶原景宗와 미우라 시게노부三浦茂信를 두고, 타고 성田子城에는 야마모토 츠네토山本常任, 시모다 성下田城에는 시미즈 야스히데淸水康英 외에 에도 셋츠노카미 토모타다江戶攝津守朝忠와 시미즈의 부하인 타카하시 탄바노카미高橋丹波守가 들어갈 모양이었다.

하코네와 미시마三島 사이에는 새로 야마나카 성山中城을 쌓아 여기에 노신 마츠다 오와리노카미 노리히데의 조카 야스나가康長를 성주로 삼고, 그 밑에 타마나와玉縄 성주 호죠 우지카츠北條氏勝, 측근인 마미야 야스토시間宮康俊, 아사쿠라 카게즈미朝倉景澄, 우츠키 효고노스케宇津木兵庫助 등을 배속시켜 정면으로부터의 침공에 대비하고, 아시가라 성足柄城에는 우지마사의 동생 사노 우지타다佐野氏忠, 신죠 성新莊城에는 에도 성江戶城의 성주 대리 토야마 카게마사遠山景政를 보내 북서쪽을 방비케 했다.

바로 서쪽인 미야기노宮城野, 소코쿠라 등의 방비에도 철벽을 기했으며, 후방에는 하치오지 성八王子城이 있고, 무사시의 오시 성忍城, 이와츠키 성岩槻城도 밤낮을 가리지 않고 보수에 여념이 없었다.

이번 호죠와의 전쟁도 성급히 공격을 벌이면 큐슈 정벌 이상의 희생을 치르게 될 우려가 있었다.

사기도 지극히 왕성했다. 총동원령에 따라 징집된 백성들의 젊은이들까지도—

"이번 전쟁에 이기면 훌륭한 무사가 될 수 있다."

이런 말을 하면서 죽창을 준비하고 있었다.

이에야스는 이런 것에 대해서는 우려하지 않았다.

히데요시의 인해전술은 너무도 잘 알고 있었다. 반드시 그는 호죠 군을 압도하기에 충분한 대군을 거느리고 지구전 태세를 취할 것이다. 다만 문제는, 오다와라 공격의 선봉을 명령받고 지구전의 책임을 도쿠가와 군에게 전가시키는 경우가 염려될 뿐이었다.

"도쿠가와 군은 무얼 하느냐, 오다와라 하나 함락시키지 못하는가."

이런 평판이 지구전에 임한 진지에 퍼지면, 일본의 모든 다이묘들이 이에야스의 '힘'에 의심을 품는 사태가 발생할 수도 있었다. 만일 히데요시가 이에야스의 영지 교체를 강행할 경우, 이러한 사태는 이에야스에게 뼈아픈 상처가 될 것이다.

"이렇다 할 공도 세우지 못한 처지에…… 칸토 여덟 주를 받고도 불만이라니."

이런 소문이 곧 세상을 휩쓸어 히데요시와 이에야스 두 사람 사이의 힘의 '균형'을 깨뜨릴지도 몰랐다.

이에야스는 일단 호죠 군 포진에 대한 정보를 수집하고는 매사냥을 구실로 하마마츠 성浜松城에서 중신들과 회의를 열었다.

히데요시의 마음이 정해진 것처럼 이에야스의 마음도 이미 결정되어 있었다. 명령만 내리면 되었다. 그러나 그렇게 하면 가신들의 불만이 가시지 않을 터였다. 그러므로 이에야스는 의논이라는 형식을 빌려 자기 의사를 주입시키려 했다.

소집된 사람은 이이 나오마사井伊直政, 사카이 타다요酒井忠世, 사카키바라 야스마사榊原康政, 혼다 마사노부, 혼다 사쿠자에몬, 오쿠보 타다치카大久保忠隣, 나이토 마사나리內藤正成, 아오야마 토시치로青山藤七郎, 그리고 코슈에서 온 토리이 모토타다鳥居元忠도 참가했다.

"칸파쿠의 독촉으로 십이월 초순에 상경하지 않을 수 없게 되었네. 이번에는 츄고쿠中國와 큐슈에도 출전하라는 명령이 내렸다고 하는군. 다이묘들이 모두 처자를 인질로 내놓았다고 하는데 우리도 히데타다는 쿄토로 보내야 할 모양일세. 그대들의 의견을 말해보게."

이에야스는 무표정을 가장하고 나직한 소리로 말했다.

2

"히데타다 님의 인질 문제는 주군께서 직접 거절하신 것으로 알고 있습니다마는."

맨 먼저 입을 연 것은 사카키바라 야스마사였다.

"그래서 사자도 감히 내놓으라는 말은 하지 못했고, 그렇다면 굳이 보내실 필요는 없다고 생각합니다."

이에야스는 씁쓸한 표정으로 고개를 저었다.

장지문에 잎을 떨군 늙은 매화나무의 그림자가 그림으로 그린 듯이 비치는 여덟 점(오후 2시)이 지났을 무렵이었다.

"야스마사, 그럴 수는 없네."

"상대가 강요하는 것도 아닌데……"

"내가 쿄토에서 돌아오는 길로 히데타다를 보내겠다고 한 것은 보내지 않을 마음으로 그랬던 게 아닐세. 우리에게는 우리 나름의 근성과 생각이 있다는 것을 상대에게 알리기 위해서였어."

"그러나……"

"좀더 내 말을 들어보게. 전쟁이 결정되고, 같은 편이 되겠다고 결심한 이상 상대에게 굳이 경계심을 갖게 할 필요는 없어. 어디까지나 흔쾌히 한편이 되겠다…… 이렇게 하는 것이 난처한 입장에 서지 않게 되는 방법일세."

이에야스는 이렇게 말하고 돌처럼 굳어 묵묵히 다다미를 노려보고 있는 사쿠자에몬 쪽을 흘끗 바라보았다.

"사쿠자에몬, 나는 상경하더라도 곧 돌아올 것이니 지금부터 히데타다에게 출발 준비를 시켜야 할 것일세. 동행할 사람은 이이 나오마사, 사카이 타다요, 나이토 마사나리, 아오야마 토시치로 등 네 사람이 좋겠어. 어떤가 사쿠자에몬?"

사쿠자에몬은 듣지 못한 것처럼 꼼짝도 하지 않았다.

이에야스는 쓴웃음을 짓고 오쿠보 타다치카에게 시선을 옮겼다.

"이처럼 두말없이 보냈을 때 칸파쿠가 그렇게 할 것까지는 없다……고 한다면 우리의 체면도 서고 나중에 감정의 응어리도 남지 않을 것일세. 그러니 차질 없이 준비하게."

"예."

나이토 마사나리와 사카이 타다요는 대답했다. 그러나 이이 나오마사와 아오야마 토시치로는 대답하지 않았다.

"알겠나, 이번 전쟁에서 가장 주의해야 할 점은 칸파쿠에게 괜한 의심을 품지 않도록 하는 일일세. 전쟁은 장기전이 될 거야. 그동안에, 너희는 지리에 밝으므로 강공强攻을 펴라는 명령이 내리지 않도록 충분히 조심하지 않으면 안 돼."

이에야스가 여기까지 말했을 때였다.

"흐흥!"

갑자기 사쿠자에몬이 비웃듯 코웃음쳤다. 어느 틈에 조소가 버릇이 되어 때와 장소를 가리지 않게 된 모양이었다.

"이의가 있나, 영감은?"

"이 사쿠자에몬에게 이의가 있다고 해도 주군은 받아들이시지 않을 것입니다."

"뭐라고!"

"이것은 회의라고 할 수 없습니다. 주군이 일방적으로 명령을 내리시는 것일 뿐…… 회의라니 말도 안 됩니다."

"의견이 있거든 말하라고 했네."

"의견이야 얼마든지 있지요. 주군의 말씀을 가만히 듣고 있으려니, 히데요시가 아무리 무리한 요구를 해도 지당합니다…… 하며 그의 비위를 건드리지 마라, 히데요시 앞에 무릎을 꿇고 복종하라, 그것이 충성이다, 하시는 것처럼 들립니다. 그렇지 않습니까, 주군?"

"그것이 영감의 의견이란 말인가?"

"의견이 아닙니다. 주군의 말씀 중에 부족한 부분을 보충하고 있을 뿐입니다. 여러분, 잘 들어보시오. 우리 주군은 언제부터인지 히데요시의 독기毒氣에 쏘여 얼이 빠지고 말았소. 무슨 일에도 히데요시 명령이 제일이니 예, 예 하면서 복종하라…… 주군! 이렇게만 하면 된다는 말씀이겠죠? 그러니 무슨 의견을 말할 수 있겠습니까?"

이에야스는 저도 모르게 크게 탄식했다.

3

'혼다 사쿠자에몬이 너무 늙어버렸구나……'

전에는 귀신이라는 말을 들으면서 가문을 훌륭히 이끌어온 이 노인도 지금은 완고 일변도로 사사건건 이에야스에게 맞서는 기묘한 존재가 되고 말았다.

그러한 노신은 사쿠자에몬 한 사람만이 아니었다. 지금 이 자리에 동석한 사카이 사에몬노카미 타다츠구酒井左衛門督忠次도 마찬가지였다. 그는 이에야스의 고모를 아내로 맞이한 관계도 있고 하여 사쿠자에몬보다 더욱 오만했다.

사쿠자에몬은 이에야스에게만 물어뜯을 듯한 어조로 조소를 던지지만, 타다츠구는 이에야스보다도 가신들 모두를 꾸짖었다. 가신들을 이처럼 다룬다면 은퇴를 명할 수밖에 없다고 생각하고 있었다.

'그런 의미에서 사쿠자에몬은 아직까지……'

쓸모가 있고 생각도 깊었으며 인간적인 폭도 넓었다.

이렇게 생각하고 동석시켰던 것인데, 이제는 사쿠자에몬 역시 정세의 흐름에 부응하지 못하는 경직기硬直期에 접어든 모양이었다.

"하하하…… 영감이 또 과감한 소리를 하는군. 한마디로 말해서 그 말이 옳아. 그러나 나는 얼빠진 것이 아니네. 일본을 위하는 일이라 판단하고 이 이에야스가 명하는 것일세. 그 일은 이제 결정이 났어! 앞으로의 일에 대해 어떤 의견이 있거든 말해보게."

"흐훙."

사쿠자에몬은 다시 코웃음 쳤다. 그러나 이번에는 아무 말도 하지 않았다.

'주군의 속셈을 나는 알고 있다. 아무 소리 말고 따르기나 하라는 것 아니냐.'

이렇게 비꼬아주고 싶었으나, 이에야스의 강한 어조로 미루어 그럴 필요가 없다고 판단했다.

회의는 사쿠자에몬의 말처럼 이에야스의 의도대로 진행되고 또 그의 뜻대로 결정되었다. 때때로 가신 쪽에서 누군가가 입을 열기는 했지만, 이에야스는 언제나 압도하듯 자기 의사를 관철시켜나갔다.

이에야스의 상경은 12월 7일로 결정되었다.

10일에는 쿄토에 도착하여 히데요시와 협의하고 챠야 시로지로의 손을 통해 뇨인女院에게 황금 열 장을 헌납한 뒤 곧 슨푸로 돌아와 전투준비에 착수하기로 했다.

그렇게 하면 히데요시도 히데타다를 올해 안에 보낼 필요 없다고 만류할 것이 분명하다. 이렇게 히데요시가 도쿠가와 가문의 체면을 세워주면 이쪽에서도, 1월 3일 자진하여 히데타다를 상경시켜 히데요시에게 의심할 틈을 주지 않는다. 이렇게 하는 것이 호죠라는 인척을 정벌하기 전에 반드시 강구해야 할 수단이라고 이에야스는 가신들을 설득했다.

사쿠자에몬도 잠자코 있을 정도였으므로 아무도 이의를 제기하는 자가 없었다.

일은 쉽게 결정되어 모두들 물러났다. 술은커녕 차도 식사도 대접하지 않고, 배가 고프면 대기실에서 마음대로 먹고 돌아가라는 식의 대접이었다.

모두 긴장한 얼굴로 자리를 뜨는 가운데 사쿠자에몬만이 일어나지 않았다. 어느 틈에 그는 무릎 위에 머리를 떨구고 졸고 있었다.

"영감, 회의는 끝났네. 일어나, 일어나서 돌아가게."

이에야스의 말에 사쿠자에몬은 부스스 눈을 뜨고 멍한 표정으로 주위를 둘러보았다.

"주군, 지금 무어라고 하셨습니까? 저는 요즘 귀가 멀어 잘 듣지 못했습니다."

고양이 같은 소리로 빈정대며 자세를 바로했다.

4

"회의가 끝났으니 돌아가도 좋다고 했네."

이에야스는 사쿠자에몬이 아직 할말이 남아 있구나…… 이렇게 생각하면서 같은 말을 되풀이했다.

"그런데, 주군의 말씀이 끝난 뒤 제가 무엇을 말씀 드리려 했었는지 잊어버렸습니다."

"잊어버릴 정도라면 오늘은 말하지 않아도 좋아. 물러가서 잠시 쉬도록 하게."

"아, 이제 생각났습니다. 지금 꿈을 꾸고 있었습니다."

"으음, 그대가 꾸는 꿈이라면, 들어보나마나 또 나에게 대드는 따위의 꿈이었을 테지."

"그런 게 아니고, 꿈에 이시카와 카즈마사 녀석이 나타나……"

"뭐, 카즈마사가!"

"녀석이 저에게 은퇴하라고 강요하더군요. 언제까지나 오카자키 성을 맡아보고 있을 기량이 네게는 없다, 이미 너의 시대는 지났으니 젊은 사람에게 길을 열어주고 은퇴하라고."

이에야스는 깜짝 놀랐다.

'사쿠자에몬은 아직 늙지 않았다. 내 마음을 읽고 있었구나……'

"허어, 어째서 카즈마사가 그런 말을…… 카즈마사와 약속한 일이라도 있었나?"

"흥, 그 따위 녀석과 무슨 약속…… 녀석은 주군을 히데요시 공포증에 빠뜨린 장본인이란 말입니다."

"그럼, 왜 꿈 같은 것을 꾼다는 말인가? 꿈을 꾸었다면 영감 마음에 무언가 걸리는 것이 있었기 때문일 텐데."

"주군!"

"어서 말하게. 여기는 우리 둘뿐일세."

"저를 은퇴시켜주십시오. 카즈마사가 꿈속에서까지 저를 힐난하는 것을 보면 지금이 은퇴할 때입니다."

"으음."

이에야스는 갑자기 사쿠자에몬이 가엾어졌다.

"영감은 오만도코로가 오카자키에 있을 때 전각 주위에 장작을 쌓아 히데요시를 격분케 했어…… 그때 일을 생각하고 있군?"

사쿠자에몬은 얼른 고개를 꼬고 이번에는 냉소하지 않았다.

"그 일이라면 걱정할 것 없네. 우리끼리니 말하는 것이네만, 나도 마음속으로는 영감에게 감사하고 있어. 그것으로 히데요시도 미카와 무사의 결속은 상식으로는 깨뜨리지 못할 만큼 견고하다는 것을 알고 우리 가신들에 대한 유혹을 단념했어."

이에야스가 이렇게 설명했을 때 사쿠자에몬은 얼굴을 찌푸리고 다시 조소했다.

"그게 무슨 말씀입니까! 그것이 주군의 말씀입니까?"

"그럼, 그 일 때문에 은퇴하겠다고 한 것이 아니란 말인가?"

"주군! 혼다 사쿠자에몬도 어엿한 사나이입니다."

"허어, 갑자기 아주 젊어지는군."

“제가 히데요시를 염두에 두고 장작을 쌓거나 은퇴하거나 하는 얼빠진 자인 줄 아십니까?”

“설마 그렇지는 않겠지.”

“저는 단지 장작을 쌓아야 할 때라고 믿었을 때 쌓았고, 은퇴해야 한다고 마음이 명했을 때 은퇴합니다. 녹봉을 받는 것이 고마워 충성을 바치려 하거나, 주군의 명이니 억지로 따르는 그런 얼빠진 자가 아닙니다. 착각하시면 안 됩니다.”

사쿠자에몬은 상반신을 잔뜩 앞으로 내밀고 집요하게 눈을 부릅뜨면서 이에야스를 노려보았다. 주위에 요기妖氣가 감도는 듯했다.

5

이에야스는 그만 고개를 돌리고 싶어졌다.

이에야스를 향해 ‘착각하지 말라……’고 하다니 이 얼마나 대담한 폭언인가. 이런 폭언을 할 수 있는 사나이는 현재 이에야스의 가신 중에는 없었다.

‘무슨 생각으로 감히 이런 무례한 말을 하는 것일까……?’

나름대로 생각이 있어서 한 폭언이라면 이에야스 또한 잠자코 있을 수 없는 일이었다.

“착각이라고 지껄였겠다, 사쿠자에몬!”

“그래요, 지껄였습니다.”

사쿠자에몬은 기분 나쁠 정도로 숨을 몰아쉬었다.

“오늘은 이 사쿠자에몬이 주군과 일생일대 결판을 낼 작정입니다.”

“이성을 잃었군. 아직 나는 그대의 근성을 파악하지 못할 정도로 늙지 않았고 무기력하지도 않아.”

"주군!"

"뭔가, 영감?"

"그렇게 큰소리치실 정도라면, 장작을 쌓아 오만도코로를 협박한 일을 후회하거나 두려워할 사쿠자에몬이 아니란 사실을 분명히 기억해두십시오."

"그 말에 그토록 화가 나는가?"

"물론입니다. 태어나면서부터 오늘에 이르기까지의 충성, 이 사쿠자에몬의 근성은 그런 데 있지 않습니다. 사쿠자에몬이 카즈마사의 꿈까지 꾸었을 지경인데도 그것을 이해하시지 못한다면 주군은 참으로 한심하기 짝이 없습니다……"

"뭐, 카즈마사의 꿈을 꾸었을 지경…… 그것이 자네는 화가 난다는 말인가?"

"주군! 카즈마사 녀석은 자기야말로 가신 중에서 최고의 충신이라 자부하며 오사카로 갔습니다. 주군도 알고 계실 겁니다."

이에야스는 놀란 듯 숨을 죽이고 당장에는 대답하지 않았다.

'이 녀석, 카즈마사와 나 사이의 묵계를 눈치챘어……'

그것을 알게 되었으나 입 밖에 낼 수는 없었다.

"카즈마사 녀석은 도쿠가와 가문에서는 히데요시와 대적할 수 있는 외교가가 자기밖에 없다는 착각에 빠져 자진하여 적의 품에 뛰어들었습니다…… 그때 이 사쿠자에몬은 녀석에게 말해주었습니다. 이 멍청한 놈아, 네가 걷는 길만이 무사의 길이라고는 생각지 말라고."

"……"

"비록 카즈마사 녀석이 아무리 능란하게 히데요시를 구워삶는다 해도, 그 배후에 있는 가신들 중에 히데요시를 두려워하는 기풍이 생기면 사자 따위가 무슨 일을 할 수 있다는 말입니까. 가장 중요한 것은 적 앞에서, 적 가운데서, 적의 배후에서 적을 두려워하지 않는 근성이란 말입니다! 그것이 없어진다면 일어서기는커녕 멸망의 바람이 불게 됩니다. 카즈마사는, 히데요시가 위대하므로 괴롭다는 얼굴은 누구에게도 보이지 마라, 그렇게 하면 영원히 경멸하겠다……고 분명하게는 말하지 않았으나, 충분히 알아들을 수 있도록 말해주었습니다. 그 카즈마사가 꿈에 나타난 겁니다…… 그리고 자진해서 은퇴하라고 나에게 말했습니다…… 이런 말을 하는데도 알아듣지 못하시는 주군을 이 사쿠자에몬이 평생을 바쳐 섬겨왔다…… 이 허무한 마음이 주군께는 통하지 않는 모양이군요."

이에야스는 얼른 시선을 다른 데로 돌렸다.

겨우 사쿠자에몬의 생각을 납득할 수 있었다. 사쿠자에몬은 히데요시를 대하는 이에야스의 태도가, 가신들에게까지 히데요시를 두려워하는 기풍으로 옮겨갈 것을 걱정하고 있었다.

'분명히 그렇다. 그렇게 된다면 이 이에야스는 천하의 감시자 역할은 할 수 없다……'

6

사쿠자에몬은 다시 말을 이었다.

"주군은 이 사쿠자에몬에게 무어라 하셨습니까. 이에야스가 히데요시와 손을 잡는 것은 굴복했기 때문이 아니라, 한 단계 위에서 히데요시가 과연 천하를 다스릴 수 있는지 살피기 위해서다, 이것이 진정으로 신불의 마음에 부응하는 일……이라고 하시지 않으셨습니까? 그렇다면 끝까지 히데요시가 두려워할 감시자로서의 자세가 필요합니다."

"그야 당연한 일. 내가 그런 자세를 무너뜨렸다고 생각하나?"

이에야스가 시선을 돌린 채 대답했다.

"누가 주군의 자세가 무너졌다고 했습니까."

사쿠자에몬은 어깨를 흔들며 대들듯이 말했다.

"주군은 혼자 천하를 감시할 수 있다고 생각하십니까? 주군만이 혼자 자세를 가다듬고 계신다 해도 뒤에 있는 가신들의 그것이 무너진다면 주군은 방에 있는 가구만큼도 쓸모가 없습니다. 감시하려던 히데요시에게 도리어 대번에 먹혀버리고 맙니다."

이에야스가 갑자기 나직한 소리로 웃었다.

"알겠네, 영감. 영감이 염려하는 것이 무언지 알겠어."

"아직 모르십니다. 반쯤 아는 것은 도리어 위험한 일. 이 늙은이의 잔소리라고는 생각지 마십시오. 오늘의 회의 진행방식…… 그것이 도대체 무엇입니까? 자신만이 신불의 뜻을 알고 있다는 듯 모두의 의견을 짓밟다니. 더구나 히데요시의 위대함을 인정하니 그대들의 이의는 듣지 않겠다는 태도. 그렇게 하시고도 모두가 히데요시를 두려워하지 않는다면 그야말로 이상한 일…… 어느 틈에 히데요시가 주군보다 훨씬 높은 사람이란 생각을 하게 됩니다. 주군! 가신들은 주군과 같은 깨달음의 대열에는 이르지 못했습니다. 그 사람들에게는 그 사람들이 알아들을 수 있는 말로 하셔야 합니다. 어째서 솔직하게, 히데요시에게는 섣불리 당하지 않는다, 지금은 어쩔 수 없이 한편이 되지만 언젠가는 쓰러뜨려야 할 존재…… 이렇게 분명히 말씀하시고 나서, 어떻게 했으면 좋으냐고 왜 묻지 못하시는 것입니까? 쓰러뜨릴 각오가 되어 있어야만 겨우 쓰러지지 않게 마련…… 혼자 잘난 체하고 모두의 마음을 따돌리다니…… 대장이란 그래서는 안 됩니다."

"알겠네. 알겠어, 영감…… 영감 말을 듣고 한 가지 깨달은 게 있네. 분명 나는 말이 지나쳤어. 이렇게 말하면 납득이 되겠나?"

"아닙니다."

사쿠자에몬은 다시 한 번 다짐하듯 강하게 반발했다.

"그러나 더 이상 말하는 것은 공연히 혀만 놀리는 일. 은퇴 문제를 고려해주십시오. 부탁 드리고 이 사쿠자에몬은 물러가겠습니다."

"고집불통이로군. 나는 그만 질렀네."

"질리실 것 없습니다. 히데요시를 질리게 만들어야만 상대의 섣부른 행동을 저지할 수 있습니다. 이만 물러가서 좀더 카즈마사의 꿈이나 꾸려고 합니다."

사쿠자에몬은 이렇게 내뱉고 벌떡 일어나 절도 하지 않고 옆방으로 물러갔다.

이에야스는 그 뒷모습을 바라보고 나서 얼른 탁자 앞으로 갔다.

오다와라를 공격할 때는 역시 사쿠자에몬을 오카자키에서 슨푸로 불러들이지 않으면 안 된다. 사쿠자에몬의 말대로, 가신들에게 히데요시를 두려워하는 바람이 불게 되면 이에야스의 존재는 무의미해질 수밖에 없다.

'과연 늙은이는 늙은이 나름의……'

이에야스는 오카자키의 성주 대리를 누구로 바꿀 것인가 하고 고개를 갸웃거렸다.

7

혼다 사쿠자에몬이 복도에 나왔을 때 오쿠보 히코자에몬大久保彦左衛門을 만났다.

"노인장, 꽤나 큰 소리로 말씀하시더군요."

"헤이스케平助로군. 듣고 있었나?"

"워낙 큰 소리여서 듣지 않으려 해도 저절로……"

히코자에몬은 갑자기 목소리를 낮추었다.

"그러나 다른 사람에게는 듣게 하고 싶지 않아 접근하지 못하도록 여기서 감시하고 있었습니다. 어쨌거나 주군은 다이나곤이 아닙니까. 주군이 너무 당하시는 모습을 젊은이들에게는 보여주고 싶지 않아서 말입니다."

"헤이스케."

"왜 그러십니까, 노인장?"

"나는 자네 집에서 하룻밤 묵어야겠네."

"아니, 무슨 바람이 불었습니까?"

"다른 사람과 숙직을 교대하고…… 술은 약간만 있으면 돼."

"황송하군요. 그럼, 잠시……"

히코자에몬은 사쿠자에몬을 복도에서 기다리게 하고 숙직실로 갔다가 싱글벙글 웃으며 다시 돌아왔다.

"술은 준비되었습니다마는 안주가 신통치 않아 죄송합니다."

"아니, 괜찮아. 실은 자네에게 부탁이 있네."

"그러시면 안내하겠습니다."

"어떤가, 요즘 슨푸의 사기가 해이해지지는 않았나?"

"이 오쿠보 히코자에몬이 있는 한 그럴 리 없습니다."

"거창하게 나오는군."

"웬걸요, 노인장에게는 발밑에도 미치지 못합니다."

"헤이스케."

"예."

"자네는 녹봉도 필요치 않다, 명예도 필요 없다, 목숨도 필요 없다는 사람을 만난 적이 있나?"

"묘한 질문을 하시는군요. 있습니다, 그런 사람이 꼭 한 사람."

"아부는 하지 말게. 그 한 사람이란 나를 가리키는 말일 테지?"

"약간 틀렸습니다."

"뭐, 틀렸다고…… 그럼 누군가, 그 사람이?"

"오쿠보 히코자에몬이라는 사나이죠."

"와하하하…… 자네는 내게 없는 것을 가지고 있군."

"그야 유복하니까요."

"그렇지 않아. 괜한 일을 해서 손해를 보고 주책없는 소리를 늘어놓고 있어, 자네는."

"노인장을 본받으려다 보니 그렇게 되는군요."

"나는 입이 무거운 편이야. 그리고 말을 하면 남을 노하게 만들어."

"그것이 노인장의 성격입니다. 노인장은 오카자키에서 물러나실 생각이란 말을 들었습니다만, 완전히 은퇴하시려는 것은 아니겠지요?"

"아니, 그런 말까지 듣고 있었나?"

두 사람은 어깨를 나란히 하고 현관을 나왔다. 그리고는 정원을 오른쪽으로 돌아 오쿠보 성곽을 향해 걸어갔다.

사쿠자에몬은 오쿠보 형제 중에서도 히코자에몬이라 불리는 헤이스케가 가장 마음에 들었다. 사쿠자에몬을 닮은 강직한 성격으로 그 이상의 독설가인데다, 어딘지 모르게 풍부한 인간미와 익살스러운 면이 있었다. 글재주도 상당하고 무술 솜씨 역시 남다른 바 있었다.

사쿠자에몬은 그러한 헤이스케에게 무슨 말을 하려는지 아주 밝은 표정을 짓고 헤이스케의 집으로 들어섰다.

8

오쿠보 성곽은 히코자에몬의 형 타다요와 그 아들 타다치카의 저택이었다. 그 왼쪽 구석에 후지산富士山을 향해 문이 난 히코자에몬의 집이 있었다.

입구에는 서리를 맞아 시든 국화가 서너 송이 남아 있었다.

좁은 현관으로 들어선 혼다 사쿠자에몬은 마중 나온 하인과 하녀들에게는 말도 걸지 않고 히코자에몬을 따라 묵묵히 방으로 들어갔다. 다다미 8장짜리 방 다음에는 4장짜리 방이 이어지고 동쪽은 마루로 되어 있었다.

"허어, 헤이스케. 자네는 뜻밖에 사치를 좋아하는 것 같아. 족자도 걸려 있고 칼걸이 역시 내 것보다 훌륭하네그려. 틀림없이 말도 살이 쪘을 테지."

"하하하……"

히코자에몬은 자못 우습다는 듯이 크게 웃으면서 사쿠자에몬을 상좌에 앉혔다.

"마음에 드신다면 여기에 은거하셔도 좋습니다. 하지만 그렇게 되면 주군이 곤란하실 테지요."

"나더러 슨푸에 오라는 말인가?"

"아주 시끄러워질 테지요."

"헤이스케, 자네는 왜 내가 은퇴를 청했는지 알 수 있겠나?"

"짐작하지 못하는 것은 아닙니다마는, 섣불리 말했다가는 주군께 꾸중 듣습니다."

"주군은 내가 히데요시를 꺼려해 은퇴하려는 줄 알고 계셔. 천만 뜻밖의 일이야!"

"노인장, 일부러 제 집에서 숙박하겠다고 하셨으니 오늘 밤엔 천천히 노인장의 훈시를 들으려고 합니다."

히코자에몬은 우선 선수를 치고 나서 하인을 불러 술상을 준비하라고 했다.

"이렇게 단둘이 앉아 말씀 듣게 된 것은 일 년 반 만의 일입니다. 그때 노인장은 주군 앞에서 마음에 있는 것을 그대로 말하는 사람이 되라, 지나칠 정도로 말할 수 있는 사나이가 되라고 하셨습니다."
"음, 그런 말을 했지. 오늘 이야기도 그 이상의 것은 아닐세."
"그러니까…… 이 히코자에몬에게 노인장의 뒤를 이으라는 말씀이시군요?"
"헤이스케 님."
"아니, 왜 이러십니까? 노인장에게 님이라는 말을 들으니 소름이 끼칩니다."
"아무 말 말고 내 말을 듣게. 이번 오다와라 정벌 말인데……"
"드디어 결정된 모양입니다."
"그게 어떤 전쟁이라고 생각하나, 자네는?"
"어떤 전쟁……이냐니, 그야 물론 호죠 우지마사, 우지나오 부자가 백 년 동안의 번영에 도취되어 오만해진 벌로 쓰러질 전쟁이라 생각합니다마는……"
"그렇지 않아. 그것은 남이 볼 때나 그렇지. 도쿠가와 가문에서 볼 때 어떤 전쟁이냐고 묻고 있는 것일세."
"도쿠가와 가문에서 볼 때……?"
"언제나 그런 입장에서 보지 않으면 가문이 유지될 수 없어. 도쿠가와 가문의 눈으로 볼 때 이것은 호죠 정벌을 위한 전쟁이 아니라 도쿠가와 가문의 영지를 교체시키려는 전쟁이야."
"으음, 과연……"
"알겠나, 히데요시는 호죠 따위는 안중에도 없어. 어떻게 하면 이에야스를 사가미 동쪽으로 몰아내고 슨푸까지 자기 심복을 배치할 수 있을까, 말하자면 그런 속셈으로 나오는 후지산 구경일세."
"후지산 구경……?"
"그래. 후지산을 자기 손에 넣고 바라보고 싶다, 그래야만 안심이 된다, 히데요시는 그런 사람일세. 도쿠가와 가문에는 이에 대한 대비가 되어 있다고 생각하나, 헤이스케?"

사쿠자에몬은 그 두꺼비 같은 입술을 꾹 다물고 히코자에몬을 바라보았다.

9

"으음, 과연 그렇기는 하군요."

히코자에몬은 똑바로 사쿠자에몬에게 시선을 보냈다.

"그렇게 되면 히데요시에게는 또 하나의 큰 이득이 돌아가겠군요."

"그래, 자네도 이제 깨달은 모양이군."

"주군을 하코네와 아시가라 너머로 쫓아 보내면 자연히 오슈의 다테와 우에스기의 제압도 된다, 자신의 안전 영역을 확대시키는 일이 그대로 동쪽에 대한 거대한 제방이 될 것은 당연한 일입니다."

"헤이스케."

"예."

"거기까지 자네 눈이 빛나고 있다면 말하기 쉽겠군. 자네 해석이 틀렸다는 것은 아니지만, 아직 부족해. 그 생각을 뒤집으면 또 하나의 답이 나올 거야. 뒤집어본 일이 있나?"

"뒤집어보다니요……?"

"자네는 지금 다테와 우에스기를 제압하는 일이 된다고 했지?"

"예, 그렇게 말했습니다."

"그것을 뒤집으면 다테와 우에스기로 하여금 끊임없이 우리 주군을 견제케 해서 여력이 없도록 할 수도 있다는 해석이 가능하네."

"으음."

히코자에몬은 나직이 신음했다. 젊은 히코자에몬은 아직 거기까지는 생각지 못했다.

“과연…… 분명히 그렇겠습니다.”

“이제 알겠나? 하지만 그것만이 아닐세. 그렇게 해서 만일 주군께 허점이 생기면 다테와 우에스기를 후원하여 주군을 멸망시키는 일도 가능할 거야.”

“……”

“전쟁을 벌일 구실은 얼마든지 있어. 이번 오다와라 정벌이 그 좋은 보기일세. 오다와라의 참뜻은, 이에야스를 상경시켰을 때는 오만도코로를 인질로 보냈다, 오다와라의 호죠 부자에게도 상경을 요구하려면 오만도코로와 비견되는 인질을 보내라, 그러면 상경할 것이다…… 이런 체면에 관계되는 일에 있었어. 물론 히데요시도 상대가 강했다면 두말없이 인질을 보냈겠지. 문제는 오다와라가 약하다는 점, 이런 중요한 것을 오다와라에서는 중신들도 깨닫지 못하고 있어.”

“분명히 그렇습니다!”

“문제는 여기에 있네, 알겠나. 히데요시는 오다와라를 정벌하고는 주군께 영지 교체를 요구해올 것이야. 그런데 주군은 받아들일 생각인 것 같아……”

“그렇습니다.”

“가신들은 이에 대해 여간 불평이 많지 않아. 그 불평의 선봉은 이 사쿠자에몬……이라는 것은 표면적인 견해일 뿐일세. 내가 우려하는 것은 호죠의 잔당이 뿌리내리고 있는 칸토로 영지를 옮긴다면 과연 가신들의 불평을 가라앉히고, 즉시 히데요시나 다테, 우에스기에게도 모욕을 당하지 않을 정도로 결속할 수 있겠는가 하는 점일세! 약해지면 히데요시 자신이 기회를 틈타게 될 것이야. 그러면 다테도 우에스기도 그날부터 적으로 돌아선다는 것은 불을 보듯 뻔한 일. 내부의 불평을 그대로 두고 칸토로 옮긴다면 그 이튿날부터 사면초가四面楚歌…… 그때는 호죠의 잔당들도 모두 내부에서 봉기할 거야…… 어떤가, 이 늙은 이의 우려를 알 수 있겠나?"

히코자에몬은 당황하여 눈을 껌벅거렸다.

'과연 이 노인은 앞을 내다보고 있다!'

이런 감탄보다도, 그는 아직 이런 경우는 상상도 하지 못했기 때문에 당황할 수밖에 없었다.

"노인장, 과연 예삿일이 아닙니다!"

10

지금 칸토로 영지가 바뀐다면 아마도 가신들의 9할 9푼까지는 반대할 터. 그러나 이에야스가 이를 승낙한다면 도리가 없는 일이었다. 모두 불평을 토로하면서도 따라가기는 할 것이지만……

그때가 도쿠가와 가문의 일대 위기라고 사쿠자에몬은 우려하고 있었다. 이미 큐슈에 그런 선례가 있었다.

삿사 나리마사는 히고로 영지를 옮긴 뒤, 이를 더할 나위 없는 출세라 생각하고 기뻐했다. 하지만 그곳의 천주교도가 그의 명령에 따르지 않고 대대적인 폭동을 일으켜 난동을 부렸다. 이에 히데요시는 그 죄를 물어 결국 나리마사를 할복케 했다.

현재 호죠는 전례 없는 총동원령을 내리고 농부와 상인들에 이르기까지 무기를 주어 맹훈련하고 있었다. 이러한 오다와라의 옛 영지에 들어가 가신의 통일을 이룰 수 없다면, 이에야스는 폭동과 소요의 진압에 애를 먹게 될 것—그야말로 히고의 재판이 될 뿐이었다.

"과연 방심할 수 없는 엄청난 음모입니다."

히코자에몬은 다시 한 번 감탄했다.

"흐흥."

사쿠자에몬은 비웃듯 코웃음 쳤다.

"음모라고 할 것도 없어. 전국戰國의 상식일세. 약한 면을 보이는 자는 반드시 자신의 어딘가에 약점이 있지. 약점이 있는 자는 반드시 멸망하게 마련이야…… 전혀 이상한 일도 아니고, 또 예외가 있는 것도 아닐세."

"영지가 바뀌어도 가문의 약점을 보이지 않을 수단…… 그것을 강구해두어야 한다는 말씀이군요."

"암, 물론이지."

사쿠자에몬은 크게 고개를 끄덕이고 다시 히코자에몬의 넓적한 코를 노려보았다.

"칸토로 옮기면 표면상으로는 거대한 다이묘가 되기는 해. 여덟 주나 열 주의 영주가 되니까. 문제는 여기에 있네, 헤이스케."

"여기에 문제가 있다니요?"

"만약에 공신과 노신들이 모두 영지를 가지고 성주가 될 정도의 넓은 땅……이라고 생각한다면 큰 착각이야! 사방에서 소요가 일어나면 공납을 거둘 수 없는데 그 비용은 막대해. 영지가 광대한 만큼 자칫하면 이 대代도 지속하지 못하게 될 것일세."

"옳습니다!"

"그렇게 되면 히데요시가 아니라도 허점을 노리는 자는 많아. 부富도 명예도 생명도 필요치 않다는 결심으로 가문의 통일에 분골쇄신할 각오가 없다면 칸토로의 이전은 결실을 맺지 못해. 어떤가 헤이스케, 다른 사람은 그만두고 자네 한 사람만이라도 그런 각오를 분명히 할 수 없을까?"

"으음."

헤이스케는 신음했다.

신음하면서 그 특유의 어조로 퉁기듯 물었다.

"노인장은 되어 있습니까, 그런 각오가?"

사쿠자에몬은 흘끗 상대를 바라보았다.

"나에게 그 각오가 되어 있다면 자네도 할 수 있다는 말인가?"

"그렇습니다. 노인장에게 질 수는 없습니다."

"그 말을 듣고 안도했네. 나는 이미 각오가 되어 있어."

"그렇다면 이 히코자에몬도 마찬가지입니다."

이렇게 대답하고 그는 손가락을 꼽았다.

"부, 명예, 목숨 세 가지로군요."

"그래. 부를 탐내면 영지를 옮긴 후 주군이 내리는 녹봉에 불평을 품게 되고, 불평이 생기면 명예를 미끼로 하는 히데요시의 유혹에 약해지고 결국은 목숨을 아끼게 되는 것이 당연해."

"노인장!"

"아직 미심쩍은 점이 있나?"

"그럼, 노인장의 은퇴는 그 각오의 첫 단계입니까?"

"흐흥."

사쿠자에몬은 대답 대신 다시 웃었다.

11

"헤이스케, 자네도 가끔은 예리한 말을 하는군."

쓴웃음 짓는 사쿠자에몬을 흘끗 바라보며 히코자에몬도 지지 않고 당당하게 대꾸했다.

"노인장의 눈에 든 이 히코자에몬인데 약간은 예리한 면이 있어야 하지 않겠습니까?"

"흐흥."

"그 웃음이 마음에 걸리는군요. 그러나 괜찮습니다. 노인장께선 은퇴하시면 무엇을 하실지 궁금합니다. 이 히코자에몬에게만은 밝혀도 되지 않을까요?"

"흐흥."

"말해도 모를 것이라는 뜻입니까?"

"아니, 알 수 있는 말이라도 할 수 없는 경우가 있어. 말하지 않더라도 짐작은 할 수 있을 것일세."

"이번에는 제가 흐흥 하고 웃고 싶군요. 말하지 않아도 알아듣고 보여주지 않아도 보라는 말씀입니까?"

"그래. 인간에게는 그런 능력이 주어졌을 거야. 이봐 헤이스케, 내 마음은 벌써 오다와라를 향해 진격하기 시작하고 있네."

"원 이런…… 점점 더 묘한 말씀을 하시는군요."

"그러나 몸은 이제부터 오카자키로 돌아가 은퇴 허락을 받고 히데요시와 함께 이 성에 돌아오겠어."

"칸파쿠와 함께……?"

"암. 주군이 이번에 상경하시면 칸파쿠가 무어라 할 것인지 이 사쿠자에몬은 뻔히 알고 있네. 물론 주군이 무어라 대답하실 것인지도. 칸파쿠는 도쿠가와 가문의 성을 오카자키, 하마마츠, 슨푸 등 자기 집인 양 지나올 거야. 그런 칸파쿠의 신변에 도쿠가와의 완고한 은퇴자 하나가 거머리처럼 달라붙어 떨어지지 않는다…… 하하하…… 어떤가 헤이스케, 재미있지 않은가?"

히코자에몬은 깜짝 놀라 두꺼비를 닮은 노인의 얼굴을 쳐다보았다.

'과연 특이한 사람이야……'

지난날 오만도코로가 오카자키에 왔을 때 그 전각 주위에 장작을 쌓고, 히데요시가 조금이라도 이에야스에게 무례한 행동을 하면 불을 질러 태워 죽이겠다고 협박했던 사쿠자에몬.

히데요시는 오만도코로에게 그 말을 듣고 열화같이 분노했다고 한다. 그런 만큼 사쿠자에몬이 은퇴하겠다는 말을 들었을 때 이에야스는 물론 헤이스케도 또한—

'……히데요시에 대한 염려 때문이로구나.'

이렇게 생각했다. 그러나 사쿠자에몬은 그런 일로 미안해하는 노인은 아닌 모양이었다.

히데요시가 오면 거머리처럼 달라붙어 떨어지지 않겠다니, 이 얼마나 완고한 고집쟁이란 말인가. 경우에 따라서는 히데요시까지 협박할 생각으로 은퇴를 청했는지도 모른다……

"과연 재미있는 분이십니다, 노인장은."

"흐흥."

"또 흐흥입니까. 그러시면 더 말씀 드리지 않겠습니다. 참, 주안상이 준비되었을 테니 가져오도록 하겠습니다."

"고맙네. 내가 좀 지나치게 지껄인 것 같아."

히코자에몬은 손뼉을 쳐서 하녀들에게 술상을 가져오게 하고 곧 물러가게 한 다음 손수 술을 따르면서 마음속으로부터 웃었다. 별다른 뜻은 없었다. 다만 이곳에—

'히데요시 따위는 전혀 두려워하지 않는 노인이 한 사람 있다.'

이런 생각만 해도 저절로 주위가 밝아오고 유쾌해졌다.

12

히코자에몬도 마시고 사쿠자에몬도 마셨다.

일단 대화가 끝나자 양쪽 모두 묵묵히 술잔을 기울이며 때때로 생각난 듯이 상대의 얼굴을 바라보곤 했다.

시선이 마주쳐도 웃지 않고, 서로 고개를 끄덕이는 것도 아니었다. 얼른 보기에는 아주 서먹서먹한 관계의 탐색전……이라 할 것이지만, 그러나 두 사람은 충분히 납득하고 즐기고 있었다.

"알겠지, 헤이스케?"

"알겠습니다."

약 1각 반(3시간) 남짓한 동안에 두 사람이 나눈 이야기는 이 두 마디뿐이었다.

그처럼 입이 무거운 두 사람은 아니었다. 그것은 두 사람 모두 앞서 말한 내용에서 여러 가지 연상과 반성, 계획의 실마리를 찾고 있다는 증거였다.

히코자에몬은 마음속으로 계속—

"내 마음은 오다와라로 진격하고 있네……"

좀전에 한 사쿠자에몬의 말을 뒤집어보고 다시 엎고 하면서 이를 안주로 삼고 있었다.

이제부터 오사카로 갈 이에야스도 몸은 서쪽으로 향하고 있으나 마음은 이미 오다와라로 진격하고 있을 것이 분명했다. 뿐만 아니라 도쿠가와 가문 가신들의 마음도 모두 오다와라 방향으로 돌려져 있어야 할 시기였다.

오다와라 전투를, 사쿠자에몬은 히데요시의 '후지산 구경……'이라고 표현했다. 히데요시에게는 '후지산 구경……'일지 모르나 도쿠가와 가문으로서는 흥망을 건 재출발의 문턱이었다.

무력으로 적과 정면충돌을 하는 것이 아니라, 싸늘한 사상전思想戰의 와중으로 진격하는 것. 지금까지의 경험만으로는 쉽게 감당하기 어려운 일도 많을 것이었다.

히코자에몬은 언제부터인지 노부나가에게 반기를 든 아케치 미츠히데의 입장을 연상하고 있었다.

그때 미츠히데가 처했던 입장은 앞으로 이에야스가 처하게 될 도쿠가와 가문의 입장과 아주 비슷했다. 아니…… 비슷한 것이 아니라, 히데요시가 노부나가의 옛 지혜를 모방하여 똑같은 수단을 도쿠가와 가문에 대해 시험한다……고 해도 좋았다.

미츠히데는 노부나가가 자기 영지인 탄바丹波와 오미近江의 사카모토坂本를 송두리째 빼앗고 아직은 적지인 산인山陰 지방으로 옮기라는 말을 듣고 크게 분노했다.

'옛 영지를 빼앗기고, 만일 새로운 영지를 차지하지 못했을 때는 오도가도 못하는 우리 일족은 어떻게 된단 말이냐!'

이런 불안이 그에게 당치도 않은 천하 탈취의 반란을 시도하게 만들었다. 세상에서는 그렇게 만든 것이 히데요시가 아닌가 하는 소문이 돌았을 정도였다. 히데요시의 뇌리에 이에야스를 미츠히데와 같은 입장에 놓고 그 인물을 시험해본다……는 생각이 있다고 해도 전혀 이상할 것이 없었다.

혼다 사쿠자에몬은 그럴 가능성이 있다고 내다보고 대처할 준비에 착수하고 있었다.

'재미있는 노인…… 아니, 날카로운 노인이다.'

이런 생각을 했을 때 사쿠자에몬이 갑자기 잔을 놓았다.

"졸음이 오는군. 잘 수 있게 해주게, 헤이스케."

헤이스케는 깜짝 놀랐다.

"알겠습니다. 제가 내일 주군께 오다와라 진격에 즈음한 마음가짐을 말씀 드리겠습니다. 그러니 노인장께서는 편히 주무십시오."

손뼉을 쳐서 하녀를 불렀다.

"우리 집에서 가장 부드러운 침구를 준비하도록 하라."

나직하게 명했다.

13

그 이튿날 아침 혼다 사쿠자에몬은 날이 채 밝기도 전에 일어나 오카자키로 돌아갔다.

히코자에몬은 그를 전송하고 본성으로 출근하여 혼다 마사노부가 오기를 기다렸다가 둘이서 이에야스 앞으로 갔다.

혼다 마사노부는 그 무렵 이미 사도노카미에 임명되어 성에서는 '사도 님' 이라 불리고 있었고, 이에야스도 이제는 야하치로彌八郎라 부르지 않고 '사도' 라 부르게 되었다.

"어떻소, 사도 님. 주군의 마음은 이미 결정되었다고 보시오?"

나란히 걸으면서 히코자에몬이 물었다.

"무엇 말이오?"

사도는 시치미를 뗀 표정으로 히코자에몬을 돌아보았다.

"말하지 않아도 알 것 아니오? 오다와라 정벌 말이오."

"글쎄, 그것은 주군의 마음에 달린 일. 우리가 어쩔 수 없는 일 아니겠소."

"그렇다면, 주군이 오다와라 편을 들어도 상관없다는 말이오?"

혼다 사도는 어이없다는 듯 히코자에몬을 돌아보았으나 아무 대답도 하지 않았다.

"주군, 오카자키의 사쿠자에몬 노인이 어젯밤 저희 집에서 주무시고 가셨습니다."

"그래? 이제는 밤길을 가기도 힘들겠지."

"사쿠자에몬 노인, 노망기도 있어 보이니 은퇴하시게 하는 것도 좋을 것 같습니다만."

히코자에몬의 말에 이에야스는 흘끗 눈길을 주었을 뿐 이내 얼굴을 돌려 사도에게 말했다.

"칸파쿠가 호죠 정벌에 대한 어마어마한 포고문을 다이묘들에게 보냈다는데, 아직 그 진위를 알아보지 못했나?"

"말씀 드립니다."

사도가 대답했다.

"다이묘들에게 포고문을 내렸다는 것은 칸파쿠의 기질로 보아 조금도 의심할 바가 없습니다. 다만 그 내용이 어떤 것인가는 지금 탐문하고 있는 중입니다."

"주군."

히코자에몬이 사정없이 두 사람의 대화를 중단시켰다.

"이번 기회에 주군의 뜻을 모르는 자들은 모두 은퇴시키는 것이 어떻겠습니까?"

"뭐…… 뭐라고! 무슨 필요가 있어서 자네가 내게 지시를 한다는 말인가?"

"섭섭한 말씀을 하시는군요…… 미카타가하라三方ヶ原나 코마키小牧, 나가쿠테長久手 전투 때와는 달리 승리할 것이 분명한 오다와라 진격, 가문의 중대사이기에 말씀 드리는 것입니다."

"뭐, 승리할 것이 분명한 전투이고 중대사라고?"

"그렇습니다. 이번 오다와라를 상대로 하는 전투에는 지금까지 노인들이 겪은 경험은 전혀 도움이 될 수 없습니다. 이 기회에 과감하게 정리하시면 어떨까 합니다."

"으음, 또 히코자에몬 녀석이 시작하는구나."

"주군은 이번에 상경하시면 칸파쿠의 분부에 순순히 복종하실 것 아닙니까. 그렇다면 가신들도 모두 주군의 의견에 따르는 자들로 갖추어 놓는 것이 첫째로 필요한 일입니다."

이에야스는 다시 한 번 흘끗 헤이스케를 노려보았다. 그러나 그대로 마사노부와 상경 준비에 대한 이야기를 시작했다.

이에야스는 예정대로 12월 7일 상경했다.

이와 때를 같이하여 히데요시로부터는—

"히데타다는 상경할 것 없다."

이러한 통보가 도착했다.

양쪽 모두 이미 오다와라 진격을 위한 미묘한 냉전의 전초전을 시작하고 있었다.

아사히 마님

1

아사히히메는 쥬라쿠 저택 내전에 있는 오만도코로의 거처에서 어머니와 같이 살게 되면서부터 갑자기 음식이 목으로 넘어가지 않는 날이 많아졌다.

지금까지도 식욕 부진은 늘 있던 일이었다. 좀더 자세히 말하면, 전 남편인 사지 휴가노카미佐治日向守가 자결한 후 단식을 할까 하고 크게 고민하면서 식사 시간이 불규칙해진 것이 원인이었다. 하마마츠로 출가한 뒤에도 슨푸에서도 공복은 느꼈으나 식사를 거르는 일이 많았고, 쿄토에 오고 나서는 나날이 눈에 띄게 여위어갔다.

그런 증상이 자주 나타나기 시작한 뒤로 아사히히메의 히데타다 상경을 기다리는 마음은 더해만 갔는데……

"오만도코로 님, 나가마츠마루를 쿄토로 부르면 안 될까요?"

어머니 오만도코로에게 말했다.

"걱정하지 말아라. 칸파쿠 전하가 곧 불러올 것이라고 했으니까."

오만도코로는 예의 그 어수룩한 어투로 말했다.

"전하께서……?"

"응, 그래. 네가 만나고 싶지 않다고 해도 부를 생각이었다는 거야. 이제부터 오다와라에서 전쟁이 벌어질 것이니, 네가 만나고 싶어한다는 구실을 대고 인질로 잡겠다고……"

오만도코로의 말을 듣는 순간 아사히히메는 얼른 수저를 놓고 목을 눌렀다. 죽처럼 잘 씹었는데도 삼키려던 밥이 목에 걸려 넘어가지 않았다. 심한 기침 속에 그대로 밥상 곁을 떠났다.

그 뒤부터 아사히히메는 음식물을 넘기기는커녕 전혀 삼킬 수 없는 때가 많아졌다.

"혹시 식도에 종양이 생긴 것은?"

오만도코로의 시의侍醫는 고개를 갸웃거렸다.

"아니, 염려되시는 일이 많아 신경이 피로해서인지도 모릅니다. 아무 생각 마시고 마음을 안정하면 치유될 것입니다."

이렇게 위로하듯 말하기도 했다.

아사히히메는 그때까지도 자신의 병이 그다지 중하다고는 생각지 않고 있었다. 다만 자기가 현재 세상에서 가장 만나고 싶은 나가마츠마루, 곧 히데타다를 자신의 그런 뜻을 존중하여 불러오는 것이 아니라, '칸파쿠의 인질'로 오게 된다는 것이 한없이 우울하고 화가 났을 뿐이었다.

이때 슨푸에 사자로 다녀온 오타니 요시츠구의 보고가 있었다.

"이에야스 님이 돌아올 때까지 히데타다 님은 성을 지켜야 하므로 상경할 수 없다고 합니다."

그 말을 듣고 아사히히메는 직접 히데요시를 찾아갔다.

"인질로 오는 히데타다라면 나는 만나지 않겠어요."

스스로도 이상하게 생각될 만큼 강한 어조로 항의했다.

"내 양자인 히데타다가 어머니가 그리워 찾아오는 것이라면 몰라도 인질로 끌려온다…… 그런 비참한 모습은 차마 볼 수 없어요. 인질로 온다면 어머님 내전에는 들어오지 않게 해주세요."

히데요시는 즉석에서 고개를 끄덕였다.

"알겠다. 자식을 갖고 보니 나도 어머니 마음이 어떤 것인지 잘 알 수 있겠구나. 염려하지 마라, 인질로 취급하지는 않을 테니."

히데요시는 곧 히데타다는 상경할 필요가 없다는 뜻의 통보를 슨푸에 보냈다……

2

"나가마츠마루를 인질로는 부르지 않겠다고 한다. 올 것까지는 없다는 통보를 보냈다고 하더구나. 아사히 네게 전해달라는 전하의 말이 있었다고 한다."

오만도코로에게 이런 말을 들은 날에는 창 밖에서 조용히 눈이 내리고 있었다.

아사히는 어제부터 목과 위에 심한 통증이 생겨 일어나 앉아 있으면 현기증이 났다. 그래서 어머니 오만도코로의 거실과는 복도 하나를 사이에 둔 방에서 병풍을 두르고 누워 있었다.

"어떠냐 아사히, 입으로는 큰소리치지만 마음속으로는 역시 만나고 싶겠지?"

아사히는 흘끗 어머니를 바라보았을 뿐 대답하지는 않았다.

"어머니, 의사가 무어라고 하던가요?"

"무어라고 하다니?"

"매화가 필 때까지만이라도 살아 있고 싶어요."

"무슨 소리를 하는 게냐. 그런 약한 소리를 하면 못써."

오만도코로가 당황하며 부인하는 말은 아사히히메의 종말이 가까웠다는 것을 더욱 실감나게 했다.

'멀지 않았다……'

어머니 오만도코로가 더 이상 견딜 수 없다는 듯이 비틀거리면서 나간 뒤 아사히히메는 시녀를 물리치고 혼자 묵묵히 천장을 쳐다보고 있었다.

오늘이 벌써 12월 11일.

이대로 계속 음식이 목구멍으로 넘어가지 않는다면 매화는커녕 아마 설도 맞이할 수 없을 것이다. 전에는 스스로 음식을 거부하고 전남편의 뒤를 따르려 했던 아사히히메, 그런데 지금은 죽음의 시기가 닥친 것에 몹시 당황하고 있었다.

'무언가 중요한 일을 그냥 두고 떠나게 되는 것은 아닐까……'

이런 불안이 계속 아사히히메의 온몸을 안타깝게 감싸고 있었다.

'히데타다를 인질이 아니라, 어머니를 문병하는 형식으로 부르라고 한다면 무리한 일일까?'

그 정도의 일은 오빠에게 졸라도 될 듯한 마음이 들기도 하고, 한편으로는 주저되기도 하고……

'나는 히데타다를 몹시 사랑하고 있다. 사랑하는 어머니로서 나는 히데타다에게 무엇을 줄 수 있을 것인가……'

이런 생각을 하니 견딜 수 없었다. 아내로서 아무것도 얻지 못한 아사히히메는 어머니로서도 너무나 무력했다. 만일 문병을 오게 해달라고 부탁했다가 그 뒤 히데타다가 그냥 인질로 붙들려 있게 된다면 그야말로 돌이킬 수 없는 후회로 남을 것이다.

어느 틈에 아사히히메는 그만 잠이 들어 있었다. 그녀 자신은 얕은 잠을 자는 줄 알았다. 그러나 워낙 몸이 쇠약해졌기 때문에 때때로 이처럼 죽은 듯이 잠드는 경우가 있었다.

그렇게 얼마나 지났는지 모른다. 문득 머리맡에 인기척을 느끼고 아사히히메는 가늘게 눈을 떴다. 벌써 창 밖에는 황혼이 감돌기 시작하고 있었다.

"누구세요?"

"그대로, 그대로 있어도 좋소."

아사히히메는 그 말에 깜짝 놀랐다. 급하게 침구를 치우고 일어나 방석 위에 앉았다.

"어머, 성주님……이 오신 줄도 모르고."

자세를 바로하고 앉아, 어째서 자기가 이처럼 급히 일어났는지 이상한 생각이 들 정도였다.

부부라는 이름뿐인 남편, 그 이에야스가 칼을 든 코쇼 한 사람만 데리고 조용히 머리맡에 앉아 있었다.

"몸이 아프다고?"

"예……"

"왜 알리지 않았소? 이런 줄 알았더라면 이번에 히데타다와 같이 왔을 것인데."

이 말을 들은 아사히히메의 두 눈에 촉촉이 물기가 번졌다.

3

'어째서 이토록 가슴이 뛰는 것일까?'

히데타다는 그렇다 해도 이에야스에 대해서만은 결코 생각하지 않으려고 언제나 냉담하게 거부해온 아사히히메의 감정이 오늘은 완전히 무너져내렸다. 이 역시 죽을 때가 가까웠다는 것을 깨달은 아사히히메, 그래서 사람이 그리운 것인지도……

이에야스와는 이것이 이승에서의 마지막 만남이 될지도 몰랐다. 아사히 마님은 이에야스가 무엇 때문에 상경했는지 알고 있었고, 앞으로 벌어질 전쟁에 대해서도 알고 있었다.

"아니, 히데타다를 데려오시면 안 됩니다. 데려오셨다가 인질로 잡히면 억울합니다."

"허어, 그 무슨 심한 말을."

"그래서 제가 전하와 담판을 했습니다. 도쿠가와 가문이 다른 다이묘와 마찬가지란 말인가, 친척까지 인질로 잡을 생각인가…… 아니, 이 아사히의 아들까지 인질로 잡지 않으면 안심할 수 없느냐고."

이에야스가 조용히 손을 들어 제지했다.

"피로가 심한 것 같으니 눕도록 하오, 어서."

"예……"

"그대도 행복하지는 못했소. 잘 요양하여 히데타다와 함께 편안히 지낼 수 있을 때까지 오래 살아야 할 것 아니오?"

이에야스는 손뼉을 쳐서 옆방에 있는 시녀를 불렀다.

"어서 마님을 편히 눕게 해드려라. 그러지 않아도 피곤해 보이는데, 무리를 하면 몸에 해롭다."

"하지만……"

"아니, 괜찮아. 나도 곧 마흔아홉. 인간 세상의 슬픔을 모를 나이는 지났소. 무리하지 마시오."

이에야스가 억지로 눕게 한 대로 몸을 눕힌 아사히히메는 왠지 몸을 떨면서 울기 시작했다.

부부……라는 이름으로 대립된 남녀가 아니었다면 이에야스도 아사히도 좀더 서로를 위로할 수 있었지 않았을까…… 하는 생각. 그런 생각과 함께 정체를 알 수 없는 슬픔이 아사히히메의 가슴 가득 치솟아올랐다.

"아사히, 그대가 힘쓴 탓에 히데타다를 인질로 보낼 필요가 없다는 전하의 통보가 있었소."

"그 말은 어머니한테 들었어요."

"걱정하지 마시오. 정월 초에는 히데타다가 올라오게 될 것이오. 전하께 신년 인사를 드리기 위해…… 물론 히데타다를 그대와 만나게 할 생각이오. 부디 그대의 몸을 잘 돌보아 웃는 낯으로 녀석을 맞도록 해 주시오."

"저어, 그럼 정월에……"

"그렇소. 히데타다도 그대를 만나고 싶다……고 입 밖에 내어 말하지는 않고 있으나, 녀석은 온몸으로 그 말을 하고 있소."

"어머, 정월에……"

"녀석은 생모를 잃고 나서 오로지 그대에게 어머니에 대한 사모의 정을 외곬으로 쏟고 있소. 인질로는 보낼 필요가 없다…… 이렇게 된 것이 그대의 배려라는 사실을 알면 아사히, 녀석은 가슴을 펴고 기뻐할 것이오."

"얼마나 기쁜지 모르겠어요!"

아사히히메는 기운 없는 목소리로 외쳤다.

"살아 있겠어요! 히데타다를 만날 때까지는."

이에야스는 가만히 고개를 돌렸다. 그의 눈에도 아사히가 정월까지 버틸 수 있을지 심히 의심스럽게 보였다.

"성주님! 저는 히데타다에게 무언가를 주고 싶어요. 어머니로서의 선물…… 무엇이 좋을까요? 히데타다가 가장 좋아하는…… 것, 그것이 무얼까요……"

이에야스는 아사히로부터 고개를 돌렸다.

"바로 사랑이오. 아사히, 그대는 이미 그것을 보냈소. 그 마음이야말로 히데타다에게 더할 나위 없는 선물, 이제 남은 것은 그대의 건강뿐이오. 알아듣겠소?"

힘겹게 말하고 이에야스는 목소리를 삼켰다.

4

천장을 향하고 있던 아사히히메의 눈동자가 한결 부드러워졌다.

'언제부터 이렇게 된 것일까?'

아사히는 히데타다를 생각할 때만 사는 보람을 느끼고 있었다. 아마 지금도 앞으로 상경할 히데타다에게 무엇을 선물할까 하는 공상을 하고 있을 터. 그것만으로도 아사히는 사람이 달라진 듯 활기가 있어 보이기까지 했다.

"히데타다도 열두 살이 되는군요."

"그렇소, 해가 바뀌면 열두 살……"

"이제는 혼인을……"

말하다 말고 아사히는 그만 입을 다물었다.

'내 생명은 벌써 거의 타 없어졌는데……'

가능하다면 자기 마음에 드는 상냥한 여자를 히데타다 곁에 남기고 싶었다. 그러나 이것은 어디까지나 자기 생각, 이에야스에게는 알리고 싶지 않았다.

그 성격으로 미루어 히데타다는 아사히가 이 일에 대해 말한다 해도 틀림없이 이에야스와 상의할 것이다. 히데타다가 상의할 때 비로소 이에야스가 알게 하는 편이 좋을 것 같았다.

"무어라고 했소, 지금?"

"아니, 아무것도 아니에요. 이미 열두 살이 되었으니 히데타다는 어린아이 장난감으로는 기뻐하지 않을 거예요. 그렇다고 칼이나 그 밖의 무기 같은 것은 어미의 선물로는 어울리지 않고……"

"아직도 그 생각을 하고 있소? 그대의 건강한 미소가 무엇보다도 훌륭한 선물이라고 했는데도."

"아……"

갑자기 아사히의 표정이 바뀌었다.

"왜 그러는 거요, 또 어디가 아프기 시작하오?"

"아뇨, 아니에요!"

아사히는 크게 고개를 저으면서 떨리는 시선으로 이에야스를 바라보았다.

"정월이 되려면 아직 이십 일이나 남았군요."

"그렇소. 정월 초에 보낼 것이니 이십오 일쯤 지나면 그대는 히데타다를 만날 수 있을 것이오."

"성주님!"

"왜 그러는 거요, 갑자기 겁먹은 얼굴을 하고?"

"이십오 일…… 그때까지 붙어 있을까요, 이 목숨이……?"

이에야스는 가슴이 뜨끔하여 설레설레 고개를 저었다.

"무슨 말을 하는 거요, 아사히. 꼭 나아야 하오……"

"성주님! 시녀들을 불러주십시오."

"아니, 일어나서 무얼 하려는 거요?"

"누워 있을 수 없어요. 만나야만 해요. 살아 있어야만 해요."

"물론이오. 그러기에 몸을 조심해야 하오."

"끓여놓은 죽이 있을 거예요…… 그것을 이리 가져오라고 해주세요. 먹겠어요. 히데타다를 위해 먹어야겠어요."

한줄기 빛에 매달리는 처량하기까지 한 진지한 목소리였다.

이에야스는 아사히를 부축해 일으켰다. 지금까지 느끼지 못했던 여자의 체취가 이에야스를 몹시 당황하게 만들었다.

맺어진 적이 없는 아내—그러나 이 아내는 히데타다에게만은 더할 나위 없이 정다운 어머니였다.

"좋아, 마님이 말씀하시니 상을 준비하도록 해라."

이에야스는 부드러운 목소리로 시녀에게 말했다.

5

아사히는 도전하듯 멀건 죽을 먹기 시작했다.

그때 이미 이에야스는 아사히에게 몸조심하라고 단단히 이르고 방에서 나간 뒤였다. 그러나 아사히는 아직 이에야스가 자기를 바라보고 있다는 착각에 사로잡혀 있었다.

"성주님도 따뜻한 분이었어요…… 그런데 그만 내가 착각하고……"

"예……? 무어라 하셨습니까?"

시중을 들던 시녀가 깜짝 놀라 물었다.

"네게 말하는 게 아니야. 성주님께 말한 거야."

"성주님께……?"

시녀는 섬뜩하여 뒤를 돌아보고 그냥 입을 다물고 말았다.

"이렇게 앓아 눕게 되고 나서…… 성주님의 문병을 받고 나서야…… 제가 착각했다는 것을 알았어요. 용서해주세요."

시녀는 난처한 듯 고개를 떨구었다.

'환상을 보고 있다……'

이렇게 생각했기 때문이었다.

"생각해보면, 이런 처량한 신세는 모두 오빠 때문…… 성주님도 저도 그것을 거절하지 못한 가엾은 인간들이었어요."

아사히는 수저를 들고 생각난 듯이 죽을 마시고는 계속 중얼거렸다.

여느 때는 반 그릇도 비우지 못하고 귀찮다는 표정으로 수저를 놓는 그녀였다. 그러나 오늘은 혼자 중얼거리면서 두 그릇이나 죽을 비우고 있었다.

어떤 놀라운 기적이 아사히의 몸에 일어나고 있는 것일까?

"그 잘못을 사과하는 의미에서도…… 나는 히데타다에게 좋은 선물을 해야 하는데."

세번째 그릇을 묵묵히 시녀 앞에 내밀었을 때는 여윈 볼에 엷게 홍조가 떠오르고 눈은 꿈을 꾸듯 촉촉해져 있었다.

"그래, 우선 내 몸의 생명을 연장시켜놓고…… 그런 뒤 전하를 이리 불러야겠어. 그러면 되겠지, 히데타다?"

"예? 무어라 하셨습니까……?"

"네게 하는 말이 아니라고 했지 않느냐. 이번에는 나가마츠마루와 이야기하고 있는 거야."

"예……? 예."

"두 번 다시 전하가 너와 네 아버님께 무리한 말을 하지 못하도록 내가 단단히 못을 박아놓아야겠어."

"……"

"만일 받아들이지 않는다면 나는 나가마츠마루의 어머니로서 전하를 저주할 것이야. 천하인天下人이란 저도 모르는 사이에 많은 사람을 괴롭혀 깊은 죄업罪業을 짊어지는 것…… 그 원한이 두렵다면 천하인 같은 것이 되지 말아야 해."

시녀가 세번째 그릇에 죽을 담아 내놓았다. 아사히는 그때야 깜짝 놀랐다는 듯이 수저를 놓았다.

"그만 됐어, 상을 치워라. 이제 한결 기운이 나는 것 같구나."

"정말 잘하셨습니다. 다이나곤 님도 그런 말씀을 하셨으니 곧 쾌차하실 것입니다."

"성주님이…… 무어라 말씀하셨는데……?"

"미카와에서부터 토토우미, 슨푸에 걸쳐 도쿠가와 가문의 모든 신사와 사원에서 쾌유를 위한 기도를 드리라고 분부하셨다고 했습니다."

아사히히메는 조용히 합장했다.

"그래? 그런 분부를 내리셨다는 말이지. 고마운 일이로구나."

6

아사히히메가 서서히 기력을 회복하기 시작한 것은 이에야스가 히데요시와 여러 사항에 대해 협의를 끝내고 돌아가기에 앞서 궁중에 인사를 드린 12월 12일 무렵부터였다. 궁중에는 미리 챠야 시로지로를 통해 황금 열 장을 헌납했으므로 궁중에서도 이에야스에게 네리코 煉香°를 하사했다.

이에야스와 히데요시 사이에 어떤 이야기가 있었는지 물론 내전에서는 알 리 없었다. 다만 정초에 히데요시에 대한 신년 인사를 겸해 히데타다가 상경하게 되었다는 소문만은 널리 퍼져 오만도코로를 기쁘게 했다.

"기묘한 일이야. 히데타다가 상경한다는 말에 아사히가 대번에 기운을 차리게 되었다는군."

어머니의 말에 히데요시는 씁쓸히 웃었다.

"그 때문은 아닐 겁니다. 아사히 역시 여자, 남편을 만나 기뻐서일 테지요."

"그랬을까? 하지만 아사히는 이에야스에 대한 말은 한마디도 없었어. 매일같이 히데타다 이야기만 하고……"

"하하하…… 요도란 여자도 아이 핑계를 대고 날마다 나를 만나려

하고 있어요. 여자란 좀처럼 자기 속을 털어놓지 않는 법이죠."

이런 히데요시에게 오만도코로를 통해 아사히가 꼭 만나 부탁할 일이 있다고 통보해온 것은 그해가 거의 저물어가는 12월 25일.

그날 히데요시는 오사카에서 요도를 거쳐 쥬라쿠 저택에 돌아와 어머니를 찾아본 뒤 그길로 아사히의 병실로 걸음을 옮겼다.

아사히는 요 위에 일어나 앉아 의사를 데리고 찾아온 히데요시를 맞이했다.

"많이 좋아졌다는 말을 들었는데, 과연 얼굴에 혈색이 도는구나. 어서 나아서 오만도코로를 안심시켜야 해."

"예. 정월까지 앞으로 닷새 남았어요…… 일어나 앉아서 새해를 맞이하고 싶어요."

"암, 그래야지. 연로하신 어머님께 걱정을 끼치는 것은 큰 불효. 그런데 내게 무슨 부탁할 말이 있다고……?"

"예."

아사히는 히데요시가 생각했던 것보다 훨씬 더 또렷한 어조로 입을 열었다.

"이에야스 님에 대해서는 그렇다 해도, 히데타다만은 절대로 괴롭히지 않겠다고 약속해주세요."

"뭐, 뭣이? 지금 무어라고 했느냐, 아사히?"

"이 아사히는 히데타다의 얼굴을 보고 나서 죽겠어요. 죽기 전에 전하의 약속을 듣고 싶어요."

히데요시는 크게 눈을 뜬 채 잠시 망연히 입을 다물고 있었다.

아사히가 그런 기묘한 부탁을 해오리라고는 히데요시도 미처 생각지 못한 듯. 날카롭게 혀를 차는 소리가 잠시 동안 히데요시의 입에서 흘러나왔다.

"그 무슨 정신나간 소리를 하느냐!"

"정신나간 소리……?"

"그래! 내가 히데타다를 괴롭히다니…… 그런 일이 있으리라 생각하고 있는 게냐, 너는!"

"지금 전하는 자신의 죄업이 얼마나 깊은지 깨닫지 못하고 있어요. 전하가 선의로 하시는 말도 십중팔구는 모두 사람들을 울리는 말……이라는 것을 깨닫지 못하나요?"

"원, 이런! 지금 제정신으로 그런 말을 하느냐?"

"예. 죽을 때를 깨닫고 마지막으로 타오르는 생명의 불…… 그것을 바라보면서 동생이 부탁하고 있어요…… 어서 약속해주세요."

7

히데요시는 아사히 곁에 대령해 있는 의사 탄바 젠소丹波全宗를 슬며시 바라보고 눈짓을 했다.

'머리가 돈 것이 아닐까……?'

이러한 무언의 질문이었다.

히데요시의 신임이 두터운 세야쿠인施藥院 책임자인 젠소는 약간 고개를 가로젓고 그대로 눈길을 돌렸다.

"으음."

히데요시는 새삼스럽게 아사히를 바라보았다.

"그럼, 너는 네가 죽을 때를 알고 있다는 말이냐?"

"예. 아무런 욕심이 없기 때문에 알게 되었어요."

"히데타다가 오면 만나보고 죽겠다…… 이 말이냐?"

"대답을 피하지 마세요. 그러기에 약속해달라고…… 하는 거예요."

"아사히."

히데요시는 언짢은 듯 여동생의 지친 눈길을 바라보았다.

"내가 어찌 히데타다나 이에야스를 괴롭히겠느냐. 나는 이에야스 부자를 믿음직하게 생각하고 있어. 이것은 천하가 다 아는 사실, 네가 누구에게 무슨 말을 들었는지 이 오빠는 전혀 알 수 없구나."

"아니에요."

아사히는 희미하게 고개를 저었다.

"전하께는 염라대왕이라는 별명이 붙어 있어요. 염라대왕처럼 무서운 사람이라는 뜻이에요. 자, 약속해주세요."

"약속하겠어! 세상에서 무어라 하건 이에야스는 나의 매제, 히데타다는 너의 양자, 팔백만 신들 앞에 맹세할 수 있어. 나는 절대로 히데타다를 괴롭히지 않겠다."

"그 말을 듣고 안심했어요."

아사히는 표정도 바꾸지 않고 신들린 사람처럼 말을 계속했다.

"그럼, 또 하나 부탁 드리겠어요. 히데타다를 혼인시켰으면 해요."

"으음…… 히데타다도 분명히 며칠만 지나면 열두 살…… 네가 눈을 감기 전에 직접 아들의 배필을 정해주고 싶을 테지. 좋아, 소원을 들어주겠어. 그런데 혹시 적당한 상대라도 있느냐?"

"예, 있어요. 반드시 그 규수가 아니면 안 될 상대가 있어요."

"점을 찍어놓았구나. 좋아, 누군지 말해보아라."

"예. 이번에 상경하거든 오다 노부오의 막내딸 코히메小姬와 이 어미 앞에서 혼례를 올려주세요."

"뭐! 노부오의 딸과……"

히데요시의 표정이 순간적이기는 하나 싹 변했다.

그럴 것이었다. 히데요시는 이에야스에게 영지의 변경을 위해 이에야스의 옛 영지인 미카와, 토토우미, 스루가 세 곳을 노부오에게 줄 예정이라고 말한 뒤였다.

'그 노부오의 딸을 히데타다에게……'

이렇게 되면 호죠가 멸망하더라도 이에야스의 인척은 여전히 칸토 여덟 주의 땅에 인접하여 남아 있게 된다.

이에야스에게조차 깨닫지 못하게 하고 끝냈다고 생각하고 있는 마당에 어째서 아사히가 정면으로 대드는 듯한 말을 꺼낸 것일까……?

"하하하…… 아사히, 그건 너답지 못한 생각이야. 너는 잘못 생각하고 있어."

히데요시는 웃으면서 손을 내저었다.

8

히데요시가 이에야스의 영지 변경을 계획한 이유 중에는 호죠의 공격 외에 오다 노부오와도 떼어놓겠다는 뜻이 숨어 있었다. 그러나 정면으로 내세우면 이에야스를 위시하여 그 가신들이 더욱 경계할 것이라 판단하고, 일부러 이에야스가 옮겨 간 뒤 노부오가 들어오도록 일을 꾸며놓았다.

이러한 사실을 아사히가 어디서 듣기라도 했단 말인가?

'그럴 리가 없다!'

그런 말을 해줄 사람이 있다면 이에야스밖에 없었다. 그러나 이에야스가 아사히를 문병했을 때 일언반구도 그런 이야기는 없었다는 시녀의 보고를 들었다.

'우연의 일치다…… 좌우간 이 얼마나 묘한 아사히의 희망인가.'

히데요시는 웃으면서, 이 일만은 환자에게 단념시키려고 계속 손을 내저었다.

"하하하…… 오다의 막내딸은 이제 겨우 여섯 살에 지나지 않아. 히데타다는 열두 살이야. 열두 살이라면 정실은 아니지만 이미 여자를 원하게 될 나이…… 모처럼 네가 선택해주려면 당장 소용되는 여자가 좋아. 그렇지 않으냐?"

"아니, 그럴 수는 없어요."

아사히는 싸늘하게 일축했다.

무엇을 생각하고 있는지, 마치 신들린 듯이 히데요시의 말을 거절해버렸다.

"히데타다를 다른 규수하고는 혼인시키고 싶지 않아요. 코히메가 아니면 안 됩니다."

"허어, 코히메의 어디가 그렇게 마음에 들었지?"

"내가 생각에 잠겨 고민하고 있을 때 사지 휴가노카미의 망령이 나타났어요."

"뭐, 뭐, 뭐라구, 사지의 망령이?"

눈이 휘둥그레진 히데요시 앞에서 아사히히메는 무심히 고개를 끄덕였다.

"예. 고민에 잠겨 있을 때는 늘 그 사람이 나타나 조언을 해주고는 했어요. 그 사람이 히데타다 님의 배필로는 오다의 코히메밖에 없다, 그대의 손으로 일을 성사시키라고……"

"그건 안 돼!"

"……그렇다면 역시 오빠는 아직…… 아직도 나쁜 마음을 버리지 못하고 있군요……"

"뭐, 뭣이! 환자라는 생각에 잠자코 듣고 있었더니 무……무례한 헛소리를……"

"잠깐."

옆에서 탄바 젠소가 손을 쳐들었다.

"환자를 꾸짖으시면……"

"으음."

"모든 것을 병 때문이라 여기시고……"

히데요시는 크게 혀를 차고 나서 새삼스럽게 온몸에 소름이 돋는 것을 깨달았다.

'혹시 휴가노카미의 망령이 아사히에게……?'

그런 생각이 들면서 한편으로는 우습기도 했다.

"하하하…… 그렇군. 좋아, 아사히. 하나뿐인 여동생이니 네 마지막 소원이라면 들어주어야겠지. 그럼, 곧 오다 우라쿠를 보내 교섭하도록 하겠다."

"교섭은 이미 제가 했어요. 히데타다가 도착하는 즉시 이 쥬라쿠 저택에서 우선 약혼식부터 올렸으면 해요."

히데요시는 다시 한 번 혀를 차고 젠소를 돌아보았다.

젠소는 히데요시의 눈길을 피한 채 계속 고개를 끄덕이고 있었다.

9

히데요시는 아사히의 청을 받아들이기로 했다.

'생각해보면 가엾은 여동생……'

자신의 여동생 아사히가 자기가 낳은 자식도 아닌 히데타다에게 이토록 깊은 정을 쏟고 있다…… 이것은 그녀의 과거가 겉으로는 어찌되었건 내면적으로 얼마나 공허했는가를 말해주는 증거라고 해석할 수도 있었다.

'내가 천하의 일에 집착하고 있는 것처럼 아사히도 히데타다에게 집착하고 있는지 모른다……'

이런 생각을 하고 히데요시는 더 이상 그 일에 구애받지 않겠다고 결정했다.

오다 노부오와 이에야스가 인척 관계를 맺는다고 해서 이에 대항하기 위한 대책이 없을 정도로 융통성이 없는 히데요시가 아니었다. 원래 노부오에게 그 중요한 스루가, 토토우미, 미카와를 주고 싶은 생각은 전혀 없었다. 단지 이에야스에게 영지의 교체를 승낙시키기 위한, 말하자면 임시변통이었다. 노부오에게는 이에야스와는 달리 —

'……그럴 예정이었으나 그대의 태도가 마음에 들지 않아 생각을 바꾸었다.'

이렇게 말할 구실을 얼마든지 히데요시는 가지고 있었다.

히데요시는 아사히의 말대로 해주려고 결심했다.

히데요시가 코히메를 자신의 양녀로 삼아 히데타다에게 보내기로 승낙한 뒤 아사히의 투병鬪病은 눈물겨울 정도로 진지해졌다. 묽은 미음 같은 죽조차 넘어가지 않는 경우가 많았으나, 그럴 때도 젠소의 권유로 꿀과 포도주 따위를 오랜 시간에 걸쳐 천천히 마셨다. 그러면서 히데타다가 쿄토에 도착할 날을 손꼽아 헤아려보고는 했다.

히데타다가 슨푸를 떠난 것은 정월 초사흘. 그 여행은 애타게 기다리는 아사히의 마음과는 달리 쿄토까지 9일이나 걸렸다.

히데타다가 아사히 앞에 모습을 나타낸 것은 12일 오후의 일이었다.

"히데타다 님이 도착하셨습니다. 모시고 온 가신은 이이 나오마사 님, 사카이 타다요 님, 나이토 마사나리 님, 아오야마 타다나리青山忠成 님입니다."

아사히는 여윌 대로 여윈 몸으로 일어나 앉아 시녀들에게 좌우를 부축하게 하고 화장을 했다.

"나는 어미야. 추한 모습을 아들에게 보이고 싶지 않아."

화장이 끝난 뒤 아사히는 방에 향을 피우게 하고 몇 번이나 거울을 들여다보았다.

“이이 님만 대동케 하고 이리 모셔라.”

이미 죽을 때를 넘긴 사람…… 마나세 겐사쿠曲直瀨玄朔, 나카라이 아키히데半井明英 등의 의사도 또 탄바 젠소도—종양으로 식도가 막혀 정월까지도 기다릴 수 없다……고 포기한 환자였다. 그러나 화장 탓인지, 신이 들린 듯 요기를 띤 맑은 눈으로 꿰뚫어보는 듯한 아름다운 모습으로 변해 있었다. 시녀들은 서로 얼굴을 바라보며 몸을 떨었다.

“어머님, 히데타다가 문안 드리러 왔습니다.”

이이 나오마사가 데리고 들어온 히데타다. 쿄토에서 볼 때 그 모습은 과연 시골 소년다운 검소한 차림이어서 카타기누도 하카마도 노인의 것처럼 수수하고 소박했다.

아사히는 그 모습을 쓰다듬듯 바라보고 있었다.

“잘 왔어. 얼마나 기다렸는지 몰라.”

“환후는 좀 어떠십니까?”

아사히는 대답 대신 헤엄치듯 손을 내밀었다.

“가까이…… 가까이 와서 이 어미의 손을 잡아다오.”

10

히데타다는 여전히 순종적이었다. 시키는 대로 아사히 앞에 무릎걸음으로 다가와 두 손을 그녀에게 맡겼다.

싸늘한 손이었다. 아사히는 그 손을 끌어올려 얼굴에 비볐다. 반짝거리는 이슬을 품은 두 눈이 잠시 히데타다의 얼굴에 못 박힌 채 떨어지지 않았다.

히데타다의 얼굴에서 시선을 떼지 않고 아사히가 말했다.

“준비한 것을 이리 가져오너라.”

"알겠습니다."

시녀 둘이 나갔다가 이윽고 금박과 은박으로 수놓은 화려한 의상을 받쳐들고 들어왔다.

이이 나오마사는 흘끗 바라보고 곧 얼굴을 돌렸다.

뒤이어 시녀 셋이 칼과 경대, 그리고 세숫대야를 가지고 왔다.

그동안에도 아사히는 히데타다의 손을 놓지 않았다.

처음 의상을 가져왔던 시녀들이 이번에는 아사히의 것인 듯한 머리 묶는 도구를 가져왔다.

"이이 님."

"예."

"내가 히데타다에게 주는 선물이에요."

"예."

"내 아들이 쿄토 방식대로 옷을 차려입는다고 해서 탓할 사람은 아무도 없겠지요. 나는 보고 싶어요, 어떤 귀공자에도 못지않은 내 아들의 모습이."

"예."

"양해하세요, 여기서 갈아입도록 할 테니."

"알겠습니다."

이이 나오마사는 두 사람에게 등을 돌리고 고개를 숙인 자세로 고쳐 앉았다.

"자, 준비를. 먼저 머리 모양부터……"

다섯 명의 시녀가 준비를 하고 일어섰다.

"히데타다, 이 어미는 너의 그 환한 모습을 보려고 누워 있으면서도 계속 꿈을 꾸었어. 먼저 사카야키月代°를 쿄토 식으로…… 그리고 그 옷을 입혀드리도록. 지금 쿄토에서는 제일 좋다는 중국 비단들뿐이야. 칼도 오니키리마루鬼切丸라 하여 유키히라行平가 만든 것. 알고 있는지 모르겠다만, 와타나베노 츠나渡邊綱라는 용사가 귀신의 한쪽 팔을 베었다는…… 유서 깊은 명검이라고 혼아미 코에츠本阿彌光悅가 감정한 것이란다."

"예…… 예."

기쁘기는 했지만 어리둥절해진 히데타다는 눈앞에 벌어지고 있는 광경에 영문을 모르겠다는 듯 이이 나오마사를 돌아보았다. 그러나 나오마사는 등을 돌리고 있었다.

"어미의 선물…… 이 어미는 너를 위해 문갑을 모두 털었어. 히데타다, 기뻐해다오."

"예…… 예."

"자, 그럼 얘들아, 머리 모양부터……"

히데타다를 지금 이렇게 꾸미고 있는 것은 아사히의 생애 중에서 가장 사치스런 낭비이고 또 놀이였다.

시녀 두 사람이 머리를 축여 앞머리를 깎고 양쪽을 교토 식으로 가르마를 타서 상투를 틀었다. 아사히는 이런 일까지 세심하게 생각해두었다가 일일이 지시두었던 듯.

병풍을 두르고 히데타다는 알몸이 되었다. 속옷에 이르기까지 모두 아사히가 준비시켜두었다.

히데타다가 병풍 안으로 들어간 뒤 아사히는 편안한 자세로 가볍게 눈을 감았다.

일본에서 가장 멋진 몸단장을 한 젊은이! 그 모습을 아사히는 거의 타버린 생명으로 지켜보려 하고 있었다.

아사히의 초췌한 얼굴에 오래된 불상에서나 볼 수 있는 희미한 평온의 빛이 은은히 감돌기 시작했다.

11

이이 나오마사는 자기 등뒤에서 무슨 일이 벌어지고 있는지 생각하기조차 괴로웠다. 애써 무뚝뚝한 무인으로 살아가려 하면서도 아사히 마님의 불운은 항상 그의 가슴을 아프게 찌르고 있었다.

칸파쿠의 여동생이라는, 좀처럼 오를 수 없는 신분이면서도 남편을 선택할 자유를 빼앗기고 아내로서의 생활도 허용되지 않는…… 그 불운 가운데 겨우 찾아낸 것이 히데타다에 대한 애정이었다. 그래서 더 애처로웠다. 다른 사람이 이러한 편애偏愛를 하고 있다면 이맛살을 찌푸리고 꾸짖을 수도 있을 터. 그러나 아사히 마님 앞에서는 가슴이 메이고 눈물이 앞서려고 했다.

드디어 병풍 안에서 옷을 갈아입은 듯—

"자, 와키자시를……"

작은 소리가 들려왔다. 이어서 흐트러진 상자를 정리하는 기척이 있었다.

"오오!"

아사히의 목소리. 몹시 흔들리는 어조의, 그러나 최대한의 감정을 모아 발하는 탄성의 목소리였다.

"이렇게 훌륭할 수가! 그렇지, 키쿠노菊乃……?"

아사히의 목소리에 이은 시녀의 소리.

"정말이지, 이 저택에서 이토록 아름다운 젊은이는 지금껏 본 적이 없습니다."

"암, 그렇고말고. 이제 됐어. 칸파쿠 전하도 이 모습에는 눈이 휘둥그레져 놀랄 거야."

"어쩌면 옷 색깔이 이토록 선명할 수 있는지, 마치 그림을 보는 것 같습니다."

"정말 그래!"

아사히가 다시 외쳤다.

"이 모습을 오만도코로 님께도 보여드리고 싶구나. 어서 가서 모셔오너라. 히데타다의 몸단장이 끝났으니 건너오셔서 술잔을 받는 의식을 가르쳐주시라고."

"예. 그럼 곧 달려가서……"

이때 비로소 히데타다의 목소리가 들렸다.

"어머님, 술잔을 받는 의식이라니요……?"

"아, 미처 그 말을 하지 못했구나. 십삼일 전하 앞에 인사하러 갔을 때 잔을 내리실 거야."

"그것이라면 저도 알고 있습니다마는……"

"아니, 전하가 내리시는 잔이 아니야. 오다의 코히메와 인연을 맺게 되는 잔이야."

"인연……! 그것은……"

히데타다가 깜짝 놀라 나오마사를 돌아보았다. 나오마사는 등을 돌린 채 힘주어 말했다.

"모든 것을 마님 지시대로만 하십시오."

"그렇다면 아버님도 알고 계시나요?"

"물론입니다…… 그저 지시대로만 하십시오."

"으음."

히데타다는 아직 납득이 가지 않는 모양이었다. 하지만 그 역시 양모의 태도가 예사롭지 않다는 것을 알고 더 이상 거역하려 하지 않았다.

"자, 이렇게 앉아 있다가."

"예."

"오만도코로가 오시거든 어깨를 떡 펴고 대장답게…… 그래, 히데타다는 동부 일본의 총대장이 되어야 해. 누구에게도 지지 않는 훌륭한 대장이."

이때 시녀의 부축을 받은 오만도코로가 바삐 들어왔다. 그녀 역시 아사히보다 더 환한 얼굴로 선 채 탄성을 질렀다.

"오오! 정말 놀라워. 봄날 뜰에서 채소의 꽃을 보는 것 같구나."

손을 흔들면서 헤엄치듯 다가왔다.

12

나오마사는 결국 눈시울이 붉어졌다.

지금 세상을 주름잡고 있는 칸파쿠 다죠다이진의 내전에 이 얼마나 소박한 인정이란 말인가.

오만도코로는 비틀거리는 걸음으로 히데타다에게 다가와 갑자기 두 팔을 벌리고 히데타다의 어깨를 껴안았다. 아무런 꾸밈도 없고 망설임도 없었다.

'아사히의 양자라면 나에게는 손자!'

이렇게 믿는 태도였다.

"잘 왔어! 정말 잘 왔다…… 아사히가 얼마나 기다렸는지 몰라…… 네가 오게 되어 이처럼 건강해졌어. 고마운 일이야…… 고마워……"

히데타다의 손을 잡아 이마로 가져갔다가 그 손을 아사히의 손에 쥐어주었다.

"정말 눈이 번쩍 뜨이는 자태야. 자, 일어나 보아. 아니, 앉은 채로도 좋아. 좀더 어미 가까이 가서 오른쪽으로 돌아앉거라."

오만도코로가 나타나기만 하면 언제나 그 자리에는 흙의 향기가 물씬 풍겨왔다…… 그 향기 속에 숨어 있는 따스함이 생명을 자라게 하는 우주의 힘이라고 나오마사는 연상하고는 했다. 바로 그러한 마음으로 나오마사는 오만도코로가 오카자키에 왔을 때 두 가문 사이에 감돌던 어두운 감정을 초월하여 가까이 모실 수 있었다……

"오오, 시키부式部 님!"

그제야 겨우 오만도코로는 나오마사를 알아보았다.

"이번에도 또 왔군요. 반가워요, 기뻐요. 그대가 보살피고 있으니 히데타다도 크게 안심할 수 있을 거예요. 자, 여기 와서 이 늙은이의 잔을 받으세요."

그 말을 듣고는 나오마사도 등을 돌린 채 있을 수 없었다.

"오만도코로 님도 전과 다름없이 건강하신지요……?"

"그런 딱딱한 인사는 하지 말아요. 그대와 나 사이에. 그때는 정말 많은 신세를 졌어요."

"황송하신 말씀입니다. 여러모로 소홀한 점이 많았습니다."

"참, 그 사쿠자에몬이란 자는 어떻게 하고 있나요? 너무 화가 나서 전하께 할복을 명하라고 말은 했지만…… 생각해보면 도쿠가와 가문에 충성을 다하는 무사, 그래서 이 늙은이가 취소했는데……"

"예. 아마 감사하게 생각하고 있을 것입니다."

"그렇다면 됐어요! 무슨 일이든 원망이 남아 있으면 좋지 않아요. 그래, 아직 건강하게 일하고 있나요?"

"예…… 얼마 전에 은퇴를 청하여 지금은 아무 역할도 맡고 있지 않습니다."

"허어…… 그게 차라리 마음이 편해 좋을 거예요. 자, 잔을 받으세요. 그리고 키쿠노, 네가 코히메 대신 잠시 여기 앉거라. 그렇다고 정말 마시면 안 된다. 어디까지나 대신, 따르는 흉내만 내도록……"

그때 히데타다 곁에 있던 아사히의 눈에서 빛이 사라져가고 있었다. 지금까지의 환희와 움직임이 지나치게 피로하게 했던 탓일까.

"아, 마님!"

나오마사가 깜짝 놀라 소리지르는 것과 아사히의 몸이 아무 저항도 없이 앞으로 무너져내리는 것은 동시의 일이었다.

"아니, 아사히, 왜 그러느냐?"

"어머님."

오만도코로와 히데타다가 황망히 아사히의 몸을 부축했다.

13

아사히는 두 사람에게 상체를 부축받은 채 허공을 향해 희미하게 오른손을 흔들었다. 이대로 부축해달라는 뜻인 것 같기도 하고, 피로에 지쳐 눕고 싶다는 부탁인 것 같기도 했다.

"아사히, 어떻게 된 일이냐?"

"어머님, 많이 불편하십니까?"

히데타다는 마침 이때 시녀의 잔을 받고 있었다. 그 잔을 내려놓아야 할지, 아니면 그대로 들고 있어야 할지 망설이고 있었다.

"그대로…… 그대로……"

아사히의 입에서 새나오는 중얼거림이 말로 바뀐 것은 히데타다가 잔을 놓고 그녀 곁으로 가려 했을 때였다.

"나는 그것이 보고 싶었어. 네가 그렇게 잔을 받는 모습이."

"예…… 그러면……"

히데타다는 얼른 다시 잔을 들고, 오만도코로는 술병을 든 시녀를 재촉했다.

나오마사의 눈에 오만도코로가 의외일 정도로 침착해 보인 것은, 이 어머니도 이미 불행한 딸의 최후를 깨닫고 있었기 때문.

"그것으로 됐어……"

아사히가 말했다.

이미 히데타다조차 잘 보일 것 같지 않는 몽롱한 시선이었다.

"됐어…… 이제 네 아내는 돌아가신 우다이진 님의 손녀이자 칸파쿠의 양녀인 게야…… 너는 내 아들이고……"

"어머님!"

"마음을 크게 가져야 해…… 십삼일에는 당당하게 술잔을 나누어야 한다."

"예. 말씀대로 하겠습니다."

"이 어미도…… 그 축복받는 자리에 있고 싶구나!"

"어머님, 정신을 차리셔야 합니다!"

"아니, 죽지 않아! 죽지는 않을 것이야!"

아사히는 다시 한 번 크게 가슴 앞에서 손을 내저었다.

"알겠지, 네 옆에 이 어미가……"

"예!"

"분명히 앉아 있다는 생각으로 예식을……"

"예."

"그때까지는, 이 어미가 움직이지 못하더라도 반드시 여기서 너와 전하를 지켜보고 있겠어."

"알겠습니다, 어머님!"

"전하는 절대로 너를 괴롭히지 못할 것이야! 괴롭히지 못하도록 할 것이니…… 마음 굳게 먹고……"

이것은 오빠에 대한 아사히히메의 마지막 항거, 자기 삶에 대한 확인이었다.

"이제 됐다…… 물러가도 좋아…… 나도 쉬고 싶어……"

이이 나오마사는 이때 비로소 오만도코로의 뜨거운 눈물이 자기 손등에 떨어지고 있다는 것을 깨달았다.

'대관절 이 소박한 노인은 자기 딸의 마지막 목소리를 어떻게 받아들였을까?'

막강한 지위에 오르고 수많은 부하를 거느린 히데요시도 그녀의 자식이었으나, 오빠를 믿지 못하고 세상을 떠나는 이 평범한 여성 또한 그녀의 배를 아프게 한 자식이었다.

"그만 쉬도록 해주어라. 오오, 끝까지 고생이 많았어!"

오만도코로는 이렇게 말하면서 얼른 아사히의 얼굴을 옷깃으로 가렸다. 그 죽음을 아직은 히데타다에게 알리고 싶지 않아서였을 터……

인간으로서의 탑塔

1

혼다 사쿠자에몬은 오카자키를 떠나 슨푸에 온 이후 돌처럼 말을 않는 사람이 되었다.

히데타다가 쿄토를 떠난 날이 정월 17일. 25일에 슨푸로 돌아오는 것과 동시에 즈이류 사瑞龍寺 경내에서 아사히히메의 명복을 비는 불사佛事가 있었다.

아사히히메의 최후에 대해서는 오쿠보 히코자에몬이 자세히 말해주었으나 이때도 그는 한마디도 하지 않았다.

표면적인 사망일은 14일. 처음 난토南都에서 아리마有馬로 온천 요양을 떠났다가 불치병임을 알고 쥬라쿠 저택으로 돌아와 숨을 거두었다고 발표했다. 다만 오다와라 출진을 위한 부대 편성이 21일에 발표되었기 때문에, 전시라는 이유로 장례는 뒤로 미루고 히데타다와 대면한 일도 곧 전쟁 준비의 그늘에 감춰지고 말았다.

도쿠가와 문중에서는 아직 아사히히메에 대한 반감이 사라지지 않고 있었다. 그런 만큼 히데요시와 히데타다가 대면하는 날 오다 노부오의 딸과 히데타다 사이에 약혼이 이루어졌다는 사실도 물론 발표하지 않았다.

"이상한 일입니다. 주군은 칸파쿠와 도련님의 대면을 호소카와 타다오키 님에게까지 간곡히 부탁하셨어요. 이이 나오마사와 호소카와 입회 아래 예식까지 올렸다고 하는데 그 일에 대한 발표가 없어요. 의복과 칼은 오만도코로 님과 마님이 마련하셨다고 해요. 이에 대해서도 전혀 발표가 없어요."

히코자에몬이 예의 그 탐색하는 듯한 눈으로 사쿠자에몬에게 말했다. 순간 사쿠자에몬은 홱 옆으로 돌아앉았을 뿐이었다.

"말하지 않는 것이 당연하다고 노인장은 생각하십니까? 이제부터 사이좋게 오다와라로 출전…… 이렇게 말씀 드리는 편이 좋다고 생각하는 것은 이 히코자에몬의 잘못일까요?"

"자네는 형보다 순진하군."

사쿠자에몬은 옆을 본 채 중얼거리듯이 내뱉었을 뿐이었다.

히코자에몬은 그가 무슨 생각을 하고 있는지 전혀 알 수 없었다.

그 무렵에는 21일의 총동원령으로 장수들이 속속 슨푸에 도착하고 있었다……

아사히는 쿄토의 토후쿠 사東福寺 경내에 묻혔다. 난묘인 코시츠소쿄쿠 다이시南明院光室總旭大姉란 법명을 남긴 채 어수선한 가운데 그 생애는 사람들의 기억에서 사라져갔다.

가신들은 모두 오다와라 정벌 준비에 몰두하고 있었다.

혼다 사쿠자에몬에게도 새로운 명령이 내려졌다. 혼다 사도노카미 마사노부와 같이 히데요시가 이번 출전에 거쳐올 통로와 성에 대한 정비의 임무가 그것이었다. 이때도 사쿠자에몬은 이에야스에게 의견다운 말은 한마디도 하지 않았다.

문중에는 부산스러운 사람들의 움직임과 함께 갖가지 유언비어가 나돌기 시작했다.

"주군은 쿄토에서 칸파쿠와 밀약을 맺으셨다는 소문이 있어."

"어떤 밀약을?"

"뻔한 일이지. 오다와라 공격의 선봉 말일세."

"말도 안 되는 소리. 그렇다면 저쪽 생각대로가 아닌가."

"아니, 그렇지 않아. 그 대신 마님이 돌아가셨는데도 도련님을 인질로 잡지 않았어. 우지나오를 치고 나서 칸토의 여덟 주를 상으로 내린다는 거야…… 그래서 주군은 긴장하고 계시는 것 같아."

사쿠자에몬은 이런 소문을 들었을 때 침을 뱉고 지나갔다……

2

혼다 사쿠자에몬에게는 이번 오다와라 출진이 마지막으로 충성할 기회였다. 아니, '충성'이라는 딱딱한 말은 이미 그의 머릿속에서 사라졌다고 하는 편이 옳았다. 같은 시대에 태어난 이에야스라는 인간에게 자유롭고 활달한, 조금도 자신을 굽히지 않는 마음으로 마지막 협조를 하겠다…… 주군이기에 섬기는 것도 아니고 '선善'이기에 추종하는 것도 아니었다.

'인간으로 태어난 증거가 될 탑을 세우겠다……'

비록 그것이 이에야스를 격노케 하건 문중에서 비난의 표적이 되건 전혀 구애받지 않고, 자신이 가지고 태어난 '업상業相'을 크게 살리고 사라져가겠다는 심정이었다.

'그렇지 않으면 내 생애는 카즈마사 녀석에게 패한 것이 돼……'

이번에는 카즈마사도 히데요시의 부장部將으로 출전한다고 했다. 어디서 그와 마주치더라도 가볍게 웃어줄 수 있을 만큼 부끄러움 없는 삶을 살지 않으면 오히려 카즈마사 쪽에서 조소할 것이다.

카즈마사는 자기 몸을 히데요시 쪽에 두든 이에야스 쪽에 두든 문제가 되지 않는다고 했다. 두 사람이 품은 뜻의 최상 부분은 '일본을 통일하여 만민에게 신불의 자비를 고루 베푼다……' 는 데 있다. 그러므로 이를 실천하며 사는 것은, 그들 두 사람의 인생에 비해 결코 뒤지지 않는 것이라고……

사쿠자에몬은 이러한 카즈마사가 괘씸했다.

"무란 놈이 큰 나무의 흉내를 내다니."

무는 어디까지나 무일 뿐, 무가 큰 기둥이 되려 한다면 그것은 이루지 못할 헛된 바람. 무에게는 무 그대로의 삶을 훌륭하게 살릴 길이 있을 것이었다.

이러한 사쿠자에몬인 만큼 때때로 이에야스가 말을 걸어도 못 들은 체하고 딴전을 부렸다.

이에야스도 이미 그러한 사쿠자에몬의 마음을 꿰뚫고 있는 듯했다.

"칸파쿠 전하가 진군하는 길목을 깨끗이 정리해놓도록."

혼다 사도노카미와 나란히 앉혀놓고 이런 명령을 내렸을 때도 사쿠자에몬 개인의 대답은 별로 기대하지 않는 태도였다.

"출발하는 날은?"

사쿠자에몬이 무뚝뚝하게 반문했다.

"삼월 일일에 쿄토를 출발하여……"

"그 진로進路는?"

"사쿠자에몬, 좀더 공손한 말을 쓸 수 없을까?"

"공손한 말을 쓰면 진로가 바뀌기라도 합니까?"

이에야스는 쓴웃음을 지었다.

"사도도 기억해두게. 오츠大津에서 하치만야마八幡山, 사와야마佐和山, 오가키大垣, 키요스清洲, 오카자키, 요시다吉田, 하마마츠, 카케가와掛川, 타나카田中를 거쳐 슨푸로 들어오신다."

"흥."

"사쿠자에몬, 자네도 칸파쿠 님과 대면하게 될 것일세. 그때의 언동 말인데……"

"주군도 그것을 아시면서 이 역할을 맡긴 줄로 압니다."

"일부러 말썽을 일으키면 안 된다는 말일세."

"말썽은 일으키지 않겠습니다만, 싫은 것을 좋아하라는 말씀은 아니겠지요."

"자네는 그렇게도 칸파쿠가 싫은가?"

"머리털 하나까지 싫어합니다!"

이에야스는 임무에 대해서는 사쿠자에몬에게 말하지 않고, 혼다 사도노카미 마사노부에게만 상세한 지시를 내렸다.

3

이에야스에게는 이번 전투에서 선봉뿐 아니라, 히데요시의 대군을 자신의 영지를 통해 오다와라로 가게 하는 큰 역할이 주어져 있었다. 만일 도중에 히데요시의 직속부대는 물론 전국에서 소집한 다이묘들의 군사와 도쿠가와 군졸들 사이에 혹시라도 분규가 일어난다면 그야말로 큰일이었다.

"먼저 고슈江州의 하치만야마에서 출발하는 것은 미요시 츄나곤三好中納言(히데츠구)의 군사지만, 영내에 도착하는 것은 오다 나이후織田內府(노부오), 가모 히다蒲生飛驒 등의 군사가 앞서게 될 것일세. 그 다음은 수군水軍일세. 수군은……"

이에야스는 눈을 반쯤 감고 자부하고 있는 기억력을 더듬으며 말해

나갔다.

"와키사카 나카츠카사脇坂中務, 쿠키 시마九鬼志摩, 카토 사마노스케加藤左馬助, 쵸소카베 쿠나이쇼長曾我部宮內少輔의 수군일세. 그들은 엔슈遠州 이마기레今切에 배를 댔다가 시미즈淸水에 정박할 것이야. 숙소마다 오십 필의 말을 준비하고, 그 밖에 칸파쿠가 출발한 삼월 이후에는 숙소마다 따로 오십 필씩 배정하도록……"

이에 대해서는 이미 혼다 사도노카미에게 지시가 내려진 모양이었다. 사도노카미는 옆에 있는 서기를 돌아보며 듣고 있었다.

"문제는 적군과 아군 사이는 물론, 아군 사이에도 소요가 일어나지 않도록…… 그래서 특히 사도와 시게츠구重次(사쿠자에몬)•에게 명하는 것일세. 모든 준비는 사도, 우리 쪽 장병의 감시 · 감독은 시게츠구가 나누어 담당하게. 시게츠구, 알겠나?"

사쿠자에몬은 빙긋이 웃었을 뿐이었다.

그 뒤 사도노카미와 사쿠자에몬 사이에 진행된 협의가 전대미문의 걸작이었다.

"시게츠구 님, 잠깐만."

"아직 볼일이 남았나?"

"물론이지요. 아직 두 사람 사이에 아무 협의도 없었으니까요."

"협의 같은 것은 필요치 않아. 모두 자네가 알아서 하면 돼. 주군은 나를 염두에 두고 두 사람을 택한 것은 아니니까."

"당치도 않습니다. 그러시면 제가 곤란합니다."

"뭐, 곤란…… 곤란하다면 왜 거절하지 않았나? 일을 맡아놓고 곤란하다니, 자네답지 않아. 주군에게까지 일일이 지시하려드는 도쿠가와 가문의 유일한 지혜덩어리가 아닌가, 자네는?"

"시게츠구 님, 이번 역할을 어떻게 받아들이고 있습니까?"

"자네가 무법자를 만나 곤경에 빠졌을 때 내가 그 무법자를 꾸짖기만 하면 돼. 어려운 일이 생기면 나에게 말하게. 그 밖에는 달리 쓸모가 없는 사람이야, 나는."

"으음, 그렇게 받아들이고 계시는군요."

"그럼, 지혜덩어리인 자네는 어떻게 받아들였나?"

"저는 시게츠구 님과 둘이라면 상대에게 무시당하지도 않고 또한 하지 못할 일이 없을 것이라 믿어 주군이 짝을 지어주셨다고 생각하고 일일이 조언을 듣고자 하고 있습니다마는."

"어이없는 소리. 솔직히 말해 나는 코끝에 지혜주머니를 달고 다니는 인간은 질색이야. 히데요시도 그렇고 자네도 그렇고…… 그러나 싫은 것이 도리어 유리한 경우도 있지. 자네가 멋대로 설치고 다니면 나도 자네 같은 사람은 안중에 두지 않고 무례한 자들을 꾸짖고 다닐 수 있으니. 주군도 제법 묘한 일을 하신다니까. 알겠나, 앞으로 협의 같은 것은 결코 할 필요가 없네. 나도 절대로 상의에 응하지 않겠어."

4

혼다 사도노카미 마사노부는 그만 얼굴빛이 변했다. 그러나 감정에 못 이겨 화를 낼 정도로 단순한 사도노카미가 아니었다.

"과연."

진지하게 고개를 끄덕였다. 그리고 나서 말을 돌렸다.

"확실히 묘한 한 쌍이군요."

"허어, 자네도 묘하다고 생각하나? 어떻게 묘한가?"

사쿠자에몬은 짓궂게 사도노카미를 돌아보았다.

"한마디로 설명할 수는 없군요."

"아니, 나는 한마디로 할 수 있네. 어차피 자네는 여기저기서 굽실거리며 주군의 체면을 손상시킬 테니, 주군은 나더러 그 뒤처리를 하라는 것이겠지."

"아니, 이 사도노카미가 주군의 체면을!"

"물론이지. 그래도 좋아. 안심하고 수치를 당하도록 하게. 혹시라도 사도는 이에야스 이상으로 기량이 뛰어난 사람……이란 어이없는 소문이 나지 않도록 말일세."

비로소 사도노카미는 흠칫 놀랐다.

"으음, 그 말을 하고 싶었던 것이군요."

"암, 바로 그 말을 하려 했네. 자네는 곳곳에서 수치를 당하고, 나는 사방에서 꾸짖고. 협의하지 않는 것이 백 배 더 재미있을 것일세."

이렇게 말하고 사쿠자에몬은 물러갔다. 그리고 그의 기세는 히데요시의 선발대가 미카와에 들어오면서 혼다 사도노카미가 예상했던 것 이상의, 수습할 수 없을 만큼의 강도強度로 폭발했다.

맨 먼저 2월 28일, 쿄토를 떠난 아사노 단죠쇼히츠 나가마사淺野彈正少弼長政가 히데요시의 선발대로 오와리에서 미카와에 들어온 날에 일어났다.

혼다 사도노카미가 애써 각각의 숙소에 마련한 다실*의 하나에 사쿠자에몬이 들렀을 때였다.

"정말 배려가 여간 아니군요. 가는 곳마다 이처럼 정성을 다해 다실을 마련하시다니."

나가마사가 차를 가져온 젊은 무사에게 기뻐하며 말했다.

"모르겠소."

사쿠자에몬은 얼굴도 보지 않고 고개를 돌리며 말했다.

"아무튼 유람은 아닐 것이니."

"아니, 뭐라고 하셨습니까, 노인장?"

"모른다고 했소. 오다와라의 우지나오 님은 과연 싸울 생각으로 잇

따라 성에까지 다실을 마련했는지 말이오."

금세 나가마사의 안색이 변했다. 상대가 그 유명한 혼다 사쿠자에몬이라는 것을 알고는 애써 분노를 억제했다는 뒷이야기가 있었다.

이렇게 되자 혼다 사도노카미는 예정한 지점보다 더 앞까지 나가 맞이하며 무례함을 사과하지 않으면 안 되었다.

사쿠자에몬은 이시다 지부노쇼 미츠나리石田治部少輔三成가 들어왔을 때는 한술 더 떴다.

오카자키 어귀인 야하기矢矧 큰 다리 밑에서 미츠나리는 상대가 사쿠자에몬인 줄 모르고 말을 걸었다.

"미리 지시한 대로 오이가와大井川의 부교浮橋는 준비되었겠죠?"

"오이가와의 부교?"

"그렇소. 슨푸의 다이나곤 님께 통보된 것으로 알고 있는데."

"그럼, 칸파쿠 님은 적을 토토우미로 유인하여 싸울 생각인가요? 나는 후지산에 유람 오시는 줄 알았는데."

"뭣이, 적을 토토우미로!"

"그렇소. 아군이 건널 수 있는 다리라면 적도 건널 수 있소. 일찍 다리를 놓으면 기꺼이 쳐들어올 것이오. 그렇게 해서는 뜻하는 대로 유람이 안 될 텐데……"

5

미츠나리는 새파랗게 질려 언성을 높였다.

"노인장에게 유람이나 적에 대해 묻는 것이 아니오. 부교가 준비되었는지 묻고 있소!"

"그래서 아직 준비되지 않았을 거라고 대답한 거요. 젊은이답지 않게 귀가 어두운 모양이군."

"당신과는 상대하지 않겠소. 부교를 부르시오. 길을 안내할 부교가 있을 것 아니오?"

"점점 더 말이 안 통하는군. 내가 바로 부교요."

"뭐, 뭣이, 당신이 혼다……"

"사쿠자에몬이오. 사쿠자에몬이라서 아직 준비되지 않았을 것이라고 애매하게 대답한 거요. 칸파쿠가 건너갈 다리, 그 준비는 칸파쿠가 도착하여 건너기 전에는 알 필요가 없다고 생각지 않소? 전투라곤 개뿔도 모르는 사람이로군."

이시다 미츠나리는 분에 못 이겨 부들부들 떨면서 걸상에서 일어나 두 번 다시 사쿠자에몬을 돌아보려 하지 않았다.

혼다 사도노카미는 자꾸만 일을 저지르는 사쿠자에몬의 생각을 나름대로 추측해볼 수밖에 없었다. 사쿠자에몬은 잇따라 들어오는 군사에게 마음껏 욕설을 퍼부어, 이번 전투의 선봉을 맡게 한 분풀이를 할 생각이라고.

사쿠자에몬의 일은 슨푸를 출발해 누마즈沼津로 나간 이에야스에게도 알려졌다. 그렇지만 그는 아무 말도 하지 않았다. 아니, 이에야스가 불문에 부쳤을 뿐 아니라, 그 소문이 도쿠가와 군에 퍼졌을 때 ―

"과연 귀신이란 별명에 걸맞는 사쿠자에몬이야."

"가슴의 체증이 내려가는 것 같아."

"그런데 사도노카미는 도대체 뭐란 말인가."

"무리가 아니지. 주판으로밖에 충성할 줄 모르는 사람이니까."

아무 일도 하지 않는 사쿠자에몬이 호평을 받는 데 비해, 뼈가 부서지도록 일을 했을 뿐 아니라 마지못해 굽실거리고 있는 사도노카미의 평판은 말이 아니었다.

'이거 황당하게 됐군!'

정면으로 화낼 수도 없었다. 화내면 도리어 상대의 인기가 더 높아진다……는 것을 알고 있는 만큼 사도노카미는 쓴웃음을 지으면서 애를 태울 뿐이었다.

이런 가운데서도 날씨는 하루가 다르게 언 땅을 녹이며 봄으로 접어들고 있었다. 3월 1일, 조정에서 하사한 칼을 찬 히데요시는 새로 만든 산죠 다리를 당당하게 건너 동쪽으로 향했다는 소문이, 잇따라 들어오는 군사들에 앞서 토카이東海 지방에도 퍼졌다.

히데요시의 이번 출진은 큐슈 전투 때 이상으로, 웬만한 일에는 놀라지 않는 쿄토 사람들을 압도할 정도로 진기했다.

그날 히데요시의 분장은 참으로 요란했다. 일본의 두건을 열십 자 모양으로 밀어올린 듯한 중국식 투구에 눈부신 금박의 주홍빛 갑옷을 입었으며, 이는 까맣게 물들이고 희게 분을 바른 두 볼에는 한줌이나 되는 곰털 수염을 달아 위로 뻗치게 하고 있었다.

칼은 5월 단오의 장식용 무사인형 킨토키金時같이 각진 손잡이가 달린 황금칼 두 자루, 금칠한 화살통에 화살 하나를 꽂고, 센고쿠 곤노효에 히데히사仙石權兵衛秀久가 진상했다는 빨간 등나무 활을 쥐었으며, 다섯 자 일곱 치의 말에는 붉은 천을 씌우고 엄숙하게 산죠 다리를 건넜다고 하니, 어떻게 보면 제정신이 아니었다고 할 수도 있었다.

그 말을 듣고 사쿠자에몬은 껄껄 웃었다.

6

"드디어 나타났군, 낮도깨비가."

마츠다이라 이즈노카미松平伊豆守가 듣다못해 찌푸린 얼굴로 사쿠자에몬을 나무랐다.

"사쿠자에몬 님, 말을 삼가십시오."

사쿠자에몬은 더욱 배를 끌어안고 웃어댔다.

"우스울 때는 웃어야 하는 것이오. 좌우간 미안하오. 저쪽에서 도깨비가 나온다면 이쪽에도 대비가 있어야 할 텐데, 우리 주군은 어떻게 하고 나오실지."

"어떻게 하고 나오시다니…… 농담이 지나치십니다."

"하하하…… 노하지 마시오. 옛날에는 히데요시도 주군 앞에서는 공손한 부장이었소. 카네가사키金ヶ崎 전투 때도 아네가와姉川 전투 때도. 그러다가 점점 간덩이가 부어 금은과 곰털을 뒤집어쓴 괴물로 변했소. 그렇다면 이쪽에서도 좀 특이하게 나오지 않으면 예의가 아니지. 그렇지 않소, 이즈노카미 님?"

이즈노카미는 씁쓸하게 혀를 차고 나가버렸다.

"으음!"

혼다 마사노부는 놀라며 사쿠자에몬을 다시 보았다.

이것은 단순한 농담이 아니었다. 저쪽의 태도에 대해 이쪽 대비에 불충분한 점이 있다는 풍자다.

이것을 깨달은 마사노부의 두뇌는 재빨리 회전하기 시작했다. 그런 의미에서 두 사람이 짝지어진 것은 그야말로 절묘한 함축성을 지니고 있었다.

'대관절 이 완고한 노인은 무엇을 노리고 있는 것일까……?'

인간은 책략이란 나뭇가지 위에 생각과 야심의 둥지를 틀고 사는 동물이라고 생각하는 마사노부는, 이것을 단순한 오만이라고만 받아들일 수는 없었다. 오만이라고 한다면 이 이상 더 위험한 오만도 없었다. 자칫 잘못하면 사쿠자에몬의 목숨뿐만 아니라 집도 처자도 날아가버리게 될 것이기 때문이다.

사쿠자에몬의 언행은 이에야스도 히데요시도 안중에 두지 않는 폭언으로서, 모반이나 광란이라고도 할 수 있는 종류의 큰 탈선이었다. 과연 이러한 사실을 깨달은 것은 마사노부의 탁견卓見이었다. 개중에는 노발대발한 중신들도 많았다.

어쨌든 이러한 사쿠자에몬과 사도노카미의 배합으로, 속속 동진해 오는 도요토미 쪽 참모들은 적잖이 혼란을 일으켰다.

'이에야스의 속셈을 알 수 없다……'

과연 사도노카미 마사노부의 극진한 친절이 본심일까?

아니면 사쿠자에몬으로 대표되는 무례한 반감이 본심일까?

히데요시의 본진이 구경꾼들을 깜짝 놀라게 하면서 오카자키에 도착했을 무렵, 도쿠가와 군은 이미 선봉으로서의 배치를 끝내고 언제라도 오다와라에 침공할 수 있는 태세를 갖추고 있었다.

선봉에 나설 군사는 일곱 부대로 나누어 편성되었다.

사카이 쿠나이타유 이에츠구酒井宮内大輔家次

혼다 나카츠카사타유 타다카츠本多中務大輔忠勝

사카키바라 시키부타유 야스마사榊原式部大輔康政

히라이와 카즈에노카미 치카요시平岩主計頭親吉

토리이 히코에몬노죠 모토타다鳥居彦右衛門尉元忠

오쿠보 시치로에몬 타다요大久保七郎右衛門忠世

이이 효부노쇼 나오마사井伊兵部少輔直政

이들 일곱 장수에게 각각 전열을 갖추게 하고, 제2군이 그 뒤를 따를 것이다.

사쿠자에몬도 또한 이때는 도로 책임자에서 제2군의 한 사람으로 발탁되었다.

제2군에 속한 사람은 마츠다이라 겐바노카미 이에키요松平玄番頭家淸, 사카이 카와치노카미 시게타다酒井河內守重忠, 나이토 야지에몬 이에나가內藤彌次右衛門家長, 시바타 시치쿠로 야스타다柴田七九郎康忠,

마츠다이라 이즈미노카미 이에노리松平和泉守家乘, 이시카와 사에몬노스케 야스미치石川左衛門佐康通 등 여섯 명으로 사쿠자에몬과 함께 엄선된 일곱 장수였다.

7

제2군 뒤에는 예비대인 스가누마 야마시로노카미 사다미츠菅沼山城守定盈, 쿠노 민부노쇼 무네요시久能民部少輔宗能, 마츠다이라 이즈노카미 노부카즈松平伊豆守信一 등 세 장수가 따랐다. 우익에는 아마노 사부로베에 야스카게天野三郎兵衛康景, 미야케 소에몬 야스사다三宅宗右衛門康貞, 나이토 분고노카미 노부나리內藤豊後守信成 등 세 장수. 좌익에는 마츠다이라 이나바노카미 야스미츠松平因幡守康光, 호시나 히고노카미 마사나오保科肥後守正直, 코리키 카와치노카미 키요나가高力河內守淸長 등 세 장수.

이어 직속부대, 깃발부대, 연락부대 등…… 그야말로 총동원된 도쿠가와 군으로, 그대로 칸토를 공격해도 적수가 없을 완벽한 배치였다.

히데요시가 키요스에서 오카자키로 나와 요시다 성에 들어왔을 무렵 그 직속부대에 터무니없는 소문이 퍼지기 시작했다.

3월 11일 아침, 그날은 어제부터 내린 비가 계속되고 있었다.

"공연히 성에 머무르지 말고 얼른 강을 건너야 하는 것 아닌가?"

"무슨 이유로? 이렇게 비가 쏟아지는데 위험을 무릅쓰고 굳이 강을 건널 필요는 없어."

"그렇지 않아. 앞길에는 다시 토요카와豊川라는 강이 있어. 여기서 주저하고 있다가 홍수라도 만나봐. 그런데다가 오카자키에서 배후를 공격당하기라도 하면 큰일이야."

"설마…… 도쿠가와 님이 그럴 리가?"

"아니, 아무래도 그 지극한 친절이 수상해. 들리는 말로는 혼다 사쿠자에몬이란 완고한 노인이 사사건건 반감을 드러내고 있다는 거야."

이러한 의심은 먼저 와서 보급대를 지휘하고 있던 이시다 미츠나리의 입을 통해 히데요시에게 보고되었다.

자신이 태어난 증거의 탑을 쌓으려고 하는 것은 결코 사쿠자에몬 한 사람만이 아니었다. 아들을 얻어 더욱 웅도雄圖를 넓히고 있는 히데요시는 사쿠자에몬보다 몇 배나 더 큰 꿈을 펼치고 있었다.

"좋아, 이렇게 작은 성에 머물러 있을 필요는 없다. 비 따위는 두려워 말고 단숨에 하마마츠로 진입하라."

그대로 성을 나서려 했을 때.

"잠시 기다려주십시오."

말을 건 것은 오구리 니에몬 타다요시小栗仁右衛門忠吉와 함께 접대역을 맡고 있는 이나 쿠마조 타다츠구伊奈熊藏忠次였다.

"이 비가 갠 뒤에 나가심이 좋을 것 같습니다마는."

히데요시는 크게 고개를 끄덕이면서 웃었다.

"나의 군사가 비 따위로 예정을 바꾼다면 후세 사람들이 웃을 것이야. 인간이 비에 녹았다는 말은 듣지 못했어. 앞에 강이 있는데 지금 건너지 않으면 나중에는 더더구나 건너지 못할 우려가 있다."

"그렇지 않습니다. 앞에 강이 있고 비가 내릴 때는 소수의 군사라면 서둘러 건너야 한다, 그러나 많은 군사일 때는 기다려야 한다고 병서에 분명히 씌어 있습니다."

"허어, 이거 재미있군. 어째서인가?"

"대군이 무리하게 건너려고 하면 많은 시간이 소요되어 후미가 반드시 물에 떠내려가게 마련…… 전하의 군사는 십만이 넘습니다. 그리고 선봉은 저희 주군이 맡고 있습니다. 그러니 굳이 서두르실 필요는 없습니다."

히데요시가 붙인 수염을 꿈틀거리며 웃었다.

"이나 쿠마조, 훌륭하다! 그대의 말을 따르겠다. 모두 이 성에서 느긋하게 비가 갤 때를 기다리기로 하자. 그래, 선봉은 내 매제인 다이나곤이 맡고 있어. 와하하하."

8

히데요시가 내세우는 자신감의 탑은 혼다 사쿠자에몬의 그것보다 훨씬 더 컸다. 하지만 그 내부에는 언제나 자기를 행운이 따르는 태양의 아들이라고 자부하는 마음과, 때때로 이를 시험하지 않고는 못 견디는 호기심의 벌레가 공존하고 있었다.

태양의 아들은 무엇보다도 비를 싫어했다.

비는 그의 기괴하기 짝이 없는 군장軍裝과 화려한 마구馬具, 화장을 하고 가짜 수염을 붙인 그의 존엄성을 손상시킬 우려가 있었다. 가능하다면 맑게 갠 날에 황금빛을 번쩍이면서 행진하고 싶었다.

그런 히데요시는 이나 쿠마조의 진언을 순순히 받아들이는 형식을 취하면서 요시다 성에서 비를 피하기로 했다.

'이 히데요시에게 위해를 가하려는 자가 있다면 어디 한번 나와 보라지……'

히데요시가 자신감과 호기심으로 사흘 동안 요시다 성에 머무르는 동안, 작은 성 위에는 계속해 보랏빛 구름이 감돌고 있었다는 전설을 낳았다.

"뭣이, 내가 머물러 있으면 하늘 모양이 달라진다고? 그럴 것이다. 짚이는 게 있긴 하지."

히데요시 정도의 달인達人이 되면, 그 마음은 장난을 좋아하는 어린 아이로 돌아가는 모양이었다. 그는 근시나 이에야스가 보낸 접대관들이 놀랄 일을 태연히 하곤 했다. 더구나 그 태연스러움은 곧바로 사람들을 야릇한 감탄과 도취로 몰아넣었다.

'역시 보통사람이 아냐. 어딘가 신의 냄새가 풍기는 것 같아……'

그런 의미에서 요즘의 히데요시는 어떤 기행奇行도 신비화되는 교조敎祖의 풍격을 갖추기 시작했다.

그 히데요시가 날이 갠 뒤 요시다 성을 출발한 것은 3월 14일.

이미 히데요시를 위해 요시와라吉原에 새로 진지가 마련되어 있었다. 그런데 히데요시가 도착하는 것과 동시에 이에야스에게 다른 마음이 있느냐의 여부가 다시 거론되었다.

이시다 미츠나리가 히데요시 앞으로 나와 심각하게 진언했다.

"방심하시면 안 됩니다. 이 부근에서부터 전방의 모습이 예사롭지 않습니다."

"예사롭지 않다니 어떻다는 말이냐, 지부?"

"황송합니다마는, 아직까지 선봉인 도쿠가와 군이 오다와라 쪽에 한 번도 공격을 가하지 않았습니다. 이것이 첫번째 의문…… 역시 이에야스와 우지나오 사이에 어떤 밀약이 있지 않은가 합니다."

"하하하…… 지부는 여전히 조심성이 많군. 나가마사, 그대는 어떻게 생각하나?"

동석해 있던 아사노 단죠쇼히츠 나가마사는 히데요시의 질문을 받자 강하게 고개를 저었다.

"전혀 의심할 바 없습니다! 다이나곤은 직접 전선을 둘러보며 군사들의 사기를 북돋고 있습니다. 만일 의심하신다면 전하는 소심한 분이라고 비웃음을 살 것입니다. 아니, 비웃음뿐이 아닙니다. 이것이 원인이 되어 일부러 다이나곤을 적으로 돌리는 결과가 될지도 모릅니다. 돌아가신 우다이진 님과 아케치의 선례도 있습니다. 그런 의심은 버리셔야 한다고 생각합니다."

"그럼, 오다와라가 아직 움직이지 않는 까닭은?"

"너무나 많은 대군이 왔기 때문에 아직 최종 결정을 내리지 못하고 있다…… 이렇게 해석함이 옳을 듯합니다."

나가마사의 말에 히데요시는 탁 무릎을 치고 예의 그 장난꾸러기 같은 눈으로 말했다.

"알겠다, 내가 직접 이에야스를 시험해보겠다."

9

"아니 됩니다!"

미츠나리가 가로막았다.

"전하가 직접 시험하시다니 그런 경솔한 일을…… 신변에 만일의 경우라도 생기면 돌이킬 수 없는 일이 벌어집니다."

미츠나리의 반대는 도리어 히데요시의 어린아이 같은 호기심을 부추기고 말았다.

"공연한 걱정은 필요치 않아. 원하면 이 나이가 되어서도 자식까지 낳을 수 있는 히데요시일세. 이에야스 따위의 계략에 말려들 정도라면 차라리 그렇게 되는 편이 좋아. 안 그런가, 나가마사?"

"저는 다이나곤에게는 전혀 야심이 없다고 생각합니다."

"누구 말이 맞는지 시험해보겠네. 좋아, 십구일 우츠노야마宇津ノ山를 넘어 슨푸로 가기로 되어 있는데, 그전에 이에야스더러 테고시手越까지 마중 나오라고 전하게. 지부, 걱정할 것 없어. 수상한 낌새가 보이면 슨푸 성에는 들어가지 않고 그대로 누마즈로 갈 테니까."

"하지만 그것은 너무 경솔한……"

"운을 시험하려는 것이야…… 내게 맡겨두게."

히데요시는 왠지 마음이 들떠 즐거워하는 것 같았다.

물론 그는 오다와라 성 공격 따위는 별로 문제 삼고 있지 않았다. 그보다도 이에야스를 칸토로 쫓아버리고 하코네 서쪽 땅을 심복들에게 주어 지반을 굳히는 일, 그리고 다테 마사무네를 불러 꾸짖을 복안 등으로 머리가 가득 차 있었다.

그 밖에 또 하나, 이번 정벌을 절호의 기회로 삼아 정실과 요도 부인과의 서열, 츠루마츠마루와 조카 미요시 히데츠구의 후계 문제 등을 단숨에 해결하려는 꿈에 부풀어 있었다.

'이런 히데요시가 어찌 행운의 별에게 버림받는 일이 있을 수 있다는 말인가……'

히데요시가 이에야스를 시험해보려는 생각은 이중으로 즐거운 일이었다. 우선은 자신의 행운을 확인하고, 다음은 여행의 지루함을 달랠 수 있었다.

이에야스에게 사심邪心이 없다면 히데요시를 더욱 재미있는 인물로 여겨 경외할 것이 틀림없었다. 마침내 19일.

히데요시는 우츠타니宇津谷 고개를 넘어 아베가와安倍川가 바라보이는 테고시에 이르러 장막을 치게 하고 잠시 휴식을 명했다.

히데요시 쪽은 마냥 즐거워했으나, 이에야스는 자신의 진지를 돌아보고 있는 중에 느닷없이 마중 나오라는 명을 받아 웃고 있을 수만은 없었다. 이미 안내와 접대할 사람을 정하고 실수가 없도록 슨푸 성에 맞아들여 거기서 대면할 예정이었는데, 갑자기 테고시로 나오라는 연락이 왔다.

'무슨 일이 있었을까?'

내심 의아해하면서 지정한 장소로 나갔다.

장막 주위에는 의외로 사람이 적었다.

이에야스는 부교 이시다 지부에게 말했다.

"먼 길에 수고가 많았소. 이에야스가 마중 나왔다고 전해주시오."

이시다 지부는 약간 곤혹스러운 얼굴로 말했다.

"진중이므로 다이나곤 님 혼자 들어가십시오. 전하도 혼자…… 일대 일로 대면하시기를 원하십니다."

이에야스는 순간 고개를 갸웃했으나 곧 수긍을 했다.

"안내하시오."

살찐 몸을 흔들며 미츠나리를 따라 장막 안으로 들어갔다.

10

이에야스는 안으로 들어가 다시 한 번 고개를 갸웃했다. 장막은 한 겹으로 쳐져 있었다. 그리고 스무 평 남짓한 내부에는 히데요시말고는 아무도 없었다.

"저 안에 계십니다."

미츠나리가 정면을 가리키며 고개를 숙였다. 과연 거기에는 오동잎을 수놓은 큰 휘장이 좌우로 쳐져 입구를 이루고 있었다. 사람을 멀리하여 다른 사람이 듣지 못하게 할 생각인 듯했다.

이에야스는 성큼성큼 미츠나리 앞을 지나 장막 안으로 들어갔다.

"오오, 다이나곤이시군. 잘 오셨소."

들어서자마자 히데요시가 말했다.

쿄토에서는 언제나 직접 일어나 끌어안을 듯이 맞이하던 히데요시가 오늘은 커다란 녹나무 밑 걸상에 앉아 떡 버티고 있을 뿐이었다.

이에야스는 걸음을 멈추고 똑바로 히데요시를 바라보았다.

소문은 듣고 있었으나 과연 기묘한 차림새였다. 중국식 투구도 괴상하거니와 이를 검게 물들이고 한줌이나 되는 곰털로 수염을 붙이고 있었던 터라 당장에는 알아볼 수도 없었다. 금박 찍힌 갑옷에 두 자루의 칼, 그 뒤 녹나무 줄기에는 빨갛게 칠한 장난감 같은 십자형 큰 창이 세워져 있었다.

아무리 보아도 우습다고 할 수밖에 없었다.

"다이나곤, 나요. 모르겠소?"

그 말을 듣고 이에야스는 정중히 머리를 숙였다.

"목소리만은 틀림없는 전하입니다. 그런데 왜 이런 외진 곳에 혼자 계시는지……"

"후지산을 보고 있었소."

수염을 움직이며 대답했다.

"저 후지산이 나의 것이라 생각하니 남에게 보이기가 아까워요. 혼자 싫증이 날 때까지 바라보려고 했소. 그런데, 다이나곤."

"예."

"도중에 베푼 친절에 대해서는 나중에 인사하기로 하고, 슨푸 성의 숙박 준비는 다 되었겠지요?"

"그렇습니다. 내일 성으로 찾아뵙고 인사 드리려 했습니다."

"그게 좀 어렵게 됐소. 이 부근에 나도는 소문을 듣지 못했소?"

"소문……이라니요?"

"다이나곤이 오다와라와 밀약을 맺고 슨푸 성에서 나를 암살하려 한다는 소문이오. 그것이 사실이오?"

"원, 이런."

이에야스는 저도 모르게 웃었다.

"어이없는 소문이 났군요. 아마도 전하가 너무 기분이 좋으시니 누군가 농으로 그런 보고를 드린 것이겠지요."

"뭐, 이 히데요시에게 농담을?"
"하하하…… 그렇지 않다면, 설마 그런……"
"좋아요, 다이나곤이 그렇게 말한다면 됐소. 여러 가지 협의는 슨푸에서 하기로 합시다. 수고했소, 돌아가도 좋아요."
이에야스는 어이가 없었다.
평소의 히데요시와는 달랐다. 얼굴은 잘 보이지 않으나 목소리는 분명 히데요시……임을 알 수 있었다. 그러나 그뿐, 나머지는 수염만이 움직이고 있었다.
이에야스는 절을 하고 출입구로 향했다.
순간 고함지르듯 커다란 히데요시의 목소리가 들렸다.
"잠깐, 다이나곤."
"아."
이에야스는 천천히 돌아보다가, 작게 외마디소리를 냈다.
걸상에서 춤을 추듯 일어난 히데요시가 녹나무 줄기에 세워놓았던 십자형 창을 집어 유유히 훑어 내리고 있었다……

11

히데요시는 가슴 높이에서 빨갛고 큰 창을 훑고는 그것을 이에야스에게 들이대며 한 걸음 앞으로 나왔다. '장난!' 이라고 생각되었으나 이상한 살기를 띠고 이에야스를 향해 육박해왔다.
"다이나곤!"
"예."
"이 자리에는 우리 두 사람밖에 없소."
"그렇습니다…… 밖에서는 새가 울고 있습니다마는."

"다른 사람에게 보이고 싶지 않소. 새소리도 듣지 마시오."

"그러나 새가 우는 것은 어쩔 수 없는 일이지요."

"내 말을 들으시오, 다이나곤."

"듣고 있습니다."

"나는 이처럼 성장하고 있는데, 다이나곤은 어째서 그렇게 심각한 모습으로 진중을 돌아다니고 있소?"

"예, 마침 이 이에야스는 그런 갑옷도 칼도 갖고 있지 않으니."

"좋소!"

이렇게 말하고 히데요시는 손에 들었던 창을 아무렇게나 이에야스의 발밑으로 던졌다.

"그 창을 집어들고 걸으시오. 그러면 균형이 잡힐 것 아니겠소?"

"고맙습니다. 그럼, 받겠습니다."

"다이나곤. 와하하하……"

히데요시는 이에야스가 허리를 구부려 창을 집어들자 터져나갈 듯한 소리로 웃고 얼굴의 수염을 뜯어냈다.

"내가 그 창을 주려고 일부러 부른 이유를 알겠소?"

"후지산 구경이나 꽃놀이에는 여흥이 필요하다는 말씀인가요?"

"그렇소, 그렇다니까…… 이것은 말이오, 나 혼자만의 꽃놀이가 아니오. 다이나곤에게도 꽃놀이고 유람이란 말이오. 모처럼 내가 익살을 부리고 있는데 다이나곤이 점잔을 빼면 균형이 잡히지 않아요. 그 창을 메고 익살스럽게 걸어가보시오. 그러면 괜한 소문이 날 리 없소."

"예. 이 이에야스가 미처 그것을 깨닫지 못했군요. 그러면 오늘부터 저도 그 중국식 투구와 금빛 창을 들고 일을 보도록 하겠습니다."

"하하하…… 아시겠소? 굳이 우리 두 사람까지 심각하게 낯을 찌푸리고 걸어다닐 필요는 없을 것이오."

"옳은 말씀입니다."

"창뿐 아니라 수염도 드리고 싶지만 하나밖에 없으니."

"수염 대신 이 이에야스도 칼 두 자루를 차고 느긋하게 다닐까요?"

"하하하…… 그럴 것은 없소. 자, 그러면 모두들 숨죽이고 기다리고 있을 테니 그 창을 가지고 천천히 돌아가도록 하시오."

"감사합니다. 그럼, 나중에 다시 성에서."

"잘 가시오."

이에야스가 절을 하고 휘장 밖으로 나오자 이시다 미츠나리가 한쪽 무릎을 꿇고 맞이했다.

"지부 님."

"예."

"함부로 안개를 피우지 마시오."

"예?"

"후지산이 안 보이게 되면 수염이 호통을 칠 것이오. 중국식 투구가 비뚤어지지 않게 하시오."

이렇게 말하고 그대로 장막 밖으로 나왔다. 이에야스 역시 자기 삶의 방식을 바꾸지 않는 완강한 근성의 탑을 가지고 있었다.

12

20일 히데요시는 슨푸 성으로 들어가고, 이에야스는 나가쿠보長久保 진지에서 다시 성으로 가 히데요시와 대면했다.

그날은 비가 내렸다. 히데요시의 예정은 20일, 21일, 22일 사흘 동안 슨푸에서 묵은 후 세이켄 사淸見寺로 갈 예정이었다. 이미 후지카와富士川에는 배를 띄우고, 밧줄을 묶어 만든 다리가 놓여 있었다.

이에야스는 20일 저녁 성에 와서 히데요시와 대면한 뒤, 이튿날은 앞으로의 일을 협의하기 위해 회의를 열고, 22일 나가쿠보로 돌아갈 예정이었다. 이에야스가 달려왔을 때의 슨푸 성은, 히데요시의 성인지 이에야스의 성인지 알 수 없을 정도로 성 안팎이 히데요시의 가신들로 가득했다.

이에야스는 히데요시가 만족한 기분으로 먼저 도착해 있다는 말을 듣고 정문을 통해 본성으로 들어갔다.

히데요시를 위해 일부러 신축은 하지 않았으나 깨끗이 청소하고 다다미까지 새로 바꾼 큰방은, 양쪽에 늘어앉은 히데요시의 측근들이 차려입은 화려한 복장으로 성주인 이에야스가 의아하게 여길 정도로 밝고 화사해 보였다.

"어서 오십시오. 전하께서 기다리고 계십니다."

이에야스는 이시다 지부노쇼의 말에 고개를 끄덕이고 정면의 상좌에 앉아 있는 히데요시 앞으로 나갔다.

히데요시는 상단 오른쪽 옆에 자리를 비우고 기다리고 있었다. 그러나 이에야스는 일부러 상단에는 오르지 않고 아사노 나가마사와 미요시 히데츠구가 나란히 앉은 바로 앞에 가서 자리잡았다.

히데요시는 계속 농으로 대하고 있었다. 이에야스 또한 그에 못지않은 농으로 되돌려줄 생각이었다.

문제는 이런 장소에서의 사소한 동작이나 체면이 아니라, 오다와라 함락 이후의 영지 교체였다.

조금이라도 히데요시에게 경계심을 품게 하면, 그것은 반드시 훗날 큰 환난으로 돌아올 터. 곧 이에야스를 칸토로 옮기는 데 그치지 않고, 그 북쪽 오슈의 다테 외에 가모 우지사토를 제압하라거나 그 밖의 곳으로 배치하는 등 까다로운 문제가 발생할지도 몰랐다.

이런 계산을 하고 있는 이에야스였으므로 필요 이상으로 여러 사람 앞에서 히데요시를 치켜올릴 생각이었다. 만일 히데요시가 이상하게 여긴다면, 이것도 그의 중국식 투구와 마찬가지로 이에야스의 익살이라고 하며 웃을 작정이었다.

"먼 길 피로도 잊고 오신 전하께 이 이에야스는 황공할 따름입니다."

히데요시는 한순간 입을 크게 벌렸다. 자리를 같이했던 히데츠구도 나가마사도 눈이 휘둥그레졌다.

바로 이때였다.

"주군!"

엄청나게 큰 소리가 머리를 조아리고 있는 이에야스 뒤에서 들렸다.

이에야스는 그것이 누구 목소리인지 대번에 알았다. 이런 곳에 와 있을 리 없는, 제2진으로 토토우미에 남아 있어야 할 혼다 사쿠자에몬의 탁한 목소리였다.

"오오, 사쿠자에몬."

이에야스가 고개를 들었을 때 사쿠자에몬은 쿠사즈리草摺°를 휘날리며 히데요시의 가신들 앞을 지나 이에야스를 향해 걸어오고 있었다.

사쿠자에몬은 마침내 오만하게 히데요시 앞에 떡 버티고 섰다.

"주군! 변변치 못한 주군!"

그리고는 온몸을 떨면서 외쳤다.

13

때도 장소도 가리지 않고 내뱉는 사쿠자에몬의 폭언에 히데요시의 측근은 물론 히데요시까지 낯을 찌푸리고 혀를 찼다.

'아뿔싸!'

이에야스는 낭패라는 듯이 이맛살을 찌푸리며 고개를 저었다.

"사쿠자에몬, 자네도 와 있었나?"

"와 있었다니요. 대관절 이게 무슨 꼬락서니입니까, 주군!"

"전하 앞일세. 이 무슨 무례한 짓인가?"

"어째서 무례하단 말입니까. 자기 주군이 잘못을 저지르는데 묵묵히 보고만 있는 것이야말로 미카와 무사의 무례…… 이 사쿠자에몬은 무사의 예법을 지키고 있습니다. 주군! 이 무슨 추태입니까. 주군은 언제부터 이처럼 비굴한 사람이 되었습니까?"

"무례하다, 닥치지 못할까!"

이번에는 히데요시가 질타했다.

그러나 이런 일에 물러설 사쿠자에몬이 아니었다.

사쿠자에몬은 오늘 같은 날을 남몰래 기다리고 있었던 듯…… 어디까지나 자기 뜻대로 살려고 하는 인생 공양供養의 탑이었으며, 이에야스에 대한 마지막 선물이었다. 아니, 그 이상으로 이시카와 카즈마사와의 근성 겨루기고 무사도 겨루기였는지도 몰랐다.

"흐흥!"

어쨌든 사쿠자에몬은 자신의 버릇대로 코끝으로 비웃으며 히데요시의 질타를 무시해버렸다.

"주군은 자신의 행위를 이상하다 생각지 않으십니까? 이곳이 누구 성입니까? 이 영지를 다스리는 주인이 자기 성을 타인에게 빌려주고 떠돌이처럼 밖에서 어물거리고 있어도 좋다는 말입니까?"

"그만! 알았으니 물러가게."

"아직은 물러갈 수 없습니다. 그 한심한 행위를 깨달으실 때까지 물러가지 않겠습니다. 우리 미카와 무사들은 주군을 이처럼 무력한 사람으로 만들기 위해 수십 번이나 목숨을 걸고 싸우지는 않았습니다."

"알았다고 하지 않았는가!"

"주군의 몸은 주군의 것인 동시에 미카와 무사의 간판입니다. 그 간판이 이렇게 썩어 있어서야 어떻게 알맹이가 무사할 수 있습니까?"

"알았으니 어서 물러가게."

"끝까지 들으십시오. 지금 같은 태도라면 주군은 성뿐 아니라 마님까지 내어줄 것입니다. 그래도 뉘우침이 없다는 말씀입니까?"

"물러가라!"

히데요시가 다시 호통을 쳤다.

"예, 남의 지시가 없어도 할말이 끝나면 물러가렵니다."

드디어 사쿠자에몬은 히데요시에게도 대들었다.

"아시겠습니까, 주군! 마님까지 남에게 빌려주는 수치스러운 인간이 되면서 사시려는 생각은 하지 마십시오. 그런 사람을 위해 누가 생명을 던져 싸운다는 말입니까, 제기랄!"

사쿠자에몬은 날카롭게 찌르듯이 말하고 다시 오만한 태도로 주위를 둘러보며 사람들 사이를 빠져나갔다.

순간 사방이 쥐 죽은 듯이 조용해졌다.

이 얼마나 무례하고 남을 깔보는, 그러나 이 얼마나 시원스런 폭언이란 말인가.

잠시 동안 사람들은 비난도 분노도 할 수 없는 망연함 속에서 숨을 죽이고 있었다.

14

"으음."

히데요시도 나직하게 신음했다.

"과연, 저자가 사쿠자에몬이란 말이지."

이에야스는 공손히 절을 했다.

"이 이에야스 주변에는 저런 한없이 완고한 시골내기들이 많아 여간 난처하지 않습니다."

"으음."

히데요시는 다시 한 번 신음했다. 이미 그의 머릿속에는 분노가 아니라 묘한 감동이 떠오르고 있었다.

"마음껏 매도했어…… 나까지도 꾸짖었어."

"용서하십시오. 사쿠자에몬이란 자, 예의범절도 모르는 고집불통의 늙은이입니다."

"용서하고 말고도 없소. 다이나곤의 가신에 대해서는 참견하지 않을 것이오. 그러나 보기 드문 일이오. 나니까 화를 내지 않지 다른 사람이라면 당장 이 자리에서 목을 쳤을지 모르오. 왓핫핫하. 그만 잊어버립시다. 멋진 여흥이었소."

사쿠자에몬에 대한 것은 없던 일로 하고, 곧바로 이에야스는 히데요시에게 콘도 쇼린近藤松林의 손으로 우린 차를 바치고 나서 작전 회의로 들어갔다. 그러나 사쿠자에몬의 일은 이것으로 끝나지 않았다.

사쿠자에몬은 가슴을 떡 펴고 물러나 즉시 코구치虎口 문 밖에 있는 자기 집으로 갔다. 아직 진중에 있는 줄로만 알았던 사쿠자에몬이 훌쩍 들어서는 바람에 그의 아내는 깜짝 놀랐다.

"어찌된 일입니까?"

황혼이 깔린 마루에 두 손을 짚은 채 당장에는 발 씻을 물도 가져오지 못했다.

사쿠자에몬은 아무 말도 않고 거실로 들어가 칼을 칼걸이에 걸고 갑옷을 벗었다.

자기가 나온 뒤 큰방에서 히데요시와 이에야스 사이에 어떤 문답이 이루어졌을지 짐작하고도 남았다. 어쨌든 두 사람을 무시하고 마음껏 하고 싶은 말을 다 했다. 이제는 아무 미련도 없었다. 다만 그 폭언을 통해 사쿠자에몬이 준 선물을 이에야스가 짐작이나 할 수 있을까?

"벼루를!"

사쿠자에몬은 조심스럽게 뒤따라온 아내에게 말했다.

"예. 하지만 어쩐 일이십니까? 아들과 같이 진중에 계실 줄로만 알았는데……"

사쿠자에몬은 아무 대답도 않고 뭉툭한 붓끝을 이로 깨물면서 먹을 갈았다. 그런 뒤 두루마리를 펼쳐 지금부터 쓰려는 문구를 입속으로 음미했다.

"……지금껏 도쿠가와 가문을 섬겨온 노신들은 이미 그 한계에 도달했습니다. 도쿠가와 가문이 너무 커진 것입니다…… 그러므로 칸토로 영지를 옮겼을 때는, 재출발의 계기로 삼으십시오. 연로한 자들을 물러나게 하고, 새로운 천하에 임할 수 있도록 젊은이들 중에서 엄선하여 진용을 새로 발족시키십시오."

은퇴해야 할 늙은이들에게 본보기를 보이기 위해 완고한 자는 완고한 자답게 마지막 기백을 발휘하고 사라져간다…… 이런 말을 한두 줄 적어넣고 싶었으나 생각한 대로 문장이 되지 않았다.

"무엇을 쓰고 계십니까? 걱정됩니다. 안색이 좋지 않으셔요."

"염려할 것 없소. 나는 마음껏 고집을 부리고 살아왔소. 이시카와 카즈마사 녀석에게 지지 않는 고집을……"

"이시카와 님에게 지지 않는 고집……?"

"그렇소. 녀석은 주군을 버리고 용감하게 배신자의 낙인을 받았소. 그 대신 오다와라 공략이 끝나면 어엿한 다이묘가 될 테지…… 그러나 이 사쿠자에몬은 주군 앞에도 히데요시 앞에도 나서지 못할 떠돌이가 되고 말았소."

사쿠자에몬의 아내는 의아하다는 듯 고개를 갸웃하고 무릎걸음으로 한 걸음 다가앉았다.

15

사쿠자에몬은 결국 붓을 던지고 말았다.

섣불리 글을 남기기보다는 이대로 떠나는 것이 좋겠다는 생각을 했다. 글을 남기지 않아도 알 사람은 알고 모를 사람은 모를 터. 다만 이에야스는 이러한 사쿠자에몬의 은퇴를 통해, 사쿠자에몬과 마찬가지로 다루기 힘든 노인들을 제일선에서 물러가게 할 구실을 마련할 수 있을 것이다.

"고집을 부린 데 대한 판단은 신불에게 맡기면 되겠지."

"무슨 일이 있었군요!"

"아무것도 아니오. 단지 나는 더 이상 주군을 섬기기가 싫어 호되게 꾸짖고 물러나왔을 뿐이오."

"어……어……어디서 그런."

"칸파쿠 앞에서. 걱정하지 마시오. 깜짝 놀란 것은 주군이 아니라 칸파쿠일 테니까. 주군은 칸파쿠의 비위를 맞추어 득을 볼 생각인 것 같소. 그것이 못마땅하단 말이오. 나는 칸파쿠를 두려워하게 만들어 득을 보라! 이렇게 말하고 싶었소…… 이에야스는 두렵지 않은 자……라고 여겨지면 도쿠가와 가문은 종말이라고 일깨워주고 싶었던 거요."

"도무지 무슨 말씀이신지……"

"모르는 편이 좋소. 이것은 어디까지나 이 사쿠자에몬의 고집…… 하하하…… 당신도 오랫동안 고생이 많았소."

"그러시면 이제부터……"

"할복을 하려는 거요. 그것밖에는 달리 할 일이 없소."

"그, 그것은 안 될 말이에요!"

"당신에겐 내가 너무 방자한 남편이었소. 오센於仙도 있고 하니 내가 죽더라도 당신의 인생은 오센과 함께 다시 시작될 것이오."

사쿠자에몬은 비로소 웃었다.

"후후후."

웃으면서도 왠지 눈물이 나왔다.

인간이란 이 얼마나 구차한 벌레인가. 사리사욕을 위해 전전긍긍하지 않는 사나이가 되려면 웃음이 터져나올 정도로 우스운 고집불통이 되어야만 하는지도 몰랐다.

카즈마사도 그랬거니와 사쿠자에몬도 굴레를 쓴 어릿광대인지 모른다. 나무아미타불을 외는 대신 주군과 칸파쿠를 꾸짖고 이것을 자랑하며 저승으로 떠나려 하다니……

"하하하……"

"아니, 왜 그러십니까?"

"우스워 못 견디겠소."

"그러지 마세요. 소름 끼쳐요. 그보다 어째서 할복하지 않으면 안 되는지, 자손을 위해 그 이유를 들려주세요. 그 이유를 알게 되면 저도 무사의 아내, 미련을 갖고 말리지는 않겠어요."

"하하하…… 그런데 말할 수가 없구려. 단지 우스울 뿐이지."

사쿠자에몬은 웃으면서 눈물을 닦고, 이번에는 아내를 향해 돌아앉았다. 그리고 일생을 일만 해온 늙고 추해진 한 노파를 발견하고는 더욱 웃음과 애처로움이 북받쳤다.

"할멈, 인생이란 이런 것이오. 알겠소?"

"아니, 도무지 뭐가 뭔지……"

"바로 뭐가 뭔지 모르고 있는 동안에 주름이 늘고 죽어가는 것이 인간이라고 생각지 않소? 우습고 가련한 일이오. 하하하…… 못 견디게 우습단 말이오."

사쿠자에몬은 계속 웃고 있었다. 이때 이에야스의 명으로 히코자에몬이 몰래 정원에 숨어들어와 안을 살피고 있는 것은 알지 못했다.

"하하하…… 그 칸파쿠도 주군도 곧 말라비틀어진 매실장아찌가 될 것이오. 누구나 다 시들고 말라서 죽게 되는 것이지. 하하하…… 그래서 이 사쿠자에몬은 우습다는 거요."

그늘 속의 햇살

1

세상사람들로부터 요도 마님이라 불리는 챠챠히메는 갑자기 몸매에서 동작에 이르기까지 무게가 더해갔다. 새로 로쥬 격으로 곁에서 섬기게 된 아사이 이와미노카미 치카마사淺井石見守親政의 딸 아에바饗庭 부인과 오노 도켄大野道犬의 어머니 오쿠라大藏 부인이 경솔하게 행동하지 말라고 기회 있을 때마다 주의를 준 때문이기도 했다.

"츠루마츠마루 님 생모가 되시는 몸, 남의 이목도 있고 하니……"

처음에는 이런 충고에 챠챠히메는 목을 움츠리며 웃었다.

"무얼 새삼스럽게, 고작 칸파쿠 전하의 살아 있는 노리개에 불과한 몸인데."

"그렇지 않습니다. 태어나신 도련님은 바로 칸파쿠 전하의 상속자, 마님은 앞으로 천하인이 되실 분의 자당慈堂입니다."

오쿠라 부인은 그렇다 해도 아에바 부인까지 이런 말을 하면서부터 챠챠히메는 자기 자신을 이해할 수 없게 되고 말았다. 아에바 부인의 아버지 아사이 이와미노카미는 오다니 성小谷城에 있을 무렵 아사이 가문의 중신이었을 뿐만 아니라, 성이 함락될 때 노부나가에게 악담을 퍼붓고 살해당한 강경파의 중진이었다.

이런 사람의 딸이 그 당시 오다니 성 공격의 중심인물이었던 히데요시의 아들을 낳은 아사이 나가마사의 딸에게 진심으로 자중하기를 권하고 있었다……

'이 얼마나 얄궂은 인연의 끈인가!'

그보다도 노부나가, 히데요시, 아사이 나가마사, 아사이 이와미노카미로 이어져온 증오와 투쟁의 그늘에 자신이 낳은 츠루마츠마루가 있다는 것에 대해 아에바 부인은 아무런 불가사의함도 느끼지 못하고 있다는 말인가……?

이런 생각을 하며 고개를 갸웃거리기도 했다. 그런데 이 기이한 인연의 실은 한없는 미궁 속으로 챠챠히메를 몰아넣었다……

챠챠히메 또한 아사이 나가마사의 딸인 동시에 히데요시의 주인이었던 노부나가의 조카이기도 했다.

'남녀의 교합 끝에 자식이 태어난다……'

자식이란 뿌리박힌 오랜 원한을 잊게 하기 위해 태어나는 것일까, 아니면 원한을 상기시키기 위해 태어나는 것일까?

챠챠히메는 츠루마츠마루가 물어뜯고 싶을 만큼 사랑스러울 때도 있었지만, 두려울 정도로 근접하기 어려운 숙연宿緣의 덩어리로 보여 부르르 몸을 떨 때도 있었다.

챠챠히메는 나가마사, 그 아버지 히사마사久政, 아사이 이와미노카미 등 히데요시 때문에 오다니 성에서 비참하게 최후를 마친 사람들의 악령이 히데요시에게 복수하기 위해 츠루마츠마루를 낳게 했다는 생각에 사로잡히기도 했다. 이와 반대로 그 모든 것을 과거로 돌리고 히데요시가 아버지, 챠챠히메가 어머니라는 새롭고 밝은 관계로 전환시키기 위한 쐐기라고 생각되기도 했다.

그런 만큼 얻기 어려운 전하의 핏줄——운운하며 측근들이 말하면, 처음에는 야유를 당하는 것 같아 참을 수 없었다.

여자란 자식을 낳으면 어쩔 수 없이 적의를 버리고 남자의 무릎 밑에 굴복하게 마련…… 세상에 이런 해석이 있다는 것이 마음에 걸렸고, 미신인 줄 알면서도 사주와 관상을 풀이한 그림 따위를 대하게 되면 잠든 아기의 얼굴을 가만히 들여다보기도 했다.

'자식이란 저주의 결정結晶인가, 아니면 축복의 징표인가……?'

지금은 그런 생각도 점점 엷어지고, 토막말을 하기 시작한 츠루마츠마루에 대한 사랑이 점점 그녀를 평범한 어머니로 만들어가고 있었다. 평범한 어머니가 되어가면서, 그와 함께 챠챠히메는 자못 요도 성의 여주인다운 위엄도 더해졌다……

이것을 아에바 부인과 오쿠라 부인은 아주 기뻐했다.

2

"아뢰옵니다."

챠챠히메가 츠루마츠마루의 머리 위에서 팔랑개비를 돌려 보여주고 있을 때, 아에바 부인이 들어왔다.

"방금 오다와라 진중에서 아카오 코사이赤尾幸齋 님이 서신을 가지고 오셨습니다."

"그래?"

챠챠히메는 돌아보지도 않고 말했다.

"수고가 많았군. 서신을 받아놓도록."

계절은 이미 푸른 잎이 무성할 때여서 이 모자의 거실에서 바라보이는 안뜰에는 해당화가 만발해 있었다.

"호호호…… 마님, 말씀이 너무 쌀쌀하시군요. 서신만 가져온 것이 아닙니다."

"그럼, 무슨 전하는 말이라도?"

비로소 챠챠히메는 아에바 부인에게 시선을 옮겼다.

"나는 만나도 할 이야기가 없으니 그대가 대신 듣도록 해."

"호호호…… 그럴 수는 없습니다. 코사이 님은 이 성 분위기를 살펴 전하께 보고해야만 합니다. 잠시나마 만나뵐 수 있게 하십시오."

챠챠히메는 대답하지 않았다. 만나고 싶지 않았다. 아니, 만난다 해도 여느 때와 마찬가지로 히데요시의 도련님을 소중히…… 그런 말을 들어야 할 일이 번거롭게 생각되었다.

"마님."

"아니, 아직도 여기 있었어?"

"이번에는 서신 외에도 무언가 중요한 용건이 있는 듯합니다."

"그런 이야기를 들었다는 말이지?"

"예. 머지않아 오사카 성 키타노만도코로 님으로부터 마님께 오다와라에 가셔서 전하를 모시도록 하라는 말씀이 계실 것이라고 합니다만…… 그때의 행렬에 대해 상의도 하셔야 할 것이니 어쨌든 만나보십시오……"

"뭐, 키타노만도코로가……?"

"예. 지시가 있을 것이라고 합니다."

"아에바."

갑자기 챠챠히메는 팔랑개비를 내던졌다.

"나는 전하 한 사람의 노리개만으로 충분해. 키타노만도코로의 지시는 받을 수 없어. 코사이에게 그렇게 말하도록."

"호호호……"

부인은 다시 능청스럽게 웃었다.

"키타노만도코로 님의 지시란 표면적일 뿐, 모두 전하의 배려라는 것은 아시지 않습니까? 이 자리에서는 우선 키타노만도코로 님의 체면을 세워주십시오. 승부는 마님의 승리……가 확실하니까요."

"닥치지 못할까."

"예……?"

"내가 언제 키타노만도코로와 싸웠단 말이냐? 나는 전하의 노리개일 뿐 누구의 노리개도 아니야. 그런 번거로운 일은 하기도 싫어. 도련님과 함께 단둘이 있게 해줘."

"하지만……"

"더 이상 말하기 싫어. 코사이에게 그렇게 말하고 차라도 대접해 보내도록."

이때 오쿠라 부인이 안까지 들릴 만큼 명랑한 목소리로 이야기하면서 복도를 걸어왔다.

"자, 들어가시지요, 코사이 님. 마님은 진중에 계시는 전하의 걱정을 얼마나 하시는지 모른답니다. 코사이 님이 오시기를 여간 기다리지 않았어요. 마님께 그쪽 이야기를 자세히 말씀 드리세요. 얼마나 마님이 기뻐하실지……"

3

아카오 코사이도 아에바 부인과는 먼 친척뻘 되는, 히데요시의 오토기슈 중 한 사람이었다. 다도에서는 리큐의 제자였고 글에도 능했다. 『타이헤이키太平記』°나 『헤이케 이야기平家物語』°에 나오는 군담軍談에 밝았다.

아카오 코사이는 사카이 사람들과 별로 가깝게 지내지 않았는데, 그

점이 도리어 히데요시의 마음에 들었던 듯. 그런 의미에서 이번에도 진중에 데려간 리큐는 코사이가 자신을 감시하는 자라고 하며 쓴웃음을 짓는다고 했다.

그런 코사이를 만나지 않고 그대로 돌려보낸다면 나중에 챠챠히메에게 불이익이 돌아온다…… 이렇게 판단한 오쿠라 부인이 독단으로 데려온 모양이었다.

"자, 어서 들어가시지요."

챠챠히메는 오쿠라 부인의 안내를 받고 들어온 코사이를 보고는 낯을 찌푸리며 외면했다.

"오오, 도련님. 더욱 튼튼하게 잘 자라시는 것 같아 이 코사이는 여간 기쁘지 않습니다."

코사이도 챠챠히메의 심기는 이미 짐작하고 있었다. 그래서 챠챠히메에게인지 츠루마츠마루에게인지 모를 애매한 태도로 공손하게 문안 인사를 드렸다.

챠챠히메는 여전히 얼굴을 돌린 채 말도 하지 않았다.

"이게 누구야?"

츠루마츠마루가 멍한 표정으로 코사이의 머리를 가리켰다.

"원, 이렇게도 총명하실 수가…… 향나무는 떡잎부터 향기가 난다더니, 뛰어난 명군名君의 소질을 지니셨습니다. 이 코사이가 드릴 말씀을 못 찾고 있었는데 도련님이 저를 도와주셨습니다."

"마님, 말씀을 하십시오."

옆에서 아에바 부인이 작은 소리로 재촉했다.

"아니, 그러실 필요는……"

코사이가 그 말을 가로막았다.

"칸파쿠 님의 공식적인 사자가 아니니 마음 편히 가지십시오. 저는 다만 도련님의 웃으시는 모습을 보고 돌아가 전하께 보고만 드리면 됩니다. 그렇지 않겠습니까, 도련님?"

츠루마츠마루는 멈칫거리더니 두 손을 챠챠의 무릎으로 가져가며 뒤로 물러나 앉았다.

"이거, 누구야?"

"예. 아버님으로부터 심부름을 온 코사이입니다."

"코사이?"

"예, 코사이입니다."

"코사이란 말이지?"

"예. 정말 현명하십니다……"

마침내 챠챠히메는 웃음을 터뜨렸다.

어린아이의 외마디 말이 무엇이 그리 총명하고 무엇이 그리 현명하다는 말인가. 그녀에게는 보통 아이보다도 발육이 늦지 않은가 싶어 불안하게 생각되는 츠루마츠마루였다.

"호호호…… 그만 됐어요, 코사이. 도련님은 아직 그대의 칭찬을 알아듣지 못해요. 그러니 어서 전하려고 했던 전하의 말씀이나 이야기하세요."

"황송합니다. 전하께서는 도쿠가와 님을 선봉으로 삼아 첫 전투에 당당히 야마나카 성을 함락하시고 하코네 고개 앞의 유모토湯本로 진지를 전진시키셨습니다."

"시일이 많이 걸렸군요. 고전하신 모양이죠?"

"그렇지 않습니다. 시일이 걸린 것이 아닙니다. 상대는 마츠다 야스나가松田康長를 비롯하여 호죠 우지카츠, 마미야 야스토시, 아사쿠라 카게즈미, 우츠키 효고 등 일기당천一騎當千의 용사를 배치하여 난공불락을 자랑하던 성입니다. 이것을 도쿠가와 님의 정예 부대가 숨 돌릴 틈도 주지 않고 공격하여……"

"전하는 강공强攻을 원치 않아 온천 요양을 겸하면서 장기전……을 결심하셨겠지요, 코사이 님?"

아에바 부인이 끼여들었다.

4

"예, 그렇습니다. 원래 상대는 전하께서 심혈을 기울여 공격하셔야 할 만큼 강한 적이 아닙니다."

코사이가 대답했다.

그 말에 챠챠히메는 지체 없이 말했다.

"그럼, 진중에서 전하를 불편하게 하는 것은 모기와 파리, 등에 따위란 말이군요?"

"잘 아시는군요……"

코사이는 깜짝 놀랐다.

"모기와 파리를 잡을 기구를 준비해놓았으니, 전하께 전해드리도록 하세요."

코사이는 이마를 탁 치고 감격하면서 말했다.

"황송합니다. 요도에 계시면서도 전하의 신변을 잘 알고 계시다니 놀랍습니다. 전하가 불편해하시는 것은 모기와 파리, 등에만이 아닙니다. 또 하나가 있습니다."

아에바 부인이 곁에서 그 말을 받았다.

"미처 몰랐군요. 그건 무엇인가요?"

코사이는 그 눈길을 받으면서 크게 한숨을 내쉬었다.

"말씀 드릴 것도 없이 요도 마님이십니다. 전하는 조석으로 코쇼들만 상대하셔서 여간 부자유스럽지 않아 하루에도 대여섯 번 마님 말씀을 하시지 않는 날이 없으십니다."

챠챠히메는 손등을 입에 대고 웃으려다 말고 곧 정색을 했다.

"나는 전하 곁에 갈 수 없어요. 돌아가거든 그렇게 전해주세요."

"그러시면 이 코사이가 여간 난처하지 않습니다. 요도 마님을 모셔 오라는 분부를 받고 온 몸입니다."

"호호호……"

이번에는 챠챠히메가 웃었다.

"그러면, 모기와 파리와 등에가 그렇게도 많은 산속으로 도련님을 데리고 가라는 말인가요?"

"아니, 그런 것이 아니라……"

"그럼, 도련님은 남겨두고 나만 오라는 말인가요?"

"글쎄, 그것이……"

"코사이, 말을 더듬지 마세요. 이 모든 것은 키타노만도코로 님이 내 곁에서 도련님을 떼어놓으려는 술책이라 생각지 않나요? 솔직하게 말할 테니 잘 마음에 새겨두세요. 나는 전하 곁에 있기보다는 이처럼 도련님 옆에 있기를 원해요. 납득할 수 있겠어요? 납득되었다면 내 앞에서 더 이상 그 이야기는 하지 마세요. 돌아가서 전하께 전하세요. 시중들기 위한 여자라면 아이를 데리고 있지 않은 여자가 얼마든지 있을 것이라고."

코사이는 단호한 챠챠히메의 말에 그만 혈색을 잃고 진저리를 쳤다. 히데요시로부터 예의 그 낙천적인, 기쁘게 할 수 있는 말을 듣고 온 코사이. 그러나 챠챠히메는 그런 수법에 넘어갈 여자가 아니었다.

파리와 모기를 잡을 기구를 가지고 돌아가라니 이 얼마나 준엄한 거절의 말인가.

"하지만, 그렇게 되면……"

코사이는 아에바 부인을 바라보더니 짐짓 난처한 얼굴이 되어 한숨을 쉬었다.

"심부름을 온 이 코사이의 체면이 서지 않습니다. 양쪽 말씀이 모두 지당하므로 이 코사이는 드릴 말씀이 없습니다. 부인, 저를 좀 도와주십시오, 도움을……"

코사이의 애원하는 투에도 불구하고 아에바 부인 역시 웃는 낯을 보이지 않았다. 처음에는 히데요시가 챠챠히메를 기다리기 때문인 줄 알았는데 그렇지 않은 모양이었다. 츠루마츠마루와 챠챠히메를 떼어놓기 위한 구실이라면 선불리 대답할 수 없는 일이었다.

"부인, 제발 도와주십시오……"

또다시 코사이가 말했다.

5

코사이는 애원하는 시늉을 하며, 실은 챠챠히메가 어디까지 강하게 반항할지 그 속셈을 읽으려 했다.

아에바 부인은 아무 대답도 하지 않았다.

코사이가 다시 말했다.

"이렇게 되면 모든 것을 말씀 드리지 않을 수 없습니다. 실은 이 코사이가 온 것은 단순히 귀띔을 하기 위해서일 뿐…… 제 뒤로 신죠 스루가노카미 타다요리新庄駿河守直頼 님과 이나다 세이조稲田清藏 님이 칸파쿠의 명을 받고 금명간 도착하실 것입니다."

"아니, 명을 받고?"

"예. 마님이 오시는 도중에 말을 바꾸는 등 차질 없이 모시도록, 오카자키에 있는 킷카와吉川 시종들에게 숙소와 식사에 대한 것까지 자세한 지시를 내리셨다고 합니다. 만일 그 명을 받들지 못한다면 그야말로 큰일! 이 코사이 따위의 목은 몇 개가 있어도 부족할 정도의 상황이니……"

코사이의 말을 들으면서 아에바 부인은 번갈아가며 챠챠히메와 오쿠라 부인을 쳐다보았다.

챠챠히메는 의외일 정도로 냉정했다. 어쩌면 그녀 역시 히데요시의 마음을 들여다보고 예의 그 '통하지 않을 고집'을 시험해보고 있는지도 몰랐다.

"그러면, 도중 준비도 전하의 명으로 이미 끝났다는 말인가요?"

"예, 불 같은 전하의 성격, 이것을 키타노만도코로 님의 입김……이라 여기신다면 좀 빗나간 생각입니다."

코사이는 이마에 솟은 땀을 닦고 교활한 표정으로 흘끗 쳐다보았다. 상대가 고답적으로 나올 때는 당황함을 가장했다가도, 약간 누그러지면 대뜸 공세로 나오는 것은 오토기슈라 불리는 자들의 특성이기도 했다.

"생각해보십시오. 이번 출정에 대해서는 황실에서도 일부러 이와시미즈 하치만구石清水八幡宮에 어명을 내려, 신사 전체가 삼월 이십칠일부터 이레 동안 전승을 기원했을 정도입니다. 그만큼 중요한 전투입니다."

"그것은 나도 잘 알고 있지만……"

"전하는 성격이 그러하시기 때문에 꽃놀이 여행이라거나 후지산 구경이라고 가볍게 말씀하십니다. 그러나 이것은 일본의 육분의 일을 평정하는, 말하자면 전하의 업적을 총정리하는 일…… 예, 전쟁터에 있어보면 그 고충을 잘 알 수 있습니다. 오슈의 다테 님 같은 분도 출진이 늦었다 하여 크게 꾸중을 듣고…… 현재 리큐 거사님과 부교 키무라 요시키요木村吉清 님을 통해 사과 드리고 있는 중입니다. 진중에는 마님도 아시는 혼아미 코에츠 님, 고토 미츠노리後藤光乘 님을 비롯하여 바둑의 명인 쇼린 뉴도庄林入道, 북과 장구의 명인 히구치 이와미樋口石見, 춤꾼 코와카 타유幸若太夫°까지 소집되어 있습니다. 이런 조처가 무엇 때문이겠는지 깊이 통촉해보시기 바랍니다."

코사이는 숨도 쉬지 않고 말했다.

듣고 있던 챠챠히메는 큰 소리로 웃었다.

"호호호…… 그럼, 전하의 진중에는 파리와 모기만 있는 게 아니란 말이군요."

"말씀이 지나치십니다! 장기전을 펴는 것처럼 보이게 함으로써 적의 사기를 떨어뜨리고 희생을 최소한으로 하여 하루라도 빨리 적을 항복시키려는 전하의 깊은 뜻에서 나온 것입니다. 이에 반대하신다면 후일이 염려……"

"호호호…… 그만 됐어요. 나는 그런 사람들 모두 전하 앞에서 손발을 비비는 파리 같은 존재로만 알고 있었어요."

코사이는 이마를 치고 목을 움츠렸다.

6

"원, 못하시는 말씀이 없군요……"

입으로는 손을 들었다는 듯이 말했지만, 코사이는 속으로는 크게 안도했다.

"너무 정면으로 조롱하셔서 하마터면 파리 한 마리의 간이 떨어질 뻔했습니다."

챠챠히메는 다시 한 번 즐거운 듯이 웃었다.

"그럼, 니라야마 성을 빼고는 이즈를 모두 손에 넣었군요?"

"예. 손에 넣는 것과 동시에 즉시 도쿠가와 님에게 주셨습니다. 전하의 큰 아량에는 모두 혀를 내두르고 있습니다."

"이시가키야마石垣山에 오사카와 쿄토에 버금가는 큰 성을 쌓는다는 말을 들었는데 그것도 곧 완성되겠군요?"

"예. 산 위에 쌓아야 하는 큰 공사여서 아직 완성은 되지 않았습니다만, 이미 돌로 된 창고와 부엌은 완공되어 살기에는 불편이 없습니다. 리큐 거사님도 지금은 유모토의 산속에 작은 암자를 짓고, 파리만 없다면 오다와라도 살 만한 곳이라면서 대나무를 베어 꽃꽂이통 같은 것을 만들며 심심풀이를 하고 있습니다."

"그 말을 들으니 나도 안심이 되는군요."

"아니, 마음이 놓이는 쪽은 오히려 저입니다."

"코사이 님."

"예."

"돌아가시거든 전하께 내 안색이 변하더라고 전해주세요."

"안색이 변하시더라고…… 그것이 진심이십니까?"

"왜 거짓말을 하겠어요. 키타노만도코로에게 도련님을 데려가려는 수단……이라 생각하고 안색이 변했다. 그러나 사정을 듣고 보니 그런 것 같지 않다. 전쟁이 끝나면 다시 모자가 함께 살도록 전하가 배려해 주실 테지. 그것을 알고 어찌 내가 가겠다느니 싫다느니 하며 고집을 부릴 수 있겠는가. 일본을 위해 노력하시는 전하…… 가지 않으면 도리가 아니다…… 이렇게 납득했다고 전해주세요."

코사이는 다시 한 번 무릎을 치며 혀를 찼다.

안도했다……기보다도, 현명한 여자에게 당하고 말았다는 분한 마음이 더 강했다.

요도 마님과 키타노만도코로 사이에는 세상에 흔히 있게 마련인 '여자의 반목'이 마침내 싹트기 시작하고 있었다. 더구나 그 반목 가운데 챠챠히메에게서 이런저런 잔재주만 자라난다면 도대체 그녀는 어떤 재녀才女가 되어갈 것인가……?

히데요시의 생각은 코사이만이 아니라 다른 오토기슈 중에서도 아는 사람이 없었다.

히데요시에게 츠루마츠마루가 태어나지 않았다면 이미 미요시 히데츠구가 후계자로 정해졌을 터. 그런데 뜻밖에도 츠루마츠마루가 태어나는 바람에 크게 흔들리고 있었다.

"천하인의 후계자는 사람됨을 충분히 확인하고 나서 결정하지 않으면 안 된다……"

사실 그것은 츠루마츠마루가 어떤 인간으로 성장하느냐 하는 의문보다도, 훌륭한 인간이었으면 하는 희원希願으로 변하고 있었다. 그리고 키타노만도코로 네네에게도 이를 납득시키려 하여 결국 종1품의 벼슬을 내리게 했다.

이런 장래의 계획이 과연 히데요시의 정략이나 전략대로 착착 성공을 거두어나갈 수 있을까……?

당사자인 츠루마츠마루는 어느 틈에 아에바 부인의 무릎에 상반신을 기댄 채 끄덕끄덕 졸고 있었다……

7

'태어난 아기는 어떤 의사도 갖고 있지 않다. 그런데도 이 출생이 그대로 천하를 뒤흔들 풍파가 될지도 모른다……'

이렇게 생각되는 순간 코사이는 티없는 츠루마츠마루의 잠든 얼굴이 왠지 무섭게만 보였다.

이 아이가 태어나지 않았다면 이 요도 성도 없고 키타노만도코로와 챠챠히메의 반목도 일어나지 않을 것이었다. 아니, 그보다 더 무서운 일은 이것이 원인이 되어 히데요시의 심복이 두 파로 갈라질지 모른다는 예감이었다.

'역시 예삿일이 아니다……'

오다니 성이 함락될 때 죽은 나가마사나 히사마사의 영혼이 차차히메에게 츠루마츠마루를 낳게 했다는 생각이 그의 마음을 사로잡고 쉽게 떠나지 않았다.

'만일 이런 갈등 속에 사람의 힘이 미치지 못하는 섭리가 숨겨져 있다면……'

"무엇을 그렇게 골똘하게 보고 있나요, 코사이 님? 임무를 다해 안도했나요?"

"예. 그만 저도 모르게 온몸의 힘이 빠져서…… 그럼, 저는 이만 물러가겠습니다."

"호호호…… 그렇게 하세요. 자, 코사이 님에게 다과를 대접하고 츠루마츠마루를 침소로 데려가도록."

차차히메는 밝은 목소리로 명하고 다시 한 번 소매로 입을 가리면서 웃었다.

츠루마츠마루를 낳기 전의 차차히메 역시 조금 전에 코사이가 떨쳐버리지 못했던 상념으로 괴로워했다.

'나와 히데요시 사이에 아이가 태어난다……'

전혀 생각지 못하던 일이어서인지 망상이 망상을 낳아 꼬리를 물었다. 그러나 이러한 망상도 츠루마츠마루가 성장함에 따라 얇은 껍질이 벗겨져 떨어지듯이 사라져갔다. 이것은 인간의 사고방식 안팎에 밀착되어 있는 하나의 불가사의였다.

처음에는 '저주받은 출생'이라는 쪽으로만 기울었던 상념. 차차히메는 어느 틈에 그 반대의 경우도 있을 수 있다고 긍정하는 쪽에서 생각하기 시작했다.

지금까지 차차히메의 혈육은 너무도 불운했다. 그것이 츠루마츠마루의 출생에 의해 행운으로 변하게 될지도 몰랐다. 그렇게 되면 히사마

사나 나가마사의 영혼만이 아니라 오이치お市 마님도 노부나가도 모두 츠루마츠마루를 지켜주는 수호의 영령이 될 수 있다고도 생각할 수 있었다……

챠챠히메가 이런 생각을 갖게 된 것은 역시 히데요시를 용서하는 여자가 되었다는 증거이기도 했다. 언제부터인지 챠챠히메는 츠루마츠마루를 위해 훌륭한 어머니가 되어야겠다는 평범한 생활에 집중하게 되고, 그러한 목표를 위해 계획을 짜는 일상적이고 평범한 여자가 되고 말았다.

챠챠히메는 기분이 좋았다.

현재 일본에서 가장 큰 권력의 자리에 앉은 사나이—자기는 그런 사람을 마음대로 움직일 수 있는 힘이 있었다. 이런 생각을 하면 많은 연령차나 용모의 미추 따위는 눈을 감을 수 있다는 기분이 들었다.

"코사이 님, 다음 한마디는 아주 중요한 것이에요. 그러니 부디 잊지 마세요."

"여부가 있겠습니까."

"나는 역시 도련님이 첫째이고 전하는 둘째예요."

"예…… 그런데 황송합니다만, 어쩌면 전하도 같은 생각이실지 모릅니다."

"그렇다면, 내가 도련님 덕으로 전하 곁에 있게 되는 것처럼 들리는군요."

"예. 그만…… 말을 하다 보니 그런 소리가…… 하지만 누가 뭐라고 하건 전하가 찾으시는 것은 마님뿐이므로……"

"호호호…… 그대도 세상 물을 많이 마셨군요. 차를 마신 뒤 오늘은 편히 쉬고 돌아가도록 하세요."

챠챠히메는 가볍게 말했다. 그리고는 눈을 가늘게 뜨고 무언가를 생각하는 표정이 되었다.

8

코사이가 물러간 뒤, 츠루마츠마루를 재우러 갔던 아에바 부인이 발소리를 죽여가며 내전의 침소에서 돌아왔다.

이미 오쿠라 부인은 그 자리에 있지 않았고 코사이 앞에 놓였던 찻잔만이 남아 있었다. 해는 벌써 서쪽으로 기울어 햇빛이 창 가득 비치고 있었다.

"마님, 방심하시면 안 됩니다."

챠챠히메는 흘끗 아에바 부인을 바라보았을 뿐 사방침에 기댄 몸을 움직이려 하지 않았다.

"키타노만도코로 님은 보통 분이 아닙니다. 틀림없이 마님께, 오다와라에 가서 전하의 시중을 들라……고 태연하게 사자를 보낼 것입니다."

"그래서 어떻다는 것이지?"

"질투 같은 것은 하지 않는다, 나는 그대보다 서열이 높다, 그대는 소실이야……라고."

챠챠히메는 가만히 아에바 부인을 바라보고 미소를 떠올렸다.

"그런다고 해도 상관없지 않아? 전하 곁으로 가는 것은 키타노만도코로가 아니고 바로 나니까."

"전하의 명이라고 도련님을 빼앗아가면 어떻게 하시겠습니까?"

"순순히 건네려고 해. 마음을 정했어."

"하지만 그것은……"

"그래도 괜찮아. 비록 일시적으로 빼앗긴다고 해도 생모는 바로 나야…… 그리고 나는 키타노만도코로보다 훨씬 더 젊어."

"그야 물론입니다만, 후계자이므로 그를 돌볼 사부師傅를 정하고 유모와 함께 오사카 성에서 키우는 것이 후일을 위해…… 이렇게 나올지도 모릅니다."

아에바 부인은 이미 노골적으로 키타노만도코로를 적으로 여긴 듯, 나직한 목소리에 열을 올리고 있었다.

챠챠히메는 얼굴에 떠올린 미소를 지우지 않았다.

"이 승부는 말이지, 나의 승리야."

황홀한 듯 말했다.

"아무도 예측하지 못했던 아기가 태어났다…… 이것만으로 자신감을 가져도 좋아. 이 인연의 실은 아무도 끊지 못해."

"물론 그렇기는 합니다. 그러나 인간세상에서는 행운의 별이 때로는 불운의 별로도……"

"듣기 싫어!"

챠챠히메는 순간 당황하는 기색을 보이며 말을 중단시켰다.

"모처럼 내 별이 행운을 가져다주려 하는데 그런 불길한 말은 삼가도록. 지금은 자신감을 가지고, 싸움은 피해야 할 때라고 생각해. 키타노만도코로의 지시에도, 전하의 명에도 순순히 따르는 챠챠히메…… 때로는 그런 챠챠히메가 되어도 좋지 않겠어?"

"그러시면, 마님은 승산이 충분히 있다고……"

"오, 그렇게 생각해도 좋아. 전하 곁으로 가는 것은 바로 나라고 했으니까."

아에바 부인은 입을 다물었다. 이야기를 듣고 보니 전하 곁으로 간다는 것이 가장 큰 힘일 수 있었다.

오다와라의 진중이 어떤 곳인가 불안하기도 했으나, 챠챠히메가 잠자리에서 아양을 떨면 전하는 영락없는 이쪽의 인질……

"걱정할 것 없어."

챠챠히메는 다시 황홀한 듯 눈을 가늘게 뜨고 말했다.

"내 목숨을 노리는 자가 있을지도 모른다는 말을 하고 싶겠지. 하지만 그런 약한 별은 내 머리 위에서 떠났어. 이 챠챠는 강하니까 걱정할 것 없어."

아에바 부인은 그러한 자신감이 불안의 원인……이라 말하려다 말고 길게 한숨을 쉬었다.

인간은 모두 추한 것

1

혼아미 코에츠는 일찍이 이번처럼 격렬하고 노골적인 싸움, 정치와 인간의 소용돌이 한가운데 던져졌던 일이 없었다.

그러므로 처음에는—

'이것이야말로 나의 지혜를 살찌울 기회……'

이러한 정열을 가지고 주위에서 전개되는 모든 모략에 대해, 그의 신념인 입정立正의 정신으로 대결해나갈 생각이었다.

코에츠가 담당해야 할 업무는, 표면적으로는 히데요시에게 발탁된 오토기슈의 한 사람으로서 가업家業을 수행하는 일이었다. 히데요시가 계속 상으로 내리는 칼을 다듬고 감정서를 쓰는 일까지. 그 칼이 무장의 혼이고 앞으로 각각 가보家寶가 되어 평화의 염원을 다해야 할 명검名劍이라 한다면, 이것만으로도 그의 힘에 겨운 일이었다.

히데요시가 코에츠를 동반하고 오다와라에 온 것은, 이러한 가업과 관계되는 일만을 위해서가 아니었다.

"칼에 관한 것은 그대가 일본에서 첫째!"

히데요시는 언제나 그렇듯이 우선 크게 칭찬부터 했다.

"그러나 이번에 할 일은 그에 국한된 게 아닐세."

진지한 표정으로 목소리를 낮추었다.

"그대는 오다와라의 우지나오와 친한 사이. 뿐만 아니라 우지나오의 장인인 스루가의 다이나곤 이에야스와도 절친하지 않은가. 우선 우지나오의 진지에 들어가 그 중신들 중에서 누구라도 좋으니 배신할 자를 몰래 점찍고 오게. 이에야스한테 가서는 장인과 사위 사이에 은밀한 연락이 있는지 없는지 확인하고 돌아오게."

이런 말을 유모토의 임시막사에서 들었을 때만 해도 코에츠는 그다지 놀라지 않았다. 전쟁에는 첩자가 있게 마련이고, 조금이라도 인명의 희생을 줄이는 효용을 갖는다면 그 역시 '입정'의 한 방법이라 할 수 있었다.

그로부터 얼마 뒤 이시가키야마 성 축조공사 채석장에서 들은 이야기는 이 젊고 정의로운 사나이 코에츠의 마음을 완전히 뒤집어놓고 말았다.

다름이 아니었다.

전투가 지구전으로 접어들면 더욱더 상을 내려야 할 일이 많아진다. 그러나 일본 국토는 한정되어 있으므로 영지 대신 상을 주어야 할 물품을 생각하지 않으면 안 된다. 그 하나로 지금까지는 이름도 없는 '찻잔'을 이용해왔다. 그러나 이것만으로는 부족하므로, 그대가 일본에서 첫째가는 칼을 만들라는 은밀한 명령이 있었다.

"저어, 저더러 일본에서 첫째가는 칼을 벼리라는 말씀입니까……?"

"누가 벼리라고 했느냐. 그대는 대장장이가 아닐세. 현재 일본에서 최고의 칼……이라고 하면 소슈의 마사무네正宗일세. 마사무네의 칼을 그대가 감정하여 만들어내라는 말일세."

"마사무네를 만들어낸다……는 것은 무슨 뜻입니까?"

솔직히 말해서 코에츠는 그때까지도 히데요시가 무엇을 생각하고 있는지 확실히 파악하지 못했다.

히데요시는 약간 답답하다는 듯, 웃음을 섞어가며 설명했다.

"진짜 마사무네는 얼마 되지 않을 것일세. 그러나 세상에는 이름없는 칼이라도 마사무네에 못지않은 것이 적지 않아. 그 칼들을 그대의 이름으로 마사무네임을 증명하여 세상에 내보내자는 것일세. 이것들이 그대로 일본 평정에 도움이 된다면 칼도 좋아할 터이고, 그 칼을 받은 자 역시 사기가 올라갈 터이고, 그대의 공로가 되기도 할 것 아닌가…… 그야말로 무無에서 유有를 낳는 일석이조. 알겠나, 마사무네의 명검을 그대의 이름으로 만들어내는 거야."

코에츠는 자기 귀를 의심했다. 무언가 잘못 들은 게 아닌가 싶어 주위를 둘러보았다.

2

"무어라 하셨는지…… 제가 미처 알아듣지 못했습니다. 어딘가에 알려지지 않은 마사무네가 많이 있다고 하셨습니까?"

코에츠가 미심쩍은 빛으로 반문했을 때 히데요시는 다시 한 번 야유하듯 혀를 찼다.

"말을 못 알아듣는군. 마사무네가 아니라도 마사무네에 못지않은 칼이라면 마사무네라는 이름으로 세상에 내놓아도 좋다, 그러면 칼도 기뻐할 것이 당연하다고 했어."

"예? 그러면 가짜 감정을 하라는 말씀입니까?"

"멍청한 것, 누가 가짜라고 했느냐. 그대는 좀더 어른스러운 사람인 줄 알았는데 의외로 꽉 막힌 사내로군. 그대는 칼에 대해서는 일본에서 최고의 감정가야!"

"예…… 예. 저도 그렇다고 자부하고 있습니다마는."

"그런 자신감이 건방지다는 것일세. 명검의 감정에는 혼아미 코에츠가 일본에서 최고라고 이 히데요시가 결정했으니 그대로 통용되고 있는 거야."

"그러시면, 일본에서 최고인 코에츠에게 무명의 칼을 모아 마사무네로 고쳐 만들라는……"

"무명의 칼이 아니야! 무명의 명검이란 말일세! 숨어 있는 호걸, 묻혀 있는 명장을 세상에 내놓으라는 내 말을 못 알아듣겠나? 좋아, 오늘은 바쁘니까 이만하고, 잘 생각해서 나중에 답해주게."

히데요시 앞에서 물러나온 코에츠는 두 정丁도 채 가기 전에 가슴에서 분노가 폭발하고 말았다.

코에츠는 그제서야 히데요시가 명령한 내용을 차차 이해할 수 있게 되었다. 상으로 영지는 내릴 수 없으니 찻잔을 주고 명검을 준다…… 사실이 그랬다. 일본은 주기를 좋아하는 히데요시가 마음껏 배분할 수 있을 정도로 넓은 나라가 아니었다.

하지만 그것과 오늘 이야기는 전혀 별개의 문제였다.

칼은 흉기가 아니었다. 실용 위주의 기구도 아니었다. 칼은 그것을 가지고 자신의 정의를 지키고 한 지방과 한 나라의 정의를 지키려는, 질서유지의 비원悲願을 담은 무장의 영혼이고 보배여야 했다.

정의의 상징이라 할 수 있는 그런 칼을 벼린 자의 이름을 속여 새기라고 하다니, 이 얼마나 부당한 권력자의 오만이란 말인가!

이름 없는 칼은 아무리 명검으로 보인다 해도, 벼린 사람의 눈에는 어딘가 미흡한 점이 있어 이름을 새기지 않은 경우가 대부분이다. 그런 것을 일본 최고의 명검으로 위장하여 상으로 내리려 하다니…… 이처럼 만든 사람도 칼도 자기도 남도 철저히 한꺼번에 모독하는 일이 일찍

이 있었을까.

'니치렌 조사가 제창한 입정을 유일무이한 신념으로 견지해온 이 코에츠에게, 그런 협잡에 한몫 거들라고 하다니……'

원래부터 히데요시의 사치에 반감을 품고 있던 코에츠는 이 일로 인해 철저히 히데요시를 경멸하게 되었다. 부하에게 가짜 명검을 상으로 주고 자신은 황금솥에 차를 끓이게 한다……

코에츠는 이에야스가 더욱 그리웠다. 이에야스는 지금도 호죠 부자를 구할 길이 없을까 하고 은밀히 인간다운 고민을 거듭하고 있을 것이 분명했다…… 이렇게 생각하고 갓 옮긴 이마이今井 본진으로 이에야스를 찾아간 코에츠. 그러나 여기서도 코에츠의 젊음과 결벽성은 여지없이 유린당하고 말았다.

이에야스도 이때는 벌써 호죠 부자가 멸망한 뒤의 칸토 8주를 다스릴 문제에 대해 냉정하게 계획을 세우고 있었다. 그런 의미에서 코에츠에게는 이에야스 역시 히데요시와 조금도 다를 것 없는 불결함으로 가득 찬 인간으로 보였다.

3

코에츠가 이마이 본진을 방문했을 때, 이에야스는 혼다 사도노카미를 상대로 열심히 무사의 명단을 살펴보며 무언가를 적고 있었다.

"코에츠로군, 전하의 기분은 어떠하시던가?"

흘끗 시선을 보내면서 이에야스는 지나가는 말처럼 덧붙였다.

"마침내 이치야 성一夜城(이시가키야마 성)도 완성되고…… 이제 호죠 부자의 운명도 얼마 남지 않았어."

"그러시면 호죠 님도 강화를 승낙하셨습니까?"

"웬걸, 벌써 내통자가 생겼다고 했는데도 전혀 반성도 않고 있네. 자초한 멸망일세."

"예? 그러시면 영주님은 양자 사이를 중재하시지 않았습니까?"

"상대가 나빠. 너무 어리석어."

이에야스의 말을 받아 혼다 사도노카미가 나무라듯 말했다.

"코에츠, 오늘은 주군께서 바쁘시다. 인사가 끝났으면 그만 물러가는 게 좋겠네."

"예…… 그렇지만."

"무슨 드릴 말씀이 있거든 다음 기회로 미루게. 주군은 오늘 칸토 여덟 주의 영지 배정을 하고 계시니까."

"아니. 칸토 여덟 주의 영지 배정을……?"

"자네도 알고 있겠지. 호죠 가문의 영지를 고스란히 우리 가문이 양도받기로 되었네. 양도받게 된 이상 전하의 군사에 의지할 수만은 없는 일. 우리도 요소요소에 군사를 보내 제압해야 하네……"

코에츠는 부들부들 떨며 이에야스 앞에서 물러났다.

'그럴 리가 없다……'

이에야스만은 끝까지 사랑하는 사위를 위해 노심초사하고 있을 줄 알았는데 전혀 아니었다.

'어쩌면 처음부터 히데요시와 이에야스는……'

이렇게 생각하게 된 코에츠는 길에서 사람을 만나면 아무나 붙잡고 침을 뱉어주고 싶은 충동에 사로잡혔다.

입으로 정의를 외치고 입정을 말하면서도 실은 모두가 자신의 욕망을 위해 움직이고 있다. 그런 점을 모른 호죠 부자 쪽이 도리어 어리석었는지도 모른다……

이에야스의 본진을 나온 코에츠는 거리 전체가 성곽 안에서 농성 형태를 취하고 있는 성의 북쪽 길을 벗어나 유모토 골짜기로 돌아가고 있었다. 그러나 그는 자신이 지금 어디로 가고 있는지조차 확실하게 알지 못했다.

'이것이 세상 그대로의 모습……'

그래서 니치렌 조사는 그토록 권력자를 매도했던 게 아니었을까.

'나는 왜 좀더 강하게 히데요시와 이에야스를 비난하고 비웃지 못했던 것일까……?'

유모토에 돌아왔을 때 주위는 벌써 어둑어둑해지고, 사방에서 이곳 명물인 모기떼가 날아다니고 있었다. 그 사이를 누비며 코에츠는 정신없이 걸었다. 그리고 눈앞에 작은 암자를 발견하고 깜짝 놀라 걸음을 멈추었다.

'아, 나는 리큐를 찾아가려던 길인 모양이다.'

아마도 이곳만은 탁한 세상의 오욕이 없을 것이라 생각하고 저도 모르게 그리움의 발길을 옮긴 것 같다.

"그렇다, 여기서 창자를 좀 씻어야지……"

소리내어 중얼거리며 리큐가 사는 암자의 사립문을 열었다.

4

리큐는 주위가 어두워지기 시작했는데도 가는 통나무를 이어 만든 마루에 나와 앉아 열심히 대나무를 다듬고 있었다. 마음을 비웠다……기보다 저물어가는 하루가 아까워 쫓기듯 일에 집착하는 모습으로 보였다.

시중을 드는 세 제자의 모습은 보이지 않았다. 각각 암자를 나와 저녁 준비를 하고 있는지도 몰랐다.

리큐는 때때로 모기떼가 달려드는 자신의 뺨과 손등을 귀찮다는 듯이 때려가면서 손을 놀리고 있었다.

"거사님, 늦게까지 열심이시군요."

리큐는 얼른 눈길을 들었다.

"오오, 코에츠인가."

문득 손으로 눈길을 옮겼다가 다시 무엇에 놀란 듯이 칼을 놓고 코에츠를 바라보았다.

"안색이 좋지 않은데, 무슨 일이 있었나?"

"예…… 공연히 오다와라에 왔다고 후회하고 있습니다."

"허어, 좌우간 올라오게. 모깃불을 피워서 방 안에는 모기가 적어."

"방해해도 괜찮겠습니까?"

"돌아가라……고 해도 돌아갈 기색이 아닐세. 심심풀이로 하던 일은 내일 해도 되니까."

"꽃꽂이통을 만드십니까?"

"피리와 찻숟가락 따위…… 니라야마에서 좋은 대나무를 베어다주어서 말일세."

리큐도 들어와 코에츠와 마주앉았다.

"요즘 거사님은 전하 앞에 계속 나가시지 않는다지요?"

"음, 그렇다네. 내가 다테 님을 용서하라고 청한 것이 좀 지나쳤던지 심한 꾸중을 들었네…… 그리고 같이 주무실 분이 요도 성에서 도착했네…… 좋은 기회다 싶어 피로하다는 핑계로 이처럼 물러나 소일하고 있는 중일세."

"거사님!"

"왜 그러나? 어서 말하게. 무슨 일이 있었군."

"오다와라에 대한 처분은 애초부터 정해져 있었던 모양이더군요. 저는 미련하게 그런 줄도 모르고……"

"잠깐 기다리게. 애초부터……라고 하면 좀 과한 말이지만, 천하의 일이란 그렇게 뜻대로 되는 게 아닌 것 같아."

"저는 도쿠가와 님만은 오다와라 가문이 살아남도록 힘써 노력하시리라 믿고 있었습니다마는……"

리큐는 손을 내저으며 씁쓸히 웃었다.

"천만에. 그렇게 하다가는 스루가 님 자신이 쓰러질 것일세. 아직 자네는 어리군."

"그러시면 거사님은 처음부터 이렇게 될 줄 아셨습니까?"

"알고 있었다고 하면 오해받을지도 모르지만, 짐작은 하고 있었지."

"그러니까 이즈를 포함한 칸토 여덟 주…… 오다와라의 영지가 고스란히 도쿠가와 가문의 소유가 된다는 말씀입니까?"

리큐는 가볍게 고개를 끄덕였다.

"그 대신 스루가 님은 미카와, 토토우미, 스루가, 카이, 시나노信濃 등 애써 차지했던 영지를 반납해야만 해. 아니, 그뿐만이 아니지. 오슈에는 다테를 두고, 다테를 견제한다는 명목으로 아이즈會津 부근에 전하의 심복인 가모蒲生 님 같은 사람을 배치할 것일세. 그렇게 되면 스루가 님도 숨이 막힐 것일세."

리큐는 밖에서 돌아온 제자 한 사람을 큰 소리로 불렀다. 그리고는 방에 불을 켜게 했다.

5

코에츠는 당장에는 입을 열 수 없었다.

이에야스는 현재의 영지를 그대로 두고 호죠의 영지를 더 받는 것은 아닌 모양이었다. 그렇다면 이번 일을 불결하다고만 말할 수는 없는 일인지도 몰랐다.

"아케치 미츠히데 님 말일세."

"예…… 혼노 사에서 우다이진 님을 습격한 아케치 님."

"그때처럼 모반이 다시 일어나지 않을까 하고 걱정했어. 내가 아니라…… 전하가 말일세. 이번 일로 전하는 그때의 미츠히데와 똑같은 처지에 스루가 님을 몰아넣었으니까."

"……"

"스루가 님은 미츠히데처럼 경솔하지는 않았어. 꾹 참고 영지의 변경을 승낙했어. 그러나 일단 옮겨가면 어려운 일이 많을 것일세."

"그렇겠지요……"

"아무튼 백수십 년 동안 호죠 세력 아래 있던 땅이 아닌가. 잔당을 모조리 없앨 수는 없는 일, 옛날 미나모토노 요리토모 시대부터 기풍이 거세어 산적과 강도를 근절하려면 얼마나 걸릴지…… 그걸 생각하면 남의 일이기는 하지만 스루가 님이 여간 불쌍하지 않아."

"그러면……"

코에츠는 몸을 앞으로 내밀었다.

"거사님은 호죠 일족에 대한 처분도 진작부터 알고 계셨습니까?"

"알지는 못해. 그러나 짐작은 할 수 있지."

리큐는 다시 같은 말을 되풀이했다.

"벌써 내통자가 생겼다고 하니 오래가지는 못할 것일세."

"우지마사 부자를 살려두지는 않을 것이다…… 그런 말씀입니까?"

"부자……라고 하지만 우지마사 님과 우지나오 님을 똑같이 처단하지는 않을 것일세. 우지마사 님은 항복하더라도 목숨은 건지지 못할 거야. 그러나 우지나오 님은 스루가 님의 사위니 죽이지는 않고 코야산高野山으로 쫓아버리는 정도…… 내가 전하의 여러 가지 말을 종합하여 상상한 일이지만."

코에츠의 몸은 다시 떨리기 시작했다. 모든 것을 다 내다보고 있으면서도 이처럼 대나무나 만지고 있는 리큐가 미웠다.

'권력의 그늘에 있으면서 아부나 하며 살아가는 단순한 속물……'

이런 생각을 떨쳐버릴 수 없었다.

"그럼, 거사님은 이런 것을 모두 알고 계시면서도 전하께 이렇다 할 의견을 말씀 드리지 않으셨군요?"

"그것 참 묘한 말을 하는군. 나에게 무슨 의견이…… 설령 내가 말한다 해도 들어주실 전하가 아닐세."

"호죠 부자를 위해 하다못해 목숨만이라도!"

"나는 무장도 아니고 정치가도 아닐세. 단지 검소한 길을 걷는 일개 다인茶人에 지나지 않아."

리큐는 비웃듯이 덧붙였다.

"전하는 여기저기서 땅을 빼앗고 주고 그러는 게 좋겠지. 나는 한낱 풍류객, 이처럼 심심풀이로 만든 물건들은 동호인에게 나누어주고 사례를 받는 것이 고작인, 속세를 떠난 사람일세. 그러한 나에게 너무 많은 것을 기대하지 말게. 아마도 자네는 리큐 같은 자는 살려둘 수 없다고 분개할 것일세. 아아, 무섭군, 무서워……"

이때 제자가 낡은 차솥에 물을 끓여 들어왔다. 처마 밑에는 여전히 모기떼가 날아다니고 있었다.

6

코에츠의 눈이 부지불식간에 예리한 칼날처럼 날카로운 빛을 띠었다. 리큐 거사의 암자에도 역시 그의 마음을 씻어줄 맑은 물은 없었다.

코에츠가 싫은 것은 무엇보다도 '속세를 버린 사람'이라는 생각이었다. 그것은 비겁하고 비뚤어진 마음을 위장하려는 패배자의 소리가 아니고 무엇인가.

"거사님!"

"왜 그러나? 화가 난 모양이군."

리큐는 오만하게 들릴 정도로 조용히 반문했다. 야유라고도 할 수 있었다.

'새파랗게 젊은 녀석이 무얼 안다고……'

이런 무관심에 관심이 뒤섞인 얼굴이었다.

"거사님은 지금 심심풀이로 물건을 만들어 동호인에게 나누어주고 사례를 받는다고 하셨지요?"

"그래."

리큐는 무릎 옆에 있는 찻숟가락을 집어들었다.

"이런 것이라도 뜻밖에 소중히 여기는 사람이 있어서 석 냥이나 닷 냥씩 사례하기도 한다네."

"한 가지 여쭙겠습니다!"

"아, 그럴 줄 알았어."

"이 경우 거사님은 석 냥을 주는 사람과 닷 냥을 주는 사람 중 누구에게 물건을 주십니까?"

"그야 닷 냥을 주는 사람이지. 닷 냥이 석 냥보다는 두 냥이 더 많으니까."

"그러면 돈을 많이 주는 사람에게 파신다는 말씀이군요. 현세에서는 그것으로 족하다는 말씀입니까?"

"코에츠, 엇나가지 말게. 나는 대나무 제품 세공업자가 아니야. 검소한 길을 걷는 구도자일세."

"그러면 어째서 돈의 많고 적음을 문제 삼으십니까?"

"하하하…… 문제시하지 않는 체하면서 문제 삼는 자보다는 내가 약간은 더 깨끗해. 그 정도의 차이일세."

"어째서 두 냥이 적더라도 상대의 마음 여하에 따라 적은 쪽에 양보하지 않으십니까?"

"코에츠, 나는 사례금이 적은 사람에게는 절대로 주지 않는다고는 하지 않았어. 그러나 물건을 원하는 두 사람의 인품이 똑같거나 비슷할 경우에는 닷 냥을 사례하는 사람에게 준다고 했네. 같은 경우에 열 냥을 주는 사람이 있다면 물론 그에게…… 이런 때는 자네도 그렇게 하는 게 좋을 것일세."

코에츠는 강하게 고개를 저었다.

"무슨 말씀인지 알겠습니다! 그러나 저에게까지 그렇게 하라는 충고는 지나친 일인 듯합니다."

"그래? 그렇다면 마음대로 하게."

"당연히 그렇게 하겠습니다. 그런데 거사님!"

"아직 용건이 남았나?"

"그럼, 거사님은 다도를 통해 칸파쿠를 이끌겠다는 예전의 뜻을 버리셨군요."

"아니, 예나 지금이나 특별히 변한 것은 없어."

"그러시면 전부터 그런 뜻은 없었다, 니치렌 조사가 카마쿠라에서 설법하셨을 때와 같은 그런 격렬한 기질은 처음부터 없으셨다는 말씀입니까?"

열띤 목소리로 코에츠가 여기까지 말하자 리큐는 혀를 차면서 그러나 가볍게 웃었다.

"이거 정말 무섭군, 무서워. 코에츠, 지금 니치렌 조사가 이 자리에 계신다면 이렇게 말씀하실 거야…… 자, 물이 끓었어. 진혼鎭魂을 위해 한잔하세. 우선 마음을 가라앉히고 나서 주위를 둘러보세…… 이렇게 말일세."

7

리큐는 코에츠의 분노를 무시하고 제자가 가져온 풍로 앞에 앉았다. 그리고는 촛대를 끌어당겨 다기를 살피기 시작했다.

그 모습을 바라보며 코에츠도 차마 입을 열 수 없었다.

그야말로 '진혼'의 차. 비단 천으로 찻잔을 닦는 그 손길에 눈도 마음도 시공時空 속에 녹아들고, 있는 것이라고는 오직 저물어가는 골짜기의 정적뿐이었다.

찻잔은 아마 지금 전쟁터에 나간 후루타 오리베노쇼古田織部正에게 굽게 한 '텐쇼구로天正黑'인 듯. 리큐는 찻잔을 조용히 코에츠에게 건네면서 말했다.

"어떤가, 내가 새로운 찻잔이나 비싸게 파는, 돈만 아는 늙은이라는 욕은 먹지 않고 있는 줄로 알고 있는데?"

"그런 이야기를 듣기는 했으나 오늘까지는……"

"믿지 않았다…… 그러나 이제부터는 믿겠다는 말인가?"

코에츠는 대답 대신 손바닥에 올려놓은 찻잔과 차를 음미하려고 애썼다. '어리다!'고 한 그의 한마디가 몹시 자신을 초조하게 만들었다.

과연 나의 분노는 경솔했던 것일까? 아니면 상대방의 세속적인 더러움이 나의 젊음을 기만하려 하는 것일까……?

그러나저러나 이 훌륭한 차의 맛은 왜 이처럼 짓궂게 나의 미각을 휘저어놓는 것일까……

문득 리큐를 바라보니, 그는 빈정거리는 표정으로 한 잔의 차가 코에츠의 내부에 어떤 변화를 일으키는지 지켜보고 있는 듯했다.

코에츠가 잔을 내려놓자 리큐가 말했다.

"어떤가, 마음이 씻어졌나?"

"글쎄요……"

"자네의 지혜는 어차피 설익은 것일세. 무無로 돌아가게. 이것이 자네가 말하는 니치렌 조사의 마음 이전에 반드시 짚고 넘어가야 할 길일세."

"그러면, 이 코에츠의 생각이 아직 부족하다는 말씀입니까?"

"글쎄…… 나는 말하지 않겠어. 그러나 차가 자네에게 그렇게 속삭이지 않던가?"

"……"

"코에츠."

"예, 말씀하십시오."

"자네가 아무리 서두른다고 해도 칸파쿠를 뜻대로 움직일 수는 없어. 가령 그렇게 한다고 해도 그것으로 끝나지는 않아. 한 사람의 칸파쿠 다음에는 또 한 사람의 칸파쿠가, 그 뒤에는 또 다른 칸파쿠가…… 이처럼 결코 이 세상은 끝나지 않는 것이라네."

"……"

"그래서 니치렌 조사도, 세 번 간언해도 통하지 않으면 산에 들어가 다음 공부를 해야 한다고 깨끗이 물러나 미노부산身延山에 은거하신 걸로 알고 있네. 알겠나, 내가 석 냥보다 닷 냥을 주는 사람에게 물건을 건네겠다……고 한 것은, 그 다음 공부에 속하는 일일세."

"무……무슨 말씀입니까?"

"아무리 심심풀이로 만든 물건이라 해도, 그 소품 속에는 내가 오늘날까지 걸어온 혼이 새겨져 있어. 그것을 다른 사람에게 건네는 거야. 오십 냥이나 백 냥과도 바꿀 수 없는…… 아니, 아깝다는 말은 하지 않겠네. 양도받은 사람들이 그 가치를 발견하는 단서는 유감스럽게도 그 금액에 있어. 돈을 많이 주고 산 물건이라면 반드시 이를 귀중하게 여겨 후세에까지 그 아름다움의 가치를 인정할 테지…… 칸파쿠 시대에도 그 다음 칸파쿠의 시대에도 말일세."

리큐는 어느 틈에 눈시울을 적시고 자기가 만든 찻숟가락을 조용히 뺨으로 가져갔다.

8

코에츠는 아직까지도 리큐의 주장을 그대로는 받아들일 수 없었다. 인간에게는 저마다 자기 나름의 집념이 있고, 그 집념을 위해 강력하게 자기 주장을 할 터. 비록 리큐가 자신의 집념이 옳다고 믿으며 살아왔다고 해도, 그것이 다른 '세상의 거울'에는 어떻게 비쳐지는가가 문제였다.

리큐는 잠시 후 찻숟가락을 훌쩍 내던졌다.

"아직도 납득할 수 없다는 얼굴이군."

"그렇습니다."

"어디가 마음에 들지 않나? 망설이지 말고 말하게."

"그러면, 거사님은 이미 칸파쿠와 관계를 끊었다는 말씀입니까?"

"난감한 일일세."

리큐는 웃었다.

"칸파쿠 개인의 일을 이러쿵저러쿵 말한들 무슨 소용이 있겠나. 인간에게 저마다의 업상業相이 있듯 권력의 자리에도 그것이 있어. 이에 대한 계산을 정확히 하고 맞선다, 분노를 터뜨린다, 그러면 점점 더 비참한 패배가 있을 뿐이라고 말하고 있는 것일세."

코에츠는 오른쪽 어깨를 잔뜩 쳐들었다.

"칸파쿠가 권력의 업業으로 나오니 거사님은 돈이 갖는 업상을 이용하여 대처하시려 한다는 말씀입니까?"

"그렇게밖에 해석할 수 없다면 그래도 좋겠지."

“달리 해석할 길이 있다면 말씀해주십시오. 상대의 추함에 진 것이 아니다…… 교화시키기 위해 살고 있다……는 것을 알면 이 코에츠는 거사님 앞에 무릎을 꿇고 사죄 드리겠습니다.”

“사죄받기 위해 말하는 것이 아니야. 칸파쿠는 칸파쿠대로 좋은 면이 있어. 이 좋은 면은 어떤 경우에도 완전한 형태로 존재하는 게 아니라 인간이 지닌 나쁜 면과 공존하고 있네. 그대에게 이 사실을 깨닫지 못했는가 묻고 있는 것일세. 그것을 알면 자연히 칸파쿠의 좋은 면도 깨닫게 되겠지. 그런데, 코에츠.”

“예.”

“자네는 완전무결한 명검을 본 적이 있나?”

“글쎄요, 그것은…… 하지만……”

“보았다고는 말할 수 없을 것일세. 칼도 사람도 마찬가지야! 그렇다고 흠이 있는 칼을 그대로 두라는 뜻은 아니야. 그렇게 되면 진보가 없으니까. 완전한 것을 추구하는 마음과 완전한 것이 있느냐 없느냐 하는 문제는 별개일세. 완전한 것을 추구한 나머지 작은 흠에 손을 대었다가 칼 자체를 부러뜨리면 안 된다는 말일세. 그 성급함이 어리다는 거야.”

“그러니까 거사님은 칸파쿠도 그런 대로 좋고 스루가 님도 이해해야 한다는 말씀이시군요.”

“물론, 양쪽 모두 아주 훌륭한 분들. 자네도 그렇다는 것을 잘 알고 있겠지. 그런데도 불처럼 화를 내고 있어. 그 원인이 무엇일까 하고 나는 아까부터 생각하고 있었네.”

“좋습니다! 그럼, 말씀 드리지요. 칸파쿠는 이 코에츠에게 마사무네 칼을 조작하라, 마사무네라고 감정한 칼을 상으로 주기 위해 필요하니 즉시 조작하라고 명했습니다.”

“허어! 이제야 알겠군.”

리큐는 비로소 무릎을 탁 쳤다. 그와 동시에 다시 코에츠의 말이 튀어나왔다.

"이런 경우에 거사님이라면 어떻게 하시겠습니까? 가짜 명검을 마사무네로 감정하라고 하면, 이것도 권력이 갖는 업이라 하여 명하는 대로 하시겠습니까?"

9

코에츠가 다그쳐 물었다. 리큐는 다시 한 번 손을 내저었다. 전보다는 부드러운 미소가 입가에 떠오른 것은, 무엇이 코에츠를 그토록 격분시켰는지를 알게 되었기 때문이다.

"코에츠, 자네에게 묻겠네. 자네는 칸파쿠를 그 마사무네인가 하는 명검을 만들라고 억지를 부리지 않을 사람으로 알고 있었나?"

"예, 그것은……"

"그렇지 않을 것일세. 칸파쿠에게는 왠지 모르게 자네의 마음에 들지 않는 점이 있었을 것…… 어때, 안 그런가?"

부드럽게 묻는 바람에 코에츠는 당황했다. 그러고 보니 확실히 그랬다. 처음부터 코에츠는 히데요시가 마음에 들지 않았다.

"하하하……"

리큐가 소리내어 웃었다.

"처음부터 마음에 들지 않는 분이 자네가 가장 싫어하는 말을 했어, 그래서 울컥 화가 치밀었다…… 자네가 격분한 원인일 테지."

"그럼…… 잘못되었다는 말씀입니까?"

"잘못된 것이라고는 하지 않았어. 그러나 좀더 생각이 깊었으면 싶어…… 그러니까 자네가 싫어하는 것을, 히데요시라는 적나라한 하나의 인간과 칸파쿠라는 권력의 자리에 앉아 있는 인간으로, 둘로 나누어 생각하는 여유를 가졌으면 하네."

"무슨 말씀을 하시는 겁니까? 히데요시와 칸파쿠가 별개의 인간이란 말씀입니까?"

"지금은 같지만 원래는 별개일세. 히데요시라는 분은 역사를 통해 오직 한 사람, 그러나 칸파쿠란 지위를 가진 사람은 얼마든지 있어. 코에츠, 자네가 싫어하는 것은 히데요시가 아니라 칸파쿠일 게야."

"어째서…… 어째서 그렇다고 판단하십니까?"

"가령……"

리큐는 자기가 우린 차를 맛있게 마시면서 말을 이었다.

"히데요시가 칸파쿠가 아니라 여전히 하시바 치쿠젠羽柴筑前이란 한 사람의 다이묘에 지나지 않았다면, 히데요시도 마사무네를 만들라고 하지 않았을 것이고, 자네 역시 그 말을 들어도 화내지 않았을 것일세…… 치쿠젠 님, 그런 농담은 마십시오…… 이렇게 말하고 차근차근 상대를 설득할 여유를 가졌을 것이 분명해."

"으음, 이상한 말씀을 하시는군요……"

"이상할 것 없네. 인간이란 화가 났을 때 특히 상대를 잘못 보기가 쉬워. 자네는 히데요시가 싫은 게 아니라 칸파쿠라는 권력이 싫은 거야. 아니, 싫어한다기보다 두 가지를 엄밀하게 구별하는 안목이 없어…… 그래서 어리다는 것일세. 권력을 싫어해 히데요시에게 화를 낸다, 그 때문에 이 리큐 역시 비난을 받았지만……"

리큐는 다시 상대의 반응을 살피는 눈으로 입을 다물었다.

코에츠는 분명히 동요하고 있었다. 적어도 리큐가 한 마지막 한마디는 그의 가슴을 예리하게 찔렀다.

"코에츠, 칸파쿠는 어떤 무리한 일도 거침없이 말하는 사람. 말해놓고 그것이 선인지 악인지 전혀 생각해보지 않는 단순한 면이 있는 분이야. 그런 단순한 분이 칸파쿠 자리에 있어. 우리는 그 사실을 마음에 새겨두고 대해야만 하네. 섬긴다……고 하면 자네는 노할 테지. 지도라고 해도 좋고 자문이라고 해도 좋으나, 어디까지 그 고집을 이해하고 어디까지 굳은 마음으로 간언할 것인가. 니치렌 조사도 이에 대해서는 엄하게 가르치지 않은 것으로 알고 있네마는……"

10

코에츠는 입술을 깨문 채 온몸을 굳히고 자기 무릎을 노려보고 있었다. 아마도 그가 생각하고 있는 것처럼 얕은 곳에서 망상하는 리큐는 아니라는 판단이 선 모양이었다.

그렇지만 히데요시와 칸파쿠를 별도로 생각하라는 말은 아무래도 궤변인 것 같았다.

"한마디 더 쓸데없는 말을 해도 괜찮겠나, 코에츠?"

"……"

"자네도 그렇지만 이 리큐도 무장이 될 생각이 있었다면…… 무장으로 출세할 능력이 없어서 자네가 서도書道나 칼의 감정에 일가를 이루고, 내가 다도에 몰입하게 된 것은 아니야. 이십만 석이나 삼십만 석짜리 무장이 되어 영지를 다스린다고 하여 만족할 수 있는 인간이 아니었어. 그래서 자네는 무장의 혼을 떠맡는 길을, 나는 이 다도를 지향했어. 알겠나, 정치나 모략에는 반드시 추한 것이 따르게 마련일세. 그 추한 것을 용납하지 못하는 천성…… 자네와 내가 천성적으로 가지고 태어난 업일세. 이 업은 칸파쿠뿐 아니라 어떤 영주와도 반드시라고 해도 좋을 정도로 충돌할 것일세. 실제로 이 리큐도 칸파쿠의 비위를 거슬려 지금 이처럼 병을 핑계 삼아 곁에서 떠나 있는 거야. 하지만 나는 칸파쿠를 원망하지 않아. 원망하지 않을 뿐 아니라 이렇게 잠시 떠나 있으려니 말할 수 없는 재미와 함께 그리움을 느끼고 있네. 이를테면 흠집투성이인, 그러나 좀처럼 구하기 힘든 이도井戶의 찻잔이라고나 할까……"

"거사님!"

"이해가 되는 모양이군. 눈빛이 되살아났어."

"그럼, 거사님은 이 코에츠에게 히데요시라는 찻잔에 담긴 차도 그대로 마시는 아량을 가지라……는 말씀입니까?"

"그렇지는 않아."

리큐는 천천히 고개를 저었다.

"자네는 자네대로 허용할 수 있는 마지막 선이 있을 거야. 마찬가지로 나에게도 그것이 있네. 이것만은 서로 굽히지 말도록 하세…… 그러나 이를 분별하지 못하고 분노하는 어리석음은 피해야 하네."

"으음."

"이해가 되는 모양이군. 우리의 생명은 진리를 지향하고 정치의 생명은 오늘의 안거安居를 지향하는 것일세. 어느 길이 더 험한지는 자네가 잘 알고 있을 터……"

코에츠는 푹 고개를 떨궜다.

리큐의 말이 비로소 가슴속에 스며들었다.

코에츠와 리큐의 사고방식이 무장이나 정치가의 그것과 충돌하지 않을 리가 없었다. 당연히 있어야 할 것에 부딪쳐 앞뒤도 잊고 분노한 자기를 리큐는 '어리다' 고 평했을 뿐, 결코 세속에 굴복하고 탁류에 물들라고 한 것은 아니었다.

"그러면 또 한 가지……"

"좋아, 무엇이든 물어보게."

"이 코에츠도 지금 병을 가장할 때……라고 생각하십니까?"

"그렇네. 낯선 땅이라 물이 맞지 않아…… 쿄토에 돌아가 요양하겠다고 청해보게. 그러면 칸파쿠는 자네 이상으로 건강을 걱정해줄지도 몰라. 칸파쿠 히데요시는 그와 같은 묘한 분이야. 무장으로서도 정치가로서도 그릇이 커."

이때 제자들이 밥상을 들고 들어왔다.

벌써 한밤중이 되어 있었다.

11

리큐도 코에츠도 묵묵히 식사하기 시작했다.

'이제는 더 말하지 않아도 알았을 것……'

리큐는 이렇게 생각하고 입을 다물었으나 코에츠는 그렇지 않았다. 아직도 여러모로 리큐가 한 말을 반추하고 있었다.

두 사람의 성격은 연령 차이를 제외하면 아주 비슷했다. 양쪽 모두 결벽하고 지기 싫어하는, 세상에서 흔히 말하는 괴짜였다. 그런 만큼 모두 사물의 본질을 꿰뚫어보지 않고는 참지 못하는 순수함이 있었다.

코에츠는 니치렌을 믿고 리큐는 선禪에 몰두하면서 양쪽 다 세상의 사표師表가 되겠다는 야심과도 같은 패기가 있다는 점까지 너무 닮아 있었다.

리큐에게 코에츠는 '어리다'는 가벼운 핀잔을 들었다. 상대의 말이 가벼우면 가벼울수록 무서운 비판을 받은 것과 같았다. 코에츠는 지금 이에 대한 분함과 성격에 따른 날카로운 반성을 반추하고 있었다.

'히데요시가 아니라도 리큐나 코에츠 같은 삶을 지향하는 자는 반드시 당시의 권력자와는 충돌하게 된다……'

거사는 이렇게 단언했다.

'그럴지도 모른다……'

어쩌면 그것이 정치를 지향하는 자와 구도의 길을 걷는 자의 숙명적인 차이일 터…… 이렇게 생각하면서도 여전히 납득할 수 없는 것은 역시 '어리다'는 데서 오는 분노가 아닐까?

거사는 이 단계에서 분노하면 히데요시에 의해 자멸할 뿐이라고 경고하고 있다. 병을 핑계 삼아 교토로 돌아가라고. 그렇게 하면 혹시 인간으로서의 히데요시에 대한 또 하나의 측면을 발견하여 코에츠의 마음을 여는 원인이 되기도 할 것……이라고 충고하고 있었다.

'그럴지도 모른다……'

그렇더라도 언제나 권력자 앞에서 패배만 하고 있어도 좋다는 말인가. 니치렌 조사는 이 패배야말로 가장 경계해야 할 비겁한 행위라고 가르치지 않았던가……?

리큐가 두번째 밥공기에 젓가락을 대었을 때, 머위나물을 먹으려던 코에츠가 느닷없이 젓가락을 던지고 울기 시작했다. 리큐는 태연했으나 시중을 들고 있던 제자가 흠칫 놀라 무릎걸음으로 한 걸음 물러났다. 그토록 격렬한 코에츠의 동작이고 울음이었다.

"으흐흐……"

코에츠는 경련하듯 두 어깨를 떨며 머리를 쥐어뜯었다.

"저는…… 저는…… 지금까지 아무 쓸모도 없는 인간으로 살아왔습니다……"

"그렇지 않아!"

리큐의 목소리가 주위를 제압했다.

"다음에 이와 똑같은 어려움을 당할 때, 자네는 도道를 위해 용감하게 죽을 수 있는 큰 경험을 한 것일세."

"아니, 다음에는 용감하게……!"

"그래."

리큐는 나직하게 웃었다.

"알겠나, 그런 경험을 한 것은 자네 한 사람만이 아니야. 이 리큐도 또한 같은 경험을 했어. 이 아니 즐거운 일인가, 도를 위해 심각하게 생각한다는 것은…… 자, 어서 배를 채우고 곧장 쿄토로 돌아갈 준비를 하게."

코에츠는 다시 고개를 떨구면서 입술을 깨물고 울었다.

호죠의 붕괴

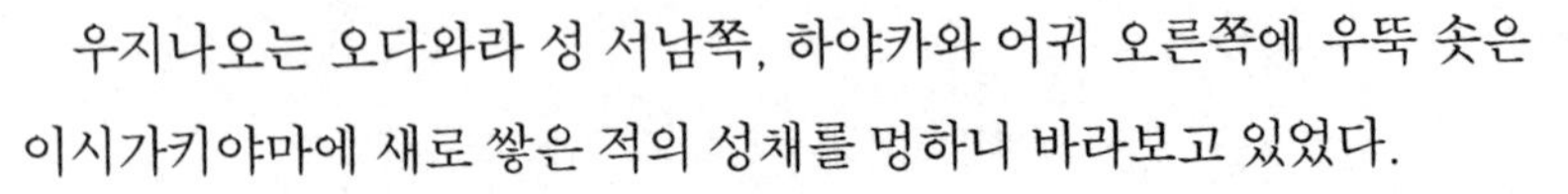

1

우지나오는 오다와라 성 서남쪽, 하야카와 어귀 오른쪽에 우뚝 솟은 이시가키야마에 새로 쌓은 적의 성채를 멍하니 바라보고 있었다.

히데요시 쪽에서는 이것을 하룻밤에 쌓은 성이라 하여 ‘이치야 성一夜城’으로 부른다고 했다. 골짜기 너머의 산에 많은 일꾼들이 동원되고 있다는 것은 알고 있었고, 그 숲 너머에 무언가 큰 성채를 구축하고 있다는 것도 알고 있었다. 그러나 5대를 이어온 오다와라 성을 조롱하듯 웅대한 규모의 성이 홀연히 산꼭대기 숲에서 모습을 나타낼 줄은 상상도 못했다.

‘어떠냐, 히데요시의 위력을 알겠느냐……’

그 성은 두 겹으로 깔린 안개 위에서 문자 그대로 오만하게 오다와라의 성과 거리를 내려다보고 있었다. 이 산성에 사용된 거대한 돌의 운반에만도 10여 만의 인력이 동원되었을 것이었다.

이미 해상에서는 끊임없이 봉쇄의 사슬이 죄어들고 있었으며, 코즈케에서 들어온 적은 무사시, 시모우사, 사가미로 점점 침입의 손길을 뻗치고 있었다.

'이런 대공사가 무슨 필요가 있어서, 더구나 이런 곳에……'

이런 생각을 하는 순간 온몸에 소름이 돋았다.

'버틸 수 있다면 얼마든지 버텨봐라. 우리도 이렇게 배짱 있게 나가기로 했다.'

적이 원정군이라는 계산 아래 태도를 결정하지 못하고 있는 호죠의 농성군籠城軍에게 이처럼 사기에 큰 위압을 가하는 것도 없었다. 사실 이 성을 보게 된 하야카와, 카미가타上方, 미즈노오水之尾 어귀의 호죠군은 숨도 크게 쉬지 못하고 있었다.

"아직 사자는 오지 않았느냐?"

우지나오는 정문 망루 위에서 더 견디지 못하겠다는 듯 계단을 내려왔다. 그리고는 일부러 성이 보이지 않는 활터로 나가 우에다 토모히로上田朝廣로부터의 연락을 기다렸다.

우에다 토모히로는 무사시의 마츠야마松山 성주로, 에도江戶(당시에는 사카와酒匂) 어귀를 지키며 도쿠가와 이에야스의 본진과 대치하고 있었다.

"아직 오지 않았습니다마는, 이상한 소문을 들었습니다."

근시 사카구치 몬도노스케坂口主水之助의 대답을 듣고 우지나오는 신경질적으로 돌아보았다.

"낭보냐 흉보냐?"

"그것이……"

몬도노스케는 주위를 꺼리듯이 말소리를 죽였다.

"은밀히 사자의 역할을 했던 즈이후라는 승려와 혼아미 님도 이미 이곳을 떠났다고 합니다."

"뭣이, 혼아미 코에츠도 이곳에 없다는 말이냐?"

"예. 우에다 님의 중신이 여러모로 알아본 결과, 사월 하순에서 오월 초순에 병을 치료하기 위해 쿄토로 돌아갔다고 합니다."

"그럴 리가 없어!"

우지나오는 목소리를 떨었다.

"혼아미는 도쿠가와 님과의 은밀한 연락을 자청했어."

"하지만 병으로 칸파쿠에게 하직을 청했다고 합니다. 칸파쿠는 후하게 상을 주고 도중에 경호까지 하게 하여 분명히 쿄토로 돌려보냈다고 합니다마는……"

우지나오는 보고를 믿지 못하겠다는 듯이 벚나무 고목 밑에서 걸음을 멈추어 서며 퉁명스럽게 말했다.

"어쨌든 기다리자. 혼아미가 아니더라도 대신 연락하는 사람이 있겠지. 걸상을 가져오너라."

6월도 이미 중순, 히데요시가 이곳으로 진출한 지도 벌써 80일이 되어가고 있었다.

2

우지나오는 걸상에 앉았다.

"하치만야마의 경비를 엄중히 하라."

이렇게 말하고 녹음 아래 눈을 감았다.

참으로 묘한 싸움이었다. 처음에는 전군이 불덩어리처럼 되어 맞붙어 싸울 기세였으나 어느 틈에 경제력까지 계산에 넣은 총력전, 다시 농성으로 변해 끈기 겨루기가 되어 오늘에 이르고 있었다.

히데요시가 하코네의 야마나카 성과 이즈의 니라야마 성에 공격을 가한 것은 3월 29일. 야마나카 성은 함락되었지만 니라야마 성은 계속 포위당한 채였으며, 가장 중요한 오다와라 성에서는 아직 한 번도 전투다운 전투를 하지 않고 있었다.

총력전을 표방하여 농민군을 모집하고 부근에서 수많은 군량을 운반해왔으며, 거리를 모두 성곽 안에 수용한 덕택에 백성도 무사도 식량에는 전혀 부족을 느끼지 않았다. 따라서 홀연히 이시가키야마 성이 출현하기까지 오다와라 성은 아무런 불안도 부족도 없는 별천지였다. 그렇게 보이도록 하기 위해 우지나오는 무척 고심했다.

장병들의 위안에 특히 주의를 기울여 낮에는 장기와 주사위 놀이를 허락하고, 주연과 가무도 기습에 대비하는 자 외에는 그다지 단속하지 않았다. 곳곳에서 물을 끓여 차를 즐기는 자, 노래를 부르는 자, 피리와 북으로 울분을 달래는 자……

뿐만 아니라 마츠바라松原 다이묘大明 신사 경내 10정의 땅에 매일 장을 열도록 했다. 그리고는 3년이나 5년 동안 먹을 수 있을 만큼 식량을 저축하고 있는 자는 내년부터 쌀을 배급할 테니 장에 내다 팔도록 명했다. 그 결과 산더미처럼 쌀과 보리가 쏟아져나와 우지나오를 깜짝 놀라게 했다.

오다와라 성에 관한 한 아직 전란의 기운은 전혀 느낄 수 없었다. 그런데도 히데요시와의 전투에서는 이미 완전히 패하고 있으니 묘한 일이었다.

히데요시 쪽에서도 호죠 쪽에 지지 않고 수천 척의 배로 매일같이 물자를 운반해와서 아타미熱海와 가까운 하야카와 어귀, 유모토로 통하는 카미가타 어귀에서부터 미즈노오 어귀, 하기노萩野 어귀, 히사노久野 어귀, 이사이다井細田 어귀, 시부토리澁取 어귀, 에도 어귀와 성곽 주위를 방비하는 무장들의 본진은 물론 곳곳에 장을 열어 오다와라를 에워싼 대도시를 이룩했다. 지금은 해안 근처의 상인을 비롯하여 접대부와 창녀들까지 속속 모여들어, 장기전이라거나 야전 따위의 관념과는 전혀 동떨어진 양상이었다.

그동안에도 주위 칸토 8주를 에워싼 포위망은 바다에서나 육지에서도 속속 오다와라를 겨냥하여 좁혀오고 있었다.

이즈는 이미 니라야마 성 하나만 남게 되고, 4월 20일 코즈케의 마츠이다 성松井田城을 공격하기 시작한 우에스기, 도쿠가와, 도요토미의 연합군은 서로 공을 다투듯—

4월 22일 에도 성

5월 22일 이와츠키 성

5월 30일 타테바야시 성館林城

6월 5일 오시 성

6월 14일 하치가타 성鉢形城

등을 잇따라 함락하거나 항복을 받거나 하여 거꾸로 동쪽에서부터 육박해오고 있었다.

그런 상황에서 이번에는 서쪽에서 이시가키야마 성이 홀연히 그 위용을 드러냈다.

'본대는 싸우지도 않고 패배했다. 이런 어이없는 일이……'

우지나오가 도쿠가와 군의 연락을 초조하게 기다리는 것은 이 때문이었다.

3

오다와라 성 안은 무풍 상태이면서도 조상 대대로 이어온 영지는 시시각각 잘려나가고 붕괴되고 있었다. 홍수를 만나 강 한가운데 고립된 모래톱과도 같았다. 점점 더 이곳저곳과 연락이 끊기고, 이미 서 있는 발밑에까지 탁류가 몰려오고 있었다……

지금 우지나오가 믿는 것은 오직 단 하나의 생명줄인 도쿠가와 가문

뿐이었다.

'호죠 가문이 존속할 수 있는 마지막 길을 찾아내야 한다……'

이 얼마나 어리석었던 것일까 하고 우지나오는 이제 와서야 땅을 치고 있었다.

무엇보다도 실력을 비교하는 데 오산이 컸다. 그 오산이 아버지 우지마사부터 병졸에 이르기까지 너무 철저해 결국 오늘에 이르도록 진퇴를 결정짓지 못한 원인이 되었다.

적은 이를 '오다와라의 작전 회의' 라 부르며 비웃고 있었다. 항복이 하루라도 늦어지면 늦어질수록 조건은 더욱 불리해질 터. 그것을 모르는 이쪽이 어리석다는 의미일 것이다.

이에 대해서는 이에야스도 여러 차례 권유했었고, 즈이후나 혼아미도 입을 모아 설득했다. 우지나오 자신도 그렇게 생각하고 몇 번이나 아버지와 일족에게 제의했으나 받아들여지지 않았다.

"약한 면을 보여서는 안 된다."

"알겠다. 어딘가에서 크게 승리를 거두었을 때 이를 기회로 화의의 회담을 열도록 하자."

그러나 이러한 의견은 다리 하나를 수렁에 빠뜨린 자의 허망한 기대에 불과했다.

적은 좀처럼 그런 '기회' 를 주지 않았다. 그뿐 아니라 싸우면 반드시 이겨 착착 오다와라의 고립에 성공을 거두고 있었다.

이치야 성을 쌓았으니 이제 남은 일은 총공격…… 이렇게 되고 나서 도쿠가와 쪽 연락을 기다려야 하다니 이 얼마나 비참한 일인가.

"아직 아무도 오지 않았느냐? 시부토리 진지에서."

"예, 시부토리에서도 에도에서도……"

"알겠다. 그럼, 우에다에게 사자를 보내라."

우지나오는 차마 자신이 직접 가지는 못하고, 에도의 우에다 토모히로에게까지 측근을 보냈다.

기다리는 동안 여간 초조하지 않았다.

이미 총공격 명령이 내려져, 이에야스 역시 사위를 위해 일을 도모할 여지가 없어졌는지도 모른다……

'그렇다면 어떻게 할 것인가……?'

이치야 성이 완성되기 전이라면 모두 마음을 합쳐 공격해나가는 방법도 있었을 텐데 지금은 사기가 반으로 떨어져 있었다……

얼마 후 우에다 토모히로의 진지에서 뜻밖의 인물이 토모히로와 함께 찾아왔다. 카미가타 어귀를 지키고 있어야 할 중신 마츠다 노리히데였다. 두 사람은 당황하며 맞이하는 우지나오의 모습에 엄한 목소리로 근시에게 주위를 감시하라고 명했다.

"중요한 이야기가 있으니 아무도 가까이 오지 못하게 하라."

우에다 토모히로도 동쪽을 경계하는 위치에 서고, 우지나오 앞에 무릎을 꿇은 것은 마츠다 노리히데였다.

우지나오는 노리히데의 희끗희끗한 머리와 이마에 흐르는 납빛 땀을 보았을 때 대번에 사태를 짐작했다.

"노리히데! 배신했구나."

"예, 옛."

노리히데는 부인하는 대신 땅을 짚은 채 무섭게 어깨를 떨었다.

4

성안에서 분발하고 있는 젊은 무사들 사이에서 가장 평이 나쁜 사람이 바로 마츠다 노리히데였다. 강력하게 주전론을 펴는 은퇴한 우지마사 앞에서 언제나 회의를 지연시켜 결전을 미루어온 장본인이 이 노신이라는 소문이 돌고 있었다.

"아무래도 수상해."

"오다와라의 작전 회의라고 적이 악담하는 원인은 바로 마츠다 님에게 있어."

"설마 적과 내통하고 있는 것은 아니겠지?"

이렇게 쑥덕거리는 말을 우지나오도 들은 일이 있었다. 그러나 그는 도리어 그런 그의 태도를 믿음직스럽게 여기고 있었다.

'혈기만으로 일이 성사되는 것은 아니다……'

5만 석이나 10만 석짜리의 영주라면 몰라도, 5대에 걸쳐 이 칸토 8주에 군림해온 호죠 가문. 경솔한 행동은 피해야 한다……

노리히데로부터 배신을 부정하는 말을 들을 수 없자 우지나오는 분노가 확 치솟았다.

"무엇 때문에 그대는 내 앞에 나타났느냐? 그것부터 말하라."

"영주님! 황송합니다마는 이미 모든 것이 끝났습니다."

"끝나지 않았어! 아직 농성군은 한 번도 싸우지 않았다. 더구나 결전을 오늘까지 미루게 한 것은 그대가 아닌가?"

노리히데는 똑바로 고개를 들고 우지나오를 쳐다보았다. 무어라 말할 수 없는 원망으로 흐려진 소름끼치는 눈빛이었다.

"왜 그렇게 노려보느냐? 할말이 있거든 어서 하라."

"영주님! 결국 니라야마의 우지노리 님도 성을 열기로 했습니다."

"누……누구에게 들었느냐! 그……그런 소리를……"

"시노篠 성채를 공격하러 온 도쿠가와 쪽 이이 나오마사의 가신으로부터입니다."

"으음! 이이의 군사와 내통하고 있었느냐?"

"상상에 맡길 뿐 굳이 변명은 하지 않겠습니다. 이이의 군사가 움직이기 시작한 것은 도쿠가와 가문에서도 이미 우리를 버렸다는 증거……

우리의 결단이 너무 늦었습니다."

우지나오는 주먹을 부들부들 떨면서 잠시 할말을 찾지 못했다.

'결단을 늦춘 것은 바로 네가 아니냐!'

이렇게 말하고 싶었으나, 그것도 입장에 따라 다를 수 있었다.

농성군이 결단……이라고 할 경우에는 일제히 공격해나가 성과 더불어 운명을 같이하게 된다. 하지만 이 노신은 그것이 무의미한 일이라 단정하고 어서 항복하라…… 그러기 위한 결단을 내려야 한다고 생각했을 터……

주종간에 잠시 무거운 침묵이 흘렀다.

이미 잘잘못을 따지며 매도하고 있을 때가 아니었다. 비극의 구름이 완전히 이 성을 에워싸고 있었다.

"노리히데……"

잠시 후 이렇게 불렀을 때 우지나오의 목소리는 울고 있는 것처럼 가늘게 떨렸다.

"생각한 대로 말하라. 도쿠가와 님은 이미 손을 뗐다는 말이냐?"

"예. 하치오지 성도 떨어졌다…… 지금은 니라야마도…… 손을 쓰려 해도 방법이 없다, 도대체 그 많은 노신들은 무엇을 하고 있었느냐며 크게 진노하고 계신 것 같습니다."

우지나오는 다시 침묵했다. 그리고 조용히 눈을 감았다.

5

이에야스 역시 알선자의 입장에서 항복을 권하는 쪽으로 돌아선 것 같았다. 아니, 이보다 더 우지나오에게 타격을 준 것은 니라야마 성을 지키던 숙부 우지노리가 결국 성을 열게 될 모양이라는 정보였다.

우지노리는 아버지 우지마사나 우지노리의 형 우지테루氏輝와 더불어 강경파의 중진이었다. 그런 숙부에게 히데요시가 보낸 아사히나 야스카츠朝比奈泰勝가 찾아와 항복을 권했다는 말을 들은 것은 이달 초순이었다.

"어찌 성을 내준다는 말인가. 우리도 더욱 수비를 굳게 할 것이니 오다와라도 그런 줄 알고……"

우지노리가 이런 말을 전해온 지 20여 일…… 결국 성문을 열게 되었다는 현실은 이미 모든 것이 끝났다는 마츠다 노리히데의 말 그대로였다. 그것은 우지나오의 가슴에도 통하는 말이었다.

"도쿠가와 님에게 버림받고 니라야마 성은 함락되었다……는 그런 정도의 일이 아닙니다."

노리히데는 흙빛으로 변한 입술을 떨면서 말을 이었다.

"어젯밤에는 이사이다의 우지후사 님 진지에도 타키가와 카츠토시瀧川雄利, 쿠로다 요시타카黒田孝高 등 두 사람이 칸파쿠의 밀명을 받고 항복을 권하러 왔다고 합니다."

"뭐…… 뭐…… 뭣이!"

"……우지후사 님은 아직 성주님께 보고도 하지 않았습니다. 이 점을 어떻게 생각하십니까?"

우지나오는 비틀거리다가 겨우 벚나무에 몸을 기대었다.

오타 우지후사太田氏房는 무사시의 이와츠키 성주로 우지나오의 동생이었다. 그가 이 오다와라 성에 와서 이사이다 어귀와 히사노 어귀를 수비하고 있었다.

그 동생에게 이미 항복을 권하는 사자가 왔는데도 동생은 그 사실을 우지나오에게 고하지도 않고 있었다……

"제가 생각하건대 칸파쿠는 우지노리 님, 우지후사 님 등 우선 주위 일족부터 설득하여 성주님과 큰 성주님을 고립시키고 나서 항복을 촉

구할 책략…… 이미 가능성이 있다고 보았는지, 머지않아 오다와라를 출발하여 칸토를 순시할 터이니 카마쿠라까지의 도로를 정비하라고 명령했다고 합니다. 믿을 수 있는 소식통으로부터의 보고입니다."

우지나오는 눈앞이 캄캄해졌다.

'니라야마가 떨어지고 성안에서는 이미 동생까지도 마음이 흔들리고 있다니……'

그렇다면 손발이 잘린 것과 마찬가지였다.

식량에는 부족함이 없고 적으로부터 이렇다 할 강한 공격도 없이 유유히 흘러간 '때'가 지금은 그대로 적의 함정이었다.

"노리히데, 그럼 자네는 이 우지나오에게 어떻게 하라는 말인가?"

"황송합니다마는 성안에 있는 인명은 약 육만…… 이제 와서 그들을 죽게 한들 아무 소용도 없습니다."

"그래서 어떻게 해야 하겠느냐고 묻고 있는 거야."

"성주님이 직접 항복하셨다……고 하면 큰 성주님이나 우지테루 님이 승복하시지 않을 것입니다. 그러니 이 노리히데에게 사태의 수습을 위임해주십시오."

"그 수습이 선결 문제야! 그대 손으로 어떻게 하겠는지 말해보라."

"말씀 드리겠습니다……"

노리히데는 빨갛게 충혈된 눈으로 겁먹은 듯 주위를 둘러보았다.

6

머리 위에서 요란하게 매미가 울기 시작했다. 엷은 햇볕이 내리쬐기 시작하여 더위가 더욱더 무장한 몸 안으로 스며드는 듯했다.

마츠다 노리히데는 흐르는 땀을 손등으로 닦으면서 가까이 사람이 없는 것을 확인하고 한층 더 목소리를 낮추었다.

"저는 이제부터 카미가타 어귀의 제 진지로 돌아가, 거기서 하야카와 어귀의 적진 호소카와細川, 이케다池田, 호리堀의 진지에 내통하는 밀사를 보내려고 합니다."

"내통하는 밀사를?"

"예. 이런 고육지책苦肉之策이 아니고는 이미 적의 총공격을 저지하지 못합니다."

우지나오는 다급하게 말하며 고개를 저었다.

"무슨…… 무슨…… 필요가 있어서 새삼스럽게…… 나는 그렇게는 생각하지 않아."

"황송합니다마는…… 성주님의 착각이십니다. 이쪽에서 항복할 계기를 만들지 않으면 안 됩니다. 상대는 마냥 팔짱만 끼고 있지는 않습니다. 이미 전례를 찾아볼 수 없는 비참한 패전입니다."

"그 다음을 말하라! 노리히데, 적과 내통하여 그대는 어떻게 하겠다는 것이냐?"

노리히데는 타들어가는 입술에 침을 발라 축였다.

"이케다, 호소카와, 호리의 군사를 하야카와 어귀에서 성안으로 끌어들이려 합니다."

"뭐…… 뭐…… 뭐라고 했느냐! 끌어들인다면 싸워야 할 것이다. 그것이 육만의 인명을 구하는 길은 되지 못해."

"그것이…… 고육지책입니다."

"자세히 설명하라. 아직 납득이 안 된다."

"저는 배신한 것처럼 하고 그렇게 말하겠습니다. 그런 말을 한 적과의 내통자인 저를 성주님이 체포하십시오."

"그대를 체포한다! 적이 공격하기 전에 말인가?"

"그렇습니다……"

이렇게 말하고 노리히데는 다시 부들부들 떨기 시작했다.

근본은 겁이 많은 모양이었다. 그런 겁쟁이가 비상한 결의를 하고 필요 이상으로 긴장한 것 같았다.

"적에게…… 적에게 공격을 받으면 만사가 끝장입니다. 밀사를 보내 합의가 이루어졌을 때 저를 체포하시고, 하야카와 어귀의 방비는 곧바로 성주님이 맡으십시오."

"으음……"

"성 안팎에, 마츠다 노리히데가 반역했다…… 배반자라는 소문을 퍼뜨린 뒤 마지막 작전 회의를 여십시오…… 그 회의 때까지는 니라야마의 우지노리 님도 성을 내주시고 이 성에 도착할 것입니다."

"그…… 그래서 무슨 결정을 내리라는 말인가?"

"그 회의에는 우지노리 님, 우지후사 님 등 두 분의 화의파和議派가 늘게 됩니다. 게다가 이 노리히데까지 적과 내통하게 되었으니 이제 성을 열 수밖에 없다고 제의하시면 큰 성주님이나 우지테루 님도 화의의 불가피성을 깨닫게 되실 것입니다. 이…… 이 노리히데는 육만의 인명을 구하기 위한 제, 제, 제물이 되려고 합니다."

노리히데는 더 참지 못하겠다는 듯 고개를 숙이고 울기 시작했다. 우지나오는 겨우 노리히데의 말을 이해한 듯 쏘는 듯한 눈으로 빤히 상대를 노려보고 있었다……

7

'고육지책' 이라고 사색이 된 노리히데는 말했다. 그러나 그것은 고육지책 그 이상이었다.

항복할 기회를 놓친 호죠 가문…… 싸우기 위해서가 아니라 항복하기 위해 고심해야 하기까지 상황이 어떻게 되어가는지도 모르고 오다와라 작전 회의를 계속해온 호죠 가문……

우지나오는 바로 그와 같은, 세상에 유례가 없는 호죠 가문의 주군이 아닌가. 비록 아버지 우지마사나 숙부 우지테루가 아무리 세상을 바라볼 줄 모르는 완고한 인물이었다고 해도, 이렇게까지 항복하기조차 어려울 정도로 사태를 악화시킨 책임은 영주인 우지나오 자신이 지지 않으면 안 된다.

"그렇군."

잠시 동안 토해내듯 한숨을 쉬고 있던 우지나오의 이마에서도 납빛 땀이 흐르고 있었다.

마츠다 노리히데가 하야카와 어귀에 포진하고 있는 전면의 적진에 내통을 가장하고 접근한다. 이러한 노리히데를 반역자라 하여 우지나오가 체포한다. 체포한 뒤 마지막 회의를 열 때까지 이미 성을 내준 니라야마의 우지노리도 항복을 권하는 쪽 사람으로 회의에 참석한다.

'과연 그렇게 되면 아버지 우지마사나 숙부 우지테루도 굽히게 될지 모른다.'

적에 대한 완강한 주전파는 아버지 우지마사와 숙부 우지테루 두 사람이었다.

화의파는 앞서 주전파였던 우지노리와 이미 적의 밀사를 맞아들였다는 동생 우지후사, 그리고 우에다 토모히로와 나이토 토요카게內藤豊景도 동의한데다 마츠다 노리히데는 이미 배신자가 되어버렸다……그렇다면 5 대 2의 비율……

여기까지 생각한 우지나오는 자기 마음의 상처를 도려내는 심정으로 반성하기 시작했다.

'대관절 나 자신은 어느 쪽이란 말인가?'

우지나오는 이마와 겨드랑이로 한꺼번에 흘러내리는 땀을 느꼈다.

자신은 처음부터 '화의파' 였다. 그런데도 아버지와 숙부의 고집에 눌려 자기 본심을 말로도 태도로도 표현하지 못했다. 어쩌면 지금 자기 눈앞에서 울며 떨고 있는 마츠다 노리히데도 그와 똑같이 약한 면을 지니고 떨면서 강한 체하는 사람인지도 몰랐다.

"그렇군, 그랬었군."

"허, 허락해주시겠습니까?"

"속죄의 길일세, 육만의 생명을 구한다는 것은."

"예…… 예. 저는 너무 무력했습니다. 마음먹은 걸 그대로 말하지 못하여 사태를 이렇게까지 악화시켰습니다…… 그 죗값으로 저에게 배신자라는 오명을 씌워주십시오."

"알겠다. 더 말하지 마라."

"예…… 예."

"이 우지나오도 자네와 똑같은 죄인일세. 좋네, 그대의 소신대로 해보게. 그러나 절대로 그대 혼자만 죽게 하지는 않겠네. 노리히데, 그대를 체포하고 성을 내주기로 결정한 다음 나도 자진하여 자결을 청하겠네. 그러면 육만의 생명 외에 아버님과 숙부님의 목숨은 구할 수 있을지도 몰라."

"성주님!"

"노리히데……"

"그럼, 이승에서의 마지막 작별입니다."

"다음에 만날 때는 발칙한 놈이라 꾸짖고 그대를 포박할 것이야. 약자의 고통스러운 보상이야."

"하지만 그렇게 하지 않으면 수많은 사람이 죽습니다."

"좋아, 어서 가라!"

"그럼, 물러가겠습니다."

노리히데는 다시 한 번 가만히 주위를 둘러보고는 도망치듯 서쪽으로 향해 사라졌다.

8

우지나오는 노리히데의 모습이 망루 저쪽으로 사라질 때까지 묵묵히 지켜보고 있었다.

세상이, 아니 그보다도 인생 그 자체가 불가사의한 약속인 것처럼 생각되었다. 많은 녹봉을 주고 가신을 거느리는 것은, 유사시에는 용감하게 싸우다 죽게 하기 위해서라고 한다. 그런데 사실은 이와 정반대가 되고 말았다. 용감하게 싸우다 죽기를 원하는 극소수 사람에 이끌려, 호조 가문은 드디어 멸망의 길을 걷게 되었다.

'만일 모두가 좀더 겁이 많았거나 비겁했더라면 어떻게 되었을까?'

히데요시가 상경을 촉구했을 때 겁을 먹고 그 지시를 따랐더라면, 영지의 절반이 잘려나간다 해도 호조 가문은 여전히 칸토의 당당한 패자覇者로 남아 있게 되었을지도 모르는데…… 아니, 그 후에도 기회가 없었던 것은 아니다. 이에야스는 끝까지 화해를 권했고, 오다 노부오도 싸우면 손해가 날 뿐이라고 종종 사자를 보내왔다. 뿐만 아니라 혼아미 코에츠나 즈이후 같은 평민들까지도 호조 가문에 호의를 보이며 충고를 아끼지 않았다.

그런데도 끝내 기회를 놓치고 이런 사태가 벌어질 정도로 강한 체하고 있었다……

"이치야 성을 저렇게 노출시킨 이상 이삼 일 안에 총공격이 있을 것입니다."

노리히데가 지적했던 말. 듣고 보니 과연 그럴 것 같았다. 이쪽에서 이시가키야마 정상을 포격하는 것은 불가능했다. 그렇지만 저쪽에서 포격을 가해온다면 그것만으로도 이 성곽은 반 이상이 날아가게 될 것이다.

'도대체 우리는 무엇 때문에 나카즈츠를 만들고 총동원을 계획했던 것일까……'

인간이란, 때로는 생각하기보다는 생각을 하지 않고 시대의 방향만을 보고 있는 편이 안전할지도 모를 일.

우지나오는 노리히데의 모습이 보이지 않게 되자 비로소 큰 소리로 근시를 불렀다.

"우에다를 이리 불러라."

"알겠습니다."

우에다 토모히로가 근엄한 표정으로 나타나 한쪽 무릎을 꿇은 채 지시를 기다리고 있었다.

"그대는 노리히데를 어떻게 생각하느냐?"

강한 어조로 물었다.

"어떻게…… 생각하다니요?"

"거동이 수상하다고 생각지 않느냐 말이다."

"글쎄요……"

"수상해. 분명 이상한 눈치가 보여. 우에다, 그대의 가신 중에서 노리히데와 친교가 있는 자 두세 명을 그의 진중에 잠입시켜 감시하도록 하라."

"저어, 그것은……"

"두말할 것 없어. 놈은 적과 내통하고 있는지도 모른다. 나하고 회담하는 동안에도 내 얼굴을 바라보지 못했어. 알겠나, 만일 그의 진중에서 적에게 사자를 보내거든 즉시 나에게 보고하라. 체포하여 처단하지 않으면 이런 마당에 사기가 떨어진다. 알겠나, 만일 감시를 소홀히 하거나 내통한 사실을 숨기거나 하면 그대도 노리히데와 같은 벌을 받게 될 것이다."

"예."

"좋아, 즉시 감시자 보낼 준비를 서둘러라. 물론 에도 어귀의 수비도 철저히 하고……"

우지나오는 스스로에게 침을 뱉고 싶은 혐오감을 느꼈다. 그는 상대의 대답도 듣기 전에 무섭게 등을 돌려 본성 쪽으로 걸어갔다.

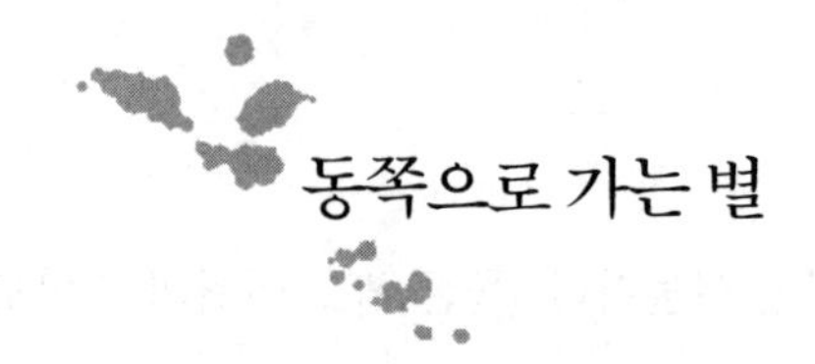

동쪽으로 가는 별

1

히데요시와 이에야스는 아까부터 이시가키야마의 이치야 성 망루에서서, 해변의 하야카와 어귀에서 동쪽으로 뻗은 오다와라 성 안 거리를 내려다보고 있었다.

"여기서 꽝 하고 대포 한 방을 쏘면 놀랄 것이오, 다이나곤."

"그렇습니다."

"생각해보면 말이오…… 인간이란 현명한 것 같지만 사실은 여간 어리석지 않소."

"과연 그럴까요?"

"호죠 부자가 좀더 순종적이었다면, 나는 다이나곤에게 칸토 여덟 주를 모두 주겠다는 생각은 하지 않았을 것이오. 그렇다면 그 어리석음도 때로는 도움이 된다……고 할 수 있겠지만."

여기까지 말한 히데요시는, 이에야스가 자기 말을 조금도 귀담아듣지 않고 있다는 것을 깨달았다.

히데요시는 히죽 웃고 입을 다물었다. 이에야스가 무슨 생각을 하는

지 잘 알 수 있었기 때문이다.

'태연한 척하지만 역시 영지 변경을 걱정하고 있구나……'

앞서 노부나가는 이런 수법으로 미츠히데를 격분시켰다. 옛 영지를 거두는 대신 산인 지방의 세 곳을 줄 테니 힘껏 싸워 빼앗아라…… 노부나가가 이렇게 말한 것은 츄고쿠 정벌에 나서는 미츠히데에 대한 큰 격려의 말이었다. 미츠히데는 이 말을 자신에 대한 노부나가의 미움으로 받아들여 혼노 사에서 반란을 일으켰다.

히데요시는 노부나가처럼 조심성이 없지는 않았다. 이에야스의 불만과 불안을 충분히 계산에 넣고, 줄을 당길 때는 당기고 늦출 때는 늦추었다.

"힘껏 싸워 빼앗아라."

이렇게 말하는 대신—

"히데요시가 칸토 여덟 주를 빼앗아드리겠소."

이렇게 말하고 실제로 우에스기를 동원해 사토미里見, 유키結城, 사타케佐竹, 다테 등의 항복을 받고, 마에다 토시이에, 아사노 나가마사, 사나다 마사유키, 이시다 미츠나리, 오타니 요시츠구, 나츠카 마사이에長束正家 등을 이에야스의 군사와 함께 전선에 파견하여 싸우게 하고 있었다.

그런 의미에서 '빼앗아드리겠소' 라고 한 히데요시의 말은 현실적으로도 충분히 천하에 통용될 것이었다.

'그런데도 아직 이에야스는 불안하다.'

히데요시는 우습기도 하고 가엾기도 했다.

어떤 경우에도 히데요시에게 대항할 수 있는 발판으로 굳게 다져온 미카와, 토토우미, 스루가의 땅—히데요시가 생각하기에도 내놓기에는 진정 애석할 터였다. 아니, 코슈나 신슈의 일부만 해도 이에야스와 그의 가신들로서는 분명히 심혈을 기울여 경영해온 땅이었다.

칸토 8주를 주겠다는 말은 듣기에는 그럴듯하지만, 뒤집어보면 이들 옛 영지를 빼앗겠다는 통고. 그런 의미에서 중신들도 불만일 것이고, 혼다 사쿠자에몬 시게츠구가 히데요시 앞에서 이에야스에게 대든 의미도 납득할 수 있었다. 그러나 이 때문에 히데요시가 이에야스를 동정할 이유는 없었다.

문제는 아주 간단했다.

이에야스가 드디어 히데요시에게 굴복했다. 그 굴복의 이면에는 '적대할 수 없다'는 힘의 비교와 계산이 엄연히 존재했다.

'오래 걸렸어, 이 사나이에게는……'

히데요시는 묵묵히 산 아래를 내려다보는 이에야스 옆으로 가서 그의 어깨를 툭 쳤다.

"어떻소, 다이나곤, 여기서 한번 오줌이나 눕시다. 좋은 기분이 들 거요, 틀림없이."

2

두 사람이 나란히 서 있는 망루는, 바람이 없는데도 조용히 흔들리고 있는 것 같았다. 밑으로 시선을 옮기면 몇 계단 아래 돌로 쌓은 축대가 내려다보였다. 그 밑은 깎아지른 듯한 깊은 골짜기, 맨 아래에는 엷게 안개가 서려 있었다.

'용케도 이런 곳에 성채를 쌓았구나.'

물론 이곳에서 오래 살 까닭은 없다. 히데요시에게 그럴 마음이 있는 것 같지도 않았다. 그런데도 주저 없이 이런 성을 쌓는다…… 이러한 점에 히데요시의 남다른 위대성과, 겉치레를 하기 위해서는 계산도 잊어버리는 성격의 위험성이 공존하고 있었다.

이에야스는 히데요시가 다가와 어깨를 치는 바람에 깜짝 놀란 듯이 얼굴을 들었다.

"어떻소, 나란히 서서 오줌을 누지 않겠소?"

히데요시가 다시 말했다. 단지 말했을 뿐만 아니라, 즉시 행동으로 옮길 듯한 개구쟁이 같은 눈빛이었다.

"당치도 않습니다!"

이에야스는 당황하며 손을 내젓고 난간 옆에서 한 걸음 물러섰다.

"이에야스는 아직 칸토 여덟 주를 향해 오줌을 눌 정도로 대담해지지 못했습니다."

"하하하…… 높은 곳에서 낮은 곳으로 오줌을 누자는 것이오. 칸토 여덟 주라고 생각할 것은 없소."

"아니, 칸토 여덟 주, 칸토 여덟 주를…… 모처럼 얻는다 해도 이것을 살리지 못한다면 신불을 대할 면목이 없습니다."

"다이나곤."

히데요시는 눈을 가늘게 떴다.

"너무나 열심이어서 하지 않아도 될 말을 묻는 것이오. 이 오다와라 성을 어떻게 보시오?"

"그러니까, 언제 항복할 것인가, 그 말씀입니까?"

"아니, 항복은 하루 이틀 사이에 이루어질 것이오. 칸토 여덟 주 주인으로서 백년대계를 세울 거성居城이 될 만한지를 묻고 있소."

이에야스는 조심스럽게 고개를 저었다.

"그렇지 못하다고 보았나?"

"이곳은 지나치게 외집니다."

"과연 그렇소! 이곳은 중신 중에서 믿을 만한 사람에게 맡기면 될 것이오. 그럼, 다이나곤은 카마쿠라를 택할 생각이오?"

이에야스는 흠칫 놀란 듯이 히데요시를 바라보았을 뿐 당장은 대답하지 않았다.

“놀라지 마시오. 다이나곤이 카마쿠라 바쿠후 초창기 무렵의 일기 『아즈마카가미吾妻鏡』인가 하는 책을 열심히 읽는다고 쿠로다 칸베에黑田官兵衛가 말해서, 그래서 하는 말이오만.”

“이거 참, 놀랐습니다. 칸토 여덟 주를 주시면, 요리토모 공이 당시 반도坂東(칸토 옛 이름) 무사를 어떻게 다루었는지 알아두어야 할 것 같아서 봤습니다만……”

“과연! 역시 다이나곤다워! 그 마음씀에 놀랐소. 그러나 카마쿠라는 피하는 것이 좋을 거요.”

이에야스는 조심스럽게 이에 대해서도 당장에는 대답하지 않았다. 그렇게 한 것은, 이에야스에게는 카마쿠라든 오다와라든 상관없었지만, 곧 여러 가지로 생각해 이미 검토를 끝내고 있었기 때문이다.

카마쿠라는 칸토의 고도古都라 할 수 있었다. 거기에 거성을 쌓는다면 당장 히데요시가 경계하게 될 것이다. 고도는 그대로 하후覇府°를 의미하고, 하후의 주인은 천하를 노린다는 생각에 이끌리기 쉽다.

‘그런 곳은 피해야 한다……’

카마쿠라는 전략적으로 보아도 출입구가 차단되어 해상 공격을 당하면 당장 질식할 것 같은 반도半島였다.

“어떻소, 역시 카마쿠라인가?”

히데요시가 다시 탐색하듯 물었다.

3

이에야스는 약간 짓궂은 생각이 들어 이렇게 반문했다.

“요리토모 공은 당시 어째서 일부러 카마쿠라 땅을 택했을까요?”

"하하하……"

히데요시는 거침없이 웃었다.

"정작 위급한 일이 생겼을 때를 고려하여 택했을 테지."

이에야스도 역시 진지하게 응했다.

"정작 위급한 일이 그리 자주 생겨서는 안 되겠지요."

"그럼, 카마쿠라는 싫다는 말이오?"

"예. 카마쿠라 역시 너무 외진 곳인지라."

"그렇소!"

히데요시가 대뜸 동의하는 바람에 이에야스는 안도했다.

이번 영지 교체에 대해 이에야스는 이에야스대로 자신을 납득시킬 만한 꿈과 구상을 하고 있었다.

중신들 사이에는 아직 칸토 8주 대신 미카와 이래의 옛 영지를 고스란히 몰수당할 것이라고는 생각지 않는 사람이 많았다. 이에야스는 굳이 이들에게 사실을 알리려고 하지 않았다. 오다와라가 함락되면 정식으로 발표될 것이고, 그렇게 되면 자연히 알게 될 것이었다.

그때 이에야스는 가신들의 불평을 무마하는 방책으로 한 가지 각본을 구상하고 있었다.

그의 가계家系와 『아즈마카가미』에서 얻은 착상이었는데, 그의 먼 조상은 코즈케의 닛타新田 씨에 뿌리를 둔 미나모토源 씨였다. 그 미나모토 씨가 다시 때를 얻어 칸토 8주로 돌아간다는 사실은, 인간의 지혜로는 헤아릴 수 없는 깊은 인연에 의한 것이므로 여기에 근거하여 번영을 이루자는 내용이었다.

이것은 노력하면 '세이이타이쇼군征夷大將軍°' 이라는, 미나모토 씨의 직계가 아니고는 누릴 수 없는 행운에 접근할 수 있다는 큰 암시로 발전할 수도 있었다.

히데요시도 '세이이타이쇼군' 으로서 무인의 총대장이 되고 싶었다.

하지만 그에게는 미나모토 씨임을 내세울 수 있는 가계의 뒷받침이 없었다. 그래서 칸파쿠라는 관직 계통에서 연고를 찾아 도요토미라는 성을 갖게 된 데 지나지 않았다.

또 하나, 이에야스의 착상에는 외부적인 큰 의미가 있었다.

누가 무어라 해도 칸토는 미나모토 씨의 기반, 아직도 일족 중에는 그 은덕을 마음에 새기고 있는 거친 무사들이 많았다.

이들을 제압하는 데 —

"도쿠가와 씨는 닛타 미나모토 씨다."

이렇게 대장이 될 인물이 때를 얻어 옛 연고지에 군림하게 되었다는 선전은 결코 영향이 적지않을 것이었다……

그런 착상을 한 이에야스였던 만큼, 이 자리에서는 특히 카마쿠라라는 곳을 경계하게 만들어 히데요시에게 자기 구상을 눈치채지 못하게 하려고 했다.

"과연 그렇소! 카마쿠라는 이미 시대에 뒤떨어진 곳이오. 수군水軍이 이처럼 발달한 오늘날에는 말이오."

"그렇습니다…… 그래서 어느 땅이 좋을지 좀처럼 결정을 내리지 못하고 있습니다."

"하하하…… 그럴 것이오. 그런데 내가 보기에 적당하다고 여겨지는 곳이 있소마는."

"예, 저도 전혀 없지는 않습니다."

"어떻소, 그것을 서로 말해볼까요?"

"예. 쿄토를 대신하는 오사카처럼."

"쿄토를 대신하는 오사카처럼……?"

"카마쿠라를 대신할 수 있는 곳은 스미다카와隅田川, 아라카와荒川 어귀에 해당하는 에도 부근이 어떨지……"

이에야스가 여기까지 말했을 때였다. 히데요시는 다시 탁 하고 이에야스의 어깨를 쳤다.

"나도 똑같은 생각을 했소. 에도가 좋소!"

4

이에야스는 안도했다.

히데요시가 자기와 다른 착상으로 그것을 강요한다면 지금 상황에서는 거절할 수 없었다.

조상 대대로 기반을 다져온 토카이 지방이라면 모르지만, 아직까지 아무 연고도 없던 칸토에 자리잡기 위해서라면, 우선은 호죠의 잔당을 비롯하여 사방이 모두 적이라 생각하지 않으면 안 되었다. 그런 가운데 히데요시와 다투게 되면 그야말로 영원히 질서를 바로잡지 못할 수도 있었다.

히데요시는 이에야스의 능력이 칸토 8주를 다스리기에 부족하다는 것을 알면 곧 뒤에서 선동하는 자로 변할 것이다. 실제로 삿사 나리마사는 폭동을 이유로 큐슈의 새 영지를 다시 빼앗기고 쫓겨나 끝내 자결하고 말았다.

이에야스가 안도의 숨을 내쉬는데, 히데요시는 더욱 신이 나서 지껄이기 시작했다.

"과연 다이나곤! 에도를 생각하다니 놀라지 않을 수 없소. 그곳은 쿄토에 대한 오사카와 같은 곳이오. 지도를 보면 잘 알 수 있지. 육지는 무수한 수로로 보호되어 바다로 크게 입을 벌리고 있소. 앞으로는 훌륭한 항구를 끼지 않으면 크게 발전하지 못해. 에도라면 여러 가지 의미에서 동쪽의 오사카, 그런 지형을 갖추고 있소."

"저도 그렇게 생각했기 때문에……"

“이것으로 결정됐소! 결정됐어, 다이나곤. 그곳에 나의 오사카 성을 본떠 큰 성을 쌓도록 하시오.”

히데요시는 얼빠진 표정으로 잔뜩 추켜세우면서 내심으로는 감탄도 하고 회심의 미소를 짓기도 했다.

‘에도에 착안하다니 여간 아니다!’

감탄한 것은 이 때문이고, 회심의 미소를 지은 것은 그곳을 어엿한 도시와 항구로 발전시키기 위한 고생을 생각했기 때문이다. 사카이와 쿄토의 상인들까지 마음대로 움직일 수 있는 히데요시조차 오사카에 그럴듯한 거리를 만들기까지는 여간 고통을 겪지 않았다.

‘이에야스가 어떻게 성취시킬 것인가?’

아마도 그 일에 몰두하고 있는 동안, 이에야스는 쇠사슬에 묶인 것과 마찬가지…… 그리고 이곳이 오사카에 비해 얼마나 뒤떨어지는가 하는 것으로 자신과 히데요시와의 역량의 차이를 실감하지 않을 수 없을 터였다.

“하하하…… 다이나곤, 칸토 여덟 주를 다스리는 성이니 훌륭해야만 할 것이오.”

히데요시가 눈을 가늘게 뜨고 말했다. 그 말에 대해 이에야스는 다시 진지하게 응했다.

“성은 토야마遠山에 있는 것으로도 충분합니다.”

“아니, 지금의 것으로는 권위가 서지 않소.”

“그러나 들어가기가 바쁘게 가렴주구苛斂誅求를 하여 폭동이라도 일어나면 그야말로 칸파쿠의 권위를 더럽히게 됩니다.”

“하하하…… 무척 조심스럽구려, 다이나곤. 나리마사의 일을 상기한 모양이군. 그러나 나리마사와 다이나곤은 그릇이 달라. 성도 그릇에 따라 달라져야 하는 거요. 어쨌든 머지않아 나도 다이나곤과 같이 에도 성을 보러 가겠소.”

이때 쿠로다 요시타카가 발을 절면서 나타났다.

"아, 다이나곤 님도 함께 계시는군요. 전하! 드디어 찾아왔습니다."

"허어, 찾아왔어? 누구를 통해서 왔는가?"

"오다의 가신 타키가와 카츠토시…… 저보다는 타키가와 쪽이 더 말하기가 좋았던 모양입니다."

쿠로다 칸베에 요시타카와 타키가와 카츠토시는 다 같이 우지나오에게 항복을 권하고 있었다.

"알겠네. 그럼, 타키가와를 만나겠어. 다이나곤, 같이 만납시다."

5

히데요시도 요시타카도 호죠 우지나오의 항복을 이미 기정사실로 보고 있었기 때문에 별로 놀라움을 나타내지 않았다. 그러나 이에야스는 그렇지 않았다.

궁지에 몰린 사위 우지나오가 어떤 제안을 할 것인가? 아니, 그보다도 칸토 8주에 대한 방침이 결정된 지금으로서는 호죠 가문의 뒤처리는 장차 이에야스의 방침에 직접 영향을 미칠 수밖에 없었다.

가능하다면 많은 피를 흘리지 않고 마무리되었으면 싶었다. 피가 흐르는 곳에는 반드시 원한이 따르게 마련, 또한 훗날의 정치에 명암明暗 쌍곡선을 그리게도 될 것이다.

이에야스는 될 수 있는 한 호죠의 가신들을 고스란히 그대로 있게 하고 싶었다.

노부나가가 타케다 가문을 멸망시켰을 때 이에야스는 타케다의 유신을 몰래 포섭했다. 그리고 그 결과는 모두 좋았다.

이에야스는 히데요시와 요시타카를 따라 망루를 내려오면서 문득 오다와라 성에 있는 자신의 딸 스케히메의 모습을 떠올렸다.

'드디어 스케히메도 미망인이 되겠구나……'

사나이들도 아직 피비린내에서 해방되지 못했으나, 여자들 역시 계속 전란의 큰 파도에 농락되고 있었다……

"어제 성안에 있는 마츠다 노리히데의 진지에서 이케다 테루마사에게 내통이 있었습니다."

"오, 하야카와 어귀에서 우리를 성안으로 끌어들이겠다는 그 이야기 말인가?"

요시타카와 히데요시는 걸어가면서 큰 소리로 이야기를 나누었다.

"예. 그 일이 곧바로 우지나오에게 탄로가 난 모양입니다."

"허어, 그렇다면 마츠다가 난처해졌겠군."

"예. 즉시 우지나오에게 체포되었습니다."

"그것 참, 설상가상이란 바로 그런 것을 두고 하는 말이로군."

"그래서, 마침내 성안에서도 마지막 회의…… 대체로 우리가 생각했던 대로 된 것 같습니다."

"좋아, 그 다음 말은 듣지 않아도 알겠네. 나머지는 타키가와에게 듣기로 하겠어. 우리가 타키가와보다 더 잘 알고 있으면 타키가와는 신이 나지 않을 거야."

"그렇습니다. 저는 가만히 있을 테니 전하의 뜻대로……"

이에야스는 두 사람의 대화를 통해 사태의 진전을 정확하게 알 수 있었다.

'마츠다 노리히데의 연극인지도 모른다……'

이에야스는 이런 생각을 했다. 그러나 이미 때가 늦었다. 그런 의미에서 '오다와라 회의'는 무결단無決斷의 대명사로서 영원히 웃음거리로 남을 것이었다.

망루에서 내려와 아직도 나무향기가 새로운 큰방에 들어갔을 때, 타키가와 카츠토시가 에이토쿠가 그린 한 간짜리 미닫이의 모란꽃 그림을 등지고 긴장한 모습으로 앉아 있었다.

“오오, 번번이 수고가 많군. 우지나오로부터 제의가 있었다고?”

히데요시는 이에야스에게도 권하고 자리에 앉으면서 말했다.

“우지나오라면 직접 다이나곤을 찾아갈 법도 한데, 어째서 그대에게 갔는지 그 이야기부터 듣겠네……”

“말씀 드리겠습니다. 오늘 아침 일찍, 우지나오 님이 동생 우지후사 님을 동반하고 저의 진지로 오셨습니다.”

“허어, 우지후사와 둘이 왔다는 말이지. 그래, 무슨 말을 하던가?”

“우지나오 님은 전하의 명이라면 언제든지 할복할 것이니 성안에 있는 자에게는 연민의 정을……”

카츠토시는 그만 말끝을 흐리면서 고개를 숙였다.

6

타키가와 카츠토시의 눈에 항복을 제의한 우지나오의 모습이 더할 나위 없이 가엾게 비쳐졌음이 틀림없다……고 이에야스는 생각했다.

자기 한 몸의 자결만으로 일이 끝날 줄로 알고 있는 것일까. 그럴 시기는 이미 지났다. 역시 우지나오의 생각도 어리석다고 할 수밖에 없다…… 이런 생각을 했을 때 히데요시가 카츠토시에게 다음 질문을 던졌다.

“동생 우지후사는 무어라 하던가?”

“형과 마음을 합쳐 성안에 있는 사람들을 설득하여 절대로 저항하지 않게 하겠다고……”

“그것뿐이었나?”

"그것뿐이냐……고 하시면?"
"형과 함께 자결하겠다고는 하지 않던가?"
"예. 거기까지는 저도 확인하지 않았습니다."
"생각이 모자라는군."
"과연 그럴까요?"
"그래."
히데요시는 약간 어조가 거칠어졌다.
"아버지 우지마사의 생명에 관계되는 일이야. 형제가 함께 자결할 것이니 노부老父의 목숨만은…… 이렇게 말할 법한 일 아닌가."
"예……"
"그 말을 하지 않은 것을 보니 효자는 우지나오 한 사람뿐이로군."
"……"
"마츠다 노리히데에 대한 말은 없었나?"
"있었습니다. 노리히데는 이케다 님의 진중에 내통한 일이 있기 때문에 체포하기는 했으나, 일족의 의견이 항복하기로 결정된 이상 처단을 보류 중이라고 했습니다."
"허어, 어째 배반자 마츠다 노리히데를 처단하지 않을까. 그대는 어떻게 생각하나?"
"말하자면 노리히데는 전하께 충성을 바치기로 한 자, 그를 죽여 전하의 노여움을 사면 안 된다 싶어, 우리 쪽 눈치를 보느라 처단하지 못하는 것 같습니다."
"다이나곤."
히데요시는 갑자기 이에야스를 돌아보고 빙긋이 웃었다.
"다이나곤도 마츠다에게 내통하라는 말은 하지 않았겠지요?"
"예."
"칸베에, 자네 역시 마찬가지였을 테지?"

"예. 지금 상황이 굳이 마츠다의 내통이 필요할 것 같지 않아 하지 않았습니다."

"그럴 것이야. 나도 물론 그런 배신은 권하지 않아."

히데요시는 문득 이마에 주름을 잡았다.

"아하, 마츠다 녀석이 궁한 나머지 계교를 부렸군. 아무래도 그런 것 같아, 다이나곤."

"그렇습니다."

"틀림없을 거요. 그렇다면 불쌍하기는 하지만…… 좋아, 타키가와, 자네에게 왔으니 칸베에와 같이 돌아가 대답해주게."

"예."

"타키가와를 통한 우지나오의 제의가 갸륵해 이 히데요시가 받아들이기는 하겠으나……"

히데요시는 일단 말을 끊고 다시 한 번 이에야스를 흘끗 돌아보았다. 이에야스는 표면상 태연한 체 히데요시를 바라보았으나 내심으로는 몹시 당황하고 있었다.

'히데요시가 어떤 결단을 내릴 것인가……'

결단이 내리면 모든 것이 끝나는데…… 이렇게 생각하면서도 입을 열 수가 없었다.

'사위를 위해 무언가 한마디 하고는 싶지만……'

7

히데요시는 이에야스의 흉중을 예리하게 꿰뚫어보고 있는 눈빛이었다. 얼굴에는 여전히 웃음이 떠올라 있었으나, 어딘지 모르게 빈정거리는 기색이 드러나 보였다.

"저어, 다이나곤."

"예."

"우지나오 부자를 그르친 장본인…… 중신 중의 책임자는 누구일 것 같소?"

이에야스는 다시 섬뜩했다.

"글쎄요……"

신중히 고개를 갸웃거리면서 크게 한숨을 내쉴 뿐이었다.

"역시 지위나 연령으로 보아 다이도지 마사시게大道寺政繁가 아닐까? 칸베에는 어떻게 생각하나?"

이에야스는 대답하지 않았으나 칸베에는 다리를 내던지듯이 하고 옆으로 앉은 채 곧바로 대답했다.

"예, 다이도지일 것입니다."

"그래? 그럼, 결정했어…… 그런데 항복이라고 하지는 말고 화의라고 하게, 칸베에. 오 대에 걸친 호죠 가문에 대한 최소한의 예의일세. 히데요시로부터의 화의 조건은…… 알겠나, 첫째, 우지마사와 우지테루는 할복할 것!"

"우지마사, 우지테루는 할복!"

타키가와와 카츠토시는 깜짝 놀랐다. 쿠로다 요시타카는 당연한 일이라는 듯이 히데요시의 말을 되받았다.

"원로인 다이도지 마사시게와 마츠다 노리히데도 역시 할복."

"예?"

타키가와는 몸을 앞으로 내밀듯이 하고 물었다.

"저어, 마츠다 노리히데도?"

"그래. 주군의 가문이 위기에 처했는데 적과 내통하는 인간 같지 않은 자를 용서한다면 안 돼. 그래서는 히데요시가 사후처리의 본보기를 보일 수 없어."

"예."
"그러나 이것은 표면적인 이유일세, 타키가와."
"표면적인 이유……?"
"사실은 그렇게 할복하도록 하는 것이 히데요시의 인정이야. 주군을 위해 일을 도모하고 배반자라는 오명을 감수하겠다…… 일부러 이렇게 결심한 자를 살려둔다면 가련한 일일세."
"알겠습니다."
"그리고 영주 우지나오 말인데……"
히데요시는 흘끗 이에야스를 바라보았다.
"항복을 제의한 점을 감안하여 코야산에 들어가 근신할 것."
엄숙하게 잘라 말했다.
이번에는 쿠로다 요시타카가 말을 받는 대신 빙긋이 웃으며 이에야스를 흘끗 바라보았다.
이에야스는 한숨을 참았다. 그는 끝까지 입을 열지 않았으나, 히데요시는 그의 마음을 헤아렸던 모양이다.
"다이나곤, 이 결정에 이의가 있는 것은 아니겠지요?"
"과연 전하다우십니다. 전혀 무리한 점이 없습니다."
"그럴 것이오. 그렇고말고요."
히데요시는 비로소 웃었다.
"코야산에서 근신한다고 하지만 니라야마의 우지노리, 이와츠키의 우지후사, 우지쿠니氏邦 등은 모두 데려가도 좋다고 하게. 또 자결한 노인들의 자식들 모두 데려가도 상관없다고 하게."
"후후후."
쿠로다 요시타카는 웃었다.
"그렇다면 다시 처분을 내리시기까지는 버리는 셈으로 호구지책을 마련해주어야 하지 않겠습니까? 그렇게 많은 인원으로는 먹고 살기도 어려울 것입니다.”

쿠로다 요시타카의 이 말은 히데요시에게라기보다 이에야스에게 들으라고 하는 것인 듯했다.

8

이에야스는 마음속으로 쿠로다 요시타카의 말을 음미해보았다.

‘과연 히데요시……’

당사자인 우지나오보다 사태를 이렇게까지 몰고 온 강경파 우지마사, 우지테루의 자결로 일을 끝내려는 조치는 결코 가혹하다고 할 수 없었다. 노신 다이도지 마사시게와 마츠다 노리히데에 대한 자결 지시는 가혹한 처분 같지만 가혹한 처분이 아니었다. 그들은 우지마사가 할복하면 반드시 그 뒤를 따라 자결할 사람들이었다.

더구나 우지나오에게 우지노리, 우지후사, 우지쿠니 등을 데려가도 좋다고 했다…… 이 조처는 일시적으로 근신을 명했다가 장차 호죠 가문의 재기를 도모하게 하려는 함축성을 담은 것이었다.

쿠로다 요시타카와는 미리 그 점에 대해 상의했던 모양이다. 그래서 이에야스에게 안심하라, 이의를 제기하지 말라고 은연중에 주의를 준 것이었다.

요시타카가 먹고 살기도 어려울 것이라는 말을 하자 히데요시는 비로소 소리내어 웃었다.

“하하하…… 설마 코야산에 보내놓고 말려 죽일 수는 없지. 걱정하지 말게, 먹을 만큼은 줄 생각이니까. 그렇지 않소, 다이나곤?”

이에야스는 고개를 약간 숙였을 뿐이었다. 히데요시와 우지마사의 그릇의 차이를 이때처럼 절실하게 깨달은 적은 없었다.

'천하를 손에 넣는 자와 가문을 붕괴시키는 자……'

"스루가 님은 전하가 우지나오를 코야산에 보내시겠다는 의미를 아시겠지요?"

요시타카가 말했다.

"그 심중은 대강……"

"코야산에는 여인이 들어갈 수 없습니다."

"으음."

"그러니 우지나오 님도 부인을 동반하실 수 없을 것입니다."

"그건 알고 있소."

"그리고 전하, 성을 인수하기 위해 누구를 맨 먼저 성에 파견하시겠습니까? 미리 정해놓으시는 편이 좋을 것 같습니다마는."

"뻔한 일은 묻지 말게, 칸베에."

히데요시는 웃으면서 눈을 가늘게 떴다.

"칸토 여덟 주는 다이나곤의 것. 다이나곤이 직접 인수하는 것이 당연하지. 그렇지 않소, 다이나곤?"

이에야스는 이때도 곧바로 대답할 수 없었다. 급하게 눈짓으로 수긍은 하면서도 다시 우지나오와 스케히메의 모습이 가슴을 가로질렀다.

"그 밖에 또 협의할 일이 있었던가, 칸베에?"

"아니, 성의 인수 문제를 스루가 님에게 부탁 드린다면 나머지 일은 타키가와와 제가……"

"코야산에 가기 전까지 우지나오를 누가 맡을 것인가 하는 문제도 있어."

"원칙적으로 말하면 스루가 님에게 부탁 드리는 것이 일의 순서입니다만, 부인도 계시므로 우다이진 님의 가문인 타키가와 님 진중이 좋을 것 같습니다."

"음, 그게 좋겠군. 다이나곤, 들으신 바와 같소. 즉시 성을 인수할 준비에 착수해주시오."

"그럼, 저는 이만……"

이에야스는 정중히 절하고 자리를 떴다.

'이것으로 오다와라의 일도 끝났다……'

이런 생각을 하는 순간 가슴이 뜨거워지고 시야가 흐려졌다……

9

이에야스가 방에서 나오자 수행해왔던 혼다 사도노카미가 걱정스런 얼굴로 다가왔다.

"돌아갈 테니 말을 준비하게."

"알겠습니다."

허리 굽혀 절하고 옆에 있는 토리이 신타로에게 눈짓으로 말을 끌어 오게 했다.

"칸파쿠 전하의 심기는 어떠했습니까?"

목소리를 낮추어 물었다.

"결정됐네, 오다와라의 처분이."

사도노카미는 이 말에는 별로 신경을 쓰는 것 같지 않았다. 어쩌면 이에야스와 히데요시가 회견하고 있는 동안 그의 특유한 정보망을 통해 히데요시의 근시로부터 무슨 말을 들었는지 모른다. 그런 점에서는 천재적인 사도노카미였다.

사도노카미는 더욱 소리를 낮추었다.

"칸토 여덟 주에 카이를 추가하는 일도 교섭하셨습니까?"

이에야스는 가볍게 고개를 저었다.

"지금은 그럴 시기가 아닌 것 같아."

"여전히 약한 말씀을 하시는군요. 일이 결정되고 나면 칸파쿠 전하 쪽이 더욱 강해집니다."

이에야스는 대답하지 않았다.

"우지나오는 목숨을 건지고 코야산에 가게 되었어. 칸파쿠는 관대한 분일세."

"예, 연명을 하기 위해 만 석 정도…… 주군의 새 영지에서 할애해야 한다더군요."

"불만인 모양이군, 자네는."

"부족하다는 말씀입니다."

"무엇이?"

"일족과 가신들에게 줄 새 영지……가 말씀입니다."

이에야스는 흘끗 사도노카미를 돌아보았다.

"말을 삼가게. 이 땅을 빼앗기고 할복하는 사람도 있어."

그런 뒤 이에야스는 그대로 현관으로 나가 끌어온 말은 타지 않고 성큼성큼 뜰 가장자리로 걸어갔다. 그리고는 하야카와 어귀에서 카미가타 어귀 쪽으로 이어진 적과 아군의 진지를 내려다보았다.

뜨거운 여름 햇살 아래, 바다에서 불어오는 바람에 나부끼는 깃발의 물결과 녹음이 그림처럼 선명하게 바라다보였다. 그 선명한 풍경 속에서, 그러나 적과 아군의 감개는 하늘과 땅의 차이. 한쪽은 포상을 생각하느라 가슴이 설레고, 다른 쪽은 자신의 앞날을 생각하여 살아 있는 심정이 아닐 것이었다.

혼다 사도노카미도 이에야스 옆에 바싹 붙어 있었으나 잠시 동안 입을 열지 못했다.

"사도."

"예."

"이처럼 험준한 곳에 성을 쌓고도 거의 전투다운 전투도 못한 채 멸망해간다. 참으로 기묘한 일이야."

"마음에 달려 있습니다. 정말 마음처럼 무서운 것도 없습니다."

"우지나오는 말일세, 타키가와의 진중에 이삼 일 동안 머물게 될 모양이야."

"예. 그렇다고 하더군요."

"내가 사위에게 마지막 선물을 보내려고 하네. 지금까지 각지의 전투에서 공을 세운 자에게는 앞으로 누구를 섬기건 상관하지 않겠다는 증서를 주겠다고 타키가와를 통해 우지나오에게 전하도록 하게."

"알겠습니다. 그리고 이 증서를 가져오는 자들은 주군이 포섭하시겠다고……"

"그래. 우지나오에게 충의를 바쳤던 자를 받아들이지 않는다면 인간의 도리가 아니야."

이에야스는 이렇게 말하고 다시 한 번 손을 이마에 얹고 적진을 바라보았다. 진지와 진지 사이를 왕래하는 사람의 모습이 마치 개미처럼 덧없고 하찮아 보이는 것이 안타까웠다.

10

이에야스는 말을 타고 성문을 나와 녹음이 짙은 산길을 서쪽에서 북쪽으로 돌아가면서 거의 입을 열지 않았다.

동쪽에서 해변을 따라가면 길은 가까웠으나, 이에야스는 어디까지나 신중하게 먼 산길을 택했다. 호소카와 타다오키의 진지를 왼쪽으로 바라보면서, 미즈노오 어귀에서 가모 우지사토와 오다 노부오 진지 앞을 우회하여 이마이에 있는 자기 진지로 돌아가고 있었다.

오다의 진지 가까이 왔을 때는 쓰르라미 소리가 내리쏟아지듯 숲을 감싸고 있었다.

"잠시 들렀다 가시겠습니까?"

뒤따라오던 혼다 사도노카미가 노부오 본진 앞에서 말을 몰고 가까이 와서 속삭였다. 이에야스는 고개를 가로저었다.

"사도, 나는 또 하나 중요한 것을 배웠네."

진지 앞을 지나 다시 숲 속 산길로 접어들었을 때 이에야스는 혼잣말처럼 말을 걸었다.

"배웠다……고 하시면?"

"호죠 부자는 이길 생각만 하다가 결국 자멸하고 말았어."

"이길 생각만 하다가……?"

"음, 그래. 이길 생각만 했지, 진다는 것을 몰랐다는 말일세. 양보를 잊고 있었어……"

"……그러시면 주군께서는 칸파쿠 전하께 이 이상 더 양보하실 마음이시군요?"

"사도, 다음에…… 호죠 부자의 탄식을 새삼 다시 경험하게 될 사람이 누구일까?"

"예?"

사도노카미는 깜짝 놀란 듯 오다의 진지를 돌아보았다. 이미 모과 다섯 개를 그린 하타사시모노旗差物°는 녹음 속으로 사라져 보이지 않았다. 사도노카미는 이에야스가 어째서 노부오의 진지에 들르지 않았는지 알 것 같았다.

"주군께서는 오다 님이 다음 차례……라 생각하십니까?"

"쉿."

이에야스는 가볍게 제지했다.

"칸파쿠는 나의 옛 영지를 오다 님에게는 주지 않을 것일세."

"……그럴지도 모르겠습니다."

"오다 님도 나처럼 지는 것이 이기는 것이라는 교훈을 빨리 배웠으면 좋겠는데……"

"그러시면, 영지 교체를 제의했을 때 오다 님이 순순히 받아들이지 않으실 것이란 말씀입니까?"

"받아들이지 않으리라 내다보고 칸파쿠가 명한다면…… 노부오가 보기 좋게 함정에 빠지게 될 것은 뻔한 일."

사도노카미는 날카롭게 이에야스를 바라보고 숨을 죽였다. 더 이상 들을 필요가 없었다.

히데요시는 오다 가문의 옛 영지인 오와리를 노부오로부터 회수하는 대신 이에야스의 옛 영지를 넘겨주겠다고 할 것이 분명하다…… 그러나 노부오에게 오와리는 조상 대대로 연고가 있는 땅……

아마도 노부오는—

"오와리만은 그대로 나에게."

이렇게 히데요시에게 청할 것이 분명하다.

그렇게 되면 히데요시는 이에야스의 옛 영지도 주지 않고 오와리에서도 노부오를 쫓아낼 것이라고 이에야스는 내다보고 있었다. 어쩌면 그것이 코마키, 나가쿠테 전투 때부터 히데요시가 가슴속에 간직했던 계책이었는지도 모른다.

'생각이 깊은 사람이야! 안타까울 정도로 생각이 깊어!'

사도노카미가 이렇게 생각했을 때.

"여보게 사도, 나는 가신들에게 많이는 주지 않겠어. 많은 것을 주지 않으면 일하지 않는…… 그런 가신은 아무리 많아도 소용없다는 것을 이번에 깨달았네. 지나치게 풍요로워지면 오히려 결속력이 약해져서 자기 주장만 관철하려 하는 것일세…… 호죠가 멸망한 원인은 바로 여기에 있었어."

사도노카미는 깜짝 놀라 새삼스럽게 이에야스를 바라보았다.

11

혼다 사도노카미는 이에야스가 태연하게 내뱉는 이 중얼거림만큼 놀라운 말도 없었다.

이에야스는 조상 대대로 지켜온 도쿠가와의 옛 영지를 깡그리 회수당하고 그 대신 칸토 8주를 얻는다. 이에 대해 중신들이 얼마나 큰 불만을 품을 것인지, 이 문제가 혼다 사도노카미의 마음을 아프게 하는 걱정거리였다.

'가신들의 불만을 무마하기 위해서는 어떻게든 각각의 영지를 늘려 주는 수밖에 없다.'

이렇게 생각하고 이에야스의 자문에 답하기 위해 은밀히 이이에게는, 혼다에게는, 사카키바라에게는, 사카이에게는, 오쿠보에게는…… 하고 각각 성과 영지의 할당을 생각하고 있던 사도노카미였다.

그 사도노카미에게 이에야스는 지금 가신들에게 많은 것을 주지 않겠다고 선언했다……

물론 이유는 명확했다. 많은 녹봉만을 바라고 섬기는 가신들만으로는 칸토 8주의 통치는 지극히 어려운 일이다.

그렇다고 과연 그러한 조처로 가신들의 불만을 해소시킬 수 있을 것인가……?

"사도."

"예."

"나는 사쿠자에몬이 어째서 그처럼 칸파쿠 앞에서 나에게 대들었는지 그 간언의 의미를 비로소 알게 되었네."

"사쿠자에몬 님의…… 강력한 발언을 그럼, 간언으로 받아들이십니까, 주군은?"

"그래. 고마운 간언이었어! 녹봉의 많고 적음을 따지지 않는 자들로 다시 한 번 가문을 공고히 다지고 칸토에 가라, 그렇지 않으면 칸파쿠의 술수에 빠지게 될 것이라는 노인 나름의 고육지책에서 나온 간언이었네."

"으음……"

"그리고 사쿠자에몬은 스스로 녹봉 때문에 일하지 않는다는 모범을 보여주었어."

혼다 사도노카미의 눈이 복잡하게 움직이고 있었다. 그에게 이처럼 매서운 채찍도 없었다. 이에야스를 보좌하려 하는 자기 정책이 정면으로 폐기된 느낌이었다.

"여보게."

"예."

"영지와 성은 어디까지나 실력 위주로 할당해야 할 것일세."

"예."

"불평하는 자가 있거든 내게 보내게. 납득이 가도록 설득하는 노력은 이 이에야스도 게을리 하지 않겠어."

"과연 그러합니다. 그렇지 않고는 새로운 영지를 통솔할 수 없을 것입니다."

"새로운 영지의 통솔……이란 말이지."

"예. 거친 기질을 가진 반도坂東 무사, 단단한 각오로 임하지 않으면 안 됩니다."

"하하하……"

"어째서 웃으십니까?"

"여보게, 나는 새로운 영지의 통솔만을 생각하고 이야기하는 게 아니야. 어떤 분의 천하를 감시한다…… 그러기 위해서는 여간한 결속, 여간한 인내력이 아니면 안 된다고 한 것일세."

사도노카미는 또 한 번 깜짝 놀라 할말을 잊었다.

이에야스는 천천히 말을 몰면서 그 시선을 똑바로 동쪽으로 향하고 있었다.

망해가는 줄도 모르고 멸망한 호죠의 오다와라 성을 발판으로 하여 동쪽으로 향하려는 이에야스의 구상이 이미 그의 가슴 깊숙이에서 조용히 배양되고 있는 모양이었다. 이에야스는 찔러오는 히데요시의 창을 교묘히 피하고, 가신들을 새로 결속시키려 하고 있었다……

어느 틈에 해는 산등성이로 모습을 감추었다. 그리고 왼쪽에 펼쳐진 바다가 불타는 듯한 저녁놀로 변해 있었다.

사도노카미는 왠지 모르게 가슴이 후끈 달아올랐다.

—17권에서 계속

《 오다와라 성 침공도 》

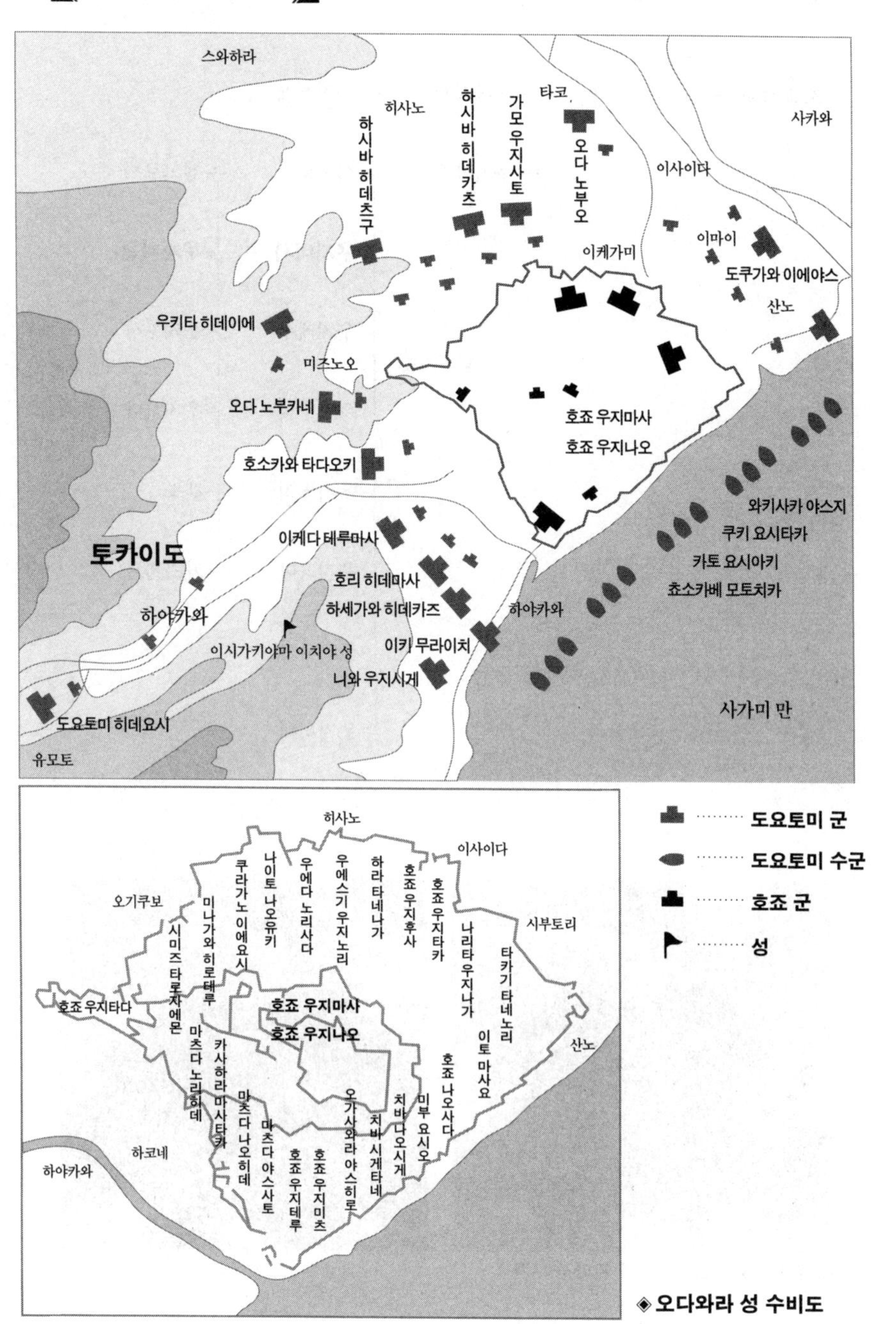

◈ 오다와라 성 수비도

《 호조가계보 》

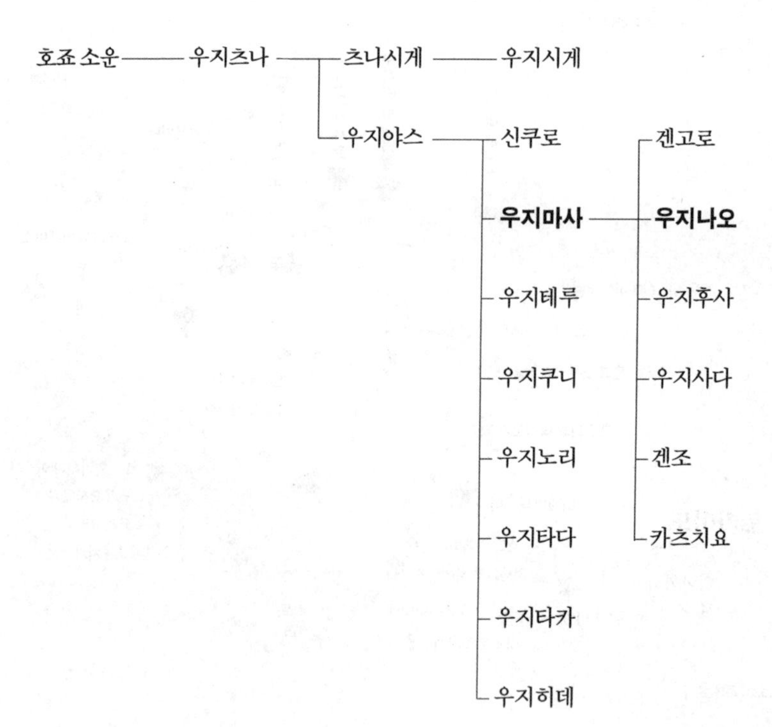

◈ **호죠 우지나오(왼쪽), 우지마사 부자**

《 주요 등장 인물 》

도요토미 히데요시豊臣秀吉

칸파쿠의 자리에 올라 일본의 천하통일을 위한 발걸음을 더욱 재촉하는 히데요시. 자신의 야망에 유일한 방해자가 될 거라 생각하는 이에야스를 견제하기 위해 오다와라 정벌을 통한 영지 교체를 생각하게 된다.

도쿠가와 이에야스德川家康

히데요시에게 깍듯하게 신하의 예를 올리기 시작한 이에야스는 가신들의 반발에도 불구하고, 오다와라 정벌과 이어지는 칸토 지방으로의 영지 이전에도 히데요시의 요구를 그대로 수용한다.

아사히히메朝日姬

도요토미 히데요시의 의붓여동생. 텐쇼 14년(1586) 이에야스의 정실이 되고, 결혼하고 3년 후인 텐쇼 17년 여름에 어머니 오만도코로의 병문안을 위해 쿄토로 가서 그대로 병석에 누워버린다. 이에야스가 있는 하마마츠에는 돌아가지 않고, 히데요시에게 오다 노부오의 딸인 코히메와 이에야스의 아들 히데타다의 결혼을 부탁하고 쿄토로 온 히데타다 앞에서 숨을 거둔다. 히데요시의 여동생이라는 이유만으로 불행한 만년을 보낸 것이다.

즈이후隨風

히에이잔 출신의 괴승. 각지를 돌아다니며 걸식하는 떠돌이 중이다. 호죠 우지마사를 찾아가 히데요시와는 상대가 되지 않으니 전쟁을 피하고, 히데요시와 화의하라고 한다. 우지마사는 히데요시에게 굴복하라는 말로 해석하고 발끈하여 당장 목을 칠 것을 명하지만, 우지마사의 아들 우지나오의 도움으로 즈이후는 목숨을 보전하게 된다.

키타노만도코로北の政所

네네라고도 불린다. 히데요시의 정실. 쥬라쿠 성으로 옮긴 키타노만도코로는 히데요시가 챠챠히메를 첩으로 들이려 하자 강하게 반발하며 오사카 성으로 다시 거처를 옮긴다.

호죠 우지나오北條氏直

호죠 우지마사의 아들. 관직명 사쿄노다이부. 텐쇼 11년(1583) 상속을 받아 도쿠가와 이에야스와 우에노 지방의 타케다 가 옛 영지를 나눠 갖고, 이에야스의 딸인 스케히메를 아내로 맞이한다. 그러나 히데요시와 이케다의 영지를 둘러싸고 대립하다 히데요시의 오다와라 정벌 때 항복한다. 이에야스의 사위라는 이유로 목숨을 건지고, 텐쇼 18년(1590)에 타카노야마에 칩거한다.

호조 우지마사北條氏政

아버지의 패업을 이어받아 영토 확장에 힘쓴다. 텐쇼 11년에 아들 우지나오에게 가문을 물려주고, 일선에서 물러나지만 히데요시가 오다와라 정벌에 나서자 강력히 반발한다. 결국 오다와라 성이 히데요시 군에게 포위당하고 화의 조건으로 동생인 우지테루와 함께 할복을 명받는다.

혼다 마사노부本多正信

이에야스의 가신. 관직명 사도노카미. 잇코 신도들의 반란 때 이에야스 곁을 떠나 잠시 킨키, 호쿠리쿠 등을 유랑하다 혼노 사本能寺의 변 이후 다시 복귀를 허락받고 이에야스를 측근에서 모신다. 마사노부는 무인으로서의 능력은 떨어지지만, 실무에 뛰어나서 이에야스의 두터운 신임을 받아 자신의 행정 능력과 지략을 유감없이 발휘한다. 에도 성의 경영, 세키가하라 전투 뒤처리에도 수완을 발휘하고, 2대째 히데타다의 후견인으로서 국정의 중추를 맡는다.

혼다 시게츠구本多重次

통칭 사쿠자에몬. 이에야스 가의 노신인 사쿠자에몬은 칸파쿠의 자리에 올라 이에야스에게 신하의 예를 올리게 하려는 히데요시를 보며 노골적으로 반감을 드러낸다. 주군인 이에야스에게도 좀더 강력한 모습을 보이라며 폭언도 서슴지 않고, 오다와라 정벌을 앞두고 은퇴를 자청한다.

혼아미 코에츠本阿彌光悅

혼아미 코지의 아들로 미술 공예 부문에 금자탑을 쌓은 예술가다. 쿄토에 온 이에야스를 만나 히데요시의 실정을 예로 들며 일본의 앞날은 이에야스가 이끌어야 한다고 말한다. 혼아미 집안은 대대로 칼 감정, 칼 광내기 등을 업으로 하였다.

《 아즈치 · 모모야마 용어 사전 》

곤노다이나곤權大納言 | 다이나곤은 다이죠칸太政官의 차관. 곤權은 관직 앞에 붙어, 정원定員 이외의 신분임을 나타내는 말.

나카즈츠中筒 | 13권 부록 p340 중총 참조.

네리코煉香 | 가루로 된 사향, 침향, 용뇌 등을 꿀로 개어 굳힌 향.

노가쿠能樂 | 일본의 대표적인 가면 음악극.

뇨인女院 | 천황의 모친이나 황후의 존칭.

니치렌 종日蓮宗 | 니치렌 선사가 창시한 일본 불교 12대 종파의 하나로 『법화경法華經』을 기본 경전으로 삼는다.

다다미疊 | 일본식 주택의 바닥에 까는 것으로, 짚으로 만든 판에 왕골이나 부들로 만든 돗자리를 붙인 것. 일반적으로 크기는 180×90cm이며, 일본에서는 지금도 방의 크기를 다다미의 장수로 나타내는 경우가 많다.

다이묘大名 | 넓은 영지와 많은 부하를 둔 무사의 우두머리.

다죠다이진太政大臣 | 정치를 통괄하는 다이죠칸의 최고 벼슬.

로죠老女 | 쇼군이나 영주의 부인을 섬기는 시녀의 우두머리.

미나모토노 요리토모源頼朝 | 카마쿠라 바쿠후鎌倉幕府 초대 쇼군. 재위 1192~1199. 무가정치武家政治의 창시자.

부교奉行 | 행정, 재판, 사무 등을 담당하는 무사의 직명.

비와琵琶 법사 | 비파를 연주하는 법사. 헤이안平安 시대부터 거리에서 비파를 연주하는 눈먼 스님이 있었다. 카마쿠라鎌倉 시대 『헤이케 이야기平家物語』를 비파에 맞추어 이야기하기 시작한 것이 크게 유행해서 헤이쿄쿠平曲(비파 반주에 맞추어 『헤이케 이야기』를 노래로 표현한 것)가 되었다.

사카야키月代 | 남자가 관冠이 닿는 이마 언저리의 머리카락을 반달 모양으로 미는 것. 또는 그 부분.

사콘에노다이쇼左近衛大將 | 쇼군將軍의 근위近衛를 맡은 부서의 하나인 사콘에후左近衛府의 장관.

샤미센三味線 | 현이 셋인 일본 고유의 현악기.

세이이타이쇼군征夷大將軍 | 무력과 정권을 장악한 바쿠후의 실권자. 쇼군의 정식 명칭.

슈코珠光 | 1422~1502. 무라타 슈코村田珠光. 무로마치室町 시대의 다인茶人.

아마테라스오미카미天照大神 | 일본 신화의 해의 여신. 일본 황실의 조상신이며 이세伊勢 신궁의 주신.

아시가루足輕 | 평시에는 막일에 종사하고, 전시에는 병졸이 되는 최하급 무사.

아즈마카가미吾妻鏡 | 카마쿠라 바쿠후의 사적을 일기체로 기록한 책.

에이잔叡山 | 히에이잔比叡山이라고도 한다. 천태종天台宗의 총본산인 엔랴쿠 사延曆寺가 있는 산.

오카구라お神樂 | 단층집을 2층으로 증축한 집.

오토기슈お伽衆 | 다이묘나 귀인의 말상대가 되는 사람이나 그 관직.

와카和歌 | 일본의 고유 형식인 5음, 7음을 바탕으로 하여 만들어진 정형시. 5·7·5·7·7의 5구 31음으로 된 시.

와키자시脇差 | 일본도의 일종으로 큰 칼에 곁들여 허리에 차는 작은 칼.

우다이진右大臣 | 다이죠칸의 장관. 사다이진 다음의 직위. 여기서는 오다 노부나가를 가리킨다.

육도삼략六韜三略 | 중국 병서兵書의 고전.

입정안국立正安國 | 정의를 바로 세워 나라의 평안을 도모해야 한다는 니치렌 선사의 사상.

잇코一向 신도 반란 | 정토진종 혼간 사本願寺의 신도가 킨키, 토카이, 호쿠리쿠 지방 일대에서 일으킨 반란. 오다 노부나가에게 저항한 이시야마 혼간 사와 이세 나가시마, 도쿠가와 이에야스에게 대항한 미카와 잇코 반란 등 각지에서 다이묘에 대항했다.

정관정요貞觀政要 | 당나라 태종이 군신들과 정치 문제에 대해 문답한 내용을 기록한 책.

지관止觀 | 천태종天台宗에서, 망상을 버리고 마음을 하나의 대상에 집중시켜 바른 지혜로 대상을 비추어보는 일.

짓토쿠十德 | 칡 섬유로 짠 소맷자락이 넓고 옆을 꿰맨 여행복.

카나假名 | 한자를 차용해 만든 일본의 표음 문자.

카마쿠라鎌倉 시대 | 1192년에 미나모토노 요리토모가 바쿠후를 연 이후 1333년 멸망할 때까지의 무신정권 시대.

카타기누肩衣 | 어깨에서 등으로 걸쳐지는 무사의 소매 없는 예복.

칸파쿠關白 | 천황을 보좌하여 정무를 담당하는 최고위의 대신.

코소데小袖 | 옛날 넓은 소매의 겉옷에 받쳐 입던 속옷. 현재 일본옷의 원형.

코쇼小姓 | 주군을 측근에서 모시며 잡무를 맡아보는 무사.

쿠란도藏人 | 궁중의 잡무를 처리하는 부서의 사람.

쿠사즈리草摺 | 갑옷 허리에 늘어뜨려 대퇴부를 보호하는 것.

타유太夫 | 노能·카부키歌舞伎·죠루리淨瑠璃(음곡에 맞추어서 읊는 옛이야기)의 상급 연예인을 이르는 말.

타이헤이키太平記 | 난쵸南朝와 호쿠쵸北朝의 전쟁을 축으로 한 공가公家 · 무가武家의 흥망성쇠를 기록한 책. 코지마小島 법사가 지었다.

하카마袴 | 일본옷의 겉에 입는 아래옷. 허리에서 발목까지 덮으며 넉넉하게 주름이 잡혀 있고, 바지처럼 가랑이진 것이 보통이나 스커트 모양의 것도 있다.

하타사시모노旗差物 | 전쟁터에서 갑옷의 등에 꽂아 소속을 나타내는 작은 기.

하후覇府 | 패권을 잡은 자가 정사를 보는 곳. 바쿠후의 다른 이름.

헤이케 이야기平家物語 | 헤이케 가문의 영화와 그 몰락, 멸망을 기록한 산문체의 서사시로 13세기에 이루어졌다.

호죠 마사코北條政子 | 무가정치의 창시자 미나모토노 요리토모의 아내로 남편이 죽은 뒤 실권을 쥐고 수렴청정垂簾聽政을 하였다.

《 다도의 계보 》

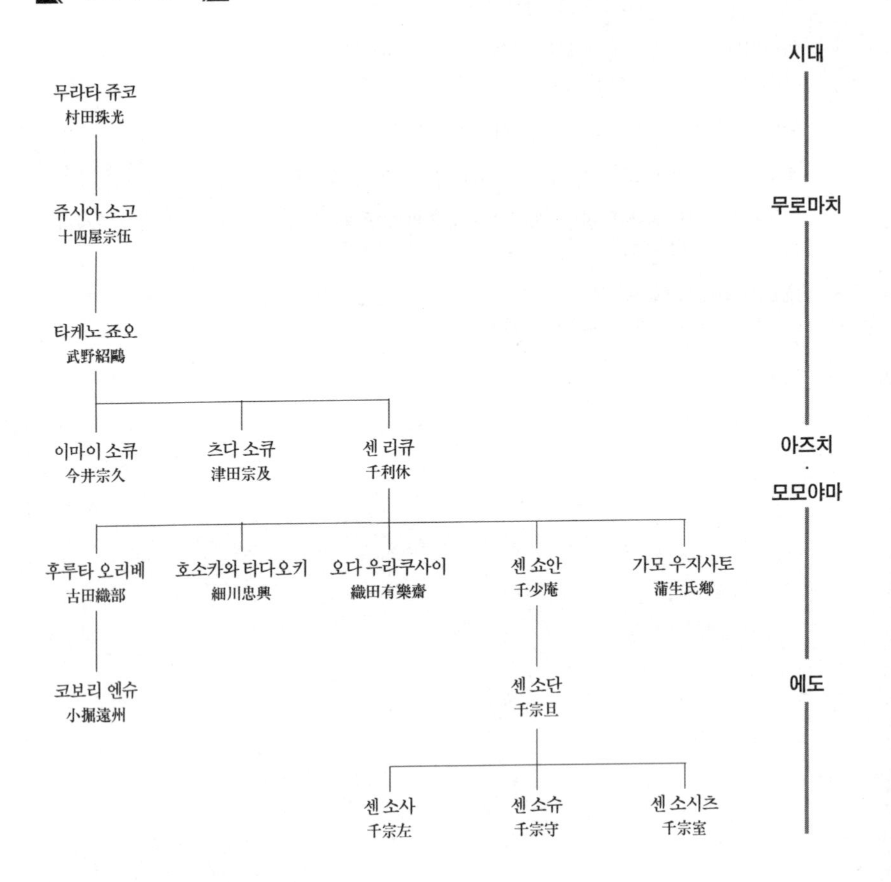

◈ 다도의 창시자 무라타 쥬코

다도茶道

"다인茶人들은 다실의 정숙함 속으로 들어가기 전에 그들의 무기와 함께 전쟁터의 흉포함, 정치상의 여러 문제들을 잊고 다실 안에서 평화와 우정을 찾아내는 것이다."

니토베 이나조의 『무사도武士道』 중에서.

◈ 리큐 선사

◈ 키타노 다회

《 다실茶室 》

◈ **히데요시의 황금 다실**(복원 모형)

히데요시는 다다미 3장 넓이의 조립식 다실을 황금으로 만들었는데, 히데요시가 황금 마니아임을 보여주는 대표적 유물이다. 이 다실에서 사용된 모든 다구茶具 또한 황금으로 만들어졌다. 쿄토 고쇼御所에서의 사용을 시작으로 오사카 성, 키타노 대다회, 히젠 나고야 성에서 사용하였다.

◈ **황금 다구**

◈ **묘키안** | 센 리큐가 만든 다실. 3.3×2.8m

◈ **죠안** | 오다 우라쿠사이가 만든 다실. 4.7×4.5m

《 다구茶具 》

중세 무사들은 "천하의 명기名器를 소유한 자는 천하를 소유할 수 있다"고 생각했다.

◈ **루손츠보呂宋壺**

분로쿠 3년(1594) 사카이의 상인 나야 스케자에몬이 루손(필리핀)에서 가져온 항아리 50개를 히데요시에게 헌납한다. 히데요시는 이 항아리를 격찬하며 즉석에서 오사카성에 다이묘들을 초대하여 이 항아리를 팔았고, 나야 스케자에몬은 일거에 부호가 되었다(『타이코키太閤記』 중에서).

◈ **차이레**

히사히데가 천하인天下人 노부나가의 환심을 사기 위해 헌상한 것.

임진왜란 때 히데요시가 시마즈 요시히로에게 상으로 내린 것.

◈ **챠가마** 노부나가가 시바타 카츠이에에게 준 것.

◈ **챠다이** 아시카가 가문의 유물.

◈ **챠완** 내부에 시마즈 요시히로의 사인이 있다.

◈ **텐모쿠天目 챠완**

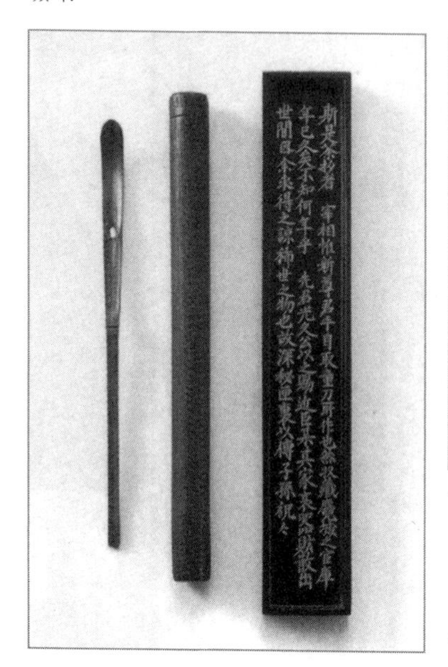

◈ **챠츠보** 겐로쿠 연간(1688~1704)

◈ **챠샤쿠** 시마즈 요시히로의 작품.

◈ 차완

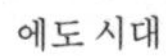
에도 시대

에도 시대

겐로쿠 연간

차가마茶釜 | 차를 끓이는 솥.

챠다이茶台 | 손님에게 차를 내갈 때 찻잔을 받치는 그릇.

차샤쿠茶杓 | 가루차를 떠내는 작은 숟가락.

차완茶碗 | 찻잔.

챠이레茶入 | 엽차를 담아두는 그릇.

차츠보茶壺 | 차잎을 보관하는 항아리.

도쿠가와 이에야스 관련 연보(1588~1590)

◈—서력의 나이는 도쿠가와 이에야스의 나이

일본 연호		서력	주요 사건
텐쇼 天正	16	1588 47세	정월 5일, 사가미의 호죠 우지나오가 영내의 범종을 징발하여 군용軍用으로 사용한다. 정월 12일, 이에야스는 사콘에노타이쇼의 직위에서 물러난다. 4월 14일, 고요제이 천황이 쥬라쿠 저택으로 행행行幸한다. 윤5월 14일, 히데요시는 영지 내의 분규를 다스리지 못한 삿사 나리마사를 셋츠 아마가사키에서 자살하게 한다. 6월 22일, 아사히히메가 오만도코로의 병문안을 위해 슨푸를 출발한다. 7월 8일, 히데요시는 카타나가리刀狩り(전국 통일을 위해 농민 등으로부터 무기를 몰수한 일)를 시작한다. 9월 4일, 히데요시는 다이토쿠 사의 코케이 선사를 하카타로 유배시킨다. 이날, 센노 리큐는 쥬라쿠 저택의 집에서 송별의 다회을 연다.
	17	1589 48세	5월 27일, 히데요시의 아들 츠루마츠가 야마시로 요도 성에서 태어난다. 어머니는 요도 마님(챠챠히메). 11월 24일, 히데요시는 사가미 오다와라의 호죠 가를 토벌하기 위해 여러 다이묘에게 출진을 준비시킨다. 이날, 이에야스에게 이 뜻을 오다와라에 전하도록 명한다. 12월 7일, 호죠 우지나오가 히데요시의 어머니 오만도코로를 인질로 보내면 아버지 우지마사를 상경하도록 하겠다는 뜻을 전한다. 같은 날, 이에야스는 상경길에 오른다. 12월 9일, 호죠 우지마사 · 우지나오 부자는 이에야스

일본 연호		서력	주요 사건
텐쇼 天正			에게 화해의 알선을 의뢰한다. 12월 10일, 이에야스는 쥬라쿠 저택에서 히데요시를 알현하고, 여러 무장들과 함께 호죠 가문 정벌을 의논한다.
	18	1590 49세	정월 3일, 이에야스의 셋째아들 히데타다가 상경길에 오른다. 정월 12일, 히데타다가 계모 아사히히메와 쥬라쿠 저택에서 대면한다. 정월 13일, 히데요시는 오다 오부오의 딸을 양녀로 삼아 도쿠가와 히데타다와 결혼시킨다. 이날 혼례 의식은 쥬라쿠 저택에서 행한다. 정월 14일, 아사히히메가 쥬라쿠 저택에서 사망한다. 향년 48세. 정월 21일, 히데요시는 도쿠가와 이에야스를 오다와라 정벌의 토카이도 선봉으로 삼는다. 2월 7일, 이에야스의 선봉 사카이 이에츠구, 혼다 타다카츠, 사카키바라 야스마사, 히라이와 치카요시, 오쿠보 타다요, 이이 나오마사 등이 병사를 이끌고 스루가를 출발한다. 3월 1일, 히데요시가 오다와라를 정벌하기 위해 교토를 출발한다. 3월 20일, 히데요시가 슨푸 성으로 들어간다. 3월 29일, 하시바 히데츠구가 하코네 야마나카 성을 함락한다. 같은 날, 오다 노부오는 이즈 니라야마 성을 공격한다. 4월 15일, 이에야스가 호죠 가문과 내통하고 있다는 풍문을 듣고 히데요시가 이에야스의 진영을 방문한다.

일본 연호	서력	주요 사건
텐쇼 天正		4월 22일, 이에야스는 무사시 에도 성을 공격하여 카와무라 효에다유를 설득하여 항복시키고, 이날 에도 성을 손에 넣는다. 5월 7일, 히데요시는 측실 요도 마님을 오다와라의 진영으로 부른다. 5월 22일, 이와츠키 성을 함락한다. 5월 30일, 타테바야시 성을 함락한다. 6월 5일, 오시 성을 함락한다. 6월 14일, 마에다 토시이에, 우에스기 카게카츠가 무사시 하치가타 성을 함락한다. 6월 16일, 호죠 가문의 노신 마츠다 노리히데가 히데요시와 내통한다. 우지나오는 노리히데를 체포한다. 7월 5일, 호죠 우지나오가 히데요시에게 항복한다. 히데요시는 우지나오를 코야 산에 근신케 하고 우지마사, 우지테루 및 노신 다이도지 나오시게, 마츠다 노리히데에게 할복할 것을 명한다. 7월 6일, 이에야스는 병사를 들여보내 오다와라 성을 넘겨받는다.

옮긴이 **이길진**李吉鎭

1934년 황해도 출생. 1958년 서울대학교 사회학과를 졸업하였다.
일본 문학 작품 및 일본 문화에 관련된 많은 책들을 유려한 우리말로 옮겼다.
주요 역서로는 가와바타 야스나리의 『설국』, 이마이 마사아키의 『카이젠』,
오에 겐자부로의 『사육』, 기쿠치 히데유키의 『요마록』,
야마오카 소하치의 『오다 노부나가』, 『사카모토 료마』 등이 있다.

| 부록의 자료 제공 및 감수는 고려대학교 일어일문학과 최관 교수님께서 해주셨습니다.

도쿠가와 이에야스 제16권

1판 1쇄 발행 2001년 2월 24일
2판 3쇄 발행 2023년 5월 1일

지은이 야마오카 소하치
옮긴이 이길진
펴낸이 임양묵
펴낸곳 솔출판사

주소 서울시 마포구 와우산로29가길 80(서교동)
전화 02-332-1526
팩스 02-332-1529
이메일 solbook@solbook.co.kr
홈페이지 www.solbook.co.kr
출판 등록 1990년 9월 15일 제10-420호

ISBN 979-11-86634-41-7 04830
ISBN 979-11-86634-22-6 (세트)

• 잘못된 책은 구입한 곳에서 바꿔드립니다.
• 책값은 뒤표지에 표시되어 있습니다.

五
五
井

코마키 · 나가쿠테小牧長久手 전투(1584) 병풍도 뒷부분.

오다 노부오 · 도쿠가와 이에야스 연합군과
도요토미 히데요시 군의 전투 장면.